Le Blé en herbe

*

La Naissance du jour

*

Mitsou

Œuvres de Colette

Collection présentée par Pierre Kyria

1 *Claudine à l'école – Claudine à Paris – Claudine en ménage*

2 *Claudine s'en va – La Retraite sentimentale – La Maison de Claudine*

3 *L'Ingénue libertine – La Vagabonde – L'Entrave*

4 *Chéri – La Fin de Chéri*

5 *Le Blé en herbe – La Naissance du jour – Mitsou*

6 *La Seconde – Duo – Le Toutounier*

7 *Gigi – Julie de Carneilhan – Le Képi*

8 *Sido – Le Pur et l'Impur – L'Étoile Vesper – Le Fanal bleu*

9 *La Chatte – Dialogues de bêtes – La Paix chez les bêtes*

10 *Mes apprentissages – La Treille muscate* – Suivi de *Colette, une vie, une œuvre.*

COLETTE
de l'académie Goncourt

Le Blé en herbe

❋

La Naissance du jour

❋

Mitsou

France Loisirs
123, boulevard de Grenelle, Paris

Une édition du Club France Loisirs, Paris, réalisée avec l'autorisation des Éditions Fayard et des Éditions Flammarion.

ISBN 2-7242-9294-4

Avant-propos

Le Blé en herbe paraît en 1923, sous la signature « Colette », aux éditions Flammarion. La publication du roman qui, jusqu'au moment des épreuves, s'intitulera *Le Seuil*, avait été précédée, à partir du 29 juillet 1922, d'une parution en livraisons dans *Le Matin*. Mais, suite aux protestations de lecteurs, émus par l'audace du thème et cette peinture sans fard des amours adolescentes, le journal, après quelques coupures, avait interrompu la publication du roman.

C'est en juillet 1922, dans sa maison de Rozven, en Bretagne, entre Paramé et Cancale, que Colette a entrepris cette nouvelle œuvre. Elle s'y retrouve en vacances avec sa propre fille, Colette, et ses beaux-fils, Renaud, quinze ans, et Bertrand, dix-neuf ans, et ses amies, la poétesse Hélène Picard et l'écrivain Germaine Beaumont. Le temps est froid mais l'on se livre aux activités coutumières du bord de mer. Colette, qui entre dans la cinquantaine, ne manque pas, alors que son mariage avec Henry de Jouvenel bat de l'aile, de remarquer le plus jeune de ses beaux-fils qui va lui inspirer le personnage de Phil, du roman. En 1982, pour l'édition des *Œuvres* de Colette dans « La Pléiade » (tome 2), Bertrand de Jouvenel se rappellera les circonstances qui firent de l'écrivain son initiatrice en amour :

« Elle avait apparemment décidé de me former. J'aimais, je pratiquais la course à pied. Devant la maison juchée, s'étendait une large plage de sable désertique ; j'y prenais plaisir à courir. Colette me regardait sans doute, car un jour où, devant la maison et vêtu d'un caleçon de bain, elle passa son bras sur mes reins, je me souviens encore d'un tressaillement que j'éprouvai. Il faut qu'il ait été bien vif pour avoir laissé un souvenir. Il n'avait pour moi aucune signification de l'esprit, rien que l'étonnement, l'embarras. Peut-être, sans doute, Colette y lut l'adolescence ; il est possible que cela fit naître un germe dans son esprit.

« Je n'avais jamais nagé. Je crois bien que je n'avais jamais été au bord de la mer, des lacs seulement. Je barbotais dans l'eau. C'est Colette qui m'apprit à nager ; j'y parvins rapidement. [...]

« Il m'arriva de trouver Colette en conciliabule avec Hélène Picard et Germaine Beaumont ; ma mère m'ayant enseigné la discrétion, je m'éloignai. Et un jour, Colette me prit à part et me demanda laquelle de ces jeunes femmes je trouvais la plus attrayante. Très embarrassé, je balbutiai. C'est un embarras dont je me souviens, ne comprenant pas cette question et, à vrai dire, je n'en pensais rien, sinon qu'elles étaient aimables. [...] Colette, devinant mon incompréhension, me dit quelque chose comme : "Il te faudrait être un homme". Je ne comprenais toujours pas. Et Colette entreprit mon éducation sentimentale. »

Et Bertrand de Jouvenel d'ajouter : « J'ai été entièrement fidèle à Colette jusqu'en 1925, année de mon mariage. »

Les héros du *Blé en herbe* sont deux adolescents, Phil, seize ans et demi, et Vinca, quinze ans et demi, en vacances au bord de la mer, sur la côte cancalaise. Complices depuis toujours — « Toute leur enfance les a unis, l'adolescence les sépare » — ils abordent alors aux rivages incertains qui mènent à l'âge adulte. Avec ses « quinze ans fiers et gauches », Vinca a des allures de garçon manqué et pourtant se dessine « ce visage de femme qu'elle ne montrait qu'à lui ». Phil est déjà « un petit homme bien fait, un peu plus grand chaque année » mais il a encore des pudeurs de jeune fille, rougit, s'embrouille. Soumise à l'influence de sa mère, Vinca est relativement docile ; Phil, au contraire, regimbe contre les règles familiales, manifeste de l'impatience. De là sa vivacité, sa brutalité occasionnelle envers Vinca. « Tant d'années encore, Vinca, pendant lesquelles je ne serai qu'à peu près homme, à peu près libre, à peu près amoureux ! » L'intervention d'une étrangère, riche, oisive, la trentaine,

Mme Dalleray, « la Dame en blanc », va être l'instrument du destin pour départager ce qui doit l'être.

Belle, conquérante, elle a une assurance quasi virile que Colette, qui aime à relever l'ambiguïté dans les deux sexes, se plaît à souligner : « Elle le regardait dans les yeux, comme un homme... » ; « Elle raillait d'une manière virile... » Mme Dalleray va ravir à Phil ce qui le rattachait à l'enfance : sa virginité. Phil, au contraire, manifestera, dans son rôle de belle proie convoitée, une certaine féminité. Après la révélation procurée par la Dame en blanc il découvre dans son miroir « des traits plaintifs, et moins pareils à ceux d'un homme qu'à ceux d'une jeune fille meurtrie ». De même manifeste-t-il une coquetterie instinctive à se savoir désiré : « Il ne bougea pas, cachant le plaisir qu'il ressentait lorsque son amie l'admirait. Il se savait beau à cette minute, les joues chaudes, la bouche lustrée, le front couché dans un désordre harmonieux de cheveux noirs. »

Mais, maîtresse femme, Mme Dalleray n'entend pas prolonger une aventure qui ne reste, à ses yeux, qu'une gourmande fantaisie et disparaît. Elle a fait prendre conscience à Phil de son pouvoir viril et poussé Vinca, au courant de la situation, à affirmer sa féminité. Ainsi le roman va-t-il s'achever par la réunion charnelle des deux adolescents. Mais Colette, pour qui « le bonheur, c'est changer d'ennui », ne verse pas pour autant dans un « happy end » conventionnel. Alors que Vinca va et vient, chantonne, Phil prend conscience des limites de l'amour physique. « Ni héros, ni bourreau... Un peu de douleur, un peu de plaisir... je ne lui aurai donné que cela... que cela. » L'amour vrai des adultes vaut-il l'amour rêvé de l'adolescence ?

Une lettre enthousiaste de la comtesse de Noailles, le 29 août 1923, précédait l'accueil d'une critique qui fut très favorable au roman : « Madame, je le savais bien, c'est une sorte de passion que j'éprouve pour votre dernier livre — livre inouï ; et je crois bien que, depuis que je l'ai lu, je n'ai guère, entre le sommeil et le travail, parlé que de cela [...] tout le profond drame de la vie vivace et mortelle répand dans cet extraordinaire petit livre ses pressentiments, sa science, sa rigueur, ses pauvres tendresses, ses puissantes convoitises, ses puissantes nausées de l'âme. »

Dans *Le Temps*, Paul Souday salue la maîtrise de Colette semblable à celle des peintres hollandais ; dans *L'Homme libre*, Paul Lombard renchérit sur « l'infaillibilité de son coup d'œil » et André Billy, dans *L'Œuvre*, loue son « tact prodigieux » et sa « sûreté dans l'équivoque ». Dans *Les Nouvelles littéraires*, Benjamin Crémieux voit en l'écrivain la « véritable créatrice de la prose féminine française » qui « a donné le premier exemple typique de cette prose fluide, spontanée, sensuelle, coquette, ardente, abandonnée, auprès de laquelle les proses d'homme les plus musicales et les plus directes semblent artificielles et cérébrales ». Et dans *Europe*, Paul Colin voit peut-être dans ce roman « le chef-d'œuvre de Colette » : « Admirable livre, dépouillé, si peu didactique et si mystérieusement ordonné, où vit toute l'adolescence, avec ses craintes et ses émois, ses énormes découvertes et ses frêles ressources, son horizon si large et pourtant si limité. »

En 1953, Claude Autan-Lara portera à l'écran *le Blé en herbe*. Edwige Feuillère y interprétera le rôle de la Dame en blanc, Nicole Berger celui de Vinca et Pierre-Michel Beck celui de Phil.

Publié en mars 1928, sous la signature Colette, définitivement adopté, aux éditions Flammarion, après une prépublication partielle dans *La Revue de Paris*, *La Naissance du jour* n'est qu'accessoirement et indirectement un roman tant Colette se met en scène tout en se prêtant, dans la seconde partie du livre, à jouer un rôle fictif. C'est le livre des bilans et d'un renouveau annonciateur de paix intérieure tant recherchée après les multiples rebondissements de la vie qu'elle a connus.

Divorcée d'Henry de Jouvenel depuis le 6 avril 1925, elle a, au mois de juin de la même année, trouvé un nouveau compagnon en la personne de Maurice Goudeket, de quinze ans plus jeune qu'elle, qui sera son troisième et dernier mari. Elle a quitté son appartement parisien du boulevard Suchet pour s'installer au Palais-Royal, dans un entresol, au 9, rue de Beaujolais. Elle a vendu la maison de Rozven et rompu avec Bertrand, son jeune beau-fils, qui lui a inspiré *Le Blé en herbe*. En 1926, elle a acheté une villa sur la route des Cannebiers, à Saint-Tropez, « Tamaris-les-Pins », qu'elle a rebaptisée « la Treille muscate ». Après un voyage au Maroc avec Maurice Goudeket au mois d'avril, elle s'y installe au mois de juillet et entreprend ce nouveau livre. Elle a promis à son éditeur un roman mais l'œuvre s'annonce d'abord comme une sorte de confession. La composition s'en avère difficile comme en témoignent des lettres de découragement. À Marguerite Moreno, le 14 septembre : « Mon travail ? Trente-cinq pages — et le désespoir. » Même désaveu le 23 décembre : « Je travaille ? Oui, si travailler est déchirer ce que j'ai fait la semaine passée et recommencer. Mon roman me tourmente, je ne vois pas bien ce que je fais. » Et quatre jours plus tard : « Je travaille avec un dégoût incroyable et une constance méritoire. »...

L'action du roman, réduite à peu, ne se noue que tardivement. Sido, la mère de l'écrivain, semble annoncer, par la lettre qui ouvre l'œuvre, un mémorial : elle a soixante-seize ans et refuse l'invitation de celui qui est encore son gendre parce qu'elle espère en la floraison de son cactus rose qui ne fleurit que tous les quatre ans. Si elle rate cette floraison, elle n'est plus sûre d'être encore en vie à la suivante...

Pour Colette, Sido est l'image de la sagesse, de la fidélité au souvenir et du recours à la nature comme la grande consolatrice du déclin de l'âge. Elle vit en accord avec elle et y puise son énergie, loin des tumultes, des rancœurs ou des inutiles alarmes. Colette revendique cette parentèle comme un modèle et, de fait, les lettres de Sido — que l'écrivain refaçonnera d'ailleurs — rythment tout le début du livre alors que l'auteur se représente en train d'écrire, évoque ses amours anciennes, vraies et transposées littérairement, et ouvre sa porte à des personnages bien réels, ses voisins à Saint-Tropez : le peintre André Dunoyer de Segonzac, sa compagne la violoniste Hélène Jourdan-Morhange, « Moune », qui restera une de ses meilleures amies, Léopold Marchand et sa femme... Des écrivains contemporains — François Mauriac, Pierre Benoit, — et jusqu'à un certain monsieur X... qui n'est autre que Henry de Jouvenel passent aussi dans ces pages. Elle évoque avec sa gourmandise coutumière tout ce qui fait le charme de cette nouvelle maison, les exigences de la nature, ses rigueurs, ses beautés, ce chant profond que lui inspirent la lumière, les fleurs, les fragrances mais dans lequel s'inscrit ce qui constitue l'héritage de son passé, et singulièrement son bagage sentimental : les maris, de Willy à Henry de Jouvenel, les amants, de Auguste Hériot, « la flatteuse, l'éclatante image de "l'imbécile" », à Bertrand de Jouvenel, qui lui a instillé « la perversité de combler un amant adolescent », et les transpositions littéraires : Renée Néré de *La Vagabonde,* Léa et Chéri... Dans ce retour sur soi, Colette analyse les effets du vieillissement, le changement d'éclairage qu'il impose, les règles à suivre et les dangers à éviter, sachant qu'elle n'a « plus quarante ans pour détourner le front devant une rose qui se fane. » Ainsi ses rapports avec les hommes doivent-ils obéir à une discipline qui laisse de côté l'affrontement charnel. D'adversaire au sein d'une complicité sensuelle l'homme devient complice fraternel. C'est tout au moins le sens de l'appel qu'elle lui adresse : « Homme ; mon ami, viens respirer ensemble ?... J'ai toujours aimé ta compagnie. Tu me regardes à présent d'un œil si doux. Tu regardes émerger, d'un confus amas de défroques féminines, alourdie encore comme d'algues une naufragée — si la tête est sauve, le reste se débat, son salut n'est pas sûr — tu regardes émerger ta sœur, ton compère : une femme qui échappe à l'âge d'être une femme. »

Avec l'apparition de Vial qui courtise la narratrice, le livre prend l'allure du roman. Une jeune fille, Hélène, aime Vial, mais c'est en vain. Elle s'adresse alors à la narratrice pour lui reprocher de faire obstacle à ses aspirations car Vial la courtise. Au cours de l'été, la narratrice va convaincre Vial de s'écarter d'elle. Si elle peut encore garder par instants « le réflexe de l'amour », si elle n'est pas insensible, elle reste cependant déterminée à faire échec à tout ce qui menacerait ses dispositions à la sérénité, à la sagesse qu'elle cherche et où repose une nouvelle manière de bonheur :

« Faire peau neuve, reconstruire, renaître, ça n'a jamais été au-dessus de mes forces. Mais aujourd'hui il ne s'agit plus de faire peau neuve, il s'agit de commencer quelque chose que je n'ai jamais fait. Comprends donc, Vial, c'est la première fois, depuis que j'ai passé ma seizième année, qu'il va falloir vivre — ou même mourir — sans que ma vie ou ma mort dépendent d'un amour. »

La Naissance du jour, par l'ambiguïté même de sa construction, déconcerta quelque peu la critique. André Chaumeix, dans la *Revue des Deux Mondes*, trouva le livre « un peu troublant par le mélange apparent de biographie et de fiction ». Benjamin Crémieux, dans *Les Annales politiques et littéraires*, souligna mêmement cette ambivalence : « ... Le sujet du roman qui commence vers le milieu du livre, c'est un homme entre une jeune fille et une femme de cinquante ans, mais la femme de cinquante ans ne prend pas, elle, de pseudonyme, c'est Colette. C'est Colette, mais est-ce bien elle ? Elle nous dissuade de le croire ; pour la première fois, elle aborde de front le problème de la transposition, de la transfiguration d'elle-même dans son œuvre. » Plus sévère, Marcel Arland, dans *La Nouvelle Revue française*, déplora que Colette ait abandonné l'élément personnel pour une fiction qui ne le convainc guère : « Les personnages qu'elle introduit dans *La Naissance du jour* sont à peine vivants. Qu'avait-elle besoin d'eux ? » André Billy, enfin, souligna dans *L'Œuvre* ce « quelque chose d'extrêmement hardi, quelque chose qui n'a pas de précédent, je crois, dans la littérature (...), c'est que l'héroïne du roman n'est autre que l'auteur ». Dans une lettre de remerciement, Colette en convint. Et pourtant dans le roman Colette déclare à propos de Vial qui la cherche dans son œuvre : « Je ne pus lui dissimuler le découragement jaloux, l'injuste hostilité qui s'empare de moi quand je comprends qu'on me cherche toute vive entre les pages de mes romans. » Et l'épigraphe du livre nous met d'ailleurs en garde : « Imaginez-vous, à me lire, que je fais mon portrait ? Patience : c'est seulement mon modèle. » Tout aveu, dès lors qu'il obéit à une formulation littéraire, n'est-il pas quelque peu suspect de transposition ?

Avec *Mitsou,* nous ne quittons pas le dilemme amoureux, mais remontons dans le temps puisque ce court roman est paru en 1919, sous la signature « Colette (Colette Willy) », aux éditions Fayard. Auparavant, en novembre et décembre 1917, une longue nouvelle avait été publiée dans *La Vie parisienne : Mitsou ou Comment l'esprit vient aux filles* (le sous-titre est un emprunt à un conte galant de La Fontaine). C'était là un texte alimentaire que Colette avait signé, sans doute convaincue de son imperfection, d'un mystérieux prénom, « Marie ». En reprenant ce projet, elle y apporte ce souci de perfection qu'elle manifestera toujours.

Une des curieuses particularités de *Mitsou* est de réunir, dans sa composition, trois genres littéraires : des dialogues de théâtre (avec indication des jeux de scène) qui mettent les personnages en situation de façon directe ; la forme narrative classique à la troisième personne, et la forme épistolaire qui permet le registre intimiste de la confidence.

Mitsou, l'héroïne, est une ex-ouvrière de mode qui s'est reconvertie dans le music-hall où elle a d'ailleurs rang de vedette dans des productions modestes. Elle est entretenue par un quinquagénaire, « L'Homme Bien ». Nous sommes, au début, dans la tradition boulevardière aux effets cocasses comme le montrent la vivacité des dialogues, les esquisses humoristiques des personnages secondaires ou l'intermède farce des deux officiers enfermés dans le placard de la loge de Mitsou pour échapper à la surveillance du régisseur. Mais dès que l'échange épistolaire s'établit entre le Lieutenant Bleu et Mitsou on passe sur un tout autre registre et on évolue vers un échange sentimental et sensuel. Très sentimental de la part de Mitsou qui tombe amoureuse de l'officier et fait part de ses sentiments, avec une candeur touchante et une simplicité d'expression, fautes d'orthographe comprises. Plutôt sensuel de la part du Lieutenant Bleu, intrigué par cette aimable jeune personne qui lui porte intérêt. Y a-t-il échange profond, durable, possible entre une jeune fille de souche prolétaire, inculte, naïve au point de pouvoir paraître sotte — ce qu'elle n'est point du tout comme vont le prouver de plus en plus ses lettres si fines, si intuitives et sensibles — et un jeune bourgeois cultivé, raffiné, pris dans l'étau de la Grande Guerre ? Non, semble nous dire Colette. Au cours d'une permission, l'officier retrouve Mitsou et va devenir son amant. Mais leur première soirée ensemble suscite, à petites touches, une impression de décalage que le Lieutenant Bleu accuse en son for intérieur. Ce sont les réparties de Mitsou qui prouvent son inculture, les impairs qu'elle commet au restaurant, la médiocrité de ses goûts qu'illustre la décoration de son appartement. Leur nuit d'amour n'en sera pas vraiment une. Veillant sur le sommeil de l'officier, Mitsou sait qu'elle est tombée amoureuse. L'observant à son tour lorsqu'elle s'est endormie, l'officier constate tout ce qui les sépare, doit s'avouer qu'il n'est pas amoureux de cette femme gauche et peu policée, « plus tendre que savante au déduit », aux aspirations de qui il ne peut répondre et à qui on est tenté de dire : « Petit souci, tu n'es pas de taille à devenir un grand tourment ». Le Lieutenant Bleu va invoquer la fin prématurée de sa permission pour éviter une nouvelle rencontre, l'en informant par une lettre gracieuse mais où se devinent ses réticences. Mitsou lui répondra par la belle lettre qui clôt le roman où elle affirme son amour, sa volonté de se battre, de se transformer pour mériter celui de l'officier, mais en montrant qu'elle se garde de tout aveuglement, obstinée mais lucide dans son instinctive clairvoyance amoureuse. « Mon amour, je vais essayer de devenir ton illusion. » C'est le pari que se lance Mitsou. Y parviendra-t-elle ? Colette ne conclut pas, sa véritable conclusion tient dans son illustration, ici comme ailleurs dans son œuvre, de l'ambivalence des échanges amoureux. En ce domaine, elle est experte.

Sorti tout juste après la guerre, *Mitsou* ne retint guère l'attention de la critique si ce n'est pour des commentaires succincts. Dans *Le Temps*, Paul Souday souligna ainsi que ce récit « un peu mélancolique, malgré force détails plaisants, est du tour le plus délicat ». Jean-Jacques Brousson, dans *Excelsior*, évoque les « mélancoliques dessous de la volupté, que Colette sait peindre d'une plume nostalgique » dans cette « histoire tendre et libertine ». Abel Hermant consacra cependant un grand feuilleton du *Figaro* à analyser ce « livre ravissant », louant notamment les images de Colette « si nettes, que si l'on illustrait *Mitsou* (ce qu'à Dieu ne plaise), les dessinateurs eux-mêmes ne parviendraient pas à la défigurer ». C'était mal prévoir, car ce roman eut beaucoup d'éditions illustrées, y compris populaires. En fait, le plus beau compliment réservé à Colette vint de Marcel Proust qui lui écrivit : « J'ai un peu pleuré ce soir, pour la 1re fois depuis longtemps, et pourtant depuis quelque temps je suis accablé de chagrins, de souffrances et d'ennuis. Mais si j'ai pleuré, ce n'est pas de tout cela, c'est en lisant la lettre de Mitsou. Les deux lettres finales, c'est le chef-d'œuvre du livre... » Colette devait recevoir peu après un exemplaire de *À l'ombre des jeunes filles en fleurs* avec cette dédicace : « En souvenir attendri et émerveillé de Mitsou. »

P. K.

Le Blé en herbe

« Tu vas à la pêche, Vinca ? »

D'un signe de tête hautain, la Pervenche, Vinca aux yeux couleur de pluie printanière, répondit qu'elle allait, en effet, à la pêche. Son chandail reprisé en témoignait et ses espadrilles racornies par le sel. On savait que sa jupe à carreaux bleus et verts, qui datait de trois ans et laissait voir ses genoux, appartenait à la crevette et aux crabes. Et ces deux havenets sur l'épaule, et ce béret de laine hérissé et bleuâtre comme un chardon des dunes, constituaient-ils une panoplie de pêche, oui ou non ?

Elle dépassa celui qui l'avait hélée. Elle descendit vers les rochers, à grandes enjambées de ses fuseaux maigres et bien tournés, couleur de terre cuite. Philippe la regardait marcher, comparant l'une à l'autre Vinca de cette année et Vinca des dernières vacances. A-t-elle fini de grandir ? Il est temps qu'elle s'arrête. Elle n'a pas plus de chair que l'autre année. Ses cheveux courts s'éparpillent en paille raide et bien dorée, qu'elle laisse pousser depuis quatre mois, mais qu'on ne peut ni tresser ni rouler. Elle a les joues et les mains noires de hâle, le cou blanc comme lait sous ses cheveux, le sourire contraint, le rire éclatant, et si elle ferme étroitement, sur une gorge absente, blousons et chandails, elle trousse jupe et culotte pour descendre à l'eau, aussi haut qu'elle peut, avec une sérénité de petit garçon...

Le camarade qui l'épiait, couché sur la dune à longs poils d'herbe, berçait sur ses bras croisés son menton fendu d'une fossette. Il compte seize ans et demi, puisque Vinca atteint ses quinze ans et demi. Toute leur enfance les a unis, l'adolescence les sépare. L'an passé, déjà, ils échangeaient des répliques aigres, des horions sournois ; maintenant le silence, à tout moment, tombe entre eux si lourdement qu'ils préfèrent une bouderie à l'effort de la conversation. Mais Philippe, subtil, né pour la chasse et la tromperie, habille de mystère son mutisme, et s'arme de tout ce qui le gêne. Il ébauche des gestes désabusés, risque des « À quoi bon ?... Tu ne peux pas comprendre... », tandis que Vinca ne sait que se taire, souffrir de ce qu'elle tait, de ce qu'elle voudrait apprendre, et se raidir contre le précoce, l'impérieux instinct de tout donner, contre la crainte que Philippe, de jour en jour changé, d'heure en heure plus fort, ne rompe la frêle amarre qui le ramène, tous les ans, de juillet en octobre, au bois touffu incliné sur la mer, aux rochers chevelus de fucus noir. Déjà il a une manière funeste de regarder son amie fixement, sans la voir, comme si Vinca était transparente, fluide, négligeable...

C'est peut-être l'an prochain qu'elle tombera à ses pieds et qu'elle lui dira des paroles de femme : « Phil ! ne sois pas méchant... Je t'aime, Phil, fais de moi ce que tu voudras... Parle-moi, Phil... » Mais cette année elle garde encore la dignité revêche des enfants, elle résiste, et Phil n'aime pas cette résistance.

Il regardait la plate et gracieuse fille, qui descendait à cette heure vers la mer. Il n'avait pas plus l'envie de la caresser que de la battre, mais il la voulait confiante, promise à lui seul, et disponible comme ces trésors dont il rougissait, — pétales séchés, billes d'agate, coquilles et graines, images, petite montre d'argent...

— Attends-moi, Vinca ! Je vais à la pêche avec toi ! cria-t-il.

Elle ralentit le pas sans se retourner. Il l'atteignit en quelques bonds et s'empara d'un des havenets.

— Pourquoi en avais-tu pris deux ?

— J'ai pris la petite poche pour les trous étroits, et mon havenet à moi, comme d'habitude.

Il plongea dans les yeux bleus son plus doux regard noir :

— Alors ce n'était pas pour moi ?

En même temps il lui offrait la main pour franchir le mauvais couloir de rochers, et le sang monta sous le hâle des joues de Vinca. Un geste nouveau, un regard nouveau suffisaient à la confondre. Hier, ils battaient les falaises, sondaient les trous côte à côte — à chacun son risque... Aussi leste que lui, elle ne se souvenait pas d'avoir requis l'aide de Phil...

— Un peu de douceur, Vinca ! pria-t-il en souriant, parce qu'elle a retiré sa main d'un trop grand geste anguleux. Qu'est-ce que tu as donc contre moi ?

Elle mordit ses lèvres, fendillées par les plongeons quotidiens, et chemina sur les rochers hérissés de balanes. Elle réfléchissait et se sentait pleine de doute. Qu'a-t-il donc lui-même ? Le voici prévenant, charmant, et il vient de lui offrir la main comme à une dame... Elle abaissa lentement la poche de filet dans une cavité où l'eau marine, immobile, révélait des algues, des holothuries, des « loups », rascasses tout en tête et en nageoires, des crabes noirs à passe-poils rouges et des crevettes... L'ombre de Phil obscurcit la flaque ensoleillée.

— Ôte-toi donc ! Tu mets ton ombre sur les crevettes, et puis c'est à moi, ce grand trou-là !

Il n'insista pas et elle pêcha toute seule, impatiente, moins adroite que de coutume. Dix crevettes, vingt crevettes échappèrent à son coup de filet trop brusque, pour se tapir dans des fissures d'où leurs barbes fines tâtent l'eau et narguent l'engin...

— Phil ! Viens, Phil ! C'en est rempli, de crevettes, et elles ne veulent pas se laisser prendre !

Il approcha, nonchalant, se pencha sur le petit abîme pullulant :

— Naturellement ! C'est que tu ne sais pas...

— Je sais très bien, cria Vinca aigrement, seulement je n'ai pas la patience.

Phil enfonça le havenet dans l'eau et le tint immobile.

— Dans la fente de rocher, chuchota Vinca derrière son épaule, il y en a de belles, belles... Tu ne vois pas leurs cornes ?

— Non. Ça n'a pas d'importance. Elles viendront bien.

— Tu crois ça !

— Mais oui. Regarde.

Elle se pencha davantage, et ses cheveux battirent, comme une aile courte et prisonnière, la joue de son compagnon. Elle recula, puis revint d'un mouvement insensible, pour reculer encore. Il ne parut pas s'en apercevoir, mais sa main libre attira le bras nu, hâlé et salé, de Vinca.

— Regarde, Vinca... La plus belle, qui vient...

Le bras de Vinca, qu'elle déroba, glissa jusqu'au poignet dans la main de Phil comme dans un bracelet, car il ne le serrait pas.

— Tu ne l'auras pas, Phil, elle est repartie...

Pour suivre mieux le jeu de la crevette, Vinca rendit son bras, jusqu'au coude, à la main demi-fermée. Dans l'eau verte, la longue crevette d'agate grise tâtait du bout des pattes, du bout des barbes, le bord du havenet. Un coup de poignet, et... Mais le pêcheur tardait, savourant peut-être l'immobilité du bras docile à sa main, le poids d'une tête voilée de cheveux, qui s'appuya, un moment vaincue, à son épaule, puis s'écarta, farouche...

— Vite, Phil, vite, relève le filet !... Oh ! elle est partie ! Pourquoi l'as-tu laissée partir ?

Phil respira, laissa tomber sur son amie un regard où l'orgueil, étonné, méprisait un peu sa victoire ; il délivra le bras mince, qui ne réclamait point sa liberté, et brouillant, à coups de havenet, toute la flaque claire :

— Oh ! elle reviendra... Il n'y a qu'à attendre...

ILS nageaient côte à côte, lui plus blanc de peau, la tête noire et ronde sous ses cheveux mouillés, elle brûlée comme une blonde, coiffée d'un foulard bleu. Le bain quotidien, joie silencieuse et complète, rendait à leur âge difficile la paix et l'enfance, toutes deux en péril. Vinca se coucha sur le flot, souffla de l'eau en l'air comme un petit phoque. Le foulard tordu découvrait ses oreilles roses et délicates, que les cheveux abritaient pendant le jour, et des clairières de peau blanche aux tempes qui ne voyaient la lumière qu'à l'heure du bain. Elle sourit à Philippe, et sous le soleil de onze heures le bleu délicieux de ses prunelles verdit un peu au reflet de la mer. Son ami plongea brusquement, saisit un pied de Vinca et la tira sous la vague. Ils « burent » ensemble, reparurent crachant, soufflant, et riant comme s'ils oubliaient, elle ses quinze ans tourmentés d'amour pour son compagnon d'enfance, lui ses seize ans dominateurs, son dédain de joli garçon et son exigence de propriétaire précoce.

— Jusqu'au rocher ! cria-t-il en fendant l'eau.

Mais Vinca ne le suivit pas, et gagna le sable proche.

— Tu t'en vas déjà ?

Elle arracha son bonnet comme si elle se scalpait, et secoua ses raides cheveux blonds :

— Un monsieur qui vient déjeuner ! Papa a dit qu'on s'habille !

Elle courait, toute mouillée, grande et garçonnière, mais fine, avec de longs muscles discrets. Un mot de Phil l'arrêta.

— Tu t'habilles ? et moi ? je ne peux pas déjeuner en chemise ouverte, alors ?

— Mais si, Phil ! Tout ce que tu veux ! D'ailleurs, tu es beaucoup mieux, décolleté !

Le petit masque mouillé et hâlé, les yeux de la Pervenche exprimèrent tout de suite l'angoisse, la supplication, un revêche désir d'être approuvée. Il se tut avec morgue et Vinca gravit le pré de mer fleuri de scabieuses.

Phil grommela, tout seul, en battant l'eau. Il se souciait peu des préférences de Vinca. « Je suis toujours assez beau pour elle... D'ailleurs, elle n'est jamais contente, cette année ! »

Et l'apparente contradiction de ses deux boutades le fit sourire. Il se renversa à son tour sur la vague, laissa l'eau salée emplir ses oreilles d'un silence grondant. Un petit nuage couvrant le soleil haut, Phil ouvrit les yeux et vit passer au-dessus de lui les ventres ombrés, les grands becs effilés et les pattes sombres, repliées en plein vol, d'un couple de courlis.

« Fichue idée, se disait Philippe. Non, mais, qu'est-ce qui lui a pris ? Elle a l'air d'un singe habillé. Elle a l'air d'une mulâtresse qui va communier... »

À côté de Vinca, une petite sœur, à peu près pareille, ouvrait des yeux bleus dans un rond visage cuit, sous des cheveux blonds en chaume raide, et appuyait sur la nappe, à côté de l'assiette, des poings clos d'enfant bien élevée. Deux robes blanches pareilles habillaient la grande et la petite, repassées, empesées, en organdi à volants.

« Un dimanche à Tahiti, railla Philippe en lui-même. Je ne l'ai jamais vue si laide. »

La mère de Vinca, le père de Vinca, la tante de Vinca, Phil et ses parents, le Parisien de passage cernaient la table de chandails verts, de blazers rayés, de vestons en tussor. La villa, louée tous les ans par les deux familles amies, sentait ce matin la brioche chaude et l'encaustique. L'homme grisonnant, venu de Paris, représentait, parmi ces baigneurs bariolés et ces enfants noircis, l'étranger délicat, pâle et bien vêtu.

— Comme tu changes, petite Vinca ! dit-il à la jeune fille.

— Parlons-en, marmotta Phil hargneux.

L'étranger se pencha vers la mère de Vinca pour lui avouer à mi-voix :

— Elle devient ravissante ! Ravissante ! Dans deux ans... vous la verrez !

Vinca entendit, jeta un vif regard féminin sur l'étranger, et sourit. La bouche pourpre se fendit sur une lame de dents blanches, les prunelles, bleues comme la fleur dont elle portait le nom, se voilèrent de cils blonds, et Phil lui-même fut ébloui. « Eh !... qu'est-ce qu'elle a ? »

Dans le hall tendu de toile, Vinca servit le café. Elle évoluait roidement et sans heurt, avec une sorte de charme acrobatique. Un coup de vent ayant bousculé la table fragile, Vinca retint du pied une chaise renversée, du menton un napperon de dentelle qui s'envolait, et ne cessa point de verser, en même temps, un jet impeccable de café dans une tasse.

— Voyez-la ! s'extasia l'étranger.

Il la traita de « tanagra », l'obligea à goûter de la chartreuse, lui demanda les noms des amoureux qu'elle désolait au casino de Cancale...

— Ah ! ah ! le casino de Cancale ! Mais il n'y a pas de casino à Cancale !

Elle riait, montrant le demi-cercle solide de toutes ses dents, virait comme une ballerine sur la pointe de ses souliers blancs. La ruse lui venait, avec la coquetterie ;

elle ne tournait pas son regard vers Philippe, qui, sombre derrière le piano et le grand bouquet de chardons planté dans un seau de cuivre, la contemplait.

« Je m'étais trompé, s'avoua-t-il. Elle est très jolie. Voilà du nouveau ! »

Comme l'étranger, au son du phonographe, proposait à Vinca de lui apprendre le *balancello*, Philippe se glissa dehors, courut vers la plage et tomba en boule dans un creux de dune, où il mit sa tête sur ses bras et ses bras sur ses genoux. Une Vinca nouvelle, pleine d'insolence voluptueuse, persistait sous ses paupières fermées, Vinca coquette, bien armée, accrue tout à coup d'une chair ronde, Vinca méchante et rebelle à souhait...

— Phil ! mon Phil ! Je te cherchais... Qu'est-ce que tu as ?

La séductrice, haletante, était auprès de lui, et lui tirait ingénument les cheveux à poignée pour l'obliger à relever le front.

— Je n'ai rien, dit-il d'une voix enrouée.

Il ouvrit les yeux avec crainte. Agenouillée dans le sable, elle froissait ses dix volants d'organdi et se traînait comme une squaw.

— Phil ! je t'en prie, ne sois pas fâché... Tu as quelque chose contre moi... Phil, tu sais bien que je t'aime mieux que tout le monde. Parle-moi, Phil !

Il cherchait sur elle la splendeur éphémère qui l'avait irrité. Mais ce n'était plus qu'une Vinca consternée, une adolescente chargée, trop tôt, de l'humilité, des maladresses, de la morne obstination du véritable amour... Il lui arracha sa main qu'elle baisait :

— Laisse-moi ! Tu ne comprends pas, tu ne comprends jamais rien !... Lève-toi, voyons !

Et il cherchait, lissant la robe froissée, nouant le ruban de la ceinture, calmant les raides cheveux dressés dans le vent, il cherchait à remodeler sur elle la forme de la petite idole entrevue...

— LES vacances, à présent, c'est l'affaire d'un mois et demi, quoi !...

— Un mois, dit Vinca. Tu sais bien que je serai le vingt septembre à Paris.

— Pourquoi ? Ton père est libre jusqu'au premier octobre, tous les ans.

— Oui, mais maman et moi, et Lisette, nous n'avons pas trop de temps, du vingt septembre au quatre octobre, pour les affaires d'automne, — une robe pour aller au cours, un manteau, un chapeau pour moi, et la même chose pour Lisette... Je voulais dire nous, les femmes, enfin...

Phil, couché sur le dos, jeta des poignées de sable en l'air.

— Ah ! là là !... « Vous, les femmes... » Vous en faites des embarras, pour tout ça !

— Il faut bien... Toi, tu trouves ton complet préparé sur ton lit. Tu t'occupes juste de tes chaussures, parce que tu les achètes chez un marchand où ton père te défend d'aller ; le reste, ça te pousse tout seul. C'est bien commode, vous, les hommes !...

Philippe s'assit d'un coup de reins, prêt à répondre à l'ironie. Mais Vinca ne se moquait pas. Elle cousait, bordant d'un feston rose une robe en crépon du même bleu que ses yeux. Ses cheveux blonds, taillés à la Jeanne d'Arc, allongeaient lentement. Elle les divisait quelquefois sur la nuque, et liait de rubans bleus deux courts balais couleur de blé, au long de chaque joue. Depuis le déjeuner, elle avait perdu un de ses rubans, et la moitié de sa chevelure battait, en rideau déployé, la moitié de son visage.

Philippe fronça les sourcils :

— Dieu, que tu es mal peignée, Vinca !

Elle rougit sous son hâle de vacances et lui jeta un humble regard en repoussant ses cheveux derrière l'oreille :

— Je sais bien... Je serai mal coiffée tant que mes cheveux seront trop courts. Cette coiffure-là, c'est en attendant...

— La laideur temporaire, ça t'est égal... dit-il durement.

— Je te jure que non, Phil.

Honteux de tant de douceur, il se tut, et elle leva sur lui des yeux étonnés, car elle n'attendait point de mansuétude. Lui-même crut à une trêve passagère de susceptibilité et s'apprêta aux reproches, aux sarcasmes enfantins, à ce qu'il appelait l'« humeur lévrière » de sa petite compagne. Mais elle sourit mélancoliquement, d'un sourire errant qui s'adressait à la mer calme, au ciel où le vent haut dessinait des fougères de nuages.

— J'ai, au contraire, très envie d'être jolie, je t'assure. Maman dit que je peux encore le devenir, mais qu'il faut patienter.

Ses quinze ans fiers et gauches, entraînés à la course, salés, durcis, maigres et solides, la rendaient souvent pareille à une houssine cinglante et cassante, mais ses yeux d'un bleu incomparable, sa bouche simple et saine étaient des œuvres achevées de la grâce féminine.

— Patienter, patienter...

Phil se leva, gratta du bout de son espadrille la dune sèche, perlée de petits escargots vides. Un mot détesté venait d'empoisonner sa sieste heureuse de lycéen en vacances, dont les seize ans vigoureux s'accommodaient d'oisiveté, de langueur immobile, mais que l'idée d'attente, de passive évolution exaspérait. Il tendit les poings, bomba sa poitrine demi-nue, défia l'horizon :

— Patienter ! Vous n'avez que ce mot-là à la bouche, tous, toi, mon père, mes « prof's »... Ah ! bon Dieu...

Vinca cessa de coudre, pour admirer son compagnon harmonieux que l'adolescence ne déformait pas. Brun, blanc, de moyenne taille, il croissait lentement et ressemblait, depuis l'âge de quatorze ans, à un petit homme bien fait, un peu plus grand chaque année.

— Et que faire d'autre, Phil ? Il faut bien. Tu crois toujours que de tendre tes deux bras et de jurer : « Ah ! bon Dieu », ça y changera quelque chose. Tu ne seras pas plus malin que les autres. Tu te représenteras à ton bachot et, si tu as de la chance, tu seras reçu...

— Tais-toi ! cria-t-il. Tu parles comme ma mère !

— Et toi comme un enfant ! Qu'est-ce que tu espères donc, mon pauvre petit, avec ton impatience ?

Les yeux noirs de Philippe la haïssaient, parce qu'elle l'avait appelé « mon pauvre petit ».

— Je n'espère rien ! dit-il tragiquement. Je n'espère surtout pas que tu me comprennes ! Tu es là, avec ton feston rose, ta rentrée, ton cours, ton petit train-train... Moi, rien que l'idée que j'ai seize ans et demi bientôt...

Les yeux de la Pervenche, étincelants de larmes d'humiliation, réussirent à rire :

— Ah ! oui ? tu te sens le roi du monde, parce que tu as seize ans, n'est-ce pas ? C'est le cinéma qui te fait cet effet-là ?

Phil la prit par l'épaule, la secoua en maître :

— Je te dis de te taire ! Tu n'ouvres la bouche que pour dire une bêtise... Je crève, entends-tu, je crève à l'idée que je n'ai que seize ans ! Ces années qui viennent, ces années de bachot, d'examens, d'institut professionnel, ces années de tâtonnements, de bégaiements, où il faut recommencer ce qu'on rate, où on remâche deux fois ce qu'on n'a pas digéré, si on échoue... Ces années où il faut avoir l'air, devant papa et maman, d'aimer une carrière pour ne pas les désoler, et sentir qu'eux-mêmes se battent les flancs pour paraître infaillibles, quand ils n'en savent pas plus que moi sur moi... Oh ! Vinca, Vinca, je déteste ce moment de ma vie ! Pourquoi est-ce que je ne peux pas tout de suite avoir vingt-cinq ans ?

Il rayonnait d'intolérance et d'une sorte de désespoir traditionnel. La hâte de vieillir, le mépris d'un temps où le corps et l'âme fleurissent, changeaient en héros romantique cet enfant d'un petit industriel parisien. Il tomba assis aux pieds de Vinca et continua à se lamenter :

— Tant d'années encore, Vinca, pendant lesquelles je ne serai qu'à peu près homme, à peu près libre, à peu près amoureux !

Elle posa sa main sur les cheveux noirs que le vent rebroussait, au niveau de ses genoux, et contint tout ce qu'une sagesse de femme agitait en elle. « À peu près amoureux ? On peut donc n'être qu'à peu près amoureux ?... »

Phil se tourna violemment vers son amie.

— Toi toi, qui supportes tout ça, qu'est-ce que tu comptes faire ?

Sous le noir regard, elle reprit sa petite figure incertaine :

— Mais la même chose, Phil... Je ne passe pas mon bachot, moi.

— Tu seras quoi ? Tu te décides, ou non, pour le dessin industriel ? Ou la pharmacie ?

— Maman a dit...

Il rua de colère comme un poulain, sans se lever :

— « Maman a dit... ! » Oh ! quelle graine d'esclave ! Qu'est-ce qu'elle a dit, « maman » ?

— Elle a dit, répéta Vinca docilement, qu'elle a des rhumatismes, que Lisette n'a que huit ans, et que sans aller chercher si loin j'ai de quoi m'occuper chez nous, que bientôt je tiendrai les comptes de la maison, je devrai diriger l'éducation de Lisette, les domestiques, tout ça, enfin...

— Tout ça ! Trois fois rien !

— ... Que je me marierai...

Elle rougit, sa main quitta les cheveux de Philippe, et elle sembla espérer un mot qu'il ne prononça pas.

— ... Enfin que, jusqu'à ce que je me marie, j'ai de quoi m'occuper...

Il se retourna, la toisa avec dédain.

— Et ça te suffit ? Ça te suffit pour... voyons, cinq, six ans, peut-être plus ?

Les yeux bleus vacillèrent, mais ne se détournèrent pas.

— Oui, Phil, en attendant... Puisqu'on n'a que quinze et seize ans... Puisqu'on est forcés d'attendre...

Il reçut le choc du mot détesté et faiblit. Encore une fois la simplicité de sa petite compagne et la soumission qu'elle osait avouer, cette manière femelle de révérer des lares anciens et modestes, le laissaient muet, déçu, mais vaguement apaisé. Eût-il accepté Vinca exubérante, le nez tourné vers l'aventure et piétinant, comme une cavale à l'entrave, devant le long et dur passage de l'adolescence ?...

Il appuya sa tête contre la robe de son amie d'enfance. Les genoux fins tressaillirent et se serrèrent, et Philippe songea, avec une fougue soudaine, à la forme charmante de ces genoux. Mais il ferma les yeux, livra le poids confiant de sa tête et demeura là, en attendant...

PHIL atteignit le premier le chemin — deux ornières de sable sec, mobile comme une onde, un talus médian d'herbe rare et rongée de sel — par où les charrettes viennent chercher le goémon, après les grandes marées. Il s'appuyait sur les perches des deux havenets et portait en bandoulière les deux paniers à crevettes, mais il avait abandonné à Vinca les deux minces gaffes appâtées de poisson cru et son blazer de pêche, loque précieuse amputée de ses manches. Il s'accorda un repos bien gagné, et consentit à attendre sa petite compagne fanatique qu'il venait d'abandonner dans le désert de rocs, de flaques et d'algues que découvrait la grande marée d'août. Il la chercha des yeux avant de se laisser glisser au creux du chemin. En bas de la plage déclive, parmi les feux de cent petits miroirs d'eau d'où rejaillissait le soleil, un béret de laine bleue, décoloré comme un chardon des dunes, marquait la place où Vinca, obstinée, cherchait encore la crevette et le tourteau rosé.

— Si ça l'amuse !... souffla Philippe.

Il se laissa glisser, épousa délicieusement, de son torse nu, l'ornière de sable frais. Près de sa tête il entendait dans les paniers le chuchotement humide d'une poignée de crevettes et le grattement intelligent des pinces d'un gros crabe contre le couvercle...

Phil soupira, atteint d'un bonheur vague et sans tache auquel la fatigue agréable, la vibration de ses muscles encore tendus par l'escalade, la couleur et la chaleur d'un après-midi breton chargé de vapeur saline, versaient, chacune, leur part. Il s'assit, les yeux éblouis par le ciel laiteux qu'ils avaient contemplé et revit avec surprise le bronze nouveau de ses jambes, de ses bras, — bras et jambes de seize ans, minces, mais d'une forme pleine d'où le muscle sec n'avait pas encore émergé et qui pouvaient enorgueillir une jeune fille autant qu'un jeune homme. Il essuya, de la main, sa cheville qui saignait, écorchée, et lécha sur sa main le sang et l'eau marine qui mêlaient leur sel.

La brise, soufflant de terre, sentait le regain fauché, l'étable, la menthe foulée ; un rose poussiéreux, au ras de la mer, remplaçait peu à peu le bleu immuable qui régnait depuis le matin. Philippe ne sut pas se dire : « Il est peu d'heures dans la vie où le corps content, les yeux récompensés et le cœur léger, retentissant, presque vide, reçoivent en un moment tout ce qu'ils peuvent contenir, et je me souviendrai de celle-ci » ; mais il suffit pourtant d'une clarine fêlée et de la voix du chevreau qui la balançait à son cou, pour que les coins de sa bouche tressaillissent d'angoisse, et que le plaisir emplît ses yeux de larmes. Il ne se tourna pas vers les rochers mouillés où errait son amie, et de son émotion pure ne s'exhala point le nom de Vinca ; un enfant de seize ans ne saurait appeler, au secours d'un délice inespéré, une autre enfant, peut-être pareillement chargée...

— Hep ! petit !

La voix qui l'éveilla était jeune, autoritaire. Phil se tourna, sans se lever, vers une dame tout de blanc vêtue qui enfonçait, à dix pas de lui, ses hauts talons blancs et sa canne dans le chemin du goémon.

— Dis-moi donc, petit, je ne peux pas mener mon auto plus loin dans ce chemin-là, n'est-ce pas ?

Par politesse, Philippe se leva, s'approcha, et ne rougit que quand il fut debout, en sentant sur son torse nu le vent rafraîchi et le regard de la dame en blanc, qui sourit et changea de ton.

— Pardon, monsieur... je suis sûre que mon chauffeur s'est trompé. J'ai eu beau l'avertir... Cette route finit en sentier et ne va que vers la mer, n'est-ce pas ?

— Oui, madame. C'est le chemin du goémon.

— Du Goémon ? Et à quelle distance se trouve le Goémon ?

Phil n'eut pas le temps de retenir un éclat de rire que la dame blanche imita complaisamment :

— J'ai dit quelque chose de drôle ? Prenez garde, je vais vous tutoyer : vous paraissez douze ans, quand vous riez.

Mais elle le regardait dans les yeux, comme un homme.

— Madame, le goémon, ce n'est pas le Goémon, c'est... c'est du goémon.

— Lumineuse explication, approuva la dame blanche, et dont je vous suis bien obligée.

Elle raillait d'une manière virile, condescendante, qui avait le même accent que son regard tranquille, et Philippe se sentit tout à coup fatigué, penchant et faible, paralysé par une de ces crises de féminité qui saisissent un adolescent devant une femme.

— Vous avez fait bonne pêche, monsieur ?

— Non, madame, pas beaucoup... C'est-à-dire... Vinca a plus de crevettes que moi...

— Qui est Vinca ? Votre sœur ?

— Non, madame, c'est une amie.

— Vinca... Un nom étranger ?

— Non... C'est-à-dire... Ça signifie Pervenche.

— Une amie de votre âge ?

— Elle a quinze ans. J'en ai seize.

— Seize ans... répéta la dame blanche.

Elle ne fit aucun commentaire, et ajouta un moment après :

— Vous avez du sable sur la joue.

Il s'essuya la joue avec emportement, à s'écorcher la peau, puis son bras retomba. « Je ne sens plus mes bras, songea-t-il. Je crois que je vais me trouver mal... »

La dame blanche délivra Philippe de son regard tranquille et sourit :

— Voici Vinca, dit-elle en désignant le tournant du chemin où la jeune fille apparaissait, halant un filet à cadre de bois et le veston de Philippe. Au revoir, monsieur... ?

— Phil, dit-il machinalement.

Elle ne lui tendit pas la main et le salua d'un signe de tête deux ou trois fois répété, comme une femme qui répond « oui, oui », à une pensée cachée. Elle n'était pas encore hors de vue quand Vinca accourut.

— Phil ! Qu'est-ce que c'est que cette dame ?

Des épaules et de tout le visage, il exprima qu'il n'en savait rien.

— Tu ne la connais pas et tu lui parles ?

Phil toisa sa petite amie avec une malice qui renaissait en lui et secouait un joug passager. Il percevait joyeusement leur âge, leur amitié déjà troublée, son propre despotisme et la dévotion hargneuse de Vinca. Ruisselante, elle montrait des genoux meurtris de saint Sébastien, parfaits sous leur épiderme balafré ; des mains d'aide-jardinier ou de mousse ; un mouchoir verdi la cravatait et son blouson sentait la moule crue. Son vieux béret poilu ne luttait plus avec le bleu de ses yeux et, sauf ces yeux anxieux, jaloux, éloquents, elle ressemblait à un collégien déguisé pour une charade. Phil se mit à rire et Vinca frappa du pied, en lui jetant son blazer à la figure :

— Veux-tu me répondre ?

Il passa nonchalamment ses bras nus dans les emmanchures vides du veston.

— Bête, va ! C'est une dame avec son auto, qui se trompait de route. Un peu plus, l'auto s'enlisait ici. Je l'ai renseignée.

— Ah...

Assise, Vinca vidait ses espadrilles d'où pleuvaient les graviers mouillés.

— Et pourquoi est-ce qu'elle est partie si vite, juste au moment où je venais ?

Philippe prit son temps avant de répondre. Il goûta de nouveau, en secret, l'assurance sans gestes, le ferme regard de l'inconnue, et son sourire méditatif. Il se souvint qu'elle l'appelait « monsieur » gravement. Mais il se souvint aussi qu'elle avait dit « Vinca » tout court, d'une manière trop familière et un peu injurieuse. Il fronça les sourcils et son regard protégea l'innocent désordre de son amie. Il rêva un moment et trouva une réponse ambiguë qui satisfaisait en même temps son goût du secret romanesque et sa pudibonderie de jeune bourgeois :

— Elle a aussi bien fait, répondit-il.

Il essaya de la prière :

— Vinca ? regarde-moi ! Donne-moi la main... Pensons à autre chose !

Elle se détourna vers la fenêtre et retira doucement sa main :

— Laisse-moi. Je suis découragée.

La grande marée d'août, amenant la pluie, emplissait la fenêtre. La terre finissait là, à la lisière du pré sableux. Encore un effort du vent, encore un soulèvement du champ gris labouré d'écumes parallèles, et la maison, sans doute, voguerait comme une arche... Mais Phil et Vinca connaissaient la marée d'août et son tonnerre monotone, la marée de septembre et ses chevaux blancs échevelés. Ils savaient que ce bout de prairie demeurait infranchissable, et leur enfance avait nargué, tous les ans, les lanières savonneuses qui dansaient, impuissantes, au bord rongé de l'empire des hommes.

Phil rouvrit la porte vitrée, la referma avec effort, fit tête au vent et tendit son front à la pluie fine, vannée par la tempête, la douce pluie marine un peu salée qui voyageait dans l'air comme une fumée. Il ramassa sur la terrasse les boules cloutées d'acier et le cochonnet de buis, abandonnés le matin, les tambourins et les balles de caoutchouc. Il rangea dans une resserre ces jouets qui ne l'amusaient plus, comme on range les pièces d'un déguisement qui doit servir longtemps. Derrière la fenêtre les yeux de la Pervenche le suivaient et les gouttes glissantes, le long de la vitre, semblaient ruisseler de ces yeux anxieux, d'un bleu qui ne dépendait ni de l'étain jaspé du ciel, ni du plomb verdi de la mer.

Phil plia les fauteuils de bois, retourna la table en rotin. Il ne souriait pas, en passant, à sa petite amie. Depuis longtemps ils n'avaient plus besoin de se sourire pour se plaire, et rien aujourd'hui ne les conduisait à la joie.

« Encore quelques jours, trois semaines », se dit Phil. Il essuya le sable de ses mains à une touffe de serpolet mouillé, chargée de fleurs et de petits frelons saisis par la pluie, qui attendaient, engourdis, le prochain rayon. Il respira sur ses paumes le frais parfum chaste, et résista à une vague de faiblesse, de douceur, à une tristesse d'enfant de dix ans. Mais il regarda contre la vitre, entre les longues larmes de la pluie et les corolles tournoyantes des volubilis défaits, le visage de Vinca, ce visage de femme qu'elle ne montrait qu'à lui, et qu'elle cachait à tous derrière ses quinze ans de jeune fille raisonnable et gaie.

Une éclaircie retint l'averse dans la nue, entrouvrit au-dessus de l'horizon une plaie lumineuse, d'où s'épanouit un éventail renversé de rayons, d'un blanc triste. L'âme de Philippe s'élança au-devant de cette trêve, quêtant le bienfait, la détente que ses seize ans tourmentés revendiquaient naïvement. Mais, tourné vers la mer, il sentait derrière lui la fenêtre fermée et Vinca appuyée à la vitre.

« Encore quelques jours, se répéta-t-il. Et nous serons séparés. Que faire ? »

Il ne songea même pas que la fin des vacances, l'an dernier, avait fait de lui un jeune garçon malheureux, puis calmé par le retour à Paris et l'externat, et résigné à des consolations dominicales. L'année dernière, Philippe avait quinze ans ; chaque anniversaire relègue, dans un passé trouble et misérable, tout ce qui n'est pas Vinca et lui. L'aime-t-il donc à ce point ? Il s'interrogea, ne trouva pas d'autre mot que le mot amour, et rejeta rageusement ses cheveux hors de son front.

« Ce n'est peut-être pas que je l'aime tant que ça, mais elle est à moi ! Voilà ! »

Il se retourna vers la maison et cria dans le vent :

— Vinca ! Viens ! Il ne pleut plus !

Elle ouvrit la porte et se tint sur le seuil comme une malade, en haussant une épaule contre son oreille d'un air craintif.

— Viens, voyons ! La mer redescend, elle va remporter la pluie !

Elle banda ses cheveux d'un foulard blanc noué sur la nuque et ressembla à une blessée.

— Viens jusqu'au Nez, au moins, c'est sec sous le rocher.

Elle le suivit sans mot dire, dans le sentier de la douane en corniche à flanc de falaise. Ils foulaient l'origan poivré et les derniers parfums du mélilot. Au-dessous d'eux, la mer claquait en drapeaux déchirés et léchait onctueusement les rocs. Sa force repoussait vers le haut de la falaise des bouffées tièdes, qui portaient l'odeur de la moule et l'arôme terrestre des petites brèches où le vent et l'oiseau sèment, en volant, des graines.

Ils parvinrent à leur retraite, sèche, bien abritée sous une proue de rochers, aire sans rebords d'où l'on semblait voguer vers la haute mer. Philippe s'assit à côté de Vinca, qui appuya sa tête à son épaule. Elle paraissait épuisée et ferma aussitôt les yeux. Ses joues brunes, roses et rondes, sablées de grains roux, veloutées d'un duvet ras d'une suavité végétale, avaient pâli depuis le matin, de même que sa bouche fraîche, toujours un peu fendillée comme un fruit mordu par l'ardeur du jour.

Après le déjeuner, au lieu d'opposer aux plaintes de son « amoureux d'enfance » son bon sens habituel de petite bourgeoise intelligente, têtue et douce, elle avait éclaté en larmes, en aveux désespérés, en amères constatations qui haïssaient leur jeunesse, l'avenir hors d'atteinte, la fuite impossible, la résignation inacceptable... Elle avait crié : « Je t'aime ! » comme on crie « Adieu ! » et : « Je ne peux plus te quitter ! » avec des yeux pleins d'horreur. L'amour, grandi avant eux, avait enchanté leur enfance et gardé leur adolescence des amitiés équivoques. Moins ignorant que Daphnis, Philippe révérait et rudoyait Vinca en frère, mais la chérissait comme si on les eût, à la manière orientale, mariés dès le berceau...

Vinca soupira, rouvrit les yeux sans soulever sa tête :

— Je ne te fatigue pas, Phil ?

Il fit signe que non, admirant, si près des siens, ces yeux bleus dont le bleu, chaque fois plus doux à son cœur, palpitait entre des cils à pointes blondes.

— Tu vois, dit-il, la tempête descend. Il y aura encore grosse mer à quatre heures du matin... Mais nous tenons l'éclaircie, et ce soir un beau lever de pleine lune...

D'instinct, il parlait d'embellie, d'apaisement, menait Vinca vers des images sereines. Mais elle ne répondit rien.

— Tu viendras, demain, jouer au tennis chez les Jallon ?

Elle dit non de la tête, les yeux refermés, avec une fureur soudaine, comme si elle refusait à jamais le boire, le manger, le vivre...

— Vinca ! pria Philippe sévèrement. Il le faut. Nous irons.

Elle entrouvrit la bouche, promena sur la mer un regard de condamnée :

— Nous irons donc, répéta-t-elle. À quoi bon n'y pas aller ? À quoi bon y aller ? Rien ne changera rien.

Ils songèrent tous deux au jardin des Jallon, au tennis, au goûter. Ils songèrent, amants purs et forcenés, au jeu qui les déguiserait, demain encore, en enfants rieurs, et se sentirent recrus de fatigue.

« Encore quelques jours, se dit Philippe, et nous serons séparés. Nous ne nous éveillerons plus sous le même toit, et je ne verrai Vinca que le dimanche, chez son père, chez le mien ou au cinéma. Et j'ai seize ans. Seize et cinq vingt et un. Des centaines, des centaines de jours... Quelques mois de vacances, c'est vrai, mais dont la fin est atroce... Et pourtant elle est à moi. Elle est à moi... »

Il s'aperçut alors que Vinca glissait de son épaule. D'un mouvement doux, insensible, volontaire, elle glissait, les yeux fermés, sur la pente du plateau de rochers, si étroit que les pieds de Vinca ballaient déjà dans le vide... Il comprit et ne trembla pas. Il pesa l'opportunité de ce que tentait son amie, et resserra son bras autour des reins de Vinca, pour ne se point délier d'elle. Il éprouva, en le serrant contre lui, la réalité bien vivante, élastique, la vigoureuse perfection de ce corps de jeune fille prêt à lui obéir dans la vie, prêt à l'entraîner dans la mort...

« Mourir ? À quoi bon ?... Pas encore. Faut-il partir pour l'autre monde sans avoir véritablement possédé tout cela, qui naquit pour moi ? »

Sur ce roc incliné, il rêva de possession comme en peut rêver un adolescent timide, mais aussi comme un homme exigeant, un héritier âprement résolu à jouir des biens que lui destinent le temps et les lois humaines. Il fut, pour la première fois, seul à décider du sort de leur couple, maître de l'abandonner au flot ou de l'agripper à la saillie du rocher, comme la graine têtue qui, nourrie de peu, y fleurissait...

Il hissa, resserrant ses bras en ceinture, le gracieux corps qui se faisait lourd, et éveilla son amie d'un appel bref :

— Vinca ! Allons !

Elle le contempla debout, au-dessus d'elle, le vit résolu, impatient, et comprit que l'heure de mourir était passée. Elle retrouva, avec un ravissement indigné, le rayon du couchant dans les yeux noirs de Philippe, ses cheveux désordonnés, sa bouche et l'ombre, en forme d'ailes, que dessinait sur sa lèvre un duvet viril, et elle cria :

— Tu ne m'aimes pas assez, Phil, tu ne m'aimes pas assez !

Il voulut parler, et se tut, car il n'avait pas de noble aveu à lui faire. Il rougit et baissa la tête, coupable d'avoir — alors qu'elle glissait vers le lieu où l'amour ne tourmente plus, avant le temps, ses victimes — traité son amie comme l'épave précieuse et scellée dont le secret seul importe, et refusé Vinca à la mort.

L'ODEUR de l'automne, depuis quelques jours, se glissait, le matin, jusqu'à la mer.

De l'aube à l'heure où la terre, échauffée, permet que le souffle frais de la mer repousse l'arôme, moins dense, des sillons ouverts, du blé battu, des engrais fumants, ces matins d'août sentaient l'automne. Une rosée tenace étincelait au pied des haies, et si Vinca ramassait, à midi, quelque feuille de tremble, mûre et tombée avant son heure, le revers blanc de la feuille encore verte était humide et diamanté. Des champignons moites sortaient de terre, et les araignées des jardins, à cause des nuits plus fraîches, rentraient le soir dans la resserre aux jouets et s'y rangeaient sagement au plafond.

Mais le milieu des journées échappait aux rets de la brume d'automne, aux fils de la Vierge tendus sur les ronciers chargés de mûres, et la saison semblait rebrousser chemin vers juillet. Au haut du ciel, le soleil buvait la rosée, putréfiait le champignon nouveau-né, criblait de guêpes la vigne trop vieille et ses raisins chétifs, et Vinca avec Lisette rejetaient, du même mouvement, le léger spencer de tricot qui protégeait, depuis le petit déjeuner, le haut de leurs bras et leurs cous nus, bruns hors de la robe blanche. Il y eut ainsi une série de jours immobiles, sans vent, sans nuages sauf des « queues-de-chat » laiteux, lents, qui paraissaient vers midi et s'évanouissaient : des jours si divinement pareils l'un à l'autre que Vinca et Philippe, apaisés, pouvaient croire l'année arrêtée à son plus doux moment, mollement entravée par un mois d'août qui ne finirait pas.

Vaincus par la félicité physique, ils pensèrent moins à la séparation de septembre et quittèrent leur dramatique humeur d'adolescents déjà vieillis, à quinze et seize ans, par l'amour prématuré, le secret, le silence et l'amertume périodique des séparations.

Quelques jeunes voisins, leurs compagnons de tennis et de pêche, laissèrent la mer pour la Touraine ; les villas les plus proches se fermèrent ; Philippe et Vinca demeurèrent seuls sur la côte, dans la grande maison dont le hall de bois verni sentait le bateau. Ils goûtèrent une solitude parfaite, entre des parents qu'ils frôlaient à toute heure et ne voyaient presque pas. Vinca, occupée de Philippe, remplissait pourtant tous ses devoirs de jeune fille, cueillait au jardin des viornes et des clématites pelucheuses pour la table ; au potager, les premières poires et les derniers cassis ; elle servait le café, tendait à son père, au père de Philippe, l'allumette enflammée, coupait et cousait des petites robes pour Lisette, et vivait, parmi ces parents-fantômes qu'elle distinguait mal et entendait peu, une vie étrange ; elle y endurait la demi-surdité, la demi-cécité agréables d'un commencement de syncope. Sa jeune sœur Lisette échappait encore au sort commun et brillait de couleurs nettes et véridiques. Lisette ressemblait d'ailleurs à la Pervenche comme un petit champignon ressemble à un champignon plus grand.

— Si je mourais, disait Vinca à Philippe, tu auras toujours Lisette...

Mais Philippe haussait les épaules et ne riait pas, car les amants de seize ans n'admettent ni le changement, ni la maladie, ni l'infidélité, et ne font place à la mort dans leurs desseins que s'ils la décernent comme une récompense ou l'exploitent comme un dénouement de fortune, parce qu'ils n'en ont pas trouvé d'autre.

Par le plus beau matin d'août, Phil et Vinca décidèrent d'abandonner la table familiale et d'emporter, dans une anse à leur taille, leur déjeuner, leurs maillots de bain, et Lisette. Les années précédentes, ils avaient souvent déjeuné seuls, en explorateurs, dans des creux de falaises ; plaisir usé, plaisir gâté maintenant par l'inquiétude et le scrupule. Mais le plus beau matin rajeunissait jusqu'à ces enfants égarés et qui se tournaient parfois, plaintivement, vers la porte invisible par où ils étaient sortis de leur enfance. Philippe alla devant, sur le chemin de la douane, portant les havenets pour la pêche d'après-midi, et le filet où tintaient le litre de cidre mousseux et la bouteille d'eau minérale. Lisette, en chandail et maillot de bain, balançait le pain tiède noué dans une serviette, et Vinca fermait la marche, ficelée de sweater bleu et de culottes blanches, chargée de paniers comme un âne d'Afrique. Aux tournants accidentés, Philippe criait sans se retourner :

— Attends, je vais prendre un des paniers !

— Ce n'est pas la peine, répondait Vinca.

Et elle trouvait moyen de diriger Lisette, quand les fougères hautes submergeaient la petite tête et sa calotte de raides cheveux blonds.

Ils choisirent leur crique, une faille entre deux rochers, que les marées avaient pourvue de sable fin, et qui s'évasait en corne d'abondance jusqu'à la mer. Lisette quitta ses sandales et joua avec des coquilles vides. Vinca roula sur ses cuisses brunes sa culotte blanche et creusa le sable humide sous une roche, pour y coucher au frais les bouteilles.

— Tu veux que je t'aide ? proposa mollement Philippe.

Elle ne daigna pas répondre et le regarda en riant silencieusement. Le bleu rare de ses yeux, ses joues assombries par le fard chaud qu'on voit aux brugnons d'espalier, la double lame courbe de ses dents, brillèrent un moment avec une force de couleurs inexprimable dont Philippe se sentit comme blessé. Mais elle se détourna, et il la vit sans trouble aller, venir, se baisser agilement, libre et dévêtue comme un jeune garçon.

— On le sait, va, que tu n'as apporté que ta bouche pour manger ! cria Vinca. Ah ! ces hommes !

L'« homme » de seize ans accepta la raillerie et l'hommage. Il appela sévèrement Lisette quand la table fut mise, mangea les sandwiches que lui beurrait son amie, but le cidre pur, trempa dans le sel la laitue et les dés de gruyère, lécha sur ses doigts l'eau des poires fondantes. Vinca veillait à tout comme un jeune échanson au front ceint d'une bandelette bleue. Elle détachait pour Lisette l'arête des sardines, dosait la boisson, pelait les fruits, puis se hâtait de manger, à grands coups de ses dents bien plantées. La mer descendante chuchotait bas, à quelques mètres ; une batteuse à grain bourdonnait là-haut sur la côte, et la roche, barbue d'herbe et de fleurettes jaunes, distillait près d'eux une eau sans sel, qui sentait la terre...

Philippe s'étendit, un bras plié sous la tête.

— Il fait beau, murmura-t-il.

Vinca, debout, les mains occupées à essuyer couteaux et verres, laissa tomber sur lui le rayon bleu de son regard. Il ne bougea pas, cachant le plaisir qu'il ressentait lorsque son amie l'admirait. Il se savait beau à cette minute, les joues chaudes, la bouche lustrée, le front couché dans un désordre harmonieux de cheveux noirs.

Vinca reprit sans mot dire sa besogne de petite squaw et Philippe ferma les yeux, bercé par le reflux, une lointaine cloche de midi, la chanson à mi-voix de Lisette. Un prompt et léger sommeil descendit sur lui, sommeil de sieste, percé par chaque bruit, mais utilisant chaque bruit au profit d'un rêve tenace : gisant sur cette côte blonde, après une dînette d'enfants, il fut en même temps un Phil très ancien et sauvage, dénué de tout, mais originairement comblé, puisqu'il possédait une femme...

Un cri plus haut l'obligea à soulever ses paupières ; près de la mer que l'éclat de midi et la lumière verticale privaient de sa couleur, Vinca, penchée sur Lisette, soignait quelque écorchure, tirait une épine d'une petite main levée et confiante... L'image ne troubla pas le songe de Philippe, qui referma les yeux :

« Un enfant... C'est juste, nous avons un enfant... »

Son rêve viril où l'amour, devançant l'âge de l'amour, se laissait lui-même distancer par ses fins généreuses et simples, fonça vers des solitudes dont il fut le maître. Il dépassa une grotte, — un hamac de fibres creusé sous une forme nue, un feu rougeoyant qui battait de l'aile à ras de terre — puis perdit son sens divinatoire, sa puissance de vol, chavira, et toucha le fond moelleux du plus noir repos.

— C'est incroyable ce que les jours raccourcissent !

— Pourquoi incroyable ? Vous dites ça tous les ans à la même époque. Ce n'est pas vous qui changerez quelque chose au solstice, Marthe.

— Qui vous parle de solstice ? Je ne lui demande rien, au solstice ; qu'il me rende la pareille.

— L'inaptitude des femmes à certaines connaissances est bien curieuse. En voilà une à qui j'ai expliqué vingt fois le système des marées, et elle reste comme un mur devant la syzygie !

— Auguste, ce n'est pas parce que vous êtes mon beau-frère que je vous écouterai plus que les autres...

— Seigneur ! je n'en suis plus à m'étonner que vous ne vous soyez pas mariée, Marthe. Ma femme, pousse-moi le cendrier, veux-tu ?

— Si je te le pousse, où veux-tu qu'Audebert mette les cendres de sa pipe ?

— Madame Ferret, ne vous mettez pas martel en tête, il y a assez de coquilles d'ormeaux, que les enfants ont semées sur toutes les tables.

— C'est votre faute, Audebert. Le jour où vous leur avez dit : « C'est joli, ces coquilles d'ormeaux, ça ferait des cendriers artistiques », vous avez transformé leur vagabondage sur les rochers en mission de confiance. Pas vrai, Phil ?

— Oui, monsieur Ferret.

— C'est même pour cette mission-là que votre fille a abandonné sa première entreprise commerciale, Ferret. Vinca avait inventé, savez-vous quoi ? de s'aboucher avec Carbonieux, le grand marchand d'oiseaux et de graines, pour lui fournir des os de margat où les serins s'aiguisent le bec en cage ! Vinca, dis un peu si je mens ?

— Non, monsieur Audebert.

— Elle est plus commerçante qu'on ne croit, la mâtine. Je me reproche quelquefois...

— Oh ! Auguste, tu vas recommencer ?

— Je recommencerai si je juge bon de recommencer. Voilà une enfant que tu prétends garder à la maison, bon. Quelle pâture donneras-tu à son activité morale et physique ?

— La même pâture qu'à la mienne. Tu ne me vois pas souvent me tourner les pouces, je crois ? Et puis, je la marierai. Un point, c'est tout.

— Ma sœur est pour les vieilles traditions.

— Ce ne sont jamais les maris qui s'en plaignent.

— Bien dit, madame Ferret. L'avenir d'une fille... Je sais bien que rien ne presse. Quinze ans. Vinca a encore le temps de se découvrir une vocation. Eh, Vinca ! tu entends ? Accusée, qu'avez-vous à dire pour votre défense ?

— Rien, monsieur Audebert.

— « Rien, monsieur Audebert ! » Ah ! tu t'en fais, une bile ! Nos enfants se fichent pas mal de nous, Ferret ! Et ils sont d'un calme, ce soir !

— Ils ont mené une vie insensée. Vinca n'a plus de fond, pour ainsi parler, à sa culotte de pêche.

— Marthe !

— Quoi, « Marthe » ? Parce que j'ai parlé de culotte ? On n'est pas des Anglais !

— Devant un jeune homme !

— Ce n'est pas un jeune homme, c'est Phil. Qu'est-ce que tu dessines, mon vieux Phil ?

— Une turbine, monsieur Ferret.

— Mes compliments au futur ingénieur... Audebert, vous avez vu la lune sur le Grouin ? Il y a quinze étés que je la vois se lever sur la mer, cette lune d'août, et je ne m'en lasse pas. Quand on pense qu'il y a quinze ans, le Grouin était nu, et que c'est le vent tout seul qui y a semé ces petits arbres...

— Vous me racontez ça comme à un touriste, Ferret ! Il y a quinze ans, je cherchais un coin sur la côte pour y manger mes premières six cents balles d'économies...

— Déjà quinze ans ! C'est vrai, Philippe ne marchait pas tout seul... Ma femme, viens regarder la lune, je te demande un peu si tu l'as jamais vue, depuis quinze ans, de cette couleur-là ? Elle est... ma foi, elle est verte ! absolument verte !

Philippe leva sur Vinca des yeux inquisiteurs. On venait d'évoquer un temps où elle n'était visible pour personne, et cependant déjà un peu vivante... Il ne gardait d'ailleurs aucun souvenir précis de l'époque où ils trébuchaient ensemble sur ce sable blond des vacances : la petite forme ancienne, mousseline blanche et chair brunie, s'était dissoute. Mais quand il disait dans son cœur : « Vinca ! » le nom appelait, inséparable de son amie, le souvenir du sable, chaud aux genoux, serré et fuyant au creux des paumes...

Les yeux bleus de la Pervenche rencontrèrent ceux de Philippe, et, comme eux impassibles, se détournèrent aussitôt.

— Vinca, tu ne montes pas te coucher ?

— Pas tout de suite, maman, s'il te plaît. Je finis le gros feston de la barboteuse pour Lisette.

Elle parla d'une voix douce, puis rejeta loin d'elle et de Philippe les pâles Ombres, à peines présentes, du cercle de famille. Phil, ayant dessiné une turbine, l'hélice d'un avion, le mécanisme d'une écrémeuse, ajouta sur les pales de son hélice les grands yeux ombrés qu'on voit aux ailes des paons-de-jour, quelques pattes délicates, et des antennes. Puis il traça un V majuscule, et le déforma jusqu'à ce qu'il ressemblât, le crayon bleu aidant, à un œil d'azur, bordé de longs cils, — l'œil de Vinca.

— Regarde, Vinca.

Elle se pencha, posa sur le papier sa main de sauvagesse, brune comme un bois dur, et sourit :

— Tu n'es pas raisonnable.

— Qu'est-ce qu'il a encore fait ? cria M. Audebert.

Les deux jeunes gens tournèrent vers la voix un air d'étonnement un peu hautain.

— Rien, papa, dit Philippe. Des bêtises. J'ai mis des pattes à ma turbine pour qu'elle marche mieux.

— Ah ! quand tu auras l'âge de raison, toi, je ferai une croix à la cheminée ! Ce n'est pas seize ans, c'est six ans, qu'il a !

Vinca et Philippe sourirent avec politesse, et bannirent encore une fois de leur présence les êtres vagues qui jouaient aux cartes ou brodaient auprès d'eux. Ils entendirent encore, comme au-delà d'un bourdonnement d'eau, quelques plaisanteries sur la « vocation » de Philippe, promis à la mécanique et aux applications de l'électricité, sur le mariage de Vinca, thème familier. Des rires s'élevèrent autour de la grande table, parce que quelqu'un avait parlé d'unir Philippe à Vinca...

— Ah ! ah ! autant marier le frère et la sœur ! Ils se connaissent trop bien !

— L'amour, madame Ferret, ça veut de l'imprévu, du coup de foudre !

— *L'amour est enfant de Bohême...*

— Marthe ! ne chantez pas ! Nous qui sommes si contents de tenir enfin le noroît et le beau temps !

... Des fiançailles entre Vinca et lui ? Philippe sourit, plein de pitié condescendante. Des fiançailles... À quoi bon ? Vinca lui appartenait, comme il appartenait à

Vinca. Sagement, ils ont déjà escompté combien des fiançailles officielles à lointaine échéance troubleraient leur longue passion. Ils ont prévu les plaisanteries quotidiennes, les intolérables rires, et aussi la défiance...

... Ils refermèrent, ensemble, le judas par lequel, retranchés dans l'amour, ils communiquaient parfois avec la vie réelle. Ils envièrent, pareillement, la puérilité de leurs parents, leur facilité au rire, leur foi dans un avenir paisible.

« Comme ils sont gais ! » se dit Philippe. Il chercha, sur le front gris de son père, la trace d'une lumière, au moins d'une brûlure. « Oh ! décréta-t-il superbement, le pauvre homme n'a jamais aimé... »

Vinca fit un effort pour évoquer un temps où sa mère, jeune fille, souffrit peut-être d'amour et de silence. Elle lui vit des cheveux précocement blancs, un pince-nez d'or, et cette maigreur, qui faisait de Mme Ferret une femme si distinguée...

Vinca rougit, réclama pour elle seule la honte d'aimer, le tourment du corps et de l'âme, et quitta les Ombres vaines, pour rejoindre Philippe sur un chemin où ils cachaient leur trace et où ils sentaient qu'ils pouvaient périr de porter un butin trop lourd, trop riche et trop tôt conquis.

Au tournant de la petite route, Phil sauta à terre, jeta sa bicyclette d'un côté et son propre corps de l'autre, sur l'herbe crayeuse du talus.

« Oh ! assez ! assez ! On crève ! Pourquoi est-ce que je me suis proposé pour porter cette dépêche, aussi ? »

De la villa à Saint-Malo, les onze kilomètres ne lui avaient pas semblé trop durs. La brise de mer le poussait, et les deux longues descentes plaquaient à sa poitrine demi-nue une fraîche écharpe d'air agité. Mais le retour le dégoûtait de l'été, de la bicyclette et de l'obligeance. Août finissait dans les flammes. Philippe rua des deux pieds dans une herbe jaune et lécha sur ses lèvres la poussière fine des routes siliceuses. Il tomba sur le dos, les bras en croix. La congestion passagère noircissait le dessous de ses yeux comme s'il sortait d'un combat de boxe, et ses deux jambes de bronze, nues hors de la petite culotte sportive, comptaient, en cicatrices blanches, en blessures noires ou rouges, ses semaines de vacances et ses journées de pêche sur la côte rocheuse.

« J'aurais dû emmener Vinca, ricana-t-il. Quelle musique ! » Mais un autre Philippe, en lui, le Philippe épris de Vinca, le Philippe enfermé dans son précoce amour comme un prince orphelin dans un palais trop vaste, répliqua au méchant Philippe : « Tu l'aurais portée sur ton dos jusqu'à la villa, si elle s'était plainte... »

« Ce n'est pas sûr », protesta le méchant Philippe... Et le Philippe amoureux n'osa pas, cette fois, discuter...

Il gisait au pied d'un mur que des pins bleus, des trembles blancs couronnaient. Philippe connaissait la côte par cœur, depuis qu'il savait marcher sur deux pieds et rouler sur deux roues. « C'est *Ker-Anna*. J'entends la dynamo qui fait la lumière. Mais je ne sais pas qui a loué la propriété cet été. » Un moteur, derrière le mur, imitait au loin le clappement de langue d'un chien haletant, et les feuilles des trembles argentés se rebroussaient au vent comme les petits flots d'un ru. Apaisé, Phil ferma les yeux.

— Vous avez bien gagné un verre d'orangeade, il me semble, monsieur Phil, dit une voix tranquille.

Phil, en ouvrant les yeux, vit au-dessus de lui, inversé comme dans un miroir d'eau, un visage de femme, penché. Ce visage, à l'envers, montrait un menton un peu gras, une bouche rehaussée de rouge, le dessous d'un nez aux narines serrées, irritables, et deux yeux sombres qui, vus d'en bas, affectaient la forme de deux croissants. Tout le visage, couleur d'ambre clair, souriait avec une familiarité point amicale. Philippe reconnut la Dame en blanc, enlisée avec son auto dans le chemin du goémon, la dame qui l'avait questionné en le nommant d'abord « eh ! petit ! », puis « monsieur »... Il bondit sur ses pieds et salua de son mieux. Elle s'appuyait sur ses bras croisés, nus hors de sa robe blanche, et le toisait de la tête aux pieds, comme la première fois.

— Monsieur, interrogea-t-elle gravement, est-ce par vœu, ou par inclination, que vous ne portez pas de vêtements, ou si peu ?

Le sang rafraîchi remonta d'un flot aux oreilles, aux joues de Philippe, et redevint brûlant.

— Mais non, madame, cria-t-il d'un ton aigre, c'est parce que j'ai dû porter au télégraphe la dépêche au client de papa ; il n'y avait personne de prêt à la maison ; on ne pouvait pourtant pas envoyer Vinca ou Lisette par ce temps-là !

— Ne me faites pas de scène, dit la Dame en blanc. Je suis extrêmement impressionnable. Pour un rien, je fonds en larmes.

Ses paroles, et son regard impassible où flottait un arrière-sourire, blessèrent Philippe. Il saisit sa bicyclette par le guidon, comme on relève rudement par le bras un enfant qui vient de tomber, et voulut se mettre en selle.

— Prenez un verre d'orangeade, monsieur Phil. Je vous assure.

Il entendit grincer une grille à l'angle du mur, et sa tentative de fuite le mena juste devant une porte ouverte, une allée d'hortensias roses apoplectiques, et la Dame en blanc.

— Je m'appelle Madame Dalleray, dit-elle.

— Philippe Audebert, dit Phil précipitamment.

Elle esquissa un geste d'indifférence et fit un « oh !... » qui signifiait : « Cela ne m'intéresse pas. »

Elle marchait près de lui et subissait sans broncher le soleil sur ses cheveux noirs, tirés et brillants. Il se mit à souffrir de la tête, et se crut insolé en retrouvant, auprès de Mme Dalleray, cet espoir, cette appréhension d'un évanouissement qui l'eût délivré de penser, de choisir et d'obéir.

— Totote ! l'orangeade ! cria Mme Dalleray.

Phil tressaillit, réveillé : « Le mur est là, se dit-il. Il n'est pas très haut. Je saute, et... » Il se retint d'achever mentalement : « ... et je suis sauvé. » Pendant qu'il gravissait, derrière la robe blanche, un perron éblouissant, il appela à lui toute l'insolence de ses seize ans : « Quoi ? elle ne me mangera pas !... Si elle tient absolument à la placer, son orangeade !... »

Il entra, et crut perdre pied en pénétrant dans une pièce noire, fermée aux rayons et aux mouches. La basse température qu'entretenaient persiennes et rideaux tirés lui coupa le souffle. Il heurta du pied un meuble mou, chut sur un coussin, entendit un petit rire démoniaque, venu d'une direction incertaine, et faillit pleurer d'angoisse. Un verre glacé toucha sa main.

— Ne buvez pas tout de suite, dit la voix de Mme Dalleray. Totote, tu es folle d'avoir mis de la glace. La cave est assez froide.

Une main blanche plongea trois doigts dans le verre et les retira aussitôt. Le feu d'un diamant brilla, reflété dans le cube de glace que serraient les trois doigts. La gorge serrée, Philippe but, en fermant les yeux, deux petites gorgées, dont il ne perçut même pas le goût d'orange acide ; mais quand il releva les paupières, ses yeux habitués discernèrent le rouge et le blanc d'une tenture, le noir et l'or assourdi des rideaux. Une femme, qu'il n'avait pas vue, disparut, emportant un plateau tintant. Un ara rouge et bleu, sur son perchoir, ouvrit son aile avec un bruit d'éventail, pour montrer son aisselle couleur de chair émue...

— Il est beau, dit Phil d'une voix enrouée.

— D'autant plus beau qu'il est muet, dit Mme Dalleray.

Elle s'était assise assez loin de Philippe, et la fumée verticale d'un parfum qui brûlait, répandant hors d'une coupe l'odeur de la résine et du géranium, montait entre eux. Philippe croisa l'une sur l'autre ses jambes nues, et la Dame en blanc sourit, pour accroître la sensation de somptueux cauchemar, d'arrestation arbitraire, d'enlèvement équivoque qui ôtait à Philippe tout son sang-froid.

— Vos parents viennent tous les ans sur la côte, n'est-ce pas ? dit enfin la douce voix virile de Mme Dalleray.

— Oui, soupira-t-il avec accablement.

— C'est, d'ailleurs, un charmant pays, que je ne connaissais pas du tout. Une Bretagne modérée, pas très caractéristique, mais reposante, et la couleur de la mer y est incomparable.

Philippe ne répondit pas. Il tendait le reste de sa lucidité vers son propre épuisement progressif, et s'attendait à entendre tomber sur le tapis, régulières, étouffées, les dernières gouttes d'un sang qui quittait son cœur.

— Vous l'aimez, n'est-ce pas ?

— Qui ? dit-il en sursaut.

— Cette côte cancalaise ?

— Oui...

— Monsieur Phil, vous n'êtes pas souffrant ? Non ? Bon. Je suis une très bonne garde-malade, d'ailleurs... Mais par ce temps-là, vous avez mille fois raison : mieux vaut se taire que de parler. Taisons-nous donc.

— Je n'ai pas dit ça...

Elle n'avait pas fait un mouvement depuis leur entrée dans la pièce obscure, ni risqué une parole qui ne fût parfaitement banale. Pourtant le son de sa voix, chaque fois, infligeait à Philippe une sorte inexprimable de traumatisme, et il reçut avec terreur la menace d'un mutuel silence. Sa sortie fut piteuse et désespérée. Il heurta son verre à un fantôme de petite table, proféra quelques mots qu'il n'entendit pas, se mit debout, gagna la porte en fendant des vagues lourdes et des obstacles invisibles, et retrouva la lumière avec une aspiration d'asphyxié.

— Ah ! dit-il à demi-voix.

Et il pressa, d'une main pathétique, cette place du sein où nous croyons que bat notre cœur.

Puis il reprit brusquement conscience de la réalité, rit d'un air niais, secoua cavalièrement la main de Mme Dalleray, reprit sa bicyclette et partit. En haut de la dernière côte, il trouva Vinca, inquiète, qui l'attendait :

— Mais qu'est-ce que tu as fait si longtemps, Phil ?

Il baisa, à travers les paupières que bleuissait la couleur des prunelles, les charmants yeux bleus de sa petite amie, et répondit avec exubérance :

— Ce que j'ai fait ? Mais tout, voyons ! J'ai été attaqué à un tournant, enfermé dans une cave, abreuvé de narcotiques puissants, lié tout nu à un poteau, fustigé, mis à la question...

Vinca riait, appuyée à son épaule, tandis que Philippe secouait la tête pour détacher de ses cils deux larmes d'énervement, et qu'il pensait :

« Si elle savait que c'est la vérité, ce que je lui raconte... »

DEPUIS que Mme Dalleray lui avait offert un verre d'orangeade, Phil sentait sur ses lèvres et contre ses amygdales le choc, la brûlure de la boisson glacée. Il s'imaginait aussi qu'il n'avait bu de sa vie, ni ne boirait désormais une orangeade aussi amère.

« Et pourtant, au moment où je l'ai bue, je n'en ai pas senti le goût... C'est après... longtemps après... » Cette visite, qu'il cachait à Vinca, formait dans sa mémoire un point battant et sensible, dont il précipitait ou calmait à son gré la fièvre bénigne.

La vie de Philippe appartenait toujours à Vinca, à la petite amie de son cœur, née tout près de lui, douze mois après lui, attachée à lui comme une jumelle à son frère jumeau, anxieuse comme une amante qui doit demain perdre son amant. Mais le rêve, ni le cauchemar ne dépendent de la vie réelle. Un mauvais rêve, riche d'ombre glaciale, de rouge sourd, de velours noir et or, empiétait sur la vie de Phil, diminuait, en segment d'éclipse, les heures normales du jour, depuis que dans le salon de *Ker-Anna*, par un après-midi torride, il avait bu le verre d'orangeade versé par l'impérieuse et grave Dame en blanc. Le feu du diamant au bord du verre... Le dé de glace, étincelant entre trois doigts pâles... L'ara bleu et rouge, muet sur son perchoir, et son aile doublée d'un plumage blanc, rosé comme la chair des pêches... L'adolescent doutait de sa mémoire en ressassant ces images d'un coloris brûlant et faux, décor créé peut-être par le sommeil, qui force jusqu'au bleu le vert des feuillages et donne à certaines nuances l'accent d'un sentiment...

Il n'avait rapporté, de sa visite, aucun plaisir. Le souvenir même du parfum qui fumait dans une coupe paralysait, un temps, son appétit, lui infligeait des aberrations nerveuses :

— Tu ne trouves pas, Vinca, que les crevettes sentent le benjoin, aujourd'hui ?

Plaisir, l'entrée dans le salon fermé, le tâtonnement contre des obstacles mous et veloutés ? Plaisir, l'évasion maladroite, le soleil en chape soudaine sur les épaules ? Non, non, rien de tout cela ne ressemblait au plaisir, mais plutôt au malaise, au tourment d'une dette...

« Je lui dois une politesse, se dit Philippe un matin. Rien ne m'oblige à passer pour un mufle. Il faut que je dépose des fleurs à sa porte, et après je n'y penserai plus. Mais quelles fleurs ? »

Les reines-marguerites du potager et les mufliers de velours lui parurent méprisables. Août finissant défleurissait les chèvrefeuilles sauvages et les Dorothy-Perkins enroulées au tronc des trembles. Mais un creux de dune entre la villa et la mer, empli jusqu'aux bords de chardons des sables, bleus dans leur fleur, mauves au long de leur tige cassante, méritait de s'appeler « le miroir des yeux de Vinca ».

« Des chardons bleus... j'en ai vu dans un vase de cuivre, chez Mme Dalleray... Offre-t-on des chardons bleus ? Je les accrocherai à la grille... Je n'entrerai pas... »

Il attendit, avec la sagacité de ses seize ans, le jour où Vinca, fatiguée, un peu malade, languissante et hérissée, une marge mauve sous ses yeux bleus, s'étendit à l'ombre, refusa le bain et la promenade. Il coupa et bottela secrètement les plus beaux chardons, en se blessant furieusement les mains à leur feuillage de fer. Il partit sur sa bicyclette, par un doux temps breton qui voilait de brume la terre et mêlait à la mer un lait immatériel. Il roula, gêné par un pantalon de toile blanche et son plus beau veston de gros jersey, jusqu'aux murs de *Ker-Anna*, marcha courbé vers la grille et voulut jeter dans le jardin sa botte de chardons, comme il se fût délivré d'une pièce à conviction. Il médita son geste, repéra l'endroit où le mur d'enceinte touchait presque la villa, fit tourner son bras en fronde et le bouquet vola dans l'air. Philippe entendit un cri, des pas sur le gravier, et une voix étouffée de colère, qu'il reconnut cependant :

— Si je tenais l'idiot qui a fait ça...

Se sentant insulté, il renonça à la fuite, et la Dame en blanc, irritée, le trouva près de la grille. Elle changea de figure en le voyant, dénoua ses sourcils joints, haussa les épaules :

— J'aurais dû m'en douter, dit-elle. Ce n'est pas très malin.

Elle attendit une excuse qui ne vint pas, car Phil, occupé à la regarder, la remerciait vaguement en lui-même d'être encore une fois vêtue de blanc, et le visage rehaussé discrètement de rouge aux lèvres, de bistre en halo autour des yeux. Elle porta une main à sa joue :

— Tenez, je saigne !

— Moi aussi, dit Philippe roidement.

Et il tendit ses mains blessées. Elle se pencha, écrasa sous son doigt une petite perle de sang sur la paume de Phil.

— Vous les avez cueillis pour moi ? demanda-t-elle avec nonchalance.

Il ne répondit que d'un signe, se gourmandant de manifester, à une femme aimable et bien élevée, des façons de rustre. Mais elle n'en paraissait pas fâchée, ni surprise.

— Vous voulez entrer un moment ?

Il répondit de la même manière, et sa muette protestation fit voler ses cheveux autour de son visage, embelli d'une sévérité étrange et privé de toute autre expression.

— Ils sont d'un bleu... un bleu indicible... Je les planterai dans mon brasero de cuivre...

Le visage de Phil se détendit un peu :

— Je le pensais, dit-il. Ou bien dans un pot de grès gris.

— Oui, si vous le voulez... Dans un pot de grès gris.

Une sorte de docilité, dans la voix de Mme Dalleray, émerveilla Philippe. Elle s'en aperçut, le regarda dans les yeux, reprit son sourire aisé et presque masculin, et changea de ton :

— Dites-moi, monsieur Phil... Une question... Une simple question... Ces beaux chardons bleus, vous les avez cueillis pour moi, pour me faire plaisir ?

— Oui...

— C'est charmant. Pour me faire plaisir. Mais avez-vous pensé plus vivement à mon plaisir de les recevoir — comprenez-moi bien ! — qu'à *votre* plaisir de les cueillir pour moi et de me les offrir ?

Il l'écoutait mal, et la regardait parler comme un sourd-muet, l'esprit attaché à la forme de sa bouche et au battement de ses cils. Il ne comprit pas, et répondit au hasard :

— J'ai pensé que ça vous serait agréable... Et puis vous m'aviez offert de l'orangeade...

Elle retira sa main, qu'elle avait posée sur le bras de Phil, et rouvrit tout grand le battant à demi fermé de la grille.

— Bien. Mon petit, il faut vous en aller, et ne plus revenir ici.

— Comment ?...

— Personne ne vous a demandé de m'être agréable. Quittez donc l'obligeant souci qui vous amène, aujourd'hui, à me bombarder de chardons bleus. Adieu, monsieur Phil. À moins que...

Elle appuyait son front hardi à la grille promptement refermée entre eux et toisait Philippe, immobile sur la petite route.

— À moins qu'un jour je ne vous retrouve à cette place, revenu non pour payer, d'un bouquet épineux, mon orangeade, mais pour une autre raison...

— Une autre raison...

— Comme votre voix ressemble à la mienne, monsieur Phil ! Cette fois-là nous verrons si mon agrément est en jeu, ou le vôtre. Je n'aime que les mendiants et les affamés, monsieur Phil. Si vous revenez, revenez la main tendue... Allez, allez, monsieur Phil !...

Elle quitta la grille, et Philippe s'en alla. Chassé, et même banni, il n'emportait pourtant qu'une fierté d'homme, et dans son souvenir l'arabesque noire de la grille couronnait, comme une branche de viorne, un visage féminin, tatoué sur la joue d'un signe de sang frais.

Tu vas tomber, Vinca, ton espadrille est défaite.
— Attends...

Phil se baissa vivement, saisit les deux rubans de laine blanche et les croisa sur une cheville brune, frémissante, sèche, jambe de bête fine, faite pour la course et le saut. Un épiderme durci, des cicatrices nombreuses n'en masquaient pas la grâce. Presque pas de chair sur l'ossature légère, juste assez de muscle pour assurer le galbe ; la jambe de Vinca n'éveillait pas le désir, mais l'espèce d'exaltation que l'on voue à un style pur.

— Attends, je te dis ! Je ne peux pas rattacher tes cordons, si tu marches !

— Non, laisse !

Le pied nu, chaussé de toile, glissa entre les mains qui le tenaient et franchit, comme s'il s'envolait, la tête de Phil agenouillé. Il perçut l'odeur d'esprit de lavande, de linge repassé et d'algue marine qui composait le parfum de Vinca, et la vit à trois pas de lui. Elle le regardait de haut en bas et lui versait la lumière assombrie et troublée de ses yeux, dont le bleu refusait d'imiter les nuances changeantes de la mer.

— Qu'est-ce qui te prend ? En voilà des caprices ! Je sais rattacher une sandale, peut-être ! Je t'assure, Vinca, tu deviens impossible !

La posture chevaleresque de Phil seyait mal à son visage offensé de dieu latin, doré, couronné de cheveux noirs, à peine menacé dans sa grâce par l'ombre — poil dru demain, duvet de velours aujourd'hui — de la moustache future.

Vinca ne se rapprochait pas de lui. Elle semblait étonnée, et essoufflée comme si Phil l'eût poursuivie.

— Qu'est-ce que tu as ? Je t'ai fait mal ? Tu as une épine ?

Elle répondit « non » d'un signe, s'adoucit, tomba assise parmi la sauge et les renouées roses, tira l'ourlet de sa robe jusqu'à ses chevilles. Une célérité anguleuse et plaisante, un équilibre, exceptionnel comme un don chorégraphique, gouvernaient tous ses mouvements. Sa tendre et exclusive camaraderie avec Phil l'avait formée aux jeux garçonniers, à une rivalité sportive qui ne cédait pas encore devant l'amour, né cependant en même temps qu'elle. Malgré la force, chaque jour monstrueusement accrue, qui chassait hors d'eux peu à peu la confiance, la douceur, malgré l'amour qui changeait l'essence de leur tendresse comme l'eau colorée qu'elles boivent change la couleur des roses, ils oubliaient quelquefois leur amour.

Philippe ne soutint pas longtemps le regard de Vinca, dont l'azur assombri ne contenait aucun reproche. Elle paraissait seulement surprise, et respirait vite, comme la biche qu'un promeneur rencontre en forêt et qui balance, émue, au lieu de gagner de large. Elle interrogeait son propre instinct, plutôt que le jeune garçon agenouillé dont elle avait fui la main ; elle savait qu'elle venait d'obéir à la défiance, à une espèce de répulsion, non à la pudeur. Il n'était pas question de pudeur aux côtés d'un si grand amour.

Mais la pureté vigilante de Vinca percevait, par des avertissements soudains, une présence féminine auprès de Philippe. Il arrivait qu'elle flairât l'air, autour de lui, comme s'il eût, en secret, fumé, ou mangé une friandise. Elle interrompait leurs causeries par un silence aussi impérieux qu'un bond, par un regard dont il sentait le choc et le poids. Elle délivrait sa main de la main amie, plus petite mais moins fine que la sienne, où sa main reposait pendant la promenade sur la route avant le dîner...

Sa troisième, sa quatrième visite à Mme Dalleray, Phil les avait sans peine cachées à Vinca. Mais que valaient la distance et les murailles contre l'antenne invisible qui d'une âme éprise s'élance, palpe, découvre la flétrissure et se replie ?... Greffé sur leur grand secret, le petit secret parasite tarait Philippe, innocent en fait, d'une difformité morale. Vinca maintenant le trouvait doux lorsqu'il eût dû, confiant dans son despotisme d'amant fraternel, la traiter en esclave. Un peu de l'aménité des maris infidèles se glissait en lui et le rendait suspect.

Ayant morigéné l'étrange humeur de Vinca, Philippe garda cette fois son air rogue et reprit le chemin de la villa, en se retenant de courir. Goûterait-il dans une heure à *Ker-Anna*, comme Mme Dalleray l'en avait prié ? Prié... celle-là ne savait qu'ordonner, et conduire avec une dureté dissimulée celui qu'elle élevait au rang de mendiant et d'affamé. Mendiant rebelle à l'humilité et qui pouvait, loin d'elle, songer sans gratitude à la verseuse de boisson fraîche, à la peleuse de fruits dont les mains blanches servaient et soignaient le petit passant novice et bien tourné. Mais faut-il nommer novice l'adolescent que l'amour a, dès l'enfance, sacré homme et gardé pur ? Où elle eût trouvé une victime facile, enchantée de se soumettre, Mme Dalleray rencontrait un antagoniste ébloui et circonspect. La bouche altérée et les mains tendues, le mendiant ne prenait pas figure de vaincu.

« Il se défendra », conjecturait-elle. « Il se garde... » Elle n'en était pas encore au point de dire : « *Elle* le garde. »

Philippe put crier de la maison, à Vinca restée sur le pré sableux :

— Je vais chercher le second courrier ! Tu n'as pas de commissions ?

Un signe de refus tendit autour de la tête de Vinca ses cheveux égaux en roue ensoleillée et Philippe se jeta sur sa bicyclette.

Mme Dalleray ne semblait pas l'attendre et lisait. Mais l'ombre étudiée du salon, la table presque invisible d'où montaient les odeurs de la pêche tardive, du melon rouge de Chypre coupé en croissants d'astre et du café noir versé sur la glace pilée le renseignèrent.

Mme Dalleray laissa son livre et lui tendit une main sans se lever. Il voyait dans l'ombre la robe blanche, la main blanche : les yeux noirs, isolés dans leur halo de bistre, bougeaient avec une lenteur inaccoutumée.

— Peut-être que vous dormiez, dit Phil, en se forçant à une obligeance mondaine.

— Non... Certainement non. Il fait chaud ? Vous avez faim ?

— Je ne sais pas...

Il soupira, sincèrement indécis, pris, dès l'entrée à *Ker-Anna*, d'une sorte de soif, et d'une sensibilité aux odeurs comestibles qui eût ressemblé à l'appétit si une anxiété sans nom n'eût en même temps serré sa gorge. Son hôtesse le servit pourtant, et il huma, sur une petite pelle d'argent, la chair rouge du melon poudré de sucre, imprégnée d'un alcool léger, à goût d'anis.

— Vos parents vont bien, monsieur Phil ?

Il la regarda, surpris. Elle paraissait distraite et ne semblait pas avoir entendu sa propre voix. Du bord de sa manche, il accrocha une cuiller, qui tomba avec un son de clochette faible sur le tapis.

— Maladroit... Attendez...

D'une main elle lui saisit le poignet, de l'autre main elle releva, jusqu'au coude, la manche de Phil et garda fermement, dans sa main chaude, le bras nu.

— Laissez-moi ! cria Phil très haut.

Il fit un violent mouvement du bras. Une soucoupe se brisa à ses pieds. Dans le bourdonnement de ses oreilles tintait l'écho du cri de Vinca : « Laisse !... » et il tourna vers Mme Dalleray un regard plein de courroux et de questions. Elle n'avait pas bougé et la main qu'il avait rejetée gisait ouverte sur ses genoux comme une conque creuse. Philippe mesura longuement cette immobilité significative. Il baissa la tête, vit passer devant lui deux ou trois images incohérentes, inéluctables, de vol comme l'on vole en songe, de chute comme l'on choit en plongeant, à l'instant où les plis de l'onde vont joindre le visage renversé — puis, sans élan, avec une lenteur réfléchie, avec un courage calculé, il remit son bras nu dans la main ouverte.

QUAND Philippe sortit de chez la Dame en blanc, il pouvait être une heure et demie du matin.

Il avait dû attendre, pour quitter la villa familiale, que tous les bruits et les lumières y fussent éteints. Une porte vitrée, fermée au loquet, une barrière de bois que son propre poids rabattait — au-delà, la route, la liberté... La liberté ? Il avait marché vers *Ker-Anna* chargé d'entraves, parfois s'arrêtant pour aspirer l'air, la main gauche posée sur le cœur, la tête basse puis levée comme un chien qui aboie à la lune. En haut de la côte, il s'était retourné, pour apercevoir à mi-falaise la maison où dormaient ses parents, les parents de Vinca — et Vinca... La troisième fenêtre, le petit balcon de bois... Elle devait dormir derrière cette paire de volets clos. Elle devait dormir, tournée un peu de côté, la figure sur son bras, comme une enfant qui se cache pour pleurer, ses cheveux égaux ouverts en éventail de la nuque à la joue. Il l'avait vue si souvent dormir, depuis leur enfance. Il connaissait cette attitude chagrine et douce, qu'elle ne prenait que dans le sommeil.

La crainte de l'éveiller télépathiquement détournait bientôt Philippe vers la route, blanche dans la nuit laiteuse du premier quartier de la lune, et qui guidait ses pas. L'anxiété, l'amour, à peine alanguis au fond d'un sommeil d'adolescente, il les avait sentis, vigilants, se suspendre à lui. Leur poids, bien plus que la peur froide qui glace un garçon de seize ans sur le chemin de sa première aventure, leur poids allait peut-être changer en corvée l'épreuve, et l'orgueilleux délire en curiosité sans courage ?... Mais il n'avait balancé qu'un moment avant de précipiter sa course, avec le même geste de suffocation et d'appel à la lune, sur l'autre versant de la côte qu'il venait, au retour, de gravir plus lentement.

« 2 heures », compta Philippe, l'oreille tendue vers l'horloge du village. Les quatre quarts cristallins, les 2 heures graves voyagèrent mollement dans la brume saline et tiède. Il ajouta, rituellement : « Le vent a tourné, on entend l'horloge de l'église, c'est changement de temps... » et le son de la phrase familière lui parvint de très loin, d'une vie révolue... Il s'assit sur le rebord gazonné d'une plate-bande, devant la villa, pleura brusquement, et se fit honte de ses larmes, jusqu'au moment où il prit conscience qu'il pleurait avec plaisir.

Quelqu'un, à côté de lui, exhala un grand soupir ; le chien du gardien, indistinct à ses pieds, somnolait sur l'allée sablée. Phil se pencha, caressa le poil de sanglier, le nez sec de la bête amie qui n'avait pas aboyé.

— Fanfare... mon vieux Fanfare...

Mais le chien, âgé et d'un caractère breton, se leva et s'alla recoucher hors de portée, avec un bruit de vieux sac.

La marée de morte-eau, endormie sous la brume au bas du pré, envoyait à la plage une petite vague exténuée, qui claquait faiblement comme un linge mouillé, de minute en minute. Aucun oiseau ne veillait, hors une chevêche qui imitait narquoisement le chat, tantôt à la cime d'un tremble plus blanc que la brume, tantôt sur la haie de fusains.

Lentement, la pensée de Philippe réintégra le décor familier et méconnaissable. Cette paix nocturne, qui dépossède l'homme, lui offrait le refuge, la transition nécessaire entre sa vie ancienne, son doux pays de tous les étés et le lieu, le climat où tournoyait un indiscernable orage de couleurs, de parfums, de lumières dont la source dissimulée épandait un dard aigu ou une nappe pâle et restreinte... Meubles et fleurs semblaient perdre leur équilibre et montrer, ceux-là leurs maigres jambes de biches, celles-ci le dessous pelucheux de leurs feuilles, leurs tiges rigides dans une eau pure. Lieu, climat traîtres où une main, une bouche de femme déchaînaient à leur gré l'anéantissement d'un univers tranquille, le cataclysme qu'avait béni — comme le pont lumineux qui se lève dans le ciel après la foudre — l'arc d'un bras nu...

Du moins, cette tourmente qu'il venait de traverser, il la laissait derrière lui. Il n'en rapportait avec lui qu'une fatigue de nageur, une mansuétude vague et universelle de naufragé touchant terre. Plus favorisé que tels jeunes hommes qui viennent, souvent en se déchirant eux-mêmes, d'échanger une longue angoisse, féconde en rêveries illimitées, contre un plaisir qui désormais bornera leurs rêves, il revenait, lourd seulement de stupeur normale, conscient à la manière du buveur gorgé qui sent osciller, quand il bouge, la masse refroidie du vin d'où s'évada l'esprit brûlant et léger.

Le jour était loin encore, mais déjà une moitié de la nuit, plus claire que l'autre, divisait le ciel. Un très petit animal, hérisson ou rat, gratta la terre en trottant. Le premier souffle avant-coureur de l'aurore roula sur l'allée quelques pétales, les délaissa, s'évanouit, et tout redevint immobile. 3 heures s'égrenèrent rêveusement à l'horloge lointaine, la première limpide et proche, les deux autres étouffées d'une bouffée de vent. Un couple de courlis passa au-dessus de Philippe, assez bas pour qu'il entendît le cri de voilure de leurs ailes tendues, et leur piaulement sur la mer plongea, dans la mémoire ouverte et sans défense de l'adolescent, jusqu'au fond de quinze années pures, suspendues à un rivage blond, à une enfant qui à ses côtés grandissait, portant sa tête blonde et droite comme un épi.

Il se leva, avec un effort physique pour se reconnaître, pour obliger celui qui venait de se reposer là — près de la barrière blanche, près du chien couché — à être le même que celui qui, la veille, se tournait avec crainte vers *Ker-Anna* en s'appuyant à la barrière blanche, en caressant distraitement le chien couché. Mais il ne le put.

Il passa sur son visage ses deux mains chaudes, qui lui semblèrent plus douces que de coutume, imprégnées d'un parfum qui s'envolait quand il le voulait fixer sous ses narines, mais qui vibrait alentour, comme fait l'arôme de certaines plantes odoriférantes à feuilles fragiles. À cet instant, la lueur d'une lampe, entre les lames des persiennes, brilla, et s'éteignit peu après, dans la chambre de Vinca.

« Elle ne dort pas. Elle vient de regarder l'heure. Pourquoi ne dort-elle pas ? »

À travers les murs, il sut comment, d'un bras étendu, Vinca avait allumé la lampe, regardé la petite montre suspendue au lit de cuivre, puis rejeté sur l'oreiller, en éteignant la lampe, sa tête et sa chevelure qui sentait l'enfant soigné et la lavande. Il sut qu'à cause de la nuit lourde une épaule brunie, jarretée de blanc à la place où l'épaulette du maillot de bain la gardait du soleil, demeurait nue, et la forme du long corps vigoureux de son amie — corps familier, pourvu chaque année de beautés nouvelles et prévues — lui apparut pour le frapper de stupeur.

Qu'y avait-il de commun entre ce corps, entre l'emploi que l'amour en pouvait faire, entre ses fins inévitables, et la destinée d'un autre corps de femme, voué à des rapts délicats, doué d'un génie spoliateur, d'une implacabilité passionnée, d'une enchanteresse et hypocrite pédagogie ?

— Jamais ! dit-il à voix haute.

Hier encore il mesurait, d'un cœur patient, le temps au bout duquel Vinca lui appartiendrait. Aujourd'hui, pâli d'un enseignement qui laissait à son corps le tremblement et la suavité de la défaite, Philippe reculait de tout son être devant une image insensée...

— Jamais !

L'aube venait, rapide. Mais aucun vent ne chassait la brume saline où le rouge de l'aurore levante gagnait par nappes. Philippe franchit le seuil de la villa, monta sans bruit vers sa chambre qu'une nuit étouffante emplissait encore, et il ouvrit les volets, avec la hâte d'affronter, dans un miroir, sa nouvelle figure d'homme...

Il vit, dans un visage que la lassitude amincissait, des yeux languissants, agrandis par leur cerne, des lèvres qui, d'avoir touché une bouche rougie, demeuraient un peu fardées, des cheveux noirs en désordre sur le front, — des traits plaintifs, et moins pareils à ceux d'un homme qu'à ceux d'une jeune fille meurtrie.

LES cris des chardonnerets, au moment où Philippe s'endormit, réclamaient déjà les graines que Vinca leur jetait à poignées, le matin. Le palpitant sommeil de Philippe souffrit de leurs cris légers, et son demi-songe les muait en petits copeaux de métal roulé, arrachés au casque douloureux qui coiffait son crâne. Le trop beau jour retentissait de poules pondeuses, d'abeilles, de batteuse à blé quand il s'éveilla tout à fait ; la mer verdissait, rebroussée par le vent frais du nord-ouest, et Vinca riait, vêtue de blanc, sous la fenêtre.

— Qu'est-ce qu'il a ? mais qu'est-ce qu'il a ? Eh, Phil ! C'est la maladie du sommeil ?

Et les Ombres familières, devenues presque invisibles comme la tache ancienne du mur, comme le lierre ou le lichen, les Ombres dédaignées par les deux adolescents, répétaient autour d'elle :

— Qu'est-ce qu'il a ? mais qu'est-ce qu'il a ? il a mangé du pavot !

Il les regardait, du haut de sa fenêtre. Il avait la bouche entrouverte, une sorte d'horreur ingénue sur ses traits, et une telle pâleur que le rire de Vinca s'éteignit, éteignant les autres rires :

— Oh !... mais tu es malade ?

Il se jeta en arrière comme si Vinca lui eût lancé un caillou.

— Malade ? tu vas voir si je suis malade ! D'abord, quelle heure est-il ?

Les rires reprirent en bas :

— Onze heures moins le quart, grande marmotte ! Viens te baigner !

Il acquiesça de la tête, referma la fenêtre, et les vitres tendues de tulle le refoulèrent vers l'abîme nocturne où le remous d'un souvenir s'étirait, noir, onctueux, prélassé entre des saillies lumineuses qui se hissaient au jour et y prenaient la couleur de l'or, de la chair, l'éclat d'un œil mouillé, d'une bague ou d'un ongle...

Il jeta son pyjama de nuit, entra impétueusement dans son maillot de bain, et au lieu de descendre demi-nu, comme tous les jours, il noua soigneusement la corde de son peignoir.

Vinca l'attendait sur le pré de mer et cuisait paisiblement au soleil ses hautes jambes, ses bras déliés d'un brun roux de pain campagnard. Le bleu incomparable de ses yeux, sous le foulard bleu déteint, emplit Philippe d'une soif d'eau fraîche, d'un désir de lame salée et de brise. En même temps, il contemplait la force évidente d'un corps chaque jour féminisé, les durs genoux ciselés finement, les longs muscles des cuisses et les reins fiers.

« Comme elle est solide ! » pensa-t-il, avec une sorte de crainte.

Ils plongèrent ensemble, et tandis que Vinca battait joyeusement des jambes et des bras le flot faible, et crachait l'eau en chantant, Philippe, pâle, luttait contre son frisson et nageait les dents serrées. Les pieds nus de Vinca ayant serré l'un de ses pieds, Phil cessa soudain de nager, coula à pic et reparut quelques secondes après. Mais il n'usa point de représailles et méprisa les us quotidiens, cris, joutes et combats de phoques, qui faisaient de leur bain la meilleure heure de la journée.

Le sable chaud les reçut, et ils s'étrillèrent en conscience. Vinca, armée d'un galet, visa un petit récif cornu, l'atteignit à cinquante mètres, et Philippe s'émerveilla avec défiance, oubliant qu'il avait formé lui-même sa petite amie à ces jeux garçonniers. Il se sentait doux, supérieur à lui-même, voisin de la défaillance, et nulle arrogance masculine ne révélait qu'il avait fui la maison de son enfance, la nuit d'avant, pour courir à sa première aventure d'amour.

— Midi ! Phil ! Midi qui sonne à l'église, tu entends ?

Debout, Vinca secouait les pointes humides et égales de ses cheveux. Ses premiers pas vers la villa écrasèrent un petit crabe qui craqua comme une noix, et Philippe eut une crispation pénible.

— Quoi ? dit Vinca.

— Tu as écrasé ce petit crabe...

Elle se retourna, montra au grand soleil ses joues comme la pêche brune, ses yeux d'un bleu définitif, ses dents blanches et le rouge intérieur de sa bouche :

— Après ? c'est le premier ? Et quand tu appâtes le havenet avec un crabe découpé ?

Elle courut devant Philippe et franchit d'un saut un creux de dune. Pendant un fragment de seconde, il la vit suspendue, détachée de la terre, les pieds joints, penchée et les bras arrondis comme si elle cueillait une brassée d'air.

« Je croyais qu'elle était douce », songea Philippe.

Le déjeuner l'empêcha de rejoindre son souvenir nocturne, assoupi à cette heure du milieu du jour, et mouvant à peine au fond de son gîte noir. Il subit des compliments sur sa pâleur poétique, des critiques sur son silence et son manque d'appétit. Vinca dévorait, et rayonnait d'une blessante allégresse. Phil l'observait sans bienveillance, notait la vigueur des mains concassant le homard, l'altier mouvement du cou rejetant les cheveux.

« Je devrais me réjouir », pensait-il. « Elle ne se doute de rien. » Mais en même temps il souffrait de cette sérénité inexorable, et exigeait au fond de lui-même que Vinca fût tremblante comme une graminée, consternée d'une trahison qu'elle eût dû sentir errer comme un de ces orages hésitants qui tournent, l'été, autour de la baie bretonne.

« Elle dit qu'elle m'aime. Elle m'aime. Elle était pourtant plus inquiète, *avant*... »

Après le déjeuner, Vinca dansa, avec Lisette, au son du phonographe. Elle exigea que Philippe dansât aussi. Elle consulta le calendrier des marées, prépara les filets pour la marée basse de quatre heures, environna Philippe et la villa de cris de lycéen, d'appels à la ficelle goudronnée, au vieux couteau de poche, répandit sur ses pas l'odeur de son chandail de pêche, troué, qui sentait l'iode et l'algue. Philippe, las, envahi enfin du sommeil qui suit les catastrophes et les très grands bonheurs, la suivait d'un regard vindicatif et serrait nerveusement les poings.

« Ce qu'avec trois mots je la ferais taire !... » Mais il savait qu'il ne dirait pas les trois mots, et il languissait de l'envie de dormir dans un creux de sable chaud, la tête sur les genoux de Vinca...

Ils trouvèrent le long de la côte des crevettes, des trigles qui gonflaient d'air, pour épouvanter l'agresseur, leurs éventails de nageoires et leur gorge arc-en-ciel. Mais Phil suivait mollement les petits gibiers du roc et de la vague. Il endurait mal le soleil reflété dans les flaques et glissait comme un novice sur les chevelures gluantes des zostères. Ils capturèrent un homard et Vinca fourgonna terriblement le « quai » où habitait un congre.

— Tu vois bien qu'il y est ! cria-t-elle en montrant le bout du crochet de fer, teint de sang rose.

Phil pâlit et ferma les yeux.

— Laisse cette bête, dit-il d'une voix étouffée.

— Penses-tu ! Je te garantis que je l'aurai... Mais qu'est-ce que tu as ?

— Rien.

Il cachait, de son mieux, une douleur qu'il ne comprenait pas. Qu'avait-il donc conquis, la nuit dernière, dans l'ombre parfumée, entre des bras jaloux de le faire homme et victorieux ? Le droit de souffrir ? Le droit de défaillir de faiblesse devant une enfant innocente et dure ? Le droit de trembler inexplicablement, devant la vie délicate des bêtes et le sang échappé à ses sources ?...

Il aspira l'air en suffoquant, porta les mains à son visage et éclata en sanglots. Il pleurait avec une violence telle qu'il dut s'asseoir, et Vinca se tint debout, armée de son crochet mouillé de sang, comme une tortionnaire. Elle se pencha, n'interrogea pas, mais écouta en musicienne l'accent, la modulation nouvelle et intelligible des sanglots. Elle étendit une main vers le front de Philippe, et la retira avant le contact. La stupeur quitta son visage, où montèrent l'expression de la sévérité, une grimace amère et triste qui n'avait point d'âge, un mépris, tout viril, pour la faiblesse suspecte du garçon qui pleurait. Puis elle ramassa avec soin son cabas de raphia où sautaient des poissons, son havenet, passa son crochet de fer à sa ceinture comme une épée, et s'éloigna d'un pas ferme, sans se retourner.

Il ne la revit qu'un peu avant le dîner. Elle avait échangé ses vêtements de pêche contre la robe de crépon bleu, fidèle à la couleur de ses yeux, festonnée de rose. Il remarqua qu'elle était chaussée de bas blancs et de souliers de daim, et cet apprêt dominical l'inquiéta.

— Il y a du monde à dîner ? demanda-t-il à l'une des Ombres familiales.

— Compte les couverts, répondit l'Ombre en haussant les épaules.

Août finissait, et l'on dînait déjà à la lueur des lampes, les portes ouvertes sur le couchant vert où nageait encore un fuseau de cuivre rose. La mer déserte, d'un bleu noir d'hirondelle, dormait, et quand les dîneurs se taisaient, on entendait le petit flux lassé et régulier des marées de morte-eau. Philippe chercha, entre les Ombres, le regard de Vinca, pour éprouver la force de ce fil invisible qui les liait l'un à l'autre depuis tant d'années et les préservait, exaltés et purs, de la mélancolie qui accable les fins de repas, les fins de saison, les fins de journée. Mais elle baissait les yeux sur son assiette, et la lumière de la suspension polissait ses paupières bombées, ses joues rondes et brunes, son petit menton. Alors il se sentit abandonné et chercha — par-delà la presqu'île en forme de lion qui s'avançait, sommée de trois étoiles tremblantes, sur la mer — le chemin, blanc dans la nuit, qui menait à *Ker-Anna*. Quelques heures encore, un peu plus de cendre bleue dans ce ciel que le couchant teignait d'aurore, encore quelques phrases rituelles : « Eh, eh, déjà 10 heures. Les enfants, vous n'avez pas l'air de vous douter qu'on se couche à 10 heures, ici ? » « Je n'ai pourtant rien fait d'extraordinaire, madame Audebert, eh bien, je me sens fatiguée comme si je n'avais pas arrêté... » Encore quelques tintements de vaisselle, le dur clapotis des dominos sur la table nue, encore une protestation gémissante de Lisette qui, endormie aux trois quarts, refuserait de se coucher... Encore une tentative pour reconquérir le regard, le sourire intérieur, la confiance de Vinca mystérieusement blessée, et l'heure sonnerait, la même heure qui avait vu, la veille, Philippe s'en aller furtivement... Il y songea sans désir précis, sans dessein, et comme contraint, par l'humeur de Vinca, de battre en retraite vers un autre refuge, une autre douce épaule, une chaleur efficace, urgente à ce convalescent du plaisir, meurtri en outre par l'hostilité passionnée d'une adolescente...

Les rites s'accomplirent, un à un ; une servante emporta Lisette geignante, et Mme Ferret posa, sur la table miroitante, le double-six.

— Tu viens dehors, Vinca ? C'est assommant, ces bombyx qui se cognent à toutes les lampes...

Elle le suivit sans répondre et ils trouvèrent encore, près de la mer, cette clarté qu'y abandonne longtemps le crépuscule.

— Tu ne veux pas que j'aille te chercher ton écharpe ?

— Non, merci.

Ils marchèrent tous deux, baignés d'une buée bleue très légère qui montait du pré de mer, et qui sentait le serpolet. Philippe se retint de prendre le bras de son amie, et s'épouvanta de sa discrétion.

« Mon Dieu, qu'y a-t-il entre nous ? Sommes-nous perdus l'un pour l'autre ? Puisqu'elle ignore ce qui s'est passé *là-bas*, je n'ai peut-être, moi, qu'à l'oublier, et nous redeviendrons heureux comme avant, malheureux comme avant, unis comme avant ? »

Mais il n'ajoutait pas à son souhait la foi hypnotique, puisque Vinca marchait à son côté, froide et douce comme si son grand amour l'eût quittée, et qu'elle ne percevait pas l'angoisse de son compagnon. Aussi bien Phil sentait approcher l'*heure* et souffrait d'une trépidation pareille à la fièvre qu'il eut le lendemain du jour où, piqué par une vive, il sentait dans son bras pansé la brûlure qu'y réveillait la marée montante...

Il s'arrêta, s'essuya le front :

— J'étouffe. Je ne suis pas bien, Vinca.

— Oh ! non, pas bien, dit en écho la voix de Vinca.

Il crut à une trêve, s'empressa de la voix et du geste :

— Oh ! tu es gentille ! Oh ! chérie !...

— Non, interrompit la voix, je ne suis pas gentille.

La phrase enfantine laissa de l'espoir à Philippe, qui saisit le bras nu de son amie.

— Tu m'en veux, je sais bien, d'avoir pleuré aujourd'hui comme une femme...

— Non, pas comme une femme...

Il rougit dans l'ombre, et tenta de s'expliquer :

— Tu comprends, ce congre que tu tourmentais dans son trou... Le sang de cette bête sur ton croc à homards... J'en ai eu brusquement le cœur tourné...

— Ah ! oui, le cœur... tourné...

Le son de la voix fut si intelligent que Philippe retint son souffle effrayé. « Elle sait tout. » Il attendit l'écrasant récit, et l'explosion des larmes, des plaintes. Mais Vinca resta muette, et après un long temps, comme après la pause calme qui suit la foudre, il risqua une question timide :

— Et cette faiblesse-là suffit pour que tu aies l'air de ne plus m'aimer ?

Vinca tourna vers lui la tache nébuleuse et claire de son visage, serré entre les deux haies rigides de ses cheveux :

— Oh ! Phil, je t'aime toujours. Malheureusement, ça n'y change rien.

Il sentit son cœur bondissant heurter sa gorge :

— Oui ? Alors tu vas me pardonner d'avoir été si « petite fille », si ridicule ?

Elle n'hésita qu'une seconde :

— Mais oui. Je vais te pardonner, Phil. Mais ça aussi, ça n'y change rien.

— À quoi ?

— À nous, Phil.

Elle parlait avec une douceur sibylline, qu'il n'osa interroger davantage, et dont il n'osa se réjouir. Vinca le suivit sans doute dans son mouvement de repli mental, car elle ajouta subtilement :

— Tu te souviens des scènes que tu me faisais, et des miennes, il n'y a pas trois semaines, parce que nous nous impatientions d'avoir quatre ans, cinq ans à nous morfondre avant de nous marier ?... Mon pauvre Phil, je crois bien que j'aimerais retourner en arrière et redevenir enfant, aujourd'hui...

Il attendit qu'elle soulignât, qu'elle commentât cet habile, cet insidieux « aujourd'hui » suspendu devant lui dans l'air pur et bleu de la nuit d'août. Mais Vinca savait déjà s'armer de silence. Il insista :

— Alors, tu ne m'en veux plus ? Demain, nous serons... nous serons Vinca et Phil, comme toujours ? Pour toujours ?

— Pour toujours, si tu le veux, Phil... Viens. Rentrons. Il fait frais.

Elle n'avait pas répété après lui « comme toujours ». Mais il se contenta de ce serment incomplet et de la froide petite main serrée un moment dans la sienne.

Car à cet instant la chaîne du puits déroulée, le tocsin du seau vide sur la margelle, le grincement des rideaux au long de leur tringle dans une fenêtre ouverte, les derniers bruits humains de la journée sonnèrent pour Philippe l'heure, la même heure qu'il avait guettée, la veille, pour rouvrir la porte de la villa et s'élancer secrètement... Ah ! la sourde et rouge lumière d'une chambre inconnue... Ah ! le noir bonheur, la mort atteinte par degrés, la vie recouvrée par lents coups d'aile...

Comme s'il eût attendu, depuis la veille, une sorte d'absolution de Vinca, absolution ambiguë qu'elle venait de lui accorder avec tant de sincérité dans l'accent, tant de réticence dans les mots, il évalua soudain, en homme, le don qu'une belle démone autoritaire lui avait remis.

— Il est fixé, le jour de votre départ pour Paris ? demanda Mme Dalleray.

— C'est toujours le 25 septembre que nous devons rentrer, répondit Philippe. Quelquefois, selon la place des dimanches dans le mois, notre départ tombe le 23 ou le 24, ou le 26. Mais ça ne varie guère de plus de deux jours.

— Oui... En somme, vous partez dans une quinzaine. Dans une quinzaine, à cette heure-ci...

Philippe détacha son regard de la mer, plate et blanche près des sables, au loin couleur de dos de thon sous les nuées basses, et se tourna avec étonnement vers Mme Dalleray. Enroulée dans une étoffe ample et blanche comme la robe des femmes de Tahiti, elle fumait gravement, coiffée net, poudrée d'une poudre de la même couleur que sa peau, et rien en elle ne révélait que ce jeune homme assis non loin d'elle, beau et brun comme elle, lui fût autre chose qu'un jeune frère.

— Alors, dans une quinzaine, à cette heure-ci, vous serez... où ?

— Je serai... au Bois, sur le lac. Ou bien au tennis de Boulogne, avec... avec des amis.

Il rougit, car il n'avait retenu qu'au bord de ses lèvres le nom de Vinca et Mme Dalleray sourit, de ce sourire viril qui lui donnait souvent l'air d'un beau garçon. Philippe se détourna vers la mer, pour cacher du moins son visage, où paraissait une humeur méchante de petit dieu fâché. Une main ferme et veloutée se posa sur la sienne. Alors, sans qu'il quittât du regard la mer ternie, une expression d'agonie bienheureuse monta de sa bouche desserrée à ses yeux dont l'éclat blanc et noir s'éteignit entre les paupières...

— Il ne faut pas être triste, dit doucement Mme Dalleray.

— Je ne suis pas triste, protesta vivement Philippe. Vous ne pouvez pas comprendre...

Elle inclina sa tête aux cheveux lustrés.

— C'est juste. Je ne peux pas comprendre. Pas tout.

— Oh...

Philippe contempla, avec une défiance religieuse, celle qui l'avait délivré d'un secret redoutable. Ces petites oreilles rougies retentissaient-elles encore d'un cri bas, étouffé comme le cri d'un être à qui on coupe la gorge ?... Ces bras, riches de muscles à peine visibles, l'avaient porté, léger, évanoui, de ce monde dans un autre monde ; cette bouche, avare de paroles, s'était penchée pour transmettre à sa bouche un seul mot tout-puissant et pour murmurer, indistinct, un chant qui venait, écho affaibli, des profondeurs où la vie est une convulsion terrible... Elle savait tout...

— Pas tout, répéta-t-elle, comme si le silence de Philippe eût quêté une réponse. Mais vous n'aimez pas que je vous pose des questions. Et je suis quelquefois un peu indiscrète...

« Comme l'éclair, oui, pensa Philippe. Le temps d'un zigzag de foudre, on est bien forcé de lui livrer ce que le grand jour même laisse dans l'ombre... »

— Et je voulais savoir seulement si vous seriez bien aise de me quitter.

Le jeune homme baissa les yeux sur ses pieds nus. Un vêtement lâche, de soie brodée, le déguisait en prince oriental, et l'embellissait.

— Et vous ? demanda-t-il avec gaucherie.

La cendre de la cigarette que tenaient les doigts de Mme Dalleray tomba sur le tapis.

— Je ne suis pas en question. Il s'agit de Philippe Audebert et non de Camille Dalleray.

Il leva les yeux sur elle avec l'étonnement que lui causait, encore une fois, le prénom insexué. « Camille... C'est vrai, qu'elle s'appelle Camille. Elle pourrait s'en dispenser. Je la nomme en moi Mme Dalleray, la Dame en blanc, ou Elle... »

Elle fumait lentement, et contemplait la mer. Jeune ? Certainement jeune, trente à trente-deux ans. Impénétrable comme sont les êtres calmes, dont le maximum d'expression ne dépasse pas l'ironie tempérée, le sourire et la gravité. Sans détourner son regard de l'étendue où couvait l'orage, elle posa de nouveau sa main sur celle de Philippe qu'elle serra, indifférente à lui et pour son seul plaisir égoïste. Sous cette main petite et puissante, il parla, contraint de verser son aveu, comme un fruit pressé répand son suc :

— Si, je serai triste. Mais j'espère ne pas être malheureux.

— Oui ? Et pourquoi l'espérez-vous ?

Il lui sourit faiblement, fut touchant, maladroit, tel qu'elle aimait secrètement qu'il fût.

— Parce que, répondit-il, je pense que vous arrangerez quelque chose... Oui, vous arrangerez quelque chose ?

Elle leva l'épaule, haussa ses sourcils persans. Elle se força un peu pour donner à son sourire la sérénité et le dédain habituels.

— Quelque chose... répéta-t-elle, c'est-à-dire, si j'entends bien, que je vous inviterai chez moi, comme je fais ici, si cela me plaît encore, et vous n'aurez à vous soucier que de me rejoindre, à l'heure que vos obligations scolaires et... familiales vous imposeront ?

Il se montra surpris du ton, mais soutint le regard de Mme Dalleray :

— Oui, répondit-il. Que ferais-je d'autre ? Me le reprochez-vous ? Je ne suis pas un petit vagabond libre. Et je n'ai que seize ans et demi.

Elle rougit lentement.

— Je ne vous reproche rien. Mais est-ce que vous n'imaginez pas qu'une femme... une autre femme que moi, naturellement, pourrait être choquée de comprendre que vous désirez, d'elle, une heure de solitude — seulement, seulement cela ?

Phil l'écoutait avec une attention loyale d'écolier, ses yeux grands ouverts attachés à cette bouche réticente, à ces yeux jaloux qui, pourtant, ne revendiquaient rien.

— Non, dit-il sans hésiter. Je ne conçois pas que vous puissiez en être blessée. « Seulement cela ? » Oh... seulement cela...

Il se tut, interrompu de nouveau par la même pâleur, la même consternation bienheureuse, et la tranquille hardiesse de Camille Dalleray vacilla, mesurant le respect qu'elle devait à son œuvre. Comme ébloui, Philippe laissa tomber sa tête en avant, et ce mouvement de soumission enivra un moment la conquérante.

— Vous m'aimez ? dit-elle à voix basse.

Il tressaillit, la regarda, effrayé.

— Pourquoi... pourquoi me le demandez-vous ?

Elle reprit son sang-froid, son sourire dubitatif.

— Pour jouer, Philippe...

Il ne cessa pas tout de suite de l'interroger des yeux, en la blâmant d'être téméraire en paroles.

« Un homme fait m'eût dit "oui", songeait-elle. Mais cet enfant, si j'insiste, va pleurer et me crier dans ses larmes, à travers des baisers, qu'il ne m'aime pas. Vais-je insister ? Alors il me faudra le chasser, ou bien l'écouter en tremblant, et apprendre de sa bouche la limite précise de mon avantage ? »

Elle éprouva, au niveau du cœur, une petite contraction pénible, et se leva nonchalamment pour aller à la baie ouverte, comme si elle oubliait la présence de Phil. L'odeur des petites moules bleues, découvertes depuis 4 heures au bas des rochers et altérées d'eau de mer, entrait avec l'épais parfum de sureau bouilli qu'exhalaient les troènes à bout de floraison.

Accoudée, distraite en apparence, Mme Dalleray sentait derrière elle la présence du jeune homme étendu, et portait le poids d'un souhait qui ne la quittait pas.

« Il m'attend. Il calcule le plaisir qu'il peut espérer de moi. Ce que j'ai obtenu de lui était à la portée de n'importe quelle autre passante. Mais ce petit bourgeois timoré se gourme quand je lui demande des nouvelles de sa famille, fait des façons pour me parler de son collège, et s'enferme dans un bastion de silence et de pudeur avec le nom de Vinca... Il n'a appris de moi que le plus facile... Le plus facile... Il apporte ici, dépose et reprend en même temps que son vêtement, chaque fois, ce... cet... »

Elle s'aperçut qu'elle venait d'hésiter devant le mot « amour » et elle quitta la fenêtre. Philippe la regardait approcher avidement. Elle lui mit ses bras sur les épaules, et d'une poussée un peu brutale fit chavirer, sur son bras nu, la tête brune. Ainsi chargée, elle se hâta vers l'étroit et obscur royaume où son orgueil pouvait croire que la plainte est l'aveu de la détresse, et où les quémandeuses de sa sorte boivent l'illusion de la libéralité.

UNE pluie légère, pendant quelques heures de nuit, avait vaporisé les sauges, vernissé les troènes, les feuilles immobiles du magnolia, et emperlé sans les crever les gazes protectrices dont s'enveloppait, dans un pin, le nid des chenilles processionnaires. Le vent laissait en repos la mer, mais chantait sous les portes avec une voix faible et tentatrice, chargée de souvenirs de l'an passé, qui parlait sourdement de marrons grillés et de pommes mûres... À son instigation, Philippe revêtit en se levant un chandail bleu sombre sous sa veste de toile, déjeuna le dernier, comme il lui arrivait souvent depuis que son sommeil, moins pur et moins tranquille, commençait plus tard dans la nuit. Il courut, quêtant Vinca, comme il eût cherché, en dépassant l'ombre d'un mur, une terrasse lumineuse. Mais il ne la trouva ni dans le hall, où l'humidité ranimait l'odeur de boiserie vernie et de toile de chanvre, ni sur la terrasse. Une fumée de pluie impalpable encensait l'air et adhérait à la peau sans la mouiller. Une feuille de tremble, jaune, détachée, se balança un moment devant Philippe avec une grâce intentionnelle, puis chavira et tomba roide, accrue soudain d'un poids invisible. Il tendit l'oreille, entendit dans la cuisine le bruit hivernal du charbon versé dans le fourneau. Dans une chambre, la petite Lisette protesta d'une voix aiguë, puis pleura un moment.

— Lisette ! appela Philippe. Lisette, où est ta sœur ?

— Je ne sais pas ! gémit une petite voix enrhumée de larmes.

Une rafale de vent brusque cueillit une ardoise sur le toit et la jeta en éclats aux pieds de Philippe, qui la regarda avec stupeur comme si le destin eût brisé devant lui le miroir qui promet sept ans de malheur... Il se sentit petit garçon, et très loin du bonheur. Il n'eut aucune envie d'appeler celle qui, dans la villa ombragée de pins, là-bas, de l'autre côté du cap en forme de lion, eût cependant aimé le voir pusillanime, et penchant vers l'appui de quelque indomptable énergie féminine... Il fit le tour de la maison, ne découvrit ni la tête blonde de son amie, ni sa robe bleue couleur de chardon bleu, ou sa robe blanche en coton spongieux d'un blanc de champignon frais. Deux longues jambes brunes, au genou sec et fin, ne se hâtèrent pas à sa rencontre ; deux yeux bleus, riches de deux ou trois bleus et d'un peu de mauve, ne fleurirent nulle part pour désaltérer les siens...

— Vinca ! Où es-tu, Vinca ?

— Mais je suis là, répondit une voix calme, tout près de lui.

— Dans la remise ?

— Dans la remise.

Accroupie, sous la lumière froide des abris sans fenêtre qui ne prennent jour que par la porte, elle remuait des étoffes répandues sur un drap usé.

— Qu'est-ce que tu fais ?

— Tu vois bien. Je range. Je trie. On part bientôt, alors il faut bien... c'est maman qui m'a dit...

Elle regarda Philippe et se reposa en croisant ses bras sur ses genoux pliés. Il lui trouva un air pauvre et patient, et s'irrita.

— Ça ne presse pas à ce point-là ! Et pourquoi fais-tu ça toi-même ?

— Qui le ferait ? Si maman s'y met, son rhumatisme du cœur la reprendra.

— Mais la femme de chambre peut bien...

Vinca haussa les épaules et reprit sa besogne, en se parlant à elle-même tout bas, comme font les vraies ouvrières, qui mènent un petit fredon humble d'abeilles occupées :

— Ça, c'est les maillots de bain de Lisette... le vert... le bleu... le rayé... autant les jeter, c'est tout ce qu'ils méritent. Ça, c'est ma robe à feston rose... Elle vaut peut-être encore un blanchissage... Une paire, deux paires, trois paires d'espadrilles à moi... Et celle-là à Phil... Encore à Phil... Deux vieilles chemises en cellular à Phil... Les emmanchures sont craquées, mais les devants sont bons...

Elle tendit le tissu ajouré, découvrit deux accrocs, fit la moue. Philippe la contemplait sans gratitude, en souffrant hostilement. Il souffrait de l'heure matinale, de l'éclairage gris sous le toit de tuiles, de la simple besogne. Une comparaison, que des heures d'amour caché, là-bas, à *Ker-Anna*, ne lui avaient point inspirée, commençait ici, comparaison qui n'atteignait pas encore la personne de Vinca, Vinca religion de toute l'enfance, Vinca délaissée respectueusement pour la dramatique et nécessaire ivresse d'une première aventure.

Une comparaison commençait ici, parmi ces hardes, éparses sur un drap reprisé, entre ces murs de brique non crépie, devant cette enfant en sarrau violâtre décoloré aux épaules. Agenouillée, elle interrompit son travail pour rejeter en arrière ses cheveux bien taillés, que le bain quotidien et l'air salé entretenaient humides et doux. Moins gaie depuis une quinzaine, elle montrait plus de calme, et une égalité d'humeur obstinée qui inquiétait Philippe. Avait-elle vraiment voulu mourir avec lui, plutôt que d'attendre le temps d'aimer librement, cette jeune ménagère coiffée à la

Jeanne d'Arc ? Le garçon aux sourcils froncés mesurait le changement, mais il ne songeait presque pas à Vinca en la contemplant. Présente, le péril de la perdre cessait, et l'urgence de la recouvrer ne le tourmentait plus. Mais une comparaison commençait, à cause d'elle. La faculté nouvelle de sentir, de souffrir inopinément, l'intolérance dont l'avait doté récemment une belle pirate, s'enflammaient au moindre choc, et aussi cette loyale injustice, ce début dans l'élévation qui consiste à reprocher au médiocre sa médiocrité et sa philosophie. Il découvrait, non seulement le monde des émotions qu'on nomme, à la légère, physiques, mais encore la nécessité d'embellir, matériellement, un autel où tremble une perfection insuffisante. Il connaissait une naissante faim pour ce qui contente la main, l'oreille et les yeux — les velours, la musique étudiée d'une voix, les parfums. Il ne se le reprochait pas, puisqu'il se sentait meilleur au contact d'un enivrant superflu, et que certain vêtement de soierie orientale, endossé dans l'ombre et le secret de *Ker-Anna*, lui ennoblissait l'âme.

Il obéit, maladroitement, à un dessein imprécis et généreux. Négligeant de se révéler à lui-même qu'il souhaitait Vinca incomparable, parée, frottée de baumes, il se borna à distinguer le chagrin qu'il éprouvait à la voir prosternée, naïvement enlaidie. Quelques mots durs lui échappèrent, auxquels Vinca ne répondit pas. Il s'aigrit, et elle lui répliqua juste assez pour qu'il devînt injurieux, puis honteux de sa violence. Il mit un peu de temps et d'effort à se ressaisir, à s'excuser avec une sorte de contrition plate qui lui fut agréable. Cependant, Vinca liait, d'une main patiente, les sandales par paires, et retournait les poches des sweaters usés, pleines de coquillages roses et d'hippocampes secs...

— Aussi, c'est ta faute, conclut Philippe. Tu ne réponds rien... Alors, moi, je m'emballe, je m'emballe... Tu te laisses malmener. Pourquoi ?

Elle l'enveloppa d'un regard de femme sagace, mûrie dans les calculs et les concessions du grand amour :

— Pendant que tu me tourmentes, dit-elle, au moins tu es là...

« Nous finissons ici, cette année, pensait sombrement Philippe, en regardant la mer. Vinca et moi, un être juste assez double pour être deux fois plus heureux qu'un seul, un être qui fut Phil-et-Vinca va mourir ici, cette année. Est-ce que cela n'est pas terrible ? Est-ce que je ne puis pas l'empêcher ? Et je reste là... Et ce soir, après 10 heures, peut-être que je m'en irai encore une fois, la dernière fois des vacances, chez Mme Dalleray... »

Il pencha la tête, d'où les cheveux noirs pendirent, pleureurs.

« S'il fallait y aller maintenant, à cette heure, chez Mme Dalleray, je refuserais. Pourquoi ? »

Blanche sous un soleil morne serré entre deux nues orageuses, la route qui menait à *Ker-Anna* collait au flanc de la colline, montait, puis cachait son but, au-delà d'un bouquet de genévriers rigides, gris de poussière. Philippe détourna les yeux, pris d'une répugnance qui ne le trompa point. « Oui... Mais ce soir... »

Après trois goûters à *Ker-Anna*, il avait renoncé à ces visites diurnes, craignant l'inquiétude des siens et les soupçons de Vinca. Son extrême jeunesse d'ailleurs se lassait vite d'inventer des alibis. Il se méfiait aussi du parfum fort et résineux qui imprégnait *Ker-Anna* et le corps, qu'il fût nu ou voilé, de celle qu'il nommait tout bas, tour à tour avec l'orgueil d'un petit garçon libertin ou le remords mélancolique d'un époux qui a trompé une femme chérie, sa maîtresse, et parfois son « maître »...

« Que je sois découvert ou non, il nous faut finir ici. Pourquoi ? »

Aucun livre, parmi tous les livres qu'il lisait librement, les coudes dans le sable, ou retiré, par pudeur plutôt que par peur, dans sa chambre, ne lui avait enseigné que quelqu'un dût périr dans un si ordinaire naufrage. Les romans emplissent cent pages, ou plus, de la préparation à l'amour physique, l'événement lui-même tient quinze lignes, et Philippe cherchait en vain, dans sa mémoire, le livre où il est écrit qu'un jeune homme ne se délivre pas de l'enfance et de la chasteté par une seule chute, mais qu'il en chancelle encore, par oscillations profondes et comme sismiques, pendant de longs jours...

Philippe se leva, marcha le long du pré de mer, rongé et fondu au bord par les marées d'équinoxe. Un buisson d'ajoncs, refleuri, penchait vers la plage, tenu et sustenté par une chevelure maigre de racines. « Quand j'étais petit, se dit Philippe, le buisson d'ajoncs ne penchait pas vers la plage. La mer a mangé tout ça — un mètre au moins — pendant que je grandissais... Et Vinca assure que c'est le buisson d'ajoncs qui a avancé... »

Non loin du buisson d'ajoncs se creusait cette combe ronde, tapissée de chardons de dune, combe qu'à cause de la couleur des chardons bleus on nommait « les Yeux de Vinca ». C'est là qu'un jour Phil avait bottelé en cachette une gerbe de chardons en fleurs, épineux hommage jeté par-dessus le mur de *Ker-Anna*... Aujourd'hui les fleurs sèches, aux parois de la combe, semblaient brûlées... Philippe s'y arrêta un moment, trop jeune pour sourire du sens mystérieux que l'amour prête à la fleur morte, à l'oiseau blessé, à la bague rompue, et il secoua son mal, élargit ses épaules, rejeta ses cheveux d'un mouvement fier et traditionnel, en s'adressant mentalement des objurgations qui n'eussent pas déparé un roman d'aventures pour premiers communiants.

« Allons ! assez de faiblesse ! En toute vérité je peux me dire, cette année, que je suis un homme ! Et mon avenir... »

Il s'entendit penser et rougit de lui-même. Son avenir ? Un mois plus tôt il y songeait encore. Il voyait, un mois plus tôt, cet avenir peint de détails précis et puérils sur un grand fond vague, — l'avenir, et son vestibule d'examens, de baccalauréat recommencé, de travaux ingrats acceptés sans trop d'amertume parce qu'« il faut bien, n'est-ce pas » — l'avenir et Vinca, celui-là riche de celle-ci, l'avenir maudit ou béni au nom de Vinca.

« J'étais bien pressé, au commencement des vacances », songea Philippe. « À présent... » Il eut un sourire, un regard d'homme malheureux. Sa lèvre noircissait chaque jour et la poussée du premier poil, duveteux et fin, qui est à la moustache ce que le foin forestier est à la roide herbe des champs, enflait un peu sa bouche et l'enfiévrait comme la bouche d'un enfant chagrin. C'est à cette bouche que venait et revenait impénétrable, presque vindicatif, le regard de Camille Dalleray.

« Mon avenir, voyons, mon avenir... C'est bien simple... Si je ne fais pas mon droit, mon avenir, c'est le magasin de papa, glacières pour hôtels, châteaux ; phares, pièces détachées et quincaillerie pour l'automobile. Le bachot, et tout de suite après le magasin, les clients, la correspondance... Papa n'y gagne pas de quoi avoir son auto... Ah ! il y a aussi mon service militaire... À quoi est-ce que je pense ?... Nous disons donc qu'après mon bachot... »

Son effort cassa net, refoulé par un ennui illimité, par une profonde indifférence à tout ce que cachait un futur pourtant sans secrets. « Si tu fais ton service militaire aux environs de Paris, alors moi, pendant ce temps-là... » La petite voix aimante de Vinca murmura, dans la mémoire de Philippe, vingt projets qui dataient de cet été même, et gisaient maintenant plats et pâles, découpés dans un papier où l'enluminure manquait. La zone colorée de ses espoirs ne dépassait pas la fin de la journée, l'heure du dîner, de jouer aux échecs avec Vinca ou Lisette, — plutôt Lisette, dont les huit ans agressifs, l'œil aigu, la précocité calculatrice soulageaient Philippe de son faix sentimental — enfin l'heure d'aller s'offrir au plaisir... « Et encore, songea-t-il, ce n'est pas sûr que j'y aille. Non. Puisque je ne suis pas comme un fou, ni comptant les minutes, ni tourné vers *Ker-Anna* comme un tournesol vers la lumière, je peux bien revendiquer le droit d'être moi-même, de continuer, de prendre goût à tout ce que j'aimais *avant*... »

Il ne prenait pas garde qu'en se servant de ce mot-là, il le plantait, rigide, entre deux parties de son existence. Il ne savait pas encore pendant combien de temps tous les événements de sa vie devraient buter contre ce jalon, repère miraculeux et banal : « Ah ! oui, c'était *avant*... Je me souviens que c'était un peu *après*... »

Il songea, dédaigneux et jaloux, à des camarades d'externat, tremblants d'attente sur un seuil ignoble qu'ils passaient en sifflotant, menteurs, décolorés de dégoût et vantards. Puis ils n'y pensaient plus, puis ils y retournaient, le tout sans interrompre l'étude, les jeux, les cigares clandestins et les débats politiques ou sportifs. « Tandis que moi... C'est donc sa faute, à Elle, si je ne souhaite rien, même pas elle ?... »

Un « bouchon » de brume, venu du large, abordait la côte. Il n'avait été qu'un petit rideau effiloché sur la mer, errant, capable à peine de cacher un îlot rocheux. Un ruisseau de vent venait de le saisir, de le brasser, et le déposait vertigineusement sur la baie, tassé, opaque. En un moment Philippe, noyé de brume, vit disparaître la mer, la plage et la maison, et toussa dans un bain de vapeur. Habitué aux prodiges d'un climat marin, il attendit qu'un autre bras de vent dissipât celui-ci, et s'accommoda de ces limbes, de cette cécité symbolique, au fond desquels brillaient un calme visage, rejeté hors des cheveux comme une lune pure, et des mains oisives qui ne faisaient presque aucun geste. « Elle est immobile... mais qu'elle me rende, à moi, le cours du temps, la hâte, l'impatience, la curiosité... Ce n'est pas juste... Ce n'est pas juste... Je lui en veux... »

Il s'essayait à la révolte et à l'ingratitude. Un enfant de seize ans et demi ignore qu'un ordre impénétrable place, sur la route de ceux dont l'amour méditait de faire des amants trop pressés de vivre et impatients de mourir, de belles missionnaires lourdes d'un poids de chair qui arrête le temps, endort et contente l'esprit et conseille au corps de mûrir dans son ombre.

Le bouchon de brume se retira soudain, aspiré en l'air, comme un drap qu'on lève du pré, en laissant une frange d'eau éphémère à chaque glaive d'herbe, une rosée de perles aux feuilles pelucheuses, un vernis humide aux feuilles glabres.

Le soleil de septembre versa une jaune lumière nette et rajeunie sur la mer, bleue au loin, verdie au bord par les sables immergés.

Philippe respira, après le passage de la brume marine, avec le plaisir de surgir, baigné d'air et de clarté, hors d'un couloir étouffant. Il se tourna vers la terre pour voir ruisseler, entre les failles des rochers, l'or des ajoncs refleuris, et tressaillit de trouver derrière lui, comme un esprit apporté et oublié par la brume, un petit garçon silencieux.

— Qu'est-ce que tu veux, petit ? Tu n'es pas le garçon de la Cancalaise qui nous vend du poisson ?

— Si, dit le petit.

— Il n'y a personne à la cuisine ? Tu cherches quelqu'un ?

Le petit garçon secoua la poussière de ses cheveux roux.

— C'est la dame qui m'a dit...

— Quelle dame ?

— Elle m'a dit : « Tu diras à M. Phil que je suis partie. »

— Quelle dame ?

— Je ne sais pas. Elle m'a dit : « Tu diras à M. Phil que je suis forcée de partir aujourd'hui. »

— Où t'a-t-elle dit ça ? Sur la route ?

— Oui... Dans son auto.

— Dans son auto...

Philippe ferma un moment les yeux, passa la main sur son front, en sifflotant avec emphase : « Hu... hu... hu... Dans son auto... Parfaitement. Hu... Hu... » Il rouvrit les yeux, chercha le messager, qu'il ne trouva plus à sa place, et il crut à un de ces rêves brefs, esquissés crûment, brutalement effacés, qu'enfante la sieste d'après-midi. Mais il aperçut, sur un sentier de falaise, l'enfant maléfique qui montrait, en s'éloignant, son chaume de cheveux et une pièce bleuâtre, carrée, à sa culotte.

Philippe prit un air sot et avantageux comme si le garçonnet de Cancale eût pu le voir encore.

« Ben... ça n'y change pas grand-chose, qu'elle soit partie. Un jour plus tôt, un jour plus tard... puisqu'elle devait partir ! »

Mais un mal étrange, presque tout physique, naissait en lui, au niveau de l'estomac. Il laissa croître son mal, en penchant la tête intelligemment, et comme s'il eût écouté un conseil mystérieux.

« Peut-être qu'avec une bicyclette... Mais si elle n'est pas seule ? Je n'ai pas pensé à demander au gosse si elle était seule... »

Une automobile lointaine corna, sur la route de côte. Le son grave et soutenu suspendit un moment le mal qui étreignit Philippe, un moment après, comme la crampe d'un swing placé bas.

« Au moins, je n'ai plus besoin de me demander si j'irai ce soir chez elle... »

Il imagina soudain la villa *Ker-Anna* fermée sous la lune, les volets gris, la grille noire, les géraniums prisonniers, et frissonna. Il se coucha dans un pli du pré sec, roulé sur lui-même à la manière des jeunes chiens de chasse qui souffrent de « la maladie », et il commença à gratter l'herbe sableuse, d'un mouvement régulier de ses deux pieds. Il ferma les yeux, car la course des gros nuages, leur blanc épais et ballonné le soulevaient d'une nausée légère. Il grattait rythmiquement le pré, et chantonnait en mesure. Ainsi la femme qui souffre pour mettre au monde son fruit le berce, et geint un geignement progressif, jusqu'au grand cri.

Philippe ouvrit les yeux, s'étonna, reprit ses sens.

« Mais... Qu'est-ce que j'ai ? Je le savais bien qu'elle devait partir avant nous. J'ai son adresse à Paris, son numéro de téléphone... et puis, qu'est-ce que ça me fait, qu'elle parte ? C'est ma maîtresse, ce n'est pas mon amour... je puis vivre sans elle. »

Il s'assit, écossa le long des lances d'herbe les chapelets d'escargots grimpeurs dont les vaches sont friandes. Il s'exerça au rire et à la grossièreté.

« Elle part, bon. Elle n'est peut-être pas seule, c'te femme... Elle ne s'est pas amusée à me raconter ses petites affaires, n'est-ce pas... Bon. Seule ou pas seule, elle part. J'y perds... quoi ? Une nuit, la prochaine. Une nuit, avant mon départ. Une nuit, que je n'étais même pas sûr de désirer tout à l'heure. Je ne songeais qu'à Vinca... On se passera d'une nuit agréable, voilà... »

Mais une sorte de souffle passa dans son esprit, balaya le vocabulaire d'enfant de troupe, la fausse assurance, le ricanement intérieur, ne laissa qu'une surface mentale nue, refroidie, une conscience nette de ce que représentait le départ de Camille Dalleray.

« Ah !... elle est partie... elle est partie, hors d'atteinte, la femme qui m'a donné... qui m'a donné... comment appeler ce qu'elle m'a donné ? D'aucun nom. Elle m'a donné. Depuis le temps où j'ai cessé d'être le petit enfant que Noël enchante, elle seule m'a donné. Donné. Elle seule pouvait reprendre, elle a repris... »

La rougeur monta à sa figure brune, une eau piquante mouilla ses yeux. Il ouvrit son vêtement sur sa poitrine, fouilla des dix doigts sa chevelure, se rendit pareil à un furieux qui sort d'un pugilat, haleta, et cria tout haut, d'une rauque voix enfantine : « C'est cette nuit-là que je voulais, justement ! »

Il tendit son visage, son torse appuyé sur ses poings, son regard, vers *Ker-Anna* invisible : déjà un amas de nimbus, occupant le sud du ciel, accablait ce sommet de colline déserté ; et Philippe accepta qu'une malice toute-puissante supprimât jusqu'au point du monde où il avait connu Camille Dalleray.

Quelqu'un toussa, à quelques pieds au-dessous de lui, sur ce sentier de sable fondant où les pierres plates et les rondins de bois, vingt fois assujettis en escalier rustique, roulaient vingt fois l'année sur la plage. Philippe vit paraître au ras du pré, et monter lentement, une tête grisonnante ; avec la virtuosité dissimulatrice qui appartient à tous les enfants, il ravala son désordre, sa fureur d'homme trahi, et attendit, muet, paisible, le passage de son père.

— Te voilà, p'tit gars ?

— Oui, papa.

— Tu es seul ? Et Vinca ?

— Je ne sais pas, papa.

Presque sans effort, Phil maintenait sur son visage son masque avenant, éveillé, de petit garçon brun. Son père, devant lui, ressemblait à son père de tous les jours : une apparence humaine agréable, un peu cotonneuse, à contours flous, comme toutes les créatures terrestres qui ne se nommaient ni Vinca, ni Philippe, ni Camille Dalleray. Phil attendit, patiemment, que son père eût repris haleine.

— Tu n'as pas pêché, papa ?

— Penses-tu ! Je me suis promené. Il y a Lequérec qui a pris une pieuvre... Tiens, tu vois ma canne ? voilà la longueur de ses bras. C'est remarquable. Lisette en pousserait des cris ! Faites attention, tout de même, en vous baignant.

— Oh ! tu sais, papa, ce n'est pas dangereux !...

Philippe se rendit compte qu'il avait protesté sur un ton trop haut, et faux, de gaminerie. Les yeux gris, saillants, de son père interrogèrent les siens ; il supporta mal un regard qui lui parut net, dévoilé, nettoyé de la buée isolante et protectrice derrière laquelle vivent, au milieu de leurs parents, les fils pleins de secrets.

— Ça t'ennuie, p'tit gars, ce départ ?

— Ce départ ?... mais, papa...

— Oui. Si tu es comme moi, ça t'ennuiera un peu plus tous les ans. Le pays, la maison. Et puis les Ferret... Tu verras comme c'est rare, des amis avec qui on passe l'été tous les ans, sans se faire de mal... Jouis de ton reste, p'tit gars. Encore deux jours de bon temps. Il y en a de plus malheureux que toi...

Mais déjà il rentrait, parlant encore, parmi les ombres, d'où un mot ambigu, un regard l'avaient extrait. Philippe lui prêta son bras pour franchir la pente effritée, en lui témoignant cette froide prévenance pitoyable, qui tombe de haut de l'enfant sur le père, chaque fois que le père est un homme tranquille et mûr, et le fils un adolescent tumultueux qui vient d'inventer l'amour, les tourments de la chair et la fierté d'être seul, au milieu du monde, à souffrir sans demander de secours.

Au niveau de la terrasse plane, étroite, sur laquelle reposait la villa, Philippe abandonna le bras de son père, voulut redescendre vers la plage, rejoindre sa place marquée, depuis moins d'une heure, dans un coin précis de la solitude humaine.

— Où donc vas-tu, p'tit gars ?

— Là, papa... en bas...

— Ça presse ?... Viens un peu. Je voudrais t'expliquer des choses, pour la villa. Tu sais qu'on se décide, nous deux Ferret. On l'achète. D'ailleurs, tu le sais bien, il y a assez longtemps qu'on en parle devant vous, les enfants...

Phil ne répondit pas, n'osant ni mentir, ni avouer la surdité bourdonnante qui le retranchait des conversations familiales.

— Viens, je vais t'expliquer. D'abord mon idée — d'accord avec Ferret — d'élargir la villa par deux ailes sans étage, dont le dessus fournirait deux terrasses aux chambres principales du premier... Tu saisis ?

Phil hocha la tête d'un air sagace, et il tenta d'écouter honnêtement. Mais quoi qu'il fît, il perdit pied à partir d'un mot, le mot : « encorbellement », et redescendit mentalement la pente, jusqu'à l'endroit où le petit garçon maléfique lui avait dit... « encorbellement... encorbellement... J'en suis resté à encorbellement ». Cependant il hochait la tête, et son regard, empreint d'une filiale activité, allait du visage de son père au toit suisse de la villa, du toit à la main de M. Audebert qui dessinait dans l'air une architecture nouvelle. « Encorbellement... »

— Tu saisis ? Nous ferons ça, Ferret et moi. Ou peut-être que ce sera toi, d'accord avec la petite Ferret... Car on ne sait ni qui vit, ni qui meurt...

« Ah ! j'entends de nouveau ! » s'écria Philippe en lui-même, avec un sursaut de délivrance.

— Ça te fait rire ? Il n'y a pas de quoi rire. Vous ne croyez jamais à la mort, gamins !

— Mais si, papa...

« La mort... Enfin, un mot familier, compréhensible... Un mot de tous les jours... »

— Il y a évidemment de grandes probabilités pour que tu épouses Vinca, plus tard. Du moins c'est ta mère qui l'assure. Mais il y a aussi de grandes probabilités pour que tu ne l'épouses pas. Qu'est-ce qui te fait sourire ?

— Ce que tu dis, papa...

« Ce que tu dis, et cette simplesse des parents, des gens mûrs, de ceux qui ont, comme ils disent, vécu, et leur candeur, et leur troublante pureté de pensée... »

— Remarque que je ne te demande pas ton avis là-dessus en ce moment. Tu me dirais : « Je veux épouser Vinca » ça me ferait autant d'effet que si tu me déclarais : « Je ne veux pas épouser Vinca. »

— Ah oui ?

— Oui. Ce n'est pas mûr. Tu es bien gentil, mais...

Les yeux gris saillants émergèrent encore une fois de la confusion universelle pour toiser Philippe.

— Mais il faut attendre. Elle ne pèsera pas très lourd, la dot de la petite Ferret. Qué que ça fait ? On se passe bien de velours et de soie et d'or, les premiers temps...

« De velours, de soie et d'or... Ah ! le velours, la soie et l'or... rouge, noir, blanc, — rouge, noir, blanc ; — et le morceau de glace, taillé comme un diamant, dans le verre d'eau... Mon velours, mon luxe, ma maîtresse et mon maître... Ah ! comment se passer d'un tel superflu... »

— ... Travail... Commencements durs... Sérieux... Temps de penser à... l'époque où nous vivons...

« J'ai mal. Ici, à la hauteur de l'estomac. Et j'ai horreur de ce rocher violacé, sur le fond rouge sombre, blanc et noir de ce que je regarde en moi-même... »

— Vie de famille... choyé... Pardine !... Pain blanc le premier... P'tit gars... Eh ben ?... eh ben ?...

La voix, les paroles intermittentes s'éteignirent dans un doux bruit d'eaux envahissantes. Philippe ne perçut plus rien, qu'un choc faible à l'épaule et un picotement d'herbe sèche contre sa joue. Puis le son de plusieurs voix perça de nouveau, comme autant d'îlots acérés, le mugissement égal et agréable des eaux, et Phil rouvrit les yeux. Sa tête reposait sur les genoux de sa mère, et toutes les Ombres, en cercle, penchaient au-dessus de lui leurs visages inoffensifs. Un mouchoir, trempé d'alcool de lavande, toucha ses narines, et il sourit à Vinca qui s'interposait, colorée d'or, de brun rosé, de bleu cristallin, entre lui et les Ombres...

— Ce pauv' Coco !

— Je l'ai dit, je l'ai dit qu'il n'avait pas bonne mine !

— Nous causions tous deux, il était là, devant moi, et puis pouf !...

— Il est comme tous les garçons de son âge, incapable de surveiller son estomac, les poches bourrées de fruits...

— Et les premières cigarettes, vous les comptez pour rien ?

— Mon coco chéri !... Il a les yeux pleins de larmes...

— Naturellement ! C'est la réaction...

— D'ailleurs, ça n'a pas duré trente secondes, le temps de vous appeler. Je vous dis, il était là, nous causions tous les deux, et puis...

Phil se releva, léger, les joues froides.

— Mais ne bouge pas, voyons !

— Appuie-toi sur moi, p'tit gars...

Mais il tenait la main de Vinca, et souriait sans expression.

— C'est fini. Merci, maman. C'est fini.

— Tu ne veux pas te coucher, par hasard ?

— Oh ! non. J'aime mieux rester à l'air...

— Regardez-moi la tête de Vinca ! Il n'est pas mort, ton Phil ! Emmène-le, va. Mais restez autant que possible sur la terrasse !

Les Ombres s'éloignèrent, en peloton lent d'où s'élevaient des mains amies, des paroles d'encouragement ; un regard maternel y brilla une fois encore, et Philippe resta seul avec Vinca qui ne souriait pas. D'un mouvement de bouche, d'un signe de tête rassurant, il l'invita à la gaieté, mais elle répondit, par un autre signe : « Non », et ne cessa pas de contempler Philippe, sa pâleur qui verdissait un peu le hâle brun, ses yeux noirs où le soleil trempait un rayon roux, sa bouche entrouverte sur de petites dents épaisses... « Que tu es beau... Que je suis triste ! » disaient les yeux bleus de Vinca... Mais il n'y lisait pas de pitié, et elle lui laissait tenir sa dure main de pêcheuse et de joueuse de tennis comme elle lui eût tendu la poignée d'une canne :

— Viens, pria tout bas Philippe. Je vais t'expliquer... Ce n'est rien. Mais allons dans un endroit tranquille.

Elle vint, et ils choisirent gravement, en guise de chambre secrète, un entablement de roc, parfois mouillé par les grandes marées, fourni par elles d'un sable à gros grains, vite séché. Aucun d'eux n'avait jamais songé qu'un secret pût être confié à des tentures de cretonne claire, à des parois de pitchpin d'une résonance musicale qui portaient d'une chambre à l'autre, la nuit, la nouvelle qu'un des habitants de la villa tournait le bouton d'un commutateur, toussait ou laissait choir une clef. Sauvages à leur manière, ces deux enfants parisiens savaient fuir l'indiscret abri humain, et cherchaient la sécurité de leur idylle et de leurs drames au milieu d'un pré découvert, sur le bord d'une aire rocheuse ou contre le flanc creux de la vague.

— Il est 4 heures, dit Philippe en consultant le soleil. Tu ne veux pas que j'aille te chercher ton goûter, avant qu'on s'installe ?

— Je n'ai pas faim, répondit Vinca. Toi, tu veux goûter ?

— Non, merci. Mon petit étourdissement m'a retiré l'appétit. Assieds-toi dans le fond, moi je suis mieux près du bord.

Ils parlaient simplement, se sachant prêts à des paroles graves, ou à un silence presque aussi révélateur.

Le soleil de septembre miroitait sur les jambes polies et brunes de Vinca, ployées au bord de sa robe blanche. Au-dessous d'eux, une houle inoffensive, que la brume en passant avait léchée et adoucie, dansait mollement, prenait par degrés sa couleur de beau temps. Les mouettes crièrent, et un chapelet de barques s'égrena, une voile après l'autre sortant de l'ombre du Meinga et gagnant la haute mer. Un chant enfantin, aigu, chevrotant, passa dans la brise ; Philippe se retourna, tressaillit et exhala une sorte de plainte irritée : tout en haut de la plus haute falaise, en cotte bleuâtre et coiffé de cheveux roux, un petit garçon...

Vinca suivit le regard de Philippe.

— Oui, dit-elle, c'est le petit garçon.

Phil reprenait son sang-froid.

— Tu parles du petit garçon, je crois, de la marchande de poisson ?

Vinca secoua la tête :

— Le petit garçon, rectifia-t-elle, qui t'a parlé tout à l'heure.

— Qui m'a...

— Le petit garçon qui est venu t'informer du départ de la dame.

Philippe haït soudain l'éclat du jour, le sable dur aux reins, et le vent modéré lui brûla la joue.

— De... de quoi parles-tu, Vinca ?

Elle ne s'abaissa pas à répondre et continua :

— Le petit garçon te cherchait, il m'a rencontrée et m'a informée la première. D'ailleurs...

Elle acheva par un geste fataliste. Phil respira profondément, avec une sorte de bien-être.

— Ah !... Alors tu savais... Qu'est-ce que tu savais ?

— Des choses sur toi... Pas depuis longtemps. Ce que je sais, je l'ai appris tout à la fois, il y a... trois ou quatre jours, mais je me doutais...

Elle se tut, et Philippe aperçut, sous les prunelles bleues, en haut de la fraîche joue enfantine de son amie, la nacre, le sillon des larmes nocturnes et de l'insomnie, ce reflet satiné, couleur de clair de lune, qu'on ne voit qu'aux paupières des femmes contraintes de souffrir en secret.

— Bon, dit Philippe. Alors nous pouvons parler, à moins que tu ne préfères ne pas parler... Je ferai ce que tu voudras.

Elle réprima un petit mouvement des coins de la bouche, mais ne pleura pas.

— Non, nous pouvons parler. Je crois que c'est mieux.

Ils éprouvèrent un amer et identique contentement à distancer, dès les premiers mots de leur entretien, le lieu commun de la dispute et du mensonge. C'est le fait des héros, des comédiens et des enfants, de se sentir à l'aise sur un plan élevé. Ces enfants espérèrent follement qu'une douleur noble pouvait naître de l'amour.

— Écoute, Vinca, lorsque pour la première fois j'ai rencontré...

— Non, non, interrompit Vinca avec précipitation. Pas ça. Je ne te demande pas ça. Je le sais. Là-bas, en bas du chemin du goémon. Penses-tu que je l'aie oublié ?

— Mais, protesta Philippe, il n'y avait rien, ce jour-là, à oublier ni à retenir puisque...

— Mais, passe ! Passe ! Crois-tu que je t'ai amené ici pour que tu me parles d'elle ?

Il sentit, à l'âpreté simple du ton de Vinca, que son propre accent venait de manquer tout ensemble de naturel et de contrition.

— Me faire le récit de vos amours, n'est-ce pas ? Pas la peine. Mercredi dernier, quand tu es rentré, j'étais levée, sans lumière... Je t'ai vu... comme un voleur... Il faisait presque jour. Et cette figure que tu avais... Alors, je me suis renseignée, tu penses... Sur la côte, tu crois que tout ne se sait pas ? Il n'y a que les parents, pour ne rien savoir...

Philippe, choqué, fronça les sourcils. La foncière brutalité féminine, soulevée en Vinca par la jalousie, l'offensait. Il s'était senti capable, en atteignant le refuge suspendu, de confiance amollie, de larmes, enclin en effet à de longs aveux... Mais il n'admettait pas cette activité d'écorchée, cette rudesse expéditive qui brûlait les relais pittoresques et flatteurs, et tendait vers... au fait, vers quoi ?

« Elle va sans doute vouloir mourir », se dit-il. « Elle voulait déjà mourir ici même, un jour... Elle va vouloir mourir... »

— Vinca, il faut me promettre...

Elle tendit l'oreille, sans le regarder, et tout son corps exprima, dans ce mouvement léger, l'ironie et l'indépendance.

— Oui, Vinca... Il faut me promettre que ni sur ce rocher, ni dans aucun lieu de la terre, tu... tu ne chercheras à quitter la vie...

Elle l'éblouit, en lui jetant au visage le rayon bleu de ses yeux grands ouverts, dans un brusque et ferme regard.

— Tu dis ? Quitter... quitter la vie ?

Il posa les mains sur les épaules de Vinca, hocha un front lourd d'expérience :

— Je te connais, chérie. D'ici même, tu as voulu, sans raisons, te laisser glisser en bas, il y a six semaines, et maintenant...

La stupeur, tandis qu'il parlait, maintenait hauts, au-dessus des yeux de Vinca, les arcs de ses sourcils. Elle secoua, d'un tour d'épaules, les mains de Philippe.

— Maintenant ?... Mourir ?... Pourquoi ?...

Il rougit à ce dernier mot, et Vinca compta sa rougeur pour une réponse.

— À cause d'elle ? s'écria Vinca. Tu es fou ?

Phil arracha, d'agacement, les touffes du maigre gazon et rajeunit soudain de quatre ou cinq ans.

— On est toujours fou, quand on cherche à savoir ce que veut une femme, et quand on s'imagine qu'elle sait ce qu'elle veut !

— Mais je le sais, Phil. Je le sais très bien. Et aussi ce que je ne veux pas ! Tu peux être tranquille, je ne me tuerai pas à cause de cette femme-là ! Il y a six semaines... Oui, je me laissais glisser, là, jusqu'en bas, et je t'entraînais. Mais ce jour-là, c'était pour toi, que je mourais, et pour moi... pour moi...

Elle ferma les yeux, renversa la tête, caressa de la voix ses dernières paroles, et ressembla, avec une fidélité étrange, à toutes les femmes qui renversent le col et ferment les yeux sous un excès de bonheur. Pour la première fois, Philippe reconnut en Vinca la sœur de celle qui, les yeux clos et la tête abandonnée, semblait se séparer de lui, dans les instants mêmes où il la tenait le mieux embrassée...

— Vinca ! Voyons, Vinca !

Elle rouvrit les yeux, se redressa.

— Quoi ?

— Eh, ne t'en va pas comme ça ! En voilà une figure de pâmoison !

— Je ne me pâme pas. C'est bon pour toi, le flacon de sels, l'eau de Cologne et tout le tremblement !

De temps en temps, le férocité enfantine se glissait entre eux, miséricordieuse. Ils y puisaient des forces, s'y retrempaient dans une lucidité anachronique, puis se rejetaient vers la folie de leurs aînés...

— Je m'en vais, dit Philippe. Tu me fais beaucoup de peine.

Vinca rit, d'un rire saccadé et déplaisant, comme n'importe quelle femme blessée.

— Charmant ! c'est toi, maintenant, à qui on fait de la peine, n'est-ce pas ?

— Mais certainement.

Elle fit un cri d'oiseau irrité, perçant, imprévu, dont Philippe tressaillit.

— Qu'est-ce que tu as ?

Elle s'était appuyée sur ses deux mains ouvertes, presque à quatre pattes, comme un animal. Il la vit soudain effrénée, empourprée de courroux. Ses deux panneaux de cheveux tendaient à se rejoindre sur sa figure penchée, et ne laissaient place qu'à sa bouche rouge et sèche, à son nez court élargi par un souffle coléreux, à ses deux yeux d'un bleu de flamme.

— Tais-toi, Phil ! Tais-toi ! Je te ferais du mal ! Tu te plains, tu parles de ta peine, toi qui m'as trompée, toi le menteur, le menteur, toi qui m'as délaissée pour une autre femme ! Tu n'as ni honte, ni bon sens, ni pitié ! Tu ne m'as amenée ici que pour me raconter, à moi, à moi, ce que tu as fait avec l'autre femme ! Dis le contraire ? Dis le contraire ? Hein, dis ?

Elle criait, à l'aise dans sa fureur féminine comme un pétrel sur une rafale. Elle retomba assise, ses mains tâtonnantes trouvèrent un fragment de rocher qu'elle lança au loin dans la mer, avec une force qui confondit Philippe.

— Tais-toi, Vinca...

— Non ! je ne me tairai pas ! D'abord nous sommes tout seuls, et puis je veux crier ! Il y a de quoi crier, je pense ? Tu m'as amenée ici parce que tu voulais raconter, repasser tout ce que tu as fait avec elle, pour le plaisir de t'entendre, d'entendre des mots... de parler d'elle, de dire son nom, hein, son nom, peut-être...

Elle le frappa soudain au visage d'un poing si imprévu et si garçonnier qu'il faillit tomber sur elle et se battre de bon cœur. Les paroles qu'elle venait de vociférer le retinrent et sa masculine et foncière décence recula devant ce que Vinca comprenait et faisait comprendre sans détours.

« Elle pense, elle croit au plaisir que j'aurais à lui raconter... Oh ! et c'est Vinca, Vinca qui imagine ces choses-là... »

Elle se tut un moment, et toussa, rouge jusqu'à la naissance de la gorge. Deux petites larmes glissèrent de ses yeux, mais elle n'était pas près encore de la douceur et du silence des larmes.

« Je n'ai donc jamais su ce qu'elle pensait ? » songea Philippe. « Toutes ses paroles sont aussi surprenantes que cette force que je lui ai vue souvent, quand elle nage, quand elle saute, quand elle lance des cailloux... »

Il se méfiait des mouvements de Vinca et ne la quittait pas de l'œil. La couleur rayonnante de son teint, de ses yeux, la précision de sa forme mince, le pli tendu de sa robe blanche sur ses longues jambes, reléguaient à un plan lointain la souffrance presque suave qui l'avait couché, immobile, sur l'herbe...

Il profita de la trêve, voulut montrer un sang-froid supérieur.

— Je ne t'ai pas battue, Vinca. Tes paroles le méritaient plus que ton geste. Mais je n'ai pas voulu te battre. Ç'aurait été la première fois que je me serais laissé aller à...

— Naturellement, interrompit-elle d'une voix enrouée. Tu en battras une autre avant moi. Moi, je ne serai la première en rien !

Cette voracité dans la jalousie le rassura, il faillit sourire, mais le vindicatif regard de Vinca lui déconseilla la plaisanterie. Ils demeurèrent silencieux, virent le soleil descendre derrière le Meinga et une tache rose, incurvée comme un pétale, danser à la crête de toutes les vagues.

Les clarines des vaches tintèrent en haut de la falaise. À la place où le fatal petit garçon chantait tout à l'heure, une figure cornue de chèvre noire parut, et bêla.

— Vinca chérie... soupira Philippe.

Elle le regarda avec indignation.

— C'est moi que tu oses appeler comme ça ?

Il inclina la tête.

— Vinca chérie... soupira-t-il.

Elle se mordit les lèvres, rassembla ses forces contre l'assaut des larmes qu'elle sentait monter, serrer sa gorge, gonfler ses yeux, et ne se risqua pas à parler. Philippe, appuyé de la nuque au rocher brodé d'une mousse rase et violâtre, contemplait la mer et ne la voyait peut-être pas. Parce qu'il était las, parce qu'il faisait beau, parce que l'heure, son parfum et sa mélancolie l'exigeaient, il soupirait : « Vinca chérie... » comme il eût soupiré : « Ah ! quel bonheur !... » ou bien : « Que je souffre... » Sa nouvelle douleur exhalait les mots les plus anciens, les premiers mots nés sur ses lèvres ; ainsi le soldat vieilli, s'il tombe en combattant, gémit le nom d'une mère qu'il a oubliée.

— Tais-toi, méchant, tais-toi... Qu'est-ce que tu m'as fait... Qu'est-ce que tu m'as fait...

Elle lui montrait ses larmes qui roulaient sans laisser de sillons sur le velours de ses joues. Le soleil jouait dans ses yeux débordants, et élargissait le bleu de ses prunelles. Une amante, de tout blessée, assez magnifique pour tout pardonner, resplendissait dans le haut du visage de Vinca ; une petite fille désolée, un peu comique, grimaçait gentiment par sa bouche et son menton tremblant.

Sans quitter l'appui de son dur oreiller, Philippe tourna vers elle ses yeux noirs, adoucis par la langueur de son propre appel. La colère avait exprimé, de cette fillette surchauffée, une odeur de femme blonde, apparentée à la fleur de bugrane rose, au blé vert écrasé, une allègre et mordante odeur qui complétait cette idée de vigueur imposée à Philippe par tous les gestes de Vinca. Pourtant elle pleurait, et balbutiait : « Qu'est-ce que tu m'as fait... » Elle voulut arrêter le cours de ses larmes, et mordit une de ses mains où parut, pourpre, le demi-cercle de ses jeunes dents.

— Sauvage..., dit Phil à demi-voix, avec la considération caressante qu'il eût dédiée à une inconnue.

— Plus que tu ne crois... dit-elle sur le même ton.

— Mais ne me le dis pas ! s'écria Philippe. Tes moindres paroles ont l'air d'une menace !

— Avant, tu aurais dit une promesse, Phil !

— C'est la même chose ! protesta-t-il, véhément.

— Pourquoi ?

— Parce que.

Il mordilla une herbe, décidé à la prudence et d'ailleurs incapable de préciser par des paroles les sourdes revendications de liberté mentale, de droit au délassant et courtois mensonge, que son âge et la première aventure dilataient en lui.

— Je me demande, plus tard, comment tu me traiteras, Phil...

Elle semblait consternée, et vide d'arguments. Mais Philippe savait comment elle pouvait rebondir, et récupérer magiquement toute sa force.

— Ne te le demande pas, pria-t-il brièvement.

« Plus tard... plus tard... Oui, la mainmise sur l'avenir aussi, Elle a de la chance, de pouvoir penser à la couleur de l'avenir, en ce moment ! C'est son besoin d'enchaîner qui parle... Elle en est loin, de l'envie de mourir... »

Il méconnaissait, hargneux, la mission de durer, dévolue à toutes les espèces femelles, et l'instinct auguste de s'installer dans le malheur en l'exploitant comme une mine de matériaux précieux. Le soir et la fatigue aidant, il fut excédé de cette enfant combative, qui luttait d'une manière primitive pour le salut d'un couple. Il s'arracha, en pensée, à sa présence, courut à la poursuite d'une voiture roulant sur son nuage horizontal de poussière, atteignit, comme un mendiant de la route, la vitre où s'appuyait une tête assoupie sous son turban de voiles blancs... Il revit tous les détails, les cils noircis, le signe noir près de la lèvre, la narine palpitante et serrée, des traits qu'il n'avait jamais contemplés que de tout près, ah ! de si près... Égaré, effrayé, il se leva, plein de la peur de souffrir, et de la surprise d'avoir, pendant qu'il causait avec Vinca, cessé de souffrir...

— Vinca !

— Qu'est-ce que tu as ?

— Je... je crois que j'ai mal...

Un bras irrésistible empoigna le sien, l'obligea à tomber au plus sûr du nid escarpé, car il chancelait près du bord. Abattu, il ne lutta pas, et dit seulement :

— Ce serait peut-être le plus simple, pourtant...

— Ah ! là là !...

Elle ne cherchait pas de paroles après ce cri trivial. Elle couchait contre elle le corps du garçon affaibli, et serrait une tête brune sur ses seins qu'un peu de chair douce, toute neuve, arrondissait. Philippe s'abandonnait à une lâche et récente habitude de passivité, acquise dans des bras moelleux ; mais s'il chercha, avec une amertume à peine supportable, le parfum résineux, la gorge accessible, du moins il gémissait sans effort le nom de : « Vinca chérie... Vinca chérie... »

Elle accepta de le bercer, selon ce rythme qui balance, bras refermés et genoux joints, toutes les créatures féminines de toute la terre. Elle le maudissait d'être si malheureux et si choyé. Elle lui souhaitait de perdre la raison et d'oublier, dans le délire, un nom de femme. Elle l'apostrophait en elle. « Va, va... Tu apprendras à me connaître... Je t'en ferai voir... » mais en même temps elle écartait, du front de Philippe, un cheveu noir, comme une fêlure fine barrant un marbre. Elle savoura le poids, le contact nouveau d'un corps de jeune homme qu'hier encore elle portait, en riant et en courant, à califourchon sur ses reins. Lorsque Philippe, entrouvrant les yeux, quêta son regard en la suppliant de lui rendre ce qu'il avait perdu, elle frappa de sa main libre le sable à côté d'elle, et s'écria, au fond d'elle-même : « Ah ! pourquoi es-tu né ! » comme une héroïne du drame éternel.

Et cependant, elle surveillait, d'un œil agile, les abords de la villa lointaine ; elle mesurait en marin la chute du soleil : « Il est plus de 6 heures » ; elle notait le passage, entre la plage et la maison, de Lisette pareille à un pigeon blanc dans sa robe voletante. Elle songeait : « Nous ne devons pas rester ici plus d'un quart d'heure, ou bien on nous cherchera. Il faut que je me lave bien les yeux... » puis elle réintégrait, âme et corps, l'amour, la jalousie, la fureur lente à se calmer, les gîtes mentaux aussi rudes et aussi originels que le nid dans le rocher...

— Lève-toi, dit-elle tout bas.

Philippe se plaignit, s'alourdit. Elle devina qu'il se servait à présent de la plainte, de l'inertie, pour échapper aux reproches et aux questions. Ses bras, tout à l'heure presque maternels, secouèrent la nuque ployée, le torse chaud, et son fardeau, hors de l'étreinte, redevint le garçon menteur, mal connu, étranger, capable de la trahir, que des mains de femme avaient poli et changé...

« L'attacher, comme la chèvre noire, au bout de deux mètres de corde... L'enfermer, dans une chambre, dans ma chambre... Vivre dans un pays où il n'y aurait pas d'autre femme que moi... Ou bien que je sois tellement belle, tellement belle... Ou bien qu'il soit juste assez malade pour que je le soigne... » Les ombres mouvantes de ses pensées couraient sur son visage.

— Qu'est-ce que tu vas faire ? demanda Philippe.

Elle contempla, désabusée, les traits qui seraient sans doute, plus tard, ceux d'un homme brun assez banalement agréable, mais que la dix-septième année, pour un peu de temps encore, retenait en deçà de la virilité. Elle s'étonnait qu'un stigmate affreux, et révélateur, n'eût point marqué ce menton suave, ce nez régulier apte à exprimer la colère : « Mais ses yeux bruns, trop doux, et leur blanc bleu pâle, ah ! comme je vois qu'une femme s'y est mirée... » Elle hocha la tête :

— Ce que je vais faire ? m'apprêter pour dîner. Et toi aussi.

— Et c'est tout ?

Debout, elle tirait sa robe sous sa ceinture de soie élastique et surveillait diligemment Philippe, la maison, la mer qui s'endormait et refusait, grise, refroidie, de participer à l'éclat du couchant.

— C'est tout... à moins que toi-même tu ne fasses quelque chose.

— Qu'appelles-tu quelque chose ?

— Mais... partir, aller retrouver cette dame... Décider que c'est elle que tu aimes... L'annoncer à tes parents...

Elle parlait d'un air dur et puéril, en tirant machinalement sur sa robe comme si elle eût voulu écraser ses seins.

« Elle a des seins en forme de coquilles de patelles... ou encore en forme de petites montagnes coniques sur les peintures japonaises... »

Il rougit parce qu'il avait prononcé distinctement en lui-même le mot « seins », et s'accusa de manquer au respect.

— Je ne commettrai aucune de ces sottises, Vinca, dit-il précipitamment. Mais je voudrais bien savoir ce que tu ferais, toi, si j'étais capable de tout ça, ou de la moitié seulement ?

Elle ouvrit grands ses yeux, plus bleus d'avoir pleuré, où il ne put rien lire.

— Moi ? Je ne modifierais pas ma façon de vivre.

Elle mentait et le bravait, mais sous le mensonge du regard il voyait, il tâtait la ténacité, la constance sans repos ni scrupules qui préserve l'amante et l'attache à son amant et à la vie, dès qu'elle s'est découvert une rivale.

— Tu te fais plus raisonnable que tu n'es, Vinca.

— Et toi plus précieux. Est-ce que tu n'as pas cru que je voudrais mourir, tout à l'heure ? Mourir, pour une aventure de Monsieur !

Elle le désigna, de la main ouverte, comme font les enfants qui se chamaillent.

— Une aventure... répéta Philippe, blessé et flatté. Eh dame ! tous les garçons de mon âge...

— Il faudra donc que je m'habitue, interrompit Vinca, à ce que tu ne sois, en effet, que « tous les garçons » de ton âge.

— Vinca chérie, je te jure qu'une jeune fille ne peut pas parler, ne doit pas entendre...

Il baissa les yeux, se mordit la lèvre avec suffisance, et ajouta :

— Tu peux me croire.

Il offrit la main à Vinca pour qu'elle enjambât les longs bancs schisteux couchés à l'entrée de leur abri, puis les bas bouquets d'ajoncs qui les séparaient du sentier de douane. À trois cents mètres de là, sur le pré de mer, Lisette en blanc tournait comme un volubilis blanc, et ses petits bras bruns gesticulaient, télégraphiant : « Venez ! Vous êtes en retard ! » Vinca leva les bras, répondit, mais elle se retourna encore vers Philippe avant de commencer à descendre.

— Phil, justement je ne peux pas te croire. Ou bien toute notre existence, jusqu'à aujourd'hui, n'aurait été qu'une de ces petites histoires fades comme il y en a dans les livres que nous n'aimons pas. Tu me dis : « un jeune homme... une jeune fille... » en parlant de nous. Tu dis : « une aventure comme tous les garçons de mon âge... » Mais, Phil, tu es quand même en faute... tu vois, je te parle tranquillement...

Il l'écoutait, un peu impatient, et perplexe car il cherchait, à cet instant même, les tisons et les épines éparpillés de son grand chagrin, et n'arrivait pas à les rassembler. L'extrême embarras de Vinca, visible sous trop d'assurance, allait encore les disperser, et le vent du soir, en outre, se levait avec une brusquerie malveillante...

— Allons ! Quoi encore ?

— Tu es quand même en faute, Phil, puisque c'est à moi que tu aurais dû demander...

Il était sans désirs, las, avide d'être seul, et pourtant plein d'appréhension au seuil de la longue nuit. Elle avait escompté le cri, l'indignation, ou bien le trouble impur : il la mesura de la tête aux pieds, entre ses cils rapprochés, et dit :

— Pauvre petite !... « Demander »... Bon. Et accorder quoi ?

Il la vit offensée et muette, la traînée pourpre de son sang vif, monté à ses joues, descendit sous la peau de sa gorge brune. Il la prit d'un bras par les épaules, et marcha serré contre elle dans le sentier.

— Vinca chérie, tu vois les bêtises que tu dis ! Des bêtises de jeune fille ignorante, Dieu merci !

— Remercie-le d'autre chose, Phil. Est-ce que tu ne crois pas que j'en sais autant que la première femme qu'il a créée ?

Elle ne s'écartait pas de lui, le regardait de côté, sans tourner la tête, puis regardait devant elle le chemin difficile, puis regardait de nouveau Philippe, dont l'attention s'attachait à cet angle d'œil que le mouvement de la prunelle faisait alternativement bleu de pervenche et blanc comme l'intérieur nacré d'une coquille.

— Dis, Phil ? Tu ne le crois pas, que j'en sais autant que...

— Chut, Vinca ! tu ne sais pas. Tu ne sais rien.

Il suspendit leurs pas, au tournant du sentier. Tout azur avait fui de la mer, coulée dans un métal solide et gris, presque sans plis, et le soleil éteint laissait sur l'horizon une longue trace d'un rouge triste, au-dessus de laquelle régnait une zone pâle, verte, plus claire que l'aurore, où trempait l'humide étoile qui se lève la première. Philippe serra son bras autour des épaules de Vinca, étendit l'autre bras vers la mer.

— Chut, Vinca ! Tu ne sais rien. C'est... un tel secret... Si grand...

— Je suis grande.

— Non, tu ne comprends pas ce que je veux te dire...

— Si, très bien. Tu fais comme le petit garçon des Jalon, qui est enfant de chœur le dimanche. Il dit, pour se donner de l'importance : « Le latin, ah ! mais, vous savez, le latin, c'est très difficile ! » mais il ne sait pas le latin.

Elle rit tout à coup, la tête levée, et Philippe n'aima guère qu'elle passât, en si peu d'instants et avec tant de naturel, du drame au rire, et de la consternation à l'ironie. Peut-être parce que la nuit venait, il commençait à revendiquer un calme tout labouré de feux voluptueux, un silence pendant lequel le sang, bruissant aux oreilles, imite la pluie pressée ; il aspirait à la crainte, au joug presque muet et plein de périls, qui l'avait courbé sur un seuil que d'autres adolescents franchissent en titubant et en blasphémant.

— Tais-toi, va. Ne fais pas la méchante et la grossière. Quand tu sauras...

— Mais je ne demande qu'à savoir !

Elle parlait faux, et riait d'un rire de comédienne maladroite pour cacher que tout, en elle, grelottait, et qu'elle était aussi triste que toutes les enfants dédaignées qui cherchèrent, dans le pire risquc, une chance de souffrir un peu plus, et encore un peu plus, et toujours davantage, jusqu'à la récompense...

— Je t'en prie, Vinca ! Tu me fais une peine... C'est si peu toi, ce genre-là !...

Il laissa retomber le bras qu'il appuyait sur l'épaule de Vinca, et descendit plus vite vers la villa. Elle l'accompagnait, sautant, quand le sentier se rétrécissait, par-dessus les touffes d'herbes coupantes imprégnées déjà de rosée ; elle préparait, en marchant, un visage destiné aux Ombres, tout en répétant à mi-voix, pour Philippe :

— Si peu moi ?... Si peu moi ?... Voilà pourtant une chose que tu ne sais pas, Phil, toi qui sais tant de choses...

Ils furent tous deux, à table, dignes d'eux-mêmes et de leurs secrets. Philippe rit de ses « vapeurs », exigea des soins, attira sur lui l'attention parce qu'il craignait qu'on ne remarquât les yeux éclatants, cernés d'un rose meurtri, que Vinca abritait sous le chaume soyeux, coupé en frange épaisse au-dessus des sourcils. Vinca de son côté faisait l'enfant ; elle réclama du champagne dès le potage : « C'est pour remonter Phil, maman ! » et vida sa coupe de Pommery sans respirer.

— Vinca ! blâma une Ombre...

— Laissez donc, dit une autre Ombre indulgente, quel mal voulez-vous que ça lui fasse ?

Vers la fin du dîner, Vinca vit le regard de Philippe chercher, sur la mer nocturne, le Meinga invisible, la route blanche fondue dans la nuit, les genévriers pétrifiés sous la poussière de la route...

— Lisette, cria-t-elle, pince Phil qui est en train de s'endormir !

— Elle m'a pincé au sang ! geignit Philippe. Petite gale ! Elle m'a fait venir les larmes !

— C'est vrai, c'est vrai ! dit Vinca d'une voix perçante. Elle t'a fait venir les larmes !

Elle riait, pendant qu'il frottait son bras sous la veste de flanelle blanche ; mais il voyait aux joues de Vinca, dans ses yeux, la flamme du vin mousseux et une sorte de folie prudente qui ne le rassurait pas.

Une sirène, un peu plus tard, beugla très loin, sur la houle noire, et quelque Ombre s'arrêta de remuer, sur la table à jouer, le ventre pointillé des dominos.

— Brouillard en mer...

— Le phare de Granville balayait dans du coton, tout à l'heure, dit une autre Ombre.

Mais la voix de la sirène venait d'évoquer la trompe mugissante d'une automobile fuyant sur la route côtière, et Philippe bondit sur ses pieds.

— Ça le reprend ! railla Vinca.

Habile à se cacher, elle tournait le dos aux Ombres et son regard suivait Philippe comme une lamentation...

— Sûrement non, dit Philippe. Mais je n'en peux plus, et je demande la permission d'aller me coucher... Bonsoir, maman, bonsoir, père... Bonsoir, madame Ferret... Bonsoir...

— On te tient quitte de tes litanies, ce soir, mon garçon.

— Si on te montait une tasse de camomille légère ?

— N'oublie pas d'ouvrir ta fenêtre grande !

— Vinca, tu as porté chez Phil ton flacon de sels ?

Les voix des Ombres amies le suivirent jusqu'à la porte, en guirlande tutélaire, un peu fanée, au doux parfum fade de simples séchées. Il échangea avec Vinca le baiser quotidien qui tombait toujours à côté de la joue tendue et glissait vers l'oreille, sur le cou, ou sur le coin duveté de la bouche. Puis la porte se referma, la propice guirlande se rompit net, et il se trouva seul.

Sa chambre, béante sur la nuit sans lune, l'accueillit mal. Debout sous l'ampoule ensachée de mousseline jaune, il respira, hostile et délicat, l'odeur que Vinca nommait « l'odeur de garçon » : livres classiques, valise de cuir préparée pour le départ du surlendemain, bitume des semelles de caoutchouc, savon fin et alcool parfumé.

Il ne souffrait pas particulièrement. Mais il éprouvait ce sentiment d'exil et de fatigue totale qui n'exige plus d'autre remède que l'inconscience. Il se coucha rapidement, éteignit sa lampe et chercha d'instinct la place, contre le mur, où ses peines de petit garçon, ses fièvres de croissance, avaient trouvé la nuit protectrice, l'abri du drap mieux bordé, du papier fleuri contre lequel déferlaient les songes, apportés par la pleine lune, les grandes marées ou les orages de juillet. Il s'endormit aussitôt ; mais pour être assailli par les plus intolérables précisions du rêve, et les plus traditionnelles. Ici Camille Dalleray portait le visage de Vinca ; là Vinca, autoritaire, régnait sur lui avec une froideur impure et prestidigitatrice. Mais ni Camille Dalleray, ni Vinca, dans son rêve, ne voulaient se souvenir que Philippe n'était qu'un petit garçon tendre, pressé seulement de poser sa tête sur une épaule, un petit garçon de dix ans...

Il s'éveilla, vit que sa montre marquait minuit moins le quart et que sa nuit gâchée se consumerait, fiévreuse, au centre d'une maison endormie ; il chaussa ses sandales, serra sur ses reins la cordelière de son peignoir de bains et descendit.

La lune en son premier quartier rasait la falaise. Courbe et rougeâtre, elle ne versait pas de lumière au paysage, et le phare tournant du phare de Granville semblait, à chaque feu rouge, à chaque feu vert, l'éteindre. Mais la nuit, à cause d'elle, ne submergeait pas les masses de verdure, et le crépi blanc de la villa, entre les poutres apparentes, semblait faiblement phosphorescent. Philippe laissa ouverte la porte vitrée, et entra dans cette nuit douce comme en un refuge sûr et triste. Il s'assit à même la terrasse rebelle à l'humidité, foulée et tassée par seize étés de vacances, d'où la pelle de Lisette exhumait parfois, antique et oxydé, un fragment de jouet enterré depuis dix, douze, quinze années...

Il se sentait désolé, sage, à l'écart de tous. « Devenir un homme, c'est peut-être cela », songea-t-il. L'inconscient besoin de dédier sa tristesse et sa sagesse le tourmentait vainement, comme tous les honnêtes petits athées à qui l'éducation laïque n'a pas donné Dieu pour spectateur.

— C'est toi, Phil ?

La voix descendit jusqu'à lui comme une feuille sur le vent. Il se leva, marcha sans bruit jusqu'à la fenêtre à balcon de bois.

— Oui, souffla-t-il. Tu ne dors donc pas ?

— Naturellement non. Je descends.

Elle le rejoignit sans qu'il l'eût entendue. Il ne vit venir à lui qu'un visage clair, suspendu au-dessus d'une silhouette confondue avec la nuance même de la nuit.

— Tu vas avoir froid.

— Non. J'ai mis mon kimono bleu. D'ailleurs il fait doux. Ne restons pas là.

— Pourquoi ne dors-tu pas ?

— Je n'ai pas sommeil. Je pense. Ne restons pas là. Nous réveillerions quelqu'un.

— Je ne veux pas que tu descendes à la plage à cette heure-ci, tu t'enrhumeras.

— Ce n'est guère mon genre, de m'enrhumer. Mais je ne tiens pas du tout à la plage, tu sais. On n'a qu'à se promener un peu en remontant, au contraire.

Elle parlait d'une voix insaisissable et pourtant Philippe ne perdait pas une de ses paroles. L'absence de timbre lui causait un plaisir infini. Ce n'était plus la voix de Vinca, ce n'était la voix d'aucune femme. Une petite présence, presque invisible, au ton familier, une petite présence, sans acrimonie, sans dessein sauf la promenade, sauf la veille tranquille...

Il buta contre un obstacle et Vinca le retint par la main.

— Ce sont les pots de géraniums, tu ne les vois donc pas ?

— Non.

— Moi non plus. Mais je les vois comme les aveugles, je sais qu'ils sont là... Fais attention qu'il doit y avoir un empotoir par terre, à côté.

— Comment le sais-tu ?

— J'ai dans l'idée qu'il est là. Et ça ferait du bruit comme une pelle à charbon... Boum !... qu'est-ce que je te disais ?

Ce chuchotement malicieux charmait Philippe. Il eût pleuré de détente et de plaisir, à trouver Vinca si douce, toute pareille dans l'ombre à une Vinca d'autrefois qui n'avait que douze ans et qui chuchotait ainsi, penchée au-dessus du sable mouillé où la pleine lune dansait sur le ventre des poissons, pendant les pêches de minuit...

— Tu te rappelles, Vinca, la nuit où nous avons pêché, à minuit, le plus gros carrelet...

— Et ta bronchite. Ça nous a valu une bonne défense de pêcher la nuit... Écoute !... Tu as refermé la porte vitrée ?

— Non...

— Vois-tu que le vent se lève et que la porte tape ? Ah ! si je ne pensais pas à tout...

Elle disparut, revint comme un sylphe, sur des pieds si légers que Phil devina son retour au parfum que le vent portait devant elle...

— Qu'est-ce que tu sens donc, Vinca ? Comme tu es parfumée !

— Parle moins haut. J'avais chaud, je me suis fait une friction avant de descendre.

Il ne répliqua rien, mais son attention réveillée enregistra, en effet, combien Vinca pensait à tout.

— Passe, Phil, je tiens la porte. Ne marche pas dans les salades.

Dans l'encens maraîcher qui montait de la terre travaillée, on pouvait oublier le voisinage de la mer. Une basse muraille de thym compact râpa les jambes nues de Philippe et il tâta au passage les museaux de velours des mufliers.

— Tu sais, Vinca, qu'au potager on n'entend pas les bruits qui viennent de la maison, à cause du bouquet de bois ?

— Mais il n'y a pas de bruit dans la maison, Phil. Et nous ne faisons pas de mal.

Elle venait de ramasser une petite poire tombée, mûrie précocement et musquée par le ver intérieur.

Il l'entendit mordre dans le fruit, puis le jeter.

— Qu'est-ce que tu fais ? tu manges ?

— C'est une des poires jaunes. Mais elle n'était pas assez bonne pour que je te la donne.

Une telle liberté d'esprit ne dissipa pas tout à fait la défiance vague de Philippe. Il trouvait Vinca un peu trop douce, légère et sereine comme un esprit, et il songea soudain à cette gaieté étrange, comme échappée de la tombe, cette gentillesse insensée qui tinte dans le rire des religieuses. « Je voudrais voir son visage », se dit-il. Et il frissonna à imaginer que la voix sans timbre, les paroles de fillette joueuse, pouvaient sortir du masque convulsé, étincelant de sa colère et de ses belles couleurs, qui avait affronté le sien dans le nid de rochers...

— Vinca, écoute... Rentrons.

— Si tu veux. Encore un moment. Accorde-moi un moment. Je suis bien. Et toi ? Nous sommes bien. Comme c'est facile de vivre, la nuit ! Mais pas dans les chambres. Oh ! je déteste ma chambre depuis quelques jours. Ici, je n'ai pas peur... Un ver luisant ! Si tard dans la saison ! Non, il ne faut pas le prendre... Bête, qu'est-ce que tu as à tressaillir ! C'est un chat qui a passé, voyons. La nuit, les chats attrapent les mulots...

Il distingua un petit rire, et le bras de Vinca lui serra la taille. Il tendait l'oreille à tous les souffles, à tous les craquements, séduit, malgré son inquiétude, par ce chuchotement nuancé qui ne cessait pas. Loin d'appréhender l'ombre, Vinca s'y guidait comme dans un pays ami et connu, l'expliquait à Philippe, lui faisait les honneurs de minuit et le promenait ainsi qu'un hôte aveugle.

— Vinca chérie, reviens...

Elle jeta un tout petit « oh ! » de crapaud.

— Tu m'as appelée Vinca chérie ! Ah ! pourquoi ne fait-il pas nuit tout le temps ! En ce moment-ci, tu n'es pas le même qui m'a trompée, je ne suis pas la même qui a eu tant de peine... Ah ! Phil, ne rentrons pas tout de suite, laisse-moi être un peu heureuse, un peu amoureuse, sûre de toi comme je l'étais dans mes rêves, Phil... Phil, tu ne me connais pas.

— Peut-être que non, Vinca chérie...

Ils trébuchèrent sur une sorte de foin dur, qui craqua.

— C'est le sarrasin battu, dit Vinca. Ils l'ont battu au fléau aujourd'hui.

— Comment le sais-tu ?

— Pendant que nous étions à nous disputer, tu n'entendais pas le battement des deux fléaux ? Moi, je l'entendais. Assieds-toi, Phil.

« Elle, elle l'entendait... Elle était forcenée, elle m'a frappé au visage, elle m'a dit des paroles sans suite ; — mais elle entendait le battement des deux fléaux... »

Involontairement il compara, à cette vigilance de tous les sens féminins, le souvenir d'une autre habileté féminine...

— Ne t'en va pas, Phil ! Je n'ai pas été méchante, je n'ai ni pleuré, ni reproché...

La ronde tête de Vinca, ses cheveux soyeux et égaux roulèrent sur l'épaule de Philippe et la chaleur d'une joue chauffa sa joue.

— Embrasse-moi, Phil, je t'en prie, je t'en prie...

Il l'embrassa, mêlant à son propre plaisir la mauvaise grâce de l'extrême jeunesse qui ne vise à combler que ses propres désirs, et la mémoire trop précise d'un autre baiser, qu'on lui avait pris sans le lui demander. Mais il connut contre ses lèvres la forme de la bouche de Vinca, le goût qu'elle gardait du fruit entamé tout à l'heure, l'empressement que mit cette bouche à s'ouvrir, à découvrir et à prodiguer son secret, — et il chancela dans l'ombre. « J'espère, pensa-t-il, que nous sommes perdus. Oh ! soyons vite perdus, puisqu'il le faut, puisqu'elle ne voudra plus, jamais, qu'il en soit autrement... Mon Dieu, que la bouche de Vinca est inévitable et profonde, et savante dès le premier choc... Oh ! soyons perdus, vite, vite... »

Mais la possession est un miracle laborieux. Un bras furieux, qu'il n'arrivait pas à dénouer, liait la nuque de Philippe. Il secouait la tête pour s'en délivrer, et Vinca, croyant que Philippe voulait rompre leur baiser, serrait davantage. Il saisit enfin le poignet raidi près de son oreille, et rejeta Vinca sur la couche de sarrasin. Elle gémit brièvement et ne bougea plus, mais lorsqu'il se pencha, honteux, sur elle, elle le reprit et l'étendit contre elle. Là ils eurent une trêve charmante et quasi fraternelle, où chacun eut, pour l'autre, un peu de pitié et l'affabilité, la discrétion des amants éprouvés. Philippe tenait sur son bras, renversée, une Vinca invisible, mais sa main libre lissait une peau dont il n'ignorait ni la douceur ni les marques, écrites en relief par la pointe de l'épine et la corne du rocher. Elle essaya de rire un instant, en priant tout bas :

— Laisse ma belle écorchure... Avec ça que c'est doux, déjà, le sarrasin égrené...

Mais il entendait son souffle trembler dans sa voix, et il tremblait aussi. Il retournait sans cesse à ce qu'il connaissait le moins d'elle, sa bouche. Il résolut, pendant qu'ils reprenaient haleine, de se relever d'un bond et de regagner la maison en courant. Mais il fut saisi, en s'écartant de Vinca, d'une crise de dénuement physique, d'une horreur de l'air frais et des bras vides, et il revint à elle, avec un élan qu'elle imita et qui mêla leurs genoux. Il trouva alors la force de la nommer « Vinca chérie » avec un accent humble qui la suppliait en même temps de favoriser et d'oublier ce qu'il essayait d'obtenir d'elle. Elle comprit, et ne manifesta plus qu'un mutisme exaspéré, peut-être excédé, une hâte où elle se meurtrit elle-même. Il entendit la courte plainte révoltée, perçut la ruade involontaire, mais le corps qu'il offensait ne se déroba pas, et refusa toute clémence.

Il dormit peu et profondément et se leva avec l'impression que toute la maison était vide. Mais en bas, il vit le gardien et son chien taciturne, et ses engins de pêche, et il entendit, au premier étage, la toux quotidienne de son père. Il se dissimula entre la haie de fusains et le mur de la terrasse et épia la fenêtre de Vinca. Une brise active chassait des nuages qui fondaient à son souffle ; en détournant la tête, Phil apercevait les voiles cancalaises couchées sur un flot court et dur. Toutes les fenêtres de la maison dormaient encore.

« Mais elle, est-ce qu'elle dort ? On assure qu'elles pleurent, après. Peut-être que Vinca pleure, à présent. C'est maintenant qu'il faudrait qu'elle se reposât sur mon bras, comme nous faisions sur le sable. Alors, je lui dirais : “Ce n'est pas vrai. Il ne s'est rien passé ! Tu es ma Vinca de toujours. Tu ne m'as pas donné ce plaisir, qui ne fut pas un très grand plaisir. Rien n'est vrai, pas même ce soupir et ce chant commencé, aussitôt suspendu, qui t'ont faite tout à coup lourde et longue comme une morte dans mes bras. Rien n'est vrai. Si, ce soir, je disparais au haut du chemin blanc, vers *Ker-Anna*, si je rentre seul avant l'aurore de demain, je m'en cacherai si bien que tu l'ignoreras... Allons nous promener sur la côte, et emmenons Lisette.” »

Il n'imaginait pas qu'un plaisir mal donné, mal reçu est une œuvre perfectible. La noblesse du jeune âge l'entraînait seulement au sauvetage de ce qu'il fallait ne pas laisser périr : quinze années de vie enchantée, de tendresse unique, leurs quinze années de jumeaux amoureux et purs.

« Je lui dirai : "Tu penses bien que notre amour, l'amour de Phil-et-Vinca, aboutit ailleurs que là, là, cette couche de sarrasin battu, hérissé de fétus. Il aboutit ailleurs qu'au lit de ta chambre ou de la mienne. C'est évident, c'est sûr. Crois-moi ! Puisqu'une femme que je ne connais pas m'a donné cette joie si grave, dont je palpite encore, loin d'elle, comme le cœur de l'anguille arraché vivant à l'anguille, que ne fera pas, pour nous, notre amour ? C'est évident, c'est sûr... Mais si je me trompais, il ne faut pas que tu saches que je me trompe..." »

« Je lui dirai : "C'est un rêve prématuré, un délire, un supplice pendant lequel tu mordais ta main, pauvre petit compagnon, auxiliaire courageux de ma cruelle besogne. C'était pour toi un rêve, peut-être affreux ; pour moi, une humiliation pire, une volupté moins bonne que les surprises de la solitude. Mais rien n'est perdu, si tu oublies, et si moi-même j'efface un souvenir miséricordieusement voilé déjà par la nuit... Non, je n'ai pas serré tes côtes flexibles entre mes genoux ; mais prends-moi à califourchon sur tes reins, et courons sur le sable..." »

Quand il entendit, sur leur tringle, glisser les rideaux, il appela à lui son courage et réussit à ne pas détourner la tête...

Vinca parut, entre les contrevents qu'elle rabattit sur le mur. Elle cligna fortement des paupières à plusieurs reprises, et regarda devant elle avec une fixité passive. Puis elle enfonça ses mains dans l'épaisseur de ses cheveux, et retira, de leur désordre, une brindille sèche... Le sourire et la rougeur éclatèrent ensemble sur son visage qu'elle pencha entre ses cheveux mêlés, cherchant sans doute Philippe. Bien éveillée, elle prit dans la chambre un pichet de terre vernissée, et arrosa avec soin un fuchsia pourpré qui fleurissait le balcon de bois. Elle consulta le ciel frais et bleu, qui promettait le beau temps, et se mit à chanter une chanson qu'elle chantait tous les jours. Entre les fusains, Philippe veillait, comme un homme venu là pour un attentat.

« Elle chante... Il faut bien que j'en croie mes yeux et mes oreilles, elle chante. Et elle vient d'arroser le fuchsia. »

Il ne songea pas un seul instant qu'une telle apparition, conforme à son vœu le plus récent, devait lui rendre la joie. Il ne s'arrêta qu'à sa déception et, trop novice pour l'analyse, s'obstina à comparer :

« Une nuit, je suis venu m'abattre sous cette fenêtre, parce qu'une révélation venait de tomber, foudroyante, entre mon enfance et ma vie d'aujourd'hui. Elle chante, elle chante... »

Les yeux de Vinca luttaient d'azur avec la mer matinale. Elle peignait ses cheveux et recommençait, à bouche fermée, sa petite chanson, son vague sourire...

« Elle chante. Elle sera jolie au déjeuner. Elle criera : "Lisette, pince-le au sang !" Ni grand bien, ni grand mal... la voilà indemne... »

Il vit que Vinca, penchée, écrasait sa gorge sur le balcon de bois et se tendait vers la chambre de Philippe.

« Que je paraisse à la fenêtre voisine, que j'enjambe la balustrade pour la rejoindre et elle me jettera ses bras au cou...

« Ô toi que j'appelais "mon maître", pourquoi m'as-tu semblé plus émerveillée, quelquefois, que cette petite fille neuve, qui a l'air si naturel ? Tu es partie sans m'avoir tout dit. Si tu n'as tenu à moi que par l'orgueil des donateurs, tu aurais pitié de moi, pour la première fois, aujourd'hui... »

De la fenêtre vide venait un fredon faible et heureux, qui ne le toucha pas. Il ne songea pas non plus que dans quelques semaines l'enfant qui chantait pouvait pleurer, effarée, condamnée, à la même fenêtre. Il cacha son visage au creux de son bras accoudé et contempla sa propre petitesse, sa chute, sa bénignité. « Ni héros, ni bourreau... Un peu de douleur, un peu de plaisir... Je ne lui aurai donné que cela... que cela... »

La Naissance du jour

« Imaginez-vous, à me lire,
que je fais mon portrait ?
Patience : c'est seulement mon
modèle. »

(La Naissance du jour.)

MONSIEUR,

Vous me demandez de venir passer une huitaine de jours chez vous, c'est-à-dire auprès de ma fille que j'adore. Vous qui vivez auprès d'elle, vous savez combien je la vois rarement, combien sa présence m'enchante, et je suis touchée que vous m'invitiez à venir la voir. Pourtant, je n'accepterai pas votre aimable invitation, du moins pas maintenant. Voici pourquoi : mon cactus rose va probablement fleurir. C'est une plante très rare, que l'on m'a donnée, et qui, m'a-t-on dit, ne fleurit sous nos climats que tous les quatre ans. Or, je suis déjà une très vieille femme, et, si je m'absentais pendant que mon cactus rose va fleurir, je suis certaine de ne pas le voir refleurir une autre fois...

Veuillez donc accepter, Monsieur, avec mon remerciement sincère, l'expression de mes sentiments distingués et de mon regret.

Ce billet, signé *Sidonie Colette, née Landoy*, fut écrit par ma mère à l'un de mes maris, le second. L'année d'après, elle mourait, âgée de soixante-dix-sept ans.

Au cours des heures où je me sens inférieure à tout ce qui m'entoure, menacée par ma propre médiocrité, effrayée de découvrir qu'un muscle perd sa vigueur, un désir sa force, une douleur la trempe affilée de son tranchant, je puis pourtant me redresser et me dire : « Je suis la fille de celle qui écrivit cette lettre, — cette lettre et tant d'autres, que j'ai gardées. Celle-ci, en dix lignes, m'enseigne qu'à soixante-seize ans elle projetait et entreprenait des voyages, mais que l'éclosion possible, l'attente d'une fleur tropicale suspendait tout et faisait silence même dans son cœur destiné à l'amour. Je suis la fille d'une femme qui, dans un petit pays honteux, avare et resserré, ouvrit sa maison villageoise aux chats errants, aux chemineaux et aux servantes enceintes. Je suis la fille d'une femme qui, vingt fois désespérée de manquer d'argent pour autrui, courut sous la neige fouettée de vent crier de porte en porte, chez des riches, qu'un enfant, près d'un âtre indigent, venait de naître sans langes, nu sur de défaillantes mains nues... Puissé-je n'oublier jamais que je suis la fille d'une telle femme qui penchait, tremblante, toutes ses rides éblouies entre les sabres d'un cactus sur une promesse de fleur, une telle femme qui ne cessa elle-même d'éclore, infatigablement, pendant trois quarts de siècle... »

Maintenant que je me défais peu à peu et que dans le miroir peu à peu je lui ressemble, je doute que, revenant, elle me reconnaisse pour sa fille, malgré la ressemblance de nos traits... À moins qu'elle ne revienne quand le jour point à peine, et qu'elle ne me surprenne debout, aux aguets sur un monde endormi, éveillée, comme elle fut, comme souvent je suis, avant tous...

Avant presque tous, ô ma chaste et sereine revenante ; mais je ne pourrais te montrer ni le tablier bleu chargé de la provende des poules, ni le sécateur, ni le seau de bois... Debout avant presque tous, mais sur un seuil marqué d'un pas nocturne, mais demi-nue dans un manteau palpitant hâtivement endossé, mais les bras tremblants de passion et protégeant

— ô honte, ô cachez-moi, — une ombre d'homme, si mince...

« Écarte-toi, laisse que je voie, me dirait ma très chère revenante... Ah ! n'est-ce pas mon cactus rose qui me survit, et que tu embrasses ? Qu'il a singulièrement grandi et changé !... Mais, en interrogeant ton visage, ma fille, je le reconnais. Je le reconnais à ta fièvre, à ton attente, au dévouement de tes mains ouvertes, au battement de ton cœur et au cri que tu retiens, au jour levant qui t'entoure, oui, je reconnais, je revendique tout cela. Demeure, ne te cache pas, et qu'on vous laisse tous deux en repos, toi et lui que tu embrasses, car il est bien, en vérité, mon cactus rose, qui veut enfin fleurir. »

EST-CE ma dernière maison ? Je la mesure, je l'écoute, pendant que s'écoule la brève nuit intérieure qui succède immédiatement, ici, à l'heure de midi. Les cigales et le clayonnage neuf qui abrite la terrasse crépitent, je ne sais quel insecte écrase de petites braises entre ses élytres, l'oiseau rougeâtre dans le pin crie toutes les dix secondes, et le vent de ponant qui cerne, attentif, mes murs, laisse en repos la mer plate, dense, dure, d'un bleu rigide qui s'attendrira vers la chute du jour.

Est-ce ma dernière maison, celle qui me verra fidèle, celle que je n'abandonnerai plus ? Elle est si ordinaire qu'elle ne peut pas connaître de rivales.

J'entends tinter les bouteilles qu'on reporte au puits, d'où elles remonteront, rafraîchies, pour le dîner de ce soir. L'une flanquera, rose de groseille, le melon vert ; l'autre, un vin de sable trop chaleureux, couleur d'ambre, convient à la salade — tomates, piments, oignons, noyés d'huile — et aux fruits mûrs. Après le dîner, il ne faudra pas oublier d'irriguer les rigoles qui encadrent les melons, et d'arroser à la main les balsamines, les phlox, les dahlias, et les jeunes mandariniers qui n'ont pas encore de racines assez longues pour boire seuls au profond de la terre, ni la force de verdoyer sans aide sous le feu constant du ciel... Les jeunes mandariniers... plantés pour qui ? Je ne sais.

Peut-être pour moi... Les chats attaqueront par bonds verticaux les phalènes, dans l'air de 10 heures bleu de volubilis. Le couple de poules japonaises, assoupi, pépiera comme un nid, juché sur le bras d'un fauteuil rustique. Les chiens, déjà retirés du monde, penseront à l'aube prochaine, et j'aurai le choix entre le livre, le lit, le chemin de côte jalonné de crapauds flûteurs...

Demain, je surprendrai l'aube rouge sur les tamaris mouillés de rosée saline, sur les faux bambous qui retiennent, à la pointe de chaque lance bleue, une perle... Le chemin de côte qui remonte de la nuit, de la brume et de la mer... Et puis, le bain, le travail, le repos... Comme tout pourrait être simple... Aurais-je atteint ici ce que l'on ne recommence point ? Tout est ressemblant aux premières années de ma vie, et je reconnais peu à peu, au rétrécissement du domaine rural, aux chats, à la chienne vieillie, à l'émerveillement, à une sérénité dont je sens de loin le souffle — miséricordieuse humidité, promesse de pluie réparatrice suspendue sur ma vie encore orageuse — je reconnais le chemin du retour. Maint stade est accompli, dépassé. Un château éphémère, fondu dans l'éloignement, rend sa place à la maisonnette. Des domaines étalés sur la France se sont peu à peu rétractés, sous un souhait que je n'osais autrefois formuler. Hardiesse singulière, vitalité d'un passé qui inspire jusqu'aux génies subalternes du présent : les serviteurs redeviennent humbles et compétents. La femme de chambre bêche avec amour, la cuisinière savonne au lavoir. Ici-bas, quand je ne croyais plus la suivre que de l'autre côté de la vie, ici-bas existe donc une sente potagère où je pourrais remonter mes propres empreintes ? À la margelle du puits un fantôme maternel, en robe de satinette bleue démodée, emplit-il les arrosoirs ? Cette fraîcheur de poudre d'eau, ce doux leurre, cet esprit de province, cette innocence enfin, n'est-ce pas l'appel charmant de la fin de la vie ? Que tout est devenu simple... Tout, et jusqu'au second couvert que parfois je dispose, sur la table ombragée, en face du mien.

Un second couvert... Cela tient peu de place, maintenant : une assiette verte, un gros verre ancien, un peu trouble. Si je fais signe qu'on l'enlève à jamais, aucun souffle pernicieux, accouru soudain de l'horizon, ne lèvera mes cheveux droits et ne fera tourner — cela s'est vu — ma vie dans un autre sens. Ce couvert ôté de ma table, je mangerai pourtant avec appétit. Il n'y a plus de mystère, plus de serpent lové sous la serviette que pince et marque, pour la distinguer de la mienne, la lyre de cuivre qui maintenait, au-dessus d'un vieil ophicléide du siècle dernier, les pages désertes d'une partition où l'on ne lisait que des « temps forts », semés à intervalles égaux comme des larmes... Ce couvert est celui de l'ami qui vient et s'en va, ce n'est plus celui d'un maître du logis qui foule, aux heures nocturnes, le sonore plancher d'une chambre, là-haut... Les jours où l'assiette, le verre, la lyre manquent en face de moi, je suis simplement seule, et non délaissée. Rassurés, mes amis me font confiance.

Il m'en reste bien peu, deux, trois amis, de ceux qui pensèrent autrefois me voir périr à mon premier naufrage ; car de bonne foi je le croyais aussi, et je le leur annonçais. Ceux-là, un à un, la mort pourvoit à leur repos. J'ai des amis plus jeunes, surtout plus jeunes que moi. D'instinct, j'aime acquérir et engranger ce qui promet de durer au-delà de mon terme. À ceux-ci, je n'ai pas causé de si grands tourments, tout au plus des ennuis : « Allons, bon, *Il* va encore nous l'abîmer... Jusqu'à quand va-t-*Il* tenir tant de place ? » Ils conjecturèrent le dénouement, ses drames, ses courbes de fièvre : « Typhoïde grave, ou bénigne éruption ? Le ciel confonde notre amie, elle s'arrange toujours pour attraper des affections si sérieuses ! » Mes amis véritables m'ont toujours donné cette preuve suprême d'attachement : une aversion spontanée pour l'homme que j'aimais. « Et s'il disparaît encore, celui-là, que de soins pour nous, quel travail pour l'aider, elle, à reprendre son aplomb... »

Au fond, ils ne se sont jamais tellement plaints — bien au contraire — ceux qui m'ont vue leur revenir tout échauffée de lutte, léchant mes plaies, comptant mes fautes de tactique, partiale que c'en est un plaisir, chargeant de crimes l'ennemi qui me défit, puis le blanchissant sans mesure, puis serrant en secret ses lettres et ses portraits : « Il était charmant... J'aurais dû... Je n'aurais pas dû... » Puis la raison venait, et l'apaisement que je n'aime pas, et mon silence, trop tard courtois, trop tard réservé, qui est, je crois bien, le pire moment... Ainsi va la routine de souffrir, comme va l'habitude de la maladresse amoureuse, comme va le devoir d'empoisonner, innocemment, toute vie à deux...

C'en est donc fini de cette vie de militante, dont je pensais ne jamais voir la fin ? Il n'y a plus que mes songes pour ressusciter, de temps à autre, un amour défunt, j'entends l'amour nettoyé de ses plaisirs brefs et localisés. En songe, il arrive qu'un de mes amours recommence, avec un bruit indescriptible, une confusion de paroles, de regards traduisibles en deux ou trois versions contradictoires, de revendications... Sans transition ni coupure, le même rêve s'achève en examen de brevet élémentaire, en fractions décimales, et si l'oreiller au réveil est un peu humide sous ma nuque, c'est à cause du brevet élémentaire. « Une seconde de plus, et j'échouais à l'oral », balbutie la mémoire encore engluée. « Ah ! ce regard qu'il avait dans mon songe... Qui ? Le plus grand commun diviseur ? Non, voyons, Lui, Lui, quand il m'épiait par la fenêtre, pour savoir si je l'avais trompé... Mais ce n'était pas Lui, c'était... Était-ce... ? » La lumière monte, élargit de force une baie vert doré entre les paupières... « Était-ce Lui, ou bien ?... — je suis sûre qu'il est au moins sept heures — s'il est sept heures, c'est trop tard pour arroser les aubergines : le soleil est dessus — et pourquoi est-ce qu'avant de m'éveiller je ne Lui ai pas brandi sous le nez cette lettre, où il me promettait la paix, l'amitié, une connaissance meilleure et réciproque de nous-mêmes, et... — de toute la saison, je ne me suis pas levée si tard... » Car rêver, puis rentrer dans la réalité, ce n'est que changer la place et la gravité d'un scrupule...

Une petite aile de lumière bat entre les deux contrevents et touche, par pulsations inégales, le mur ou la longue, lourde table à écrire, à lire, à jouer, l'interminable table qui revient de Bretagne, comme j'en reviens. Tantôt l'aile de lumière est rose sur le mur de chaux rose, et tantôt bleue sur le tapis bleu de cotonnade chleuh. Vaisseliers chargés de livres, fauteuils et commodes ont fait avec moi, par deux ou trois provinces françaises, un grand détour de quinze années. Fins fauteuils à bras fuselés, rustiques comme des paysannes aux attaches délicates, assiettes jaunes chantant comme cloches sous le doigt plié, plats blancs épaissis d'une crème d'émail, nous retrouvons ensemble, étonnés, un pays qui est le nôtre. Qui me montrerait, sur le Mourillon, à soixante kilomètres d'ici, la maison de mon père et de mes grands-parents ? D'autres pays m'ont bercée, c'est vrai, — certains d'une main dure. Une femme se réclame d'autant de pays natals qu'elle a eu d'amours heureux. Elle naît aussi sous chaque ciel où elle guérit la douleur d'aimer. À ce compte, ce rivage bleu de sel, pavoisé de tomates et de poivrons, est deux fois mien. Quelle richesse, et que de temps passé à l'ignorer ! L'air est léger, le soleil ride et confit sur le cep la grappe tôt mûrie, l'ail a grand goût. Majestueux dénûment qu'impose parfois au sol la soif, paresse élégante qu'enseigne un peuple sobre, ô mes biens tardifs... Ne nous plaignons pas. C'est ma maturité qui vous était due. Ma jeunesse encore anguleuse eût saigné d'accoster le roc feuilleté, pailleté, l'aiguille bifide des pins, l'agave, l'écharde des oursins, l'amer ciste poisseux et le figuier dont chaque feuille au revers est une langue de fauve. Quel pays ! L'envahisseur le dote de villas et de garages, d'automobiles, de faux « mas » où l'on danse ; le sauvage du nord morcelle, spécule, déboise, et c'est tant pis, certes. Mais combien de ravisseurs se sont, au cours des siècles, épris d'une telle captive ? Venus pour concerter sa ruine, ils s'arrêtent tout à coup, et l'écoutent respirer endormie. Puis, doucement, ils ferment la grille et le palis, deviennent muets, respectueux ; et soumis, Provence, à tes vœux, ils rattachent ta couronne de vigne, replantent le pin, le figuier, sèment le melon brodé, et ne veulent plus, belle, que te servir et s'y complaire.

Les autres, fatalement, te délaisseront. Auparavant, ils t'auront déshonorée. Mais tu n'en es pas à une horde près. Ils te laisseront, ceux qui sont venus sur la foi d'un casino, d'un hôtel ou d'une carte postale. Ils fuiront, brûlés, mordus par ton vent tout blanc de poussière. Garde tes amants buveurs d'eau à la cruche, buveurs du vin sec qui mûrit dans le sable ; garde ceux qui versent l'huile religieusement, et qui détournent la tête en passant devant les viandes mortes ; garde ceux qui se lèvent matin et se bercent le soir, déjà couchés, au petit halètement des bateaux de fête, sur le golfe, — garde-moi...

La mûrissante couleur de la pénombre marque la fin de ma sieste. Infailliblement, la chatte prostrée va s'allonger jusqu'au prodige, extraire d'elle-même une patte de devant dont personne ne connaît la longueur exacte, et dire, d'un bâillement de fleur : « Il est 4 heures bien passées. » La première voiture automobile n'est pas loin, roulant sur sa petite nue de poussière vers une plage ; d'autres la suivront. Quelqu'une s'arrêtera un moment à la grille, versant sur l'allée, parmi l'ombre plumeuse des mimosas, des amis sans leurs femmes, des femmes et leurs amants. Je n'en suis pas encore à leur fermer ma grille au nez, et à montrer les dents derrière. Mais ma froide et tutoyeuse cordialité, à laquelle ils ne se trompent pas, les contient. Des hommes aiment mon logis privé de maître, son odeur, ses portes sans verrous. Quelques femmes disent, d'un air de soudain délire : « Ah ! quel paradis... » et comptent sourdement tout ce qui manque. Mais celles-ci, et ceux-là, apprécient ma patience à écouter leurs projets, moi qui n'ai pas de projets. Ils sont « fous de ce pays », ils veulent « une petite ferme très simple », ou construire « un mas sur ce cap à pic sur la mer, hein, quelle vue ! » Là, je deviens charmante. Car j'écoute et je dis : « Oui, oui. » Car je ne convoite pas le champ d'à côté, je n'achète pas la vigne du voisin, et je ne fais pas « ajouter une aile ». Un camarade se rencontre toujours pour toiser ma vigne, aller de la maison à la mer sans monter ni descendre une marche, revenir et conclure :

— En somme, cette propriété, telle qu'elle est, vous convient parfaitement.

Et je dis « oui, oui », comme lorsqu'il m'assure, lui ou un autre : « Vous ne changez pas ! » Ce qui signifie : « Nous avons la ferme intention que vous ne changiez plus. »

Je veux bien essayer encore...

Le vent grandit, puisque la porte qui ouvre, sur la vigne, l'enclos ceint de briques ajourées, se débat faiblement sur ses gonds. Il va balayer, rapide, un quart de l'horizon, et s'agripper sur le nord verdâtre, d'une pureté hivernale. Alors, le golfe creux ronflera tout entier comme un coquillage. Adieu, ma nuit à la belle étoile sur le matelas de raphia... Si je m'étais obstinée à dormir dehors, la puissante bouche qui souffle le froid, le sec, qui éteint toute odeur et anesthésie la terre, l'ennemi du travail, de la volupté et du sommeil, m'eût arraché draps et couvertures qu'il sait façonner en longs rouleaux. L'étrange tourmenteur, occupé de l'homme comme peut l'être un fauve ! Les nerveux en savent plus que moi sur lui. Ma cuisinière provençale, attaquée près du puits, pose ses seaux, se tient la tête et crie : « Il me tue ! » Les nuits de mistral, elle gémit sous lui dans sa cabane de la vigne, et peut-être qu'elle le voit.

Retirée dans ma chambre, j'attends avec une impatience modérée la retraite du visiteur pour qui nul huis n'est clos, et qui déjà pousse sous ma porte un singulier hommage de pétales flétris, de graines vannées finement, de sable, de papillons molestés... Va, va, j'ai découragé d'autres symboles... Et je n'ai plus quarante ans pour détourner le front devant une rose qui se fane. C'en serait donc fini de cette vie de militante ? Trois moments sont bons pour y songer : la sieste, une petite heure d'après le dîner, quand le craquement du journal, arrivé de Paris, emplit étrangement la pièce, et puis l'insomnie irrégulière du milieu de la nuit, avant l'aube... Oui, il est bientôt 3 heures. Mais où chercher, même pendant ce milieu instable de la nuit qui si vite penche vers le jour, la poche énorme d'amertume que me promettaient mes chagrins et mes bonheurs passés, ma littérature et celle des autres ? Humble à l'habitude devant ce que j'ignore, j'ai peur de me tromper, quand il me semble qu'entre l'homme et moi une longue récréation commence... Homme, mon ami, viens respirer ensemble ?... J'ai toujours aimé ta compagnie. Tu me regardes à présent d'un œil si doux. Tu regardes émerger, d'un confus amas de défroques féminines, alourdie encore comme d'algues une naufragée, — si la tête est sauve, le reste se débat, son salut n'est pas sûr — tu regardes émerger ta sœur, ton compère : une femme qui échappe à l'âge d'être une femme. Elle a, à ton image, l'encolure assez épaisse, une force corporelle d'où la grâce à mesure se retire, et l'autorité qui te montre que tu ne peux plus la désespérer, sinon purement. Restons ensemble : tu n'as plus de raisons, maintenant, de me quitter pour toujours.

Une des grandes banalités de l'existence, l'amour, se retire de la mienne. L'instinct maternel est une autre grande banalité. Sortis de là, nous nous apercevons que tout le reste est gai, varié, nombreux. Mais on ne sort pas de là quand, ni comme on veut. Qu'elle était judicieuse, la remontrance d'un de mes maris : « Mais tu ne peux donc pas écrire un livre qui ne soit d'amour, d'adultère, de collage mi-incestueux, de rupture ? Est-ce qu'il n'y a pas autre chose dans la vie ? » Si le temps ne l'eût pressé de courir — car il était beau et charmant — vers des rendez-vous amoureux, il m'aurait peut-être enseigné ce qui a licence de tenir, dans un roman et hors du roman, la place de l'amour... Il partait donc, et, au long du même papier bleuâtre qui sur la table obscure guide en ce moment ma main comme un phosphore, je consignais, incorrigible, quelque chapitre dédié à l'amour, au regret de l'amour, un chapitre tout aveuglé d'amour. Je m'y nommais Renée Néré, ou bien, prémonitoire, j'agençais une Léa. Voilà que, légalement, littérairement et familièrement, je n'ai plus qu'un nom, qui est le mien. Ne fallait-il, pour en arriver, pour en revenir là, que trente ans de ma vie ? Je finirai par croire que ce n'était pas payer trop cher. Voyez-vous que le hasard ait fait de moi une de ces femmes cantonnées dans un homme unique, au point qu'elles en portent jusque sous terre, stériles ou non, une ingénuité confite de vieille fille ?... D'imaginer un pareil sort, mon double charnu, tanné de soleil et d'eau, que je vois dans le miroir penché, en tremblerait, s'il pouvait trembler encore d'un péril rétrospectif.

Contre le fin grillage abaissé devant la porte-fenêtre, un sphinx des lauriers-roses donne de la tête, rebondit et rebondit, et le grillage tendu sonne comme une peau de tambour. Il fait frais. La généreuse rosée ruisselle, le mistral a différé son offensive. Les étoiles palpitent largement, dilatées par l'humidité saline. La plus belle nuit, encore une fois, précède le plus beau jour, et je me réjouis hors du sommeil. Oh ! que demain me voie aussi douce ! De bonne foi je ne prétends plus à rien, sinon à ce qui est inaccessible. Quelqu'un m'a-t-il tuée, pour que je sois si douce ? Non point : il y a bien longtemps que je n'ai connu — connu le front contre le front, le sein sur le sein et mêlées les jambes — de vrais méchants. L'authentique méchant, le vrai, le pur, l'artiste, il est rare qu'on le rencontre même une fois dans sa vie. Le méchant ordinaire est métissé de brave homme. La troisième heure du matin, il est vrai, incline vers l'indulgence ceux qui la goûtent aux champs et ne donnent rendez-vous, sous la fenêtre bleuissante, qu'à eux-mêmes. Le vide cristallin du ciel, le sommeil déjà conscient des bêtes, la frigide contraction qui reclôt les calices, autant d'antidotes contre la passion et l'iniquité. Mais je n'ai même pas besoin d'indulgence pour déclarer que personne ne m'a tuée dans mon passé. Souffrir, oui, souffrir, j'ai su souffrir... Mais est-ce très grave, souffrir ? Je viens à en douter. Souffrir, c'est peut-être un enfantillage, une manière d'occupation sans dignité — j'entends souffrir, quand on est femme par un homme, quand on est homme par une femme. C'est extrêmement pénible. Je conviens que c'est difficilement supportable. Mais j'ai bien peur que ce genre de douleur-là ne mérite aucune considération. Ce n'est pas plus vénérable que la vieillesse et la maladie, pour lesquelles j'acquiers une grande répulsion : toutes deux voudront bientôt me serrer de près. D'avance, je me bouche les narines... Les malades d'amour, les trahis, les jaloux doivent sentir la même odeur.

J'ai le souvenir très net d'avoir été moins chérie de mes bêtes, quand je souffrais d'une trahison amoureuse. Elles flairaient sur moi la grande déchéance : la douleur. J'ai vu, à une belle chienne de qualité, un regard inoubliable, généreux encore, mais mesuré, ennuyé avec cérémonie, parce qu'elle n'aimait plus autant la signification de tout mon être, — un regard d'homme, le regard d'un certain homme. La sympathie de l'animal pour l'homme malheureux... on n'arrivera donc jamais à faire justice de ce lieu commun, d'une bêtise purement humaine ? L'animal aime presque autant que nous le bonheur. Une crise de larmes l'inquiète, il imite parfois le sanglot, il réfléchit passagèrement notre tristesse. Mais il fuit le malheur comme il fuit la fièvre, et je le crois capable, à la longue, de le bannir...

Les deux matous qui se battent dehors, comme ils emploient bien la nuit de juillet ! Ces chants aériens du chat mâle, ils ont accompagné tant d'heures nocturnes de mon existence, qu'ils sont devenus symbole de vigilance, d'insomnie rituelle. Oui, je sais qu'il est 3 heures et que je vais me rendormir, et que je regretterai, à mon réveil, d'avoir gaspillé l'instant où le lait bleu commence à sourdre de la mer, gagne le ciel, s'y répand et s'arrête à une incision rouge au ras de l'horizon...

Une grande voix de fauve baryton, à long souffle, persiste à travers les sons acérés d'un chat ténor habile aux trémolos, aux chromatiques aiguës interrompues d'insinuations furieuses, plus nasales à mesure qu'elles se font plus outrageantes. Les deux matous ne se haïssent pas. Mais les nuits claires conseillent la bataille et les dialogues déclamatoires. Pourquoi dormir ? Ils choisissent, et, de l'été, ne prennent, nuit et jour, que le plus beau. Ils choisissent... Tous les animaux bien traités choisissent ce qu'il y a de mieux, autour d'eux et en nous. Partant, j'ai connu, puis franchi l'époque où leur froideur relative m'instruisit de ma propre indignité... Je dis bien : indignité. N'aurais-je pas dû quitter ce bas royaume ? Et quel goût déplorable dans ces pleurs mal essuyés, ces regards éloquents, ces stations debout sous un rideau à demi levé, ce mélodrame... Et que voulez-vous que pensât, d'une telle femme, une bête, une chienne, par exemple, qui était elle-même toute feu caché et secrets, une chienne qui n'avait jamais gémi sous le fouet, ni pleuré en public ? Elle me méprisait, cela va sans dire. Et mon mal, que je ne cachais pas aux yeux de mes pareils, j'en rougissais devant elle. Il est vrai que nous aimions, elle et moi, le même homme. Mais c'est quand même dans ses yeux, à elle, que je lisais une pensée — je la relis dans une des dernières lettres de ma mère : « L'amour, ce n'est pas un sentiment honorable... »

Un de mes maris me conseillait : « Tu devrais bien, vers cinquante ans, écrire une sorte de manuel qui apprendrait aux femmes à vivre en paix avec l'homme qu'elles aiment, un code de la vie à deux... » Je suis peut-être en train de l'écrire... Homme, mes anciennes amours, comme on gagne, comme on apprend, à tes côtés ! Il n'est si bonne compagnie qui ne se quitte ; mais je m'engage ici à prendre courtoisement mon congé. Non, tu ne m'as pas tuée, peut-être ne m'as-tu jamais voulu de mal... Adieu, cher homme, et bienvenue aussi à toi. Une lueur bleue s'avance sur mon lit de bien portante, plus commodément arrangé, pour écrire, qu'un lit de malade, jusqu'au papier bleu, jusqu'à la main, jusqu'au bras couleur de bronze ; l'odeur de la mer m'avertit que nous touchons à l'heure où l'air est plus froid que l'eau. Me lèverai-je ? Dormir est doux...

Il y a dans un enfant très beau quelque chose que je ne puis définir et qui me rend triste. Comment me faire comprendre ? Ta petite nièce C... est en ce moment d'une ravissante beauté. De face, ce n'est rien encore ; mais quand elle tourne son profil d'une certaine manière et que son petit nez argenté se dessine fièrement au-dessous de ses beaux cils, je suis saisie d'une admiration qui en quelque sorte me désole. On assure que les grands amoureux, devant l'objet de leur passion, sont ainsi. Je serais donc, à ma manière, une grande amoureuse ? Voilà une nouvelle qui eût bien étonné mes deux maris !...

Elle a donc pu, elle, se pencher impunément sur la fleur humaine. Impunément sauf la « tristesse » — appelait-elle tristesse ce délire mélancolique, cet ennoblissement qui nous soulève à la vue de l'arabesque jamais pareille à elle-même, jamais répétée ? — feux couplés des yeux, calices jumeaux, renversés, des narines, abîme marin de la bouche et sa palpitation de piège au repos — la cire perdue des visages ?... Penchée sur une créature enfantine et magnifique, elle tremblait, soupirait d'une angoisse qu'elle ne savait nommer, et qui se nomme tentation. Mais elle n'aurait jamais imaginé que d'un puéril visage se lève un trouble, une vapeur comparable à ce qui flotte sur le raisin dans la cuve, ni qu'on puisse y succomber... Mes premiers colloques avec moi-même m'ont instruite, sinon gardée de faillir : « Ne touche pas du doigt l'aile de ce papillon.

— Non, certainement... Ou rien qu'un peu... Rien qu'à la place fauve-noir où glisse, sans que je puisse fixer le point précis où il naît, celui où il s'épuise, ce feu violet, cette léchure de lune...

— Non. Ne le touche pas. Tout va s'évanouir, si tu l'effleures seulement.

— Mais rien qu'un peu !... C'est peut-être cette fois-ci que je percevrai sous ce doigt-ci le plus sensible, le quatrième, la froide flamme bleue, et sa fuite dans le poil de l'aile... la plume de l'aile... la rosée de l'aile... » Une trace de cendre, éteinte, sur le bout du doigt, l'aile déshonorée, la bestiole affaiblie...

À n'en pas douter, ma mère savait, elle qui n'apprit rien, comme elle disait, « qu'en se brûlant », elle savait qu'on possède dans l'abstention, et seulement dans l'abstention. Abstention, consommation, — le péché n'est guère plus lourd ici que là, pour les « grandes amoureuses » de sa sorte, — de notre sorte. Sereine et gaie auprès de l'époux, elle devenait agitée, égarée de passion ignorante, à la rencontre des êtres qui traversent leur moment sublime. Confinée dans son village entre deux maris successifs et quatre enfants, elle rencontrait partout, imprévus, suscités pour elle, par elle, des apogées, des éclosions, des métamorphoses, des explosions de miracles, dont elle recueillait tout le prix. Elle qui ménagea la bête, soigna l'enfant, secourut la plante, il lui fut épargné de découvrir qu'une singulière bête veut mourir, qu'un certain enfant implore la souillure, qu'une des fleurs closes exigea d'être forcée, puis foulée aux pieds. Son inconstance, à elle, ce fut de voler de l'abeille à la souris, d'un nouveau-né à un arbre, d'un pauvre à un plus pauvre, d'un rire à un tourment. Pureté de ceux qui se prodiguent ! Il n'y eut jamais dans sa vie le souvenir d'une aile déshonorée, et si elle trembla de désir autour d'un calice fermé, autour d'une chrysalide roulée encore dans sa coque vernissée, du moins elle attendit, respectueuse, l'heure... Pureté de ceux qui n'ont pas commis d'effraction ! Me voici contrainte, pour la renouer à moi, de rechercher le temps où ma mère rêvait dramatiquement au long de l'adolescence de son fils aîné, le très beau, le séducteur. En ce temps-là, je la devinai sauvage, pleine de fausse gaîté et de malédictions, ordinaire, enlaidie, aux aguets... Ah ! que je la revoie ainsi diminuée, la joue colorée d'un rouge qui lui venait de la jalousie et de la fureur ! Que je la revoie ainsi et qu'elle m'entende assez pour se reconnaître dans ce qu'elle eût le plus fort réprouvé ! Que je lui révèle, à mon tour savante, combien je suis son impure survivance, sa grossière image, sa servante fidèle chargée des basses besognes ! Elle m'a donné le jour, et la mission de poursuivre ce qu'en poète elle saisit et abandonna, comme on s'empare d'un fragment de mélodie flottante, en voyage dans l'espace... Qu'importe la mélodie, à qui s'enquiert de l'archet, et de la main qui tient l'archet ?

Elle alla vers ses fins innocentes avec une croissante anxiété. Elle se levait tôt, puis plus tôt, puis encore plus tôt. Elle voulait le monde à elle, et désert, sous la forme d'un petit enclos, d'une treille et d'un toit incliné. Elle voulait la jungle vierge, encore que limitée à l'hirondelle, aux chats et aux abeilles, à la grande épeire debout sur sa roue de dentelle argentée par la nuit. Le volet du voisin, claquant sur le mur, ruinait son rêve d'exploratrice incontestée, recommencé chaque jour à l'heure où la rosée froide semble tomber, en sonores gouttes inégales, du bec des merles. Elle quitta son lit à 6 heures, puis à 5 heures, et, à la fin de sa vie, une petite lampe rouge s'éveilla, l'hiver, bien avant que l'angélus battît l'air noir. En ces instants encore nocturnes ma mère chantait, pour se taire dès qu'on pouvait l'entendre. L'alouette aussi, tant qu'elle monte vers le plus clair, vers le moins habité du ciel. Ma mère montait, et montait sans cesse sur l'échelle des heures, tâchant à posséder le commencement du commencement... Je sais ce que c'est que cette ivresse-là. Mais elle quêta, elle, un rayon horizontal et rouge, et le pâle soufre qui vient avant le rayon rouge ; elle voulut l'aile humide que la première abeille étire comme un bras. Elle obtint, du vent d'été qu'enfante l'approche du soleil, sa primeur en parfums d'acacia et de fumée de bois ; elle répondit avant tous au grattement de pied et au hennissement à mi-voix d'un cheval, dans l'écurie voisine ; de l'ongle elle fendit, sur le seau du puits, le premier disque de glace éphémère où elle fut seule à se mirer, un matin d'automne...

Que j'aurais voulu offrir, à cet ongle dur et bombé, apte à couper les pétioles, cueillir la feuille odoriférante, gratter le puceron vert, et interroger dans la terre les semences dormantes, que j'aurais voulu offrir mon propre miroir de naguère : la tendre face à peine virile qui me rendait, embellie, mon image ! J'aurais dit à ma mère : « Vois. Vois ce que je fais. Vois ce que cela vaut. Cela vaut-il que j'endosse mon déguisement diffamé, qui me permet de sustenter, en secret, bouche à bouche, la proie que je semble boire ? Cela vaut-il que, détournée des aurores que toi et moi nous aimons, je me consacre à des paupières que j'éblouis et à leurs promesses de levers d'astres ? Scrute, mieux que moi-même, ma tremblante œuvre que j'ai trop contemplée. Fourbis ton ongle dur de jardinière !... » Mais il était trop tard. Celle à qui j'avouais tout avait déjà conquis, en ce temps-là, son éternel crépuscule du matin. Elle nous eût jugés, hélas ! clairement, avec sa cruauté céleste qui ne connaissait pas le courroux :

« Rejette ton ente un peu monstrueuse, ma fille, le greffon qui ne veut prospérer que par toi. C'est un gui. Je t'assure que c'est un gui. Je ne te dis pas : il est mal de recueillir un gui, parce que le mal et le bien peuvent être également resplendissants et féconds. Mais... »

Quand je tâche d'inventer ce qu'elle m'eût dit, il y a toujours un point de son discours où je suis défaillante. Il me manque les mots, surtout l'argument essentiel, le blâme, l'indulgence imprévus, pareillement séduisants, et qui tombaient d'elle, légers, lents à toucher mon limon et à s'y enliser doucement, lents à resurgir. Ils resurgissent maintenant de moi, et quelquefois on les trouve beaux. Mais je sais bien que, reconnaissables, ils sont déformés selon mon code personnel, mon petit désintéressement, ma générosité à geste court, et ma sensualité qui eut toujours, Dieu merci, les yeux plus grands que le ventre.

Nous eûmes, chacune, deux maris. Mais, tandis que les deux miens sont — vous m'en voyez aise — bien vivants, ma mère fut deux fois veuve. Fidèle par tendresse, par devoir, par fierté, elle se rembrunissait à mon premier divorce, davantage à mon second mariage, et s'en expliquait bizarrement : « Ce n'est pas tant le divorce que je blâme, disait-elle, c'est le mariage. Il me semble que tout vaudrait mieux que le mariage, — seulement, cela ne se fait pas. » Je riais, et je lui remontrais que, par deux fois, elle m'avait prêchée d'exemple : « Il le fallait bien, répondait-elle. On est quand même de son village. Mais toi, que vas-tu faire de tant d'époux ? L'habitude s'en prend, et on arrive à ne plus pouvoir s'en passer.

— Mais, maman, que ferais-tu à ma place ?

— Une bêtise, sûrement. La preuve, c'est que j'ai épousé ton père... »

Si elle n'osait pas dire quelle place il occupait dans son cœur, ses lettres me le laissèrent apprendre après qu'il l'eut quittée à jamais, et aussi certain éclat de larmes, au lendemain de l'enterrement de mon père. Ce jour-là, nous rangions, elle et moi, les tiroirs du secrétaire en bois de thuya jaune où elle reprit des lettres, les états de service de Jules-Joseph Colette, capitaine au Ier zouaves, et 600 F en or, — tout ce qui restait d'une fortune foncière, la fortune de Sidonie Landoy, fondue... Ma mère, qui allait bravement et sans faiblir parmi des reliques, buta sur cette poignée d'or, jeta un cri, se couvrit de pleurs : « Ah ! cher Colette ! il m'avait dit, il y a huit jours, quand il pouvait encore me parler, qu'il ne me laissait que 400 F ! » Elle sanglotait de gratitude, et je me mis, ce jour-là, à douter d'avoir jamais aimé d'amour... Non, assurément, une femme aussi grande ne pouvait pas commettre les mêmes « bêtises » que moi, et la première elle me décourageait de l'imiter :

— Tu y tiens donc beaucoup à ce M. X... ?

— Mais, maman, je l'aime !

— Oui, oui, tu l'aimes... C'est entendu, tu l'aimes...

Elle réfléchissait encore, taisait avec effort ce que lui dictait sa cruauté céleste, puis s'écriait de nouveau :

— Ah ! je ne suis pas contente !

Je faisais la modeste, je baissais les yeux pour enfermer l'image d'un bel homme, intelligent, envié, tout éclairé d'avenir, et je répliquais doucement :

— Tu es difficile...

— Non, je ne suis pas contente... J'aimais mieux, tiens, l'autre, ce garçon que tu mets à présent plus bas que terre...

— Oh ! maman !... Un imbécile !

— Oui, oui, un imbécile... Justement...

Je me rappelle encore comment elle penchait la tête, clignait ses yeux gris, pour contempler la flatteuse, l'éclatante image de l'« imbécile »... Et elle ajoutait :

— Que tu écrivais de belles choses, Minet-Chéri, avec l'imbécile... L'autre, tu vas t'occuper de lui donner tout ce que tu portes en toi de plus précieux. Et vois-tu, pour comble, qu'il te rende malheureuse ? C'est le plus probable...

Je riais de bon cœur :

— Cassandre !

— Oui, oui, Cassandre... Et si je disais tout ce que je prévois...

Les yeux gris, clignés, lisaient au loin :

— Heureusement, tu n'es pas trop en danger...

Je ne la comprenais pas, alors. Elle se fût expliquée plus tard, sans doute. Je comprends à présent son « tu n'es pas en danger », mot ambigu qui ne visait pas seulement mes risques de calamités. À son sens, j'avais passé déjà ce qu'elle nomma « le pire dans la vie d'une femme : le premier homme ». On ne meurt que de celui-là, après lequel la vie conjugale — ou sa contrefaçon — devient une carrière. Une carrière, parfois une bureaucratie, dont rien ne nous distrait ni ne nous relève, sauf le jeu d'équilibre qui, à l'heure marquée, pousse le barbon vers le tendron, et Chéri vers Léa.

À la faveur d'un commandement climatérique, et pourvu qu'il n'engendre pas une basse accoutumance, nous pouvons triompher enfin de ce que je nommerai le commun des amants. Mais que ce triomphe naisse d'un cataclysme, meure de même, qu'il n'alimente pas une abjecte faim régulière ! N'importe quel amour, si on se fie à lui, tend à s'organiser à la manière d'un tube digestif. Il ne néglige aucune occasion de perdre sa forme exceptionnelle, son aristocratie de bourreau.

« Il n'est vendange que d'automne... » Peut-être qu'en amour aussi. Quelle saison pour le dévouement sensuel, quelle trêve dans la suite monotone des luttes d'égal à égal, quelle halte alors sur un sommet où se baisent deux versants ! Il n'est vendange que d'automne, — une bouche où persiste, en figure de larme séchée, la goutte violâtre d'un suc qui n'était pas encore le vrai vin, garde le privilège de le crier. Vendange, joie précipitée, urgence de mener au pressoir, en un seul jour, raisin mûr et verjus ensemble, rythme qui laisse loin la large cadence rêveuse des moissons, plaisir plus rouge que les autres plaisirs, chants, criaillerie enivrée, — puis silence, retraite, sommeil du vin neuf cloîtré, devenu intangible, retiré des mains tachées qui, miséricordieusement, le violentèrent... J'aime qu'il en aille de même pour les cœurs et les corps : j'ai fait le dépôt nécessaire, remis ma toute-puissance dernière qui gronde à présent dans une jeune prison virile. Je replie un grand cœur flottant, vidé de ses trois ou quatre prodiges. Qu'il a bien battu et combattu ! Là... là... cœur... là... doucement... reposons-nous. Tu as méprisé le bonheur, rendons-nous cette justice. Celle à qui je retourne, Cassandre, qui n'osait pas tout prophétiser, nous l'avait annoncé : nous n'étions pas en danger de périr en l'honneur de l'amour, ni, Dieu soit loué, de nous tenir pour contents au sein d'une bonne petite félicité.

Dans l'éloignement, laissons décroître l'époque de ma vie qui m'a vue penchant d'un seul côté, comme ces allégories de source que leur chevelure d'eau couche et entraîne. C'est vrai que je me versais sans compter, du moins je le croyais. Se camper en manière d'Abondance classique, vouée à vider comme à la tâche, pêle-mêle, sa corne pleine, c'est encourir le regard critique du public qui tourne autour du socle et estime la statue à son poids de trop belle femme : « Heu... Se dépense-t-on sans diminuer un peu ? De quoi s'est-elle engraissée si rondement, celle-là ?... » Les gens aiment qu'on dépérisse de donner, et ils n'ont pas tort. Le pélican n'a pas mission de devenir obèse, l'amoureuse vieillissante n'atteste son désintéressement qu'en se décolorant de noble consomption au bénéfice d'une jeune joue fouettée de rose, d'une lèvre sanguine. Ce cas est rare. La perversité de combler un amant adolescent ne dévaste pas assez une femme, au contraire. Donner devient une sorte de névrose, une férocité, une égoïste frénésie. « Voilà une cravate neuve, une tasse de lait chaud, un lambeau tout vif de moi-même, une boîte de cigarettes, une conversation, un voyage, un baiser, un conseil, le rempart de mes bras, une idée. Prends ! Et ne t'avise pas de refuser, si tu ne veux pas que je crève de pléthore. Je ne peux pas te donner moins, arrange-toi ! »

Entre la mère encore jeune et une mûre maîtresse, c'est la rivalité du don qui empoisonne deux cœurs féminins et crée une haine glapissante, une guerre de renardes où la clameur maternelle n'est ni la moins sauvage, ni la moins indiscrète. Fils trop aimés ! Lustrés de regards féminins, mordillés à plaisir par la femelle qui vous porta, préférés dès la profonde nuit des flancs, beaux jeunes mâles choyés, vous ne passez pas d'une mère à une autre sans trahir, malgré vous. Toi-même, ma très chère, toi que je voulais pure de mes crimes ordinaires, voilà que je trouve dans ta correspondance, déposés d'une écriture appliquée, en vain, à me cacher le tumulte saccadé du cœur, ces mots : *Oui, j'ai trouvé comme toi Mme X... bien changée et triste. Je sais que sa vie privée est sans mystère : parions donc que son grand fils a sa première maîtresse.*

S'il ne fallait que s'empresser à se jeter hors de soi-même, à grandes pulsations, pour conserver l'espoir de se tarir, nous n'y manquerions guère, nous autres, les « plus de quarante ». J'en connais qui toperaient tout de suite : « Conclu ! Cet enfer-là, dont je ne puis me passer ; un démon unique et la paix après, le vide, la bienfaisante paix totale, l'indigence... » Combien espèrent, de bonne foi, que la vieillesse arrive comme un vautour qui se décroche du ciel et tombe, ayant longtemps plané invisible ? Et qu'est-ce donc que la vieillesse ? Je le saurai. Mais, quand elle sera là, elle cessera de m'être intelligible. Ma très chère aînée, tu auras disparu sans m'enseigner ce qu'est la vieillesse, car : *Ne te fais pas tant de soucis pour ma prétendue artériosclérose*, m'écris-tu. *Je vais mieux, et la preuve, c'est que j'ai savonné ce matin, à sept heures, dans ma rivière. J'étais enchantée. Barboter dans l'eau claire, quel plaisir ! J'ai aussi scié du bois et fait six petits fagots. Et je refais moi-même mon ménage, c'est te dire s'il est bien fait. Et puis, en somme, je n'ai que soixante-seize ans !*

Tu m'écris ce jour-là, un an avant de mourir, et les boucles de tes B, de tes T, tes J majuscules qui portent une sorte de fier chapeau en arrière, rayonnent de gaîté. Que tu étais riche, ce matin-là, dans ta petite maison ! Au bout du jardin sautelait une étroite rivière, si vive qu'elle emportait, d'un bond, tout ce qui l'eût pu déshonorer... Riche d'un matin de plus, d'une nouvelle victoire sur la maladie, riche d'une tâche de plus, d'une joaillerie de reflets dans l'eau courante, d'une trêve de plus entre toi et tous tes maux... Tu savonnais du linge dans la rivière, tu soupirais, inconsolable de la mort de ton bien-aimé, tu faisais « *Uiii !* » aux pinsons, tu pensais que tu me conterais ta matinée... Ô thésauriseuse !... Ce que j'entasse n'est pas du même aloi. Mais ce qui en demeurera provient du filon parallèle, inférieur, amalgamé de grasse terre, et je n'ai pas trop tardé à comprendre qu'un âge vient où au lieu de s'exprimer tout en baumes, en pleurs mortels, en souffle embrasé et décroissant, sur les beaux pieds qu'elle embrassait, impatients de courir le monde, — un âge vient où il n'est plus donné à une femme que de s'enrichir.

Elle entasse, elle recense jusqu'aux coups, jusqu'aux cicatrices — une cicatrice, c'est une marque qu'elle n'avait pas en naissant, une acquisition. Quand elle soupire : « Ah ! que de peines Il m'a données ! » elle pèse, malgré elle, la valeur du mot, — la valeur des dons. Elle les range peu à peu, harmonieusement. Le temps, et leur nombre, font qu'elle est obligée, dans la mesure où son trésor s'accroît, de se reculer un peu de lui, comme un peintre de son œuvre. Elle recule et revient, et recule, repousse à son rang quelque scandaleux détail, attire au jour un souvenir noyé d'ombre. Elle devient, — par un art inespéré, — équitable... Imagine-t-on, à me lire, que je fais mon portrait ? Patience : c'est seulement mon modèle.

On voit, sur le visage d'un homme qui suit, du regard, certains apprêts ménagers, surtout ceux d'un repas, une expression mêlée de considération religieuse, d'ennui et de frayeur. L'homme craint le balayage comme un chat, et le fourneau allumé, et l'eau savonneuse que pousse un balai-brosse sur les dalles.

Pour fêter un saint local qui commande traditionnellement aux frairies, Segonzac, Carco, Régis Gignoux et Thérèse Dorny devaient quitter les hauteurs d'une colline, et manger ici un déjeuner méridional, salades, rascasse farcie et beignets d'aubergines, ordinaire que je corsais de quelque oiseau rôti.

Vial, qui habite à trois cents mètres d'ici un dé peint en rose, n'était pas heureux ce matin, car le réchaud à repasser, équipé en gril à braise, encombrait un coin de la terrasse, et mon voisin se faisait petit comme un chien de chasse le jour d'une noce.

— Ne crois-tu pas, Vial, qu'ils aimeront ma sauce, avec les petits poulets ? Quatre petits poulets fendus par moitié, frappés du plat de la hachette, salés, poivrés, bénis d'huile pure, administrée avec un goupillon de *pebreda* dont les folioles et le goût restent sur la chair grillée ? Regarde-les, s'ils ont bonne mine ?

Vial les regardait, et moi aussi. Bonne mine... Un peu de sang rose demeurait aux jointures rompues des poussins mutilés, plumés, et on voyait la forme des ailes, la jeune écaille qui bottait les petites pattes, heureuses ce matin encore de courir, de gratter... Pourquoi ne pas faire cuire un enfant, aussi ? Ma tirade mourut et Vial ne dit mot. Je soupirais en battant ma sauce acidulée, onctueuse, et tout à l'heure pourtant l'odeur de la viande délicate, pleurant sur la braise, m'ouvrirait tout grand l'estomac... Ce n'est pas aujourd'hui, mais c'est bientôt, je pense, que je renoncerai à la chair des bêtes...

— Serre-moi mon tablier, Vial. Merci. L'an prochain...

— Que ferez-vous l'an prochain ?

— Je serai végétarienne. Trempe le bout de ton doigt dans ma sauce. Hein ? Cette sauce-là sur les petits poulets tendres... N'empêche que... — pas cette année, j'ai trop faim — n'empêche que je serai végétarienne.

— Pourquoi ?

— Ce serait long à expliquer. Quand certain cannibalisme meurt, tous les autres déménagent d'eux-mêmes, comme les puces d'un hérisson mort. Reverse-moi de l'huile, doucement...

Il pencha son torse nu, lustré de soleil et de sel, dont la peau mire le jour. Selon qu'il bougeait, il était vert autour des reins, bleu sur les épaules, à l'image des teinturiers de Fez. Quand je commandai « stop », il coupa le fil d'huile dorée, se redressa, et je reposai ma main un moment sur son poitrail, comme sur un cheval, flatteusement. Il regarda ma main, qui annonce mon âge, — à la vérité, elle porte quelques années de plus — mais je ne retirai pas ma main. C'est une bonne petite main, noircie, dont la peau devient assez large à présent autour des phalanges et au revers de la paume. Elle a les ongles taillés ras, le pouce retroussé volontiers en queue de scorpion, des cicatrices et des écorchures, et je n'ai pas honte d'elle, au contraire. Deux ongles jolis, cadeau de ma mère — trois pas très beaux, souvenir de mon père.

— Tu t'es baigné ? Tu as fait un bon quatre cents mètres sur le bord de l'eau ? Alors, pourquoi as-tu, quand on n'est qu'en juillet, une tête de fin de vacances, Vial ?

Le moindre désordre sentimental dérange les traits de Vial, réguliers, assez beaux. Il n'a pas l'air gai, mais on ne l'a jamais vu triste. Je dis qu'il est beau, parce qu'ici, au bout d'un mois de séjour, tous les hommes sont beaux, à cause de la chaleur, de la mer et de la nudité.

— Qu'est-ce que tu m'as rapporté du marché, Vial ? Tu m'excuses, hein ? La Divine avait juste le temps de courir pour les poulets...

— Deux melons, une tarte à la frangipane et des pêches. Il n'y a plus de figues-fleurs, et les autres ne seront mûres que...

— Je le sais mieux que toi, je les passe en revue tous les jours dans ma vigne... Tu es un amour... Qu'est-ce que je te dois ?

Il fit un geste d'ignorance, son épaule enrichie de muscles montait et descendait comme un sein qui respire.

— Tu as oublié ? Attends, que je voie la grosseur des melons... Cette tarte-là, c'est la taille de 16 F, et tu as deux kilos de pêches... quatorze et seize trente, trente et quinze quarante cinq... Je te dois entre 40 et 50 F.

— Vous êtes en maillot de bain sous votre tablier ? Vous n'avez pas eu le temps de vous baigner ?

— Mais si.

Il lécha avec naturel le haut de mon bras.

— C'est vrai.

— Oh ! tu sais, ça pourrait être du sel d'hier soir... Reposons-nous, on a grandement le temps, ils seront tous en retard...

— Oui... Je ne peux pas faire quelque chose d'utile ?

— Si, te marier.

— Oh !... J'ai trente-cinq ans.

— Justement. Ça te rajeunira. Tu manques de jeunesse. Ça te viendra avec l'âge, a dit Labiche. Ta petite amie n'est pas revenue du marché avec toi ? Tu as dû la rencontrer sur le port ?

— Mlle Clément termine une étude au Lavandou.

— Tu n'aimes pas que je l'appelle ta petite amie, je vois ?

— Je l'avoue. C'est une façon de dire qui peut donner à croire qu'elle est ma maîtresse, alors qu'elle ne l'est pas.

J'ai ri, en poudrant les braises trop vives du réchaud à repasser. Je ne connais presque pas l'espèce à laquelle appartient ce garçon, qui vit à petit bruit. Il est de la génération des Carco, des Segonzac, des Léopold Marchand et des Pierre Benoit, des Mac Orlan, des Cocteau et des Dignimont, ceux que j'ai vus, comme je dis, « tout petits », avant et pendant la guerre. Est-ce en ce temps-là, quand des marées capricieuses de permissions les amenaient à Paris, et sur la foi de leurs visages, les uns engraissés bizarrement, les autres creux comme aux écoliers grandis trop vite — est-ce en ce temps-là que j'ai pris l'habitude de les tutoyer presque tous ? Non, c'est simplement parce qu'ils sont jeunes, et s'ils me disent bonjour à grands bras, à gros baisers claquant sur la joue, c'est aussi parce qu'ils sont jeunes... Mais si les plus tendres — ceux-là que j'ai nommés, ceux-là que je ne nomme pas — m'appellent « madame » et par jeu « mon bon maître », c'est parce qu'ils sont eux, et que je suis moi.

Le garçon presque nu qui me versait l'huile ce matin a fait la guerre aussi. Après, il a regimbé au moment de redevenir tapissier. Il a eu peur, dit-il, d'un père demeuré vert, âpre à son commerce et orgueilleux. J'ai parfois voulu écrire l'histoire d'une progéniture dévorée, jusqu'aux os, par ses géniteurs. Je pourrais fondre ensemble Mme Lhermier, par exemple, qui cousit sa fille à ses jupes, empêcha tout mariage et se fit, de la sotte fille docile, une sorte de jumelle séchée, qui ne la quittait ni jour ni nuit, et ne se plaignait jamais. Mais un jour, j'ai vu le regard de Mlle Lhermier... Horreur ! horreur !... J'emprunterais quelques traits à Albert X... victime passionnée, ombre inquiétante de sa mère, — à Fernand Z..., petit banquier qui attend en vain la mort de son robuste banquier de père... Ils sont beaucoup, je n'aurais que le choix. Seulement Mauriac a déjà fait *Genitrix*... Ne nous apitoyons pas trop sur Vial le fils, prénommé... comment, déjà ?

— Vial, comment t'appelles-tu ?

— Hector.

Étonnée, je suspendis l'élagage des premiers dahlias de la saison, cueillis pour la table.

— Hector ? Il me semble que tu t'appelais... Valère ?

— C'est vrai, mais je voulais constater que vous l'aviez à peu près oublié.

... sur Vial le fils, qui ruse avec sa longue minorité commerciale et use de cartes de visite au nom de « Vial, décorateur ». Il n'est déjà plus tapissier. Il dispose à Paris d'un petit magasin timide, mi-librairie romantique, mi-bibelot, comme tout le monde... Aimant la compagnie des peintres, Vial s'est mis à aimer leur peinture.

Parmi les gratteurs de papier qui n'ont liberté que d'écrire, il se donne le luxe de lire, de dessiner des meubles et même de nous juger. Il déclare à Carco qu'il n'aurait jamais dû publier que des vers, et à Segonzac qu'il est un mystique. Le grand « Dédé » ne rit pas, et répond poliment : « Vouère ! Fi de garce, vous n'êtes point si mal emmanchai de la taîte que du daîrrière ! » Carco me prend à témoin : « Un homme du métier qui me dirait ça, Colette, je le traiterais de ballot. Mais qu'est-ce que je m'en irais répondre à un tapissier ? Monsieur l'ameublementier, tu attiges ! »

Je ne sais pas grand'chose de plus sur mon verseur d'huile. Mais que sais-je de mes autres amis ? Chercher l'amitié, la donner, c'est d'abord crier : « Asile ! asile ! » Le reste de nous est sûrement moins bien que ce cri, il est toujours assez tôt pour le montrer.

Je crois que la présence, en nombre, de l'être humain fatigue les plantes. Une exposition horticole pâme et meurt presque chaque soir, quand on lui a rendu trop d'hommages ; j'ai trouvé mon jardin las après le départ de mes amis. Peut-être les fleurs sont-elles sensibles au son des voix. Et les miennes ne sont pas accoutumées plus que moi aux réceptions.

Mes hôtes partis, les chats rampent hors de leurs abris, bâillent, s'étirent comme au sortir du panier de voyage, flairent la trace des intrus. Le matou somnolent coule du mûrier comme une liane. Sa compagne ravissante étale, sur la terrasse qu'on lui restitue, son ventre où point, dans une nue de poil bleuâtre, une seule tétine rose, car elle n'a nourri, cette saison, qu'un seul petit. Le départ des visiteurs ne change rien aux us de la chienne brabançonne qui me surveille, ne cesse pas, n'a jamais cessé de me surveiller, ne cessera qu'à la mort de me donner l'attention de tous ses instants. Sa mort seule peut mettre fin au drame de sa vie : vivre avec moi ou sans moi. Elle vieillit robustement, elle aussi...

Autour de ces trois types de l'autorité animale, des bêtes de second plan tiennent la place qu'un protocole moins humain qu'animal leur assigne : plates chattes des mas environnants, chiens de ma gardienne que le bain de blanche poussière déguise... « Ici, dit Vial, les chiens, l'été, sont tous poudrés à frimas. »

Les hirondelles buvaient déjà au lavoir et happaient les éphémères, quand ma « compagnie » s'en alla. L'air avait son goût usagé d'après-midi, et la chaleur était grande sous le soleil qui se couche tard. Mais il ne peut pas me tromper, je décline avec le jour. Et vers la fin de chaque journée, la chatte, enlaçant en « huit » mes chevilles, me convie à fêter l'approche de la nuit. C'est la troisième chatte de ma vie si je ne compte que les chattes d'un grand caractère, mémorables entre les chats et les chattes.

M'émerveillerai-je jamais assez des bêtes ? Celle-ci est exceptionnelle comme l'ami qu'on ne remplacera pas, comme l'amoureux sans reproche. D'où vient l'amour qu'elle me porte ? Elle a, d'elle-même, réglé son pas sur le mien, et le lien invisible, d'elle à moi, suggérait le collier et la laisse. Elle eut l'un et l'autre, qu'elle porta avec l'air de soupirer : « Enfin ! » Le moindre souci vieillit et semble pâlir son très petit visage serré et sans chair, d'un bleu de pluie autour des yeux qui sont d'or pur. Elle a, des amants parfaits, la pudeur, l'effroi des contacts appuyés. Je ne parlerai guère plus d'elle. Tout le reste est silence, fidélité, chocs d'âme, ombre d'une forme d'azur sur le papier bleu qui recueille tout ce que j'écris, passage muet de pattes mouillées d'argent...

Après elle, loin derrière elle, j'ai le matou, son mari magnifique, tout endormi de beauté, de puissance, et timide comme un hercule. Puis viennent tous ceux qui volent, rampent, grincent, le hérisson des vignes, les lézards innombrables que mordent les couleuvres, le crapaud nocturne qui, ramassé sur le plat de ma main et haussé vers la lanterne, laisse tomber deux cris de cristal dans l'herbe, — le crabe sous l'algue, le trigle bleu à ailes de martinet qui s'envole de la vague... S'il retombe sur le sable, je le ramasse assommé, praliné de graviers, je l'immerge et je nage à côté de lui, en lui soutenant la tête... Mais je n'aime plus écrire le portrait, l'histoire des bêtes. L'abîme, que des siècles ne comblent point, est toujours béant entre elles et l'homme. Je finirai par cacher les miennes, sauf à quelques amis, qu'elles choisiront. Je montrerai les chats à Philippe Berthelot, puissance féline, à Vial, qui est amoureux de la chatte et qui prétend, avec Alfred Savoir, que je puis susciter un chat dans un endroit où il n'y a pas de chat... On n'aime pas à la fois les bêtes et les hommes. Je deviens de jour en jour suspecte à mes semblables. Mais s'ils étaient mes semblables, je ne leur serais pas suspecte...

« Quand j'entre dans la pièce où tu es seule avec des bêtes », disait mon second mari, « j'ai l'impression d'être indiscret. Tu te retireras quelque jour dans une jungle... » Sans vouloir rêver à ce qui se pouvait cacher, sous une telle prophétie, d'insidieuse — ou d'impatiente — suggestion, sans cesser de caresser l'aimable tableau qu'elle m'offre de mon avenir, je m'y arrête, pour me rappeler la profonde, la logique défiance d'un homme très humanisé. Je m'y arrête comme à une sentence écrite par un doigt d'homme sur un front qui, si l'on écarte le feuillage de cheveux qui le couvre, sent probablement, au flair humain, la tanière, le sang de lièvre, le ventre d'écureuil, le lait de chienne... L'homme qui reste du côté de l'homme a de quoi reculer, devant la créature qui opte pour la bête et qui sourit, forte d'une affreuse innocence. « Ta monstrueuse simplicité... Ta douceur pleine de ténèbres... » Autant de mots justes. Au point de vue humain, c'est à la connivence avec la bête que commence la monstruosité. Marcel Schwob ne traitait-il pas de « monstres sadiques » les vieux charmeurs desséchés et couverts d'oiseaux qu'on voyait aux Tuileries ? Encore s'il n'y avait que la connivence... Mais il y a la préférence... Je me tairai ici. Je m'arrête aussi sur le seuil des arènes et des ménageries. Car, si je ne vois aucun inconvénient à mettre, imprimés, entre les mains du public, des fragments déformés de ma vie sentimentale, on voudra bien que je noue, secrets, bien serrés dans le même sac, tout ce qui concerne une *préférence* pour les bêtes, et — c'est aussi une question de prédilection — l'enfant que j'ai mise au monde. Qu'elle est charmante, celle-ci, quand elle gratte, réfléchie et amicale, la tête grumeleuse d'une vaste crapaude... Chut ! Autrefois, je me suis mêlée de camper, au premier plan d'un roman, une héroïne de quatorze à quinze ans... Que l'on m'excuse, je ne savais pas, alors, ce que c'était.

« Tu te retireras dans une jungle... » Soit. Il ne faudra pas trop tarder. Il ne faudra pas attendre que j'enregistre, dans la courbe de mes relations, de mes échanges avec l'animal, les premiers fléchissements. La volonté de séduire, c'est-à-dire de dominer, les diverses manières de bander un souhait ou un ordre, de les darder vers leur but, je les sens encore élastiques, — jusqu'à quand ?

Une pauvre belle lionne, récemment, m'isola, dans le lot de badauds massés devant sa grille. M'ayant choisie, elle sortit de son long désespoir comme d'un sommeil, et ne sachant comment manifester qu'elle m'avait reconnue, qu'elle voulait m'affronter, m'interroger, m'aimer peut-être assez pour n'accepter que moi comme victime, elle menaça, étincela et rugit comme un feu captif, se jeta contre ses barreaux et soudain s'assoupit, lasse, en me regardant...

L'ouïe mentale, que je tends vers la Bête, fonctionne encore. Les drames d'oiseaux dans l'air, les combats souterrains des rongeurs, le son haussé soudain d'un essaim guerroyant, le regard sans espoir des chevaux et des ânes, sont autant de messages à mon adresse. Je n'ai plus envie de me marier avec personne, mais je rêve encore que j'épouse un très grand chat. Montherlant sera, je pense, bien aise de l'apprendre...

Dans le cœur, dans les lettres de ma mère, étaient lisibles l'amour, le respect des créatures vivantes. Je sais donc où situer la source de ma vocation, une source que je trouble, aussitôt née, dans la passion de toucher, de remuer le fond que couvre son flot pur. Je m'accuse d'avoir voulu, dès le jeune âge, briller — non contente de les chérir — aux yeux de mes frères et complices. C'est une ambition qui ne me quitte pas...

— Vous n'aimez donc pas la gloire ? me demandait Mme de Noailles.

Mais si. Je voudrais laisser un grand renom parmi les êtres qui, ayant gardé sur leur pelage, dans leur âme, la trace de mon passage, ont pu follement espérer, un seul moment, que je leur appartenais.

Elle était aimable, ce matin, mon équipe de jeunes convives. Deux avaient amené des jeunes femmes bien jolies, et sages à croire qu'on les avait, chacune, chapitrées : « Tu sais, on va t'emmener chez Colette, mais on te rappelle qu'elle n'aime pas les cris d'oiseau, ni les aperçus littéraires. Mets ta plus jolie robe, la rose, la bleue. Tu verseras le café. » Ils savent que je tiens pour agréables les jeunes femmes jolies et peu familières. Ils sont au fait de ce qui charme mes heures de loisir : les enfants et les jeunes femmes cérémonieux, et les bêtes impertinentes.

Quelques peintres possèdent des épouses, ou des maîtresses, dignes d'eux et de la vie qu'ils mènent. On les voit douces, et pareilles en leurs mœurs aux femmes des cultivateurs. Les hommes ne se lèvent-ils pas avec le jour, pour s'en aller aux champs, en forêt, le long des côtes ? Ne reviennent-ils pas à la nuit approchante, fatigués, muets de solitude ? En leur absence, les femmes taillent des robes d'été dans un service de table, des napperons et des serviettes dans des mouchoirs en coton, et vont au marché avec simplicité, c'est-à-dire pour acheter des provisions, et non pour célébrer la « belle matière » des rascasses laquées de rouge, les ventres des girelles sanglées d'ocre et d'azur.

« Mon homme ? Il doit être aux champs, par là, sur Pampelonne », répond l'amie de Luc-Albert Moreau, en désignant l'horizon d'un grand geste vague de paysanne. Asselin chante comme un bouvier, et parfois la brise, si vous tendez l'oreille, vous apporte la voix douce de Dignimont, qui lamente une petite complainte de soldat ou de matelot...

Hélène Clément, venue seule, n'était pas la plus laide, il s'en faut. Elle n'appartient ni au clan des modèles, ni à celui des femmes en puissance d'homme. C'est une blonde paille, aux cheveux plats. Le soleil la teint en rouge harmonieux, un beau rouge égal, qui envahit sa peau de blonde et voue au bleu, tout l'été, ses yeux pers. Grande, avec une chair modeste, elle ne pèche guère que par l'excès de loyauté physique et morale, qui est un des snobismes des filles de vingt-cinq ans. Il est juste de dire que je la connais peu.

Elle peint d'une manière obstinée, à grandes touches viriles, nage, conduit sa cinq-chevaux, va souvent visiter ses parents, qui, craignant le chaud, passent l'été dans la montagne. Elle habite une pension de famille, ainsi nul n'ignore sa qualité de « fille très sérieuse ». Il y a trente ans, on rencontrait Hélène Clément sur des plages, une broderie à la main. Aujourd'hui, elle peint la mer et s'oint d'huile de coco. Elle a gardé, des anciennes Hélène Clément, un joli front soumis, de la dignité corporelle, et surtout une manière déférente de répondre : « Oui, madame ! Merci, madame ! » qui entrouvre, — dans son langage appris chez des peintres et des mauvais garçons — la grille d'un jardin de pensionnat. J'aime, chez cette grande fille, justement cet air d'avoir laissé choir son ancienne broderie, sa broderie qui lui tenait lieu de mystère. Peut-être que je me trompe, parce que je ne fais pas assez attention à Hélène. Peut-être aussi la transparence, âme et corps, à laquelle elle semble fort tenir, me laisse-t-elle trop deviner le flottement triste qui est l'apanage — elles le nient — des femmes dites indépendantes qui ne font pas le mal si l'on donne au commerce charnel son ancien nom de « mal ».

Il ne viendra plus personne. Je ne quitterai pas cette table pour le petit café du port, d'où l'on assiste aux couchers furibonds du soleil. L'astre ramasse, vers la fin de la journée, le peu de nues qu'évapore la mer chaude, les entraîne au bas du ciel, les embrase et les tord en chiffons de feu, les étire en barres rougies, s'incinère en touchant les Maures... Mais il se couche trop tard, en ce mois. Je l'admirerai assez en dînant seule, le dos au mur de ma terrasse. J'ai vu mon content de figures sympathiques aujourd'hui. Allons donc à la rencontre, la chienne, la chatte et moi, de la grande couleur violette qui signale l'Est et qui monte de la mer. Ce sera bientôt l'heure du retour au logis pour quelques vieillards, mes voisins, qui travaillent aux champs... Je ne tolère les vieilles gens que courbés vers la terre, crevassés et crayeux, la main ligneuse, chevelus comme un nid. Certains m'offrent, au creux d'une paume qu'ont délaissée la moiteur et la couleur humaines, leurs œuvres les plus précieuses : un œuf, un poussin, une pomme ronde, une rose, un raisin. Une Provençale de soixante-douze ans va chaque jour du port à son champ de vigne et de légumes, deux kilomètres le matin, autant le soir. Elle mourra sans doute de labeur, mais elle ne semble pas lasse, quand elle s'assied un moment devant ma grille. Elle pousse des cris légers : « Té ! qu'il est joli ! » J'accours : elle caresse, d'un doigt ciselé, noirci, crochu, le bouton à tête plate, couleuvrine, comme prête à siffler, d'un de ces lys des rivages qui s'élancent de la terre, grandissent si vite qu'on n'ose pas les regarder, épanouissent leur corolle et leur parfum maléfique de fruit mûr blessé, puis retournent au néant...

Non, il n'était pas joli. Il ressemblait à un vigoureux serpenteau aveugle. Mais la vieille femme savait qu'il serait joli quelques jours plus tard. Elle avait eu le temps de l'apprendre. Par moments je l'aimerais, chargée de poivrons verts, un collier d'oignons frais au cou, ses mains d'osier sec mi-fermées sur un œuf qu'elle ne laisse jamais choir — si je ne me ressouvenais soudain que, n'ayant plus la force de créer, elle garde celle de détruire, et qu'elle écrase la musaraigne sur l'allée, la libellule contre la vitre, le chaton nouveau-né encore humide. Elle n'y fait pas de différence avec l'écossage des pois... Alors je lui dis : « Adieu ! » en passant et je les renfonce dans le paysage, elle et son ombre : un très petit homme ancien, qui loge, comme un lézard, sous un laurier-rose et une hutte de pierres. La vieille femme parle, l'homme ne parle plus. Il n'a plus rien à dire à personne. Il écorche la terre, ne pouvant plus bêcher, et quand il nettoie le seuil de sa hutte il a l'air de jouer, parce qu'il se sert d'un balai d'enfant. On en a trouvé un mort, l'autre jour — un vieillard. Tout sec comme le crapaud défunt, que midi calcine avant qu'un rapace ait le temps de le vider. La mort, ainsi frustrée d'une grande part de corruption, est plus décente à nos yeux de vivants. Corps friable et léger, ossements creux, un grand soleil dévorateur sur le tout, sera-ce mon lot final ? Je m'applique parfois à y songer, pour me faire croire que la seconde moitié de ma vie m'apporte un peu de gravité, un peu de souci de ce qui vient *après*... C'est une illusion brève. La mort ne m'intéresse pas, — la mienne non plus.

Nous avons bien dîné. Nous nous sommes promenées sur le chemin de côte, le long de sa région la plus peuplée, l'étroit marais fleuri où l'eupatoire, le statice, la scabieuse apportent trois nuances de mauve, le grand jonc fleuri sa grappe de graines brunes comestibles, le myrte sa blanche odeur, blanche, blanche, amère, qui heurte les amygdales, blanche à provoquer la nausée et l'extase, — le tamaris son brouillard rose, le roseau sa massue à fourrure de castor. Ce lieu déborde de vie, surtout à la pointe du jour et au coucher des oiseaux. La fauvette des roseaux glisse, pour le plaisir, sans cesse, le long des hampes, et éclate chaque fois de joie. Les hirondelles rasent la mer, les mésanges ivres de courage écartent de ce paradis des troupes de geais, de guêpes altérées, de chats braconniers, et, dans le milieu du jour, de lourds *Morios* traînant le velours épais de leurs ailes, des *Flambés* jaunes et rayés comme des tigres, des *Machaons* à nervures gothiques survolent la petite lagune douceâtre, salée de mer, sucrée de racines et d'herbe, et viennent pomper le miel des chanvres roses, des lotiers et des menthes, chacun d'eux voluptueusement attaché à sa fleur.

Le soir, la vie animale se cache un peu, s'éteint à peine. Que de rires secrets, de voltes rapides sous mes pas, que de fuites en éclair devant l'élan des deux chats qui me suivaient ! C'est qu'en livrée de nuit ceux-ci sont redoutables. La douce chatte perce d'un trait les buissons, son puissant mâle réveillé lève en galopant les pierres du chemin comme un cheval, et tous deux, sans faim, croquent les sphinx aux yeux rougeoyants.

Le frais du soir s'accompagne ici, pour moi, d'un frisson qui ressemble à un rire, d'une robe d'air nouveau sur la peau libre, d'une clémence qui se resserre plus étroitement sur moi à mesure que la nuit se ferme. Si je me fiais à cette mansuétude, cet instant serait mon instant de grandir, de braver, d'oser, de mourir... Mais régulièrement je lui échappe. Grandir. Pour qui ? Oser... Qu'oserais-je donc de plus ? On m'a assez affirmé que vivre selon l'amour, puis selon l'absence d'amour, était la pire outrecuidance... Il fait si bon, à ras de terre... Et reprise, agrippée par des plantes juste assez hautes pour donner de l'ombre à mon front, par des pattes qui d'en bas cherchent ma main, par des sillons qui demandent l'eau, une tendre lettre qui veut une réponse, une lampe rouge dans le vert de la nuit, un cahier de papier lisse qu'il faut broder de mon écriture — je suis revenue comme tous les soirs. Que l'aube est proche ! La nuit, en ce mois, se donne à la terre comme une amante clandestine, vite, peu à la fois. Il est 10 heures. Dans 4 heures, ce ne sera plus la vraie nuit. D'ailleurs, une vaste gueule ronde de lune, assez effrayante, envahit le ciel, et elle n'est pas mon amie.

À trois cents mètres d'ici, la lampe de Vial, dans sa maison en forme de dé, regarde la mienne. À quoi donc songe ce garçon, au lieu de traîner ses espadrilles le long du petit port, ou de danser — il danse si bien — au petit bal de la Jetée ? Il est trop sage. Il faudra qu'un de ces jours je m'y prenne sérieusement et qu'à cette autre sage, Hélène Clément, — oh ! pour le temps qu'ils voudront — je le marie. Aujourd'hui, j'ai bien vu qu'elle changeait de nuance, c'est-à-dire d'expression, en s'adressant à lui. Elle riait avec tous les autres, et surtout quand Carco, l'œil couleur caramel entre des paupières mi-jointes de chasseur, lui révélait l'infâme et prodigieux secret d'une vieille prostituée qui réussit à rester, vingt-cinq ans durant, « petite fille » au Quartier Latin. Hélène n'a pas l'oreille prude, il s'en faut. Mais son rire, aux récits de Carco, est quand même le rire de l'ancienne Hélène Clément, qui égara sa broderie du temps que son cousin, le polytechnicien, — « Oh ! Henri, voulez-vous vous taire ! » — lui disait, en poussant la balançoire, qu'il avait entrevu son mollet... Hélène Clément dédie à Vial son aspect le plus proche de la vérité : le sérieux visage d'une fille qui ne demanderait qu'à être simple. Il n'est pas possible que Vial ne l'ait pas remarqué.

D'habitude, je ne me préoccupe guère d'organiser le bonheur d'un couple. Mais il me semble que je suis responsable de cette déplaisante petite agitation, de cette mise en branle de forces oisives qui pourront désormais entraîner deux êtres, jusque-là bien distants l'un de l'autre, bien abrités dans leur secret, ou leur manque de secret individuel.

Menant ma voiturette hier matin au marché, vers 9 heures, j'ai dépassé, puis ramassé Hélène Clément, qui s'en allait, sa tête nue lisse comme une pomme d'or, une toile sous le bras, chez le menuisier qui fait métier d'encadreur. Deux cents mètres plus loin, Vial, derrière sa grille, sur le seuil du « Dé », décapait un fauteuil ancien, sec, contourné et fin comme une aubépine d'hiver.

— Vial, on ne t'a pas vu depuis deux jours ! Vial, qu'est-ce que c'est que ce fauteuil ?

Il riait, une barre blanche dans sa figure sombre.

— Vous ne l'aurez pas, celui-là ! J'ai été le chercher plus loin que Moustiers-Sainte-Marie, avec la Citroën.

— C'est donc ça, dit Hélène.

Vial leva le nez, cacha ses dents.

— C'est donc ça que quoi ?

Elle ne dit rien et le regarda d'un air si dangereusement bête qu'il pouvait lire, dans des yeux pers que le soleil ne fermait pas, ce qu'il eût voulu. Je sautai de la voiture :

— Montre, Vial, montre ! Et paye-nous le vin blanc du matin, avec de l'eau fraîche !

Hélène descendit derrière moi, huma l'odeur du petit logis étranger, meublé d'un divan, d'une table de bateau en demi-lune, éclairé de toile rose et de moustiers blancs.

— Un Juan Gris, deux Dignimont, un chromo de Linder, compta Hélène. C'est tout Vial, qui ne sait jamais sur quel pied danser... Vous trouvez que ça fait bien aux murs, dans une maison d'ici ?

Vial, qui essuyait ses mains tachées, regardait Hélène. Elle s'appuyait d'une main au mur, levait le cou et les bras comme pour grimper, et ses pieds, dressés sur leurs pointes, nus dans les sandales, n'étaient pas laids. Et quelle belle couleur de jarre rouge, sur tout le corps si peu voilé !

— Vial, combien l'as-tu payé, ton fauteuil ?

— Cent quatre-vingt-dix. Et il est en noyer, sous la peinture que des cochons lui ont mise partout. Regardez le bras qui est décapé...

— Vial, vends-le-moi !

Il fit « non » de la tête.

— Vial, es-tu commerçant, oui ou non ? Vial, as-tu du cœur ?

Il fit « non » de la tête.

— Vial, je te change ton fauteuil contre... contre Hélène, tiens !

— Elle est donc à vous ? dit Vial.

Sa réplique valait, en esprit et en délicatesse, ma plaisanterie.

— Ça va, ça va ! bouffonna Hélène. Vraiment, mon cher, c'est une affouaire !

Elle riait, plus rouge que son hâle rouge, et dans chacun de ses yeux pers un point scintillant dansait. Mais Vial fit encore « non » de la tête, et chaque point scintillant se changea en une larme.

— Hélène !...

Elle courait déjà hors de la maison, et nous nous regardions, Vial et moi.

— Qu'est-ce qu'elle a ?

— Je ne sais pas, dit Vial froidement.

— C'est ta faute.

— Je n'ai rien dit.

— Tu as fait comme ça : « non, non ».

— Et si j'avais fait comme ça : « oui, oui », c'était mieux ?

— Tu m'ennuies, Vial... Je m'en vais... Je te dirai demain comment ça a fini.

— Oh ! vous savez...

Il souleva une épaule, la laissa retomber, et me conduisit jusqu'au portillon du jardin.

Dans ma petite voiture, une Hélène aux yeux secs chantonnait, attentive à la toile fraîche qu'elle équilibrait sur ses genoux.

— Ça vous dit quelque chose, ça, madame Colette ?

J'accordai quelques mots, en regardant l'étude, honnête, qu'elle avait inutilement épaissie, pour « faire peintre », et j'ajoutai, oubliant la prudence :

— Vial t'a fait de la peine ? J'espère bien que non ?

Elle me répondit, avec une froideur qui me parut identique à celle de Vial :

— Vous ne voudriez pas, madame Colette, ne confondez pas l'humiliation et le chagrin. Oui, oui, l'humiliation... Ce sont des accidents qui m'arrivent assez souvent, dans ce milieu-là.

— Quel milieu ?

Hélène remua les épaules, serra la bouche, et je la devinai mécontente d'elle-même. Elle se tourna vers moi ; mouvement de loyauté brusque que ma petite voiture traduisit par une embardée, sur le chemin poétique qu'on ne répare jamais.

— Madame Colette, ne prenez pas en mal ce que je dis. Je dis « ce milieu », parce qu'au fond ce n'est pas le milieu où j'ai été élevée. Je dis « ce milieu », parce que, tout en l'aimant beaucoup, je me trouve quelquefois étrangère parmi les peintres et leurs amies, mais je suis tout de même assez intelligente pour...

— ... comprendre la vie...

Elle protesta de tout le corps.

— Je vous en prie, madame Colette, ne me traitez pas — ça vous arrive ! — en petite bourgeoise qui affecte le genre Montparno. Je comprends en effet assez de choses, et particulièrement que Vial, qui n'est pas non plus de « ce milieu », est mal venu à plaisanter d'une certaine manière, à se permettre certaines libertés. Il n'y met pas de grâce, pas de gaîté, et ce qui serait charmant et bon enfant dans la bouche de Dédé ou de Kiss, par exemple, devient choquant dans la sienne !...

— Mais il n'a rien dit, insinuai-je, en freinant devant la « Pension de premier ordre » qui loge Hélène.

Debout près de la voiturette, et la main tendue, ma jeune passagère ne put masquer son irritation, ni l'étincelle, de nouveau mouillée, qui refléta dans ses yeux la couleur bleue triomphante de toutes parts :

— Si vous le voulez bien, madame Colette, n'en parlons plus ! Je n'ai aucune envie d'éterniser cette histoire, qui n'en est pas une, même pour le plaisir d'écouter la défense de Vial, surtout présentée par vous !... présentée par vous !...

Elle s'enfuyait, un peu trop grande pour son trouble de petite fille. Je lui criai : « Au revoir ! au revoir ! », gentiment, pour que notre brusque séparation n'éveillât pas la curiosité de Lejeune, le sculpteur, qui traversait la placette, vêtu, en toute innocence, d'une culotte courte en toile vert Nil, d'un veston rose sans manches ouvert sur un chandail brodé de fleurettes au point de croix, et qui nous saluait, en soulevant un chapeau de jonc à larges bords, orné de cerises en laine.

C'est à cause de cette sotte Hélène que je supportai distraitement, moins agréablement, la présence de Vial, l'après-midi suivant. Il m'avait cependant apporté du nougat en barres et des branches de caroubier à fruits verts, qui demeurent longtemps fraîches si on les fiche dans des jarres emplies de sable humide.

Il traînait son indolence quotidienne sur la terrasse, après le bain de 5 heures, bain fouetté de vent, et si froid sous un soleil redoutable — car tout est surprise en Méditerranée — que nous ne cherchions pas l'abri de la salle rose, mais la tiède et vivante terre battue, sous l'ombre claire de rameaux espacés. 5 heures de l'après-midi est un moment instable, doré, qui nuit passagèrement au bleu universel, air et eau, où nous nous baignons. Le vent ne se levait pas encore, mais un remous se révélait parmi les verdures les plus légères, comme le plumage des mimosas, et le signal faible lancé par une seule branche de pin recevait la réponse d'une autre branche de pin, qui hochait seule...

— Vial, tu ne trouves pas que c'est moins bleu qu'hier ?

— Qu'est-ce qui est moins bleu ? demanda dans un murmure l'homme de bronze au pagne blanc.

Il était à demi couché, le front sur ses bras pliés ; je l'aime toujours mieux, quand il cache son visage. Non qu'il soit laid, mais au-dessus du corps précis, éveillé, expressif, les traits du visage somnolent un peu. Je n'ai pas manqué d'affirmer à Vial qu'on pourrait le guillotiner sans que personne s'en aperçoive.

— Tout est moins bleu. Ou bien, c'est moi... Le bleu, c'est mental. Le bleu ne donne pas faim, ne rend pas voluptueux. Une chambre bleue est inhabitable...

— Depuis quand ?

— Depuis que je l'ai dit ! À moins que tu n'espères plus rien — dans ce cas, tu peux habiter une chambre bleue...

— Pourquoi moi ?

— Toi, ça signifie : n'importe qui.

— Merci. Pourquoi avez-vous du sang sur votre jambe ?

— C'est le mien. J'ai buté sur une fleur du rivage en forme de cul de bouteille.

— Pourquoi avez-vous la cheville gauche un peu enflée tous les jours ?

— Et toi, pourquoi as-tu été mufle avec la petite Clément, à la fin ?

L'homme de bronze se dressa, digne :

— Je n'ai pas été mufle avec la... avec Mlle Clément ! Mais si c'est pour un mariage, je vous serai mille fois reconnaissant, madame, de ne plus me parler d'elle !

— Comme tu es romanesque, Vial ! Est-ce qu'on ne peut pas rire un peu ? Pousse-toi, tu tiens toute la place sur ce parapet... que je te raconte ! Tu ne sais pas tout. Hier, en me quittant, elle m'a interdit de prendre ta défense ! Et elle est partie dans un grand mouvement tragique, en répétant : « Surtout pas vous ! Surtout pas vous ! » Crois-tu ?

Vial sauta sur ses pieds, se campa devant moi, pareil à un mitron des noirs royaumes.

— Elle vous a dit ça ? Elle a osé ?

Il me montrait un visage si écarquillé, ouvert à toutes les conjectures, et si comique par sa nouveauté que — j'ai le rire plus prompt qu'autrefois — je ne pus garder mon sérieux. La respectabilité que confèrent à Vial le silence fréquent, le regard bas, une certaine sécurité dans l'attitude, craquait de partout, et je ne le trouvais pas joli... Il se reprit avec une promptitude agréable et soupira négligemment :

— Pauvre petite...

— Tu la plains ?

— Et vous ?

— Vial, je n'aime pas beaucoup ta manière de répondre toujours à une question par une question. Ce n'est pas courtois. Moi, tu comprends, je ne connais pas, pour ainsi dire, cette jeune fille.

— Moi non plus.

— Ah !... je croyais... Mais elle n'est pas difficile à connaître. Elle a l'air de bannir le mystère comme si c'était un microbe... Eh !... Houhou !... Ce n'est pas Géraldy, qui revient des Salins ?

— Si, je pense.

— Pourquoi ne s'est-il pas arrêté ?

— Il ne vous a pas entendue, le bruit de ses changements de vitesse couvre tous les autres.

— Mais si, il a regardé ! C'est toi qui lui as fait peur ! Je te disais que la petite Hélène Clément...

— Vous permettez ? Je vais chercher mon chandail. Les gens du Nord appellent la Provence un pays chaud...

Vial s'éloigna, et je perçus mieux le chaud, le frais, l'obliquité accrue de la lumière, le bleu universel, quelques ailes sur la mer, le figuier proche qui répand son odeur de lait et de foin en fleur. Un très petit incendie pomponné fumait sur une montagne. Le ciel, en touchant le rude azur d'une Méditerranée qui frisait comme un pelage, devint rose, et la chatte se mit, sans motif apparent, à me sourire. C'est qu'elle aime la solitude, je veux dire ma présence, et son sourire éclaira en moi la conviction que je traitais, pour la première fois, Vial en tiers d'importance.

Le vide, le bien-être aéré que me laissait l'absence de Vial, sa présence suffisait donc à interdire l'un, à combler l'autre ? Dans le même moment, je compris que, si l'auto de Géraldy n'avait pas suspendu, devant ma porte, sa plainte de mécanismes torturés, c'est parce que Vial, visible de la route, se tenait à mes côtés... que, si mes amis et mes camarades s'abstenaient docilement, unanimement, de fréquenter vers 5 heures ma plage en forme de croissant où le sable est, sous l'eau pesante et bleue, si ferme et si blanc, c'est qu'ils tenaient pour sûr d'y rencontrer, en même temps que moi, muet à demi, vaguement ennuyé, retranché loin d'eux et nageant entre deux eaux, Valère Vial.

Ce n'est que cela... C'est un petit malentendu. J'ai bien réfléchi, pas longtemps, mais il n'y a pas d'utilité à réfléchir longtemps, et rien, dans ce qui m'occupe, n'en vaut la peine. Je ne puis croire à un calcul quelconque chez ce garçon. Il est vrai qu'à être souvent dupée je n'ai pas appris la défiance... Je craindrais plutôt, pour lui, une forme d'attachement amoureux. J'écris cela sans rire, et en levant la tête je me regarde, sans rire, dans le miroir penché, puis je me remets à écrire.

Aucune autre crainte, même celle du ridicule, ne m'arrête d'écrire ces lignes, qui seront, j'en cours le risque, publiées. Pourquoi suspendre la course de ma main sur ce papier qui recueille, depuis tant d'années, ce que je sais de moi, ce que j'essaie d'en cacher, ce que j'en invente et ce que j'en devine ? La catastrophe amoureuse, ses suites, ses phases, n'ont jamais, en aucun temps, fait partie de la réelle intimité d'une femme. Comment les hommes — les hommes écrivains, ou soi-disant tels — s'étonnent-ils encore qu'une femme livre si aisément au public des confidences d'amour, des mensonges, des demi-mensonges amoureux ? En les divulguant, elle sauve de la publicité des secrets confus et considérables, qu'elle-même ne connaît pas très bien. Le gros projecteur, l'œil sans vergogne qu'elle manœuvre avec complaisance, fouille toujours le même secteur féminin, ravagé de félicité et de discorde, autour duquel l'ombre s'épaissit. Ce n'est pas dans la zone illuminée que se trame le pire... Homme, mon ami, tu plaisantes volontiers les œuvres, fatalement autobiographiques, de la femme. Sur qui comptais-tu donc pour te la peindre, te rebattre d'elle les oreilles, la desservir auprès de toi, te lasser d'elle à la fin ? Sur toi-même ? Tu es mon ami de trop fraîche date pour que je te donne grossièrement mon opinion là-dessus. Nous disions donc que Vial...

Que la nuit est belle, encore une fois ! Qu'il fait bon, du sein d'une telle nuit, considérer gravement ce qui n'a plus de gravité ! Gravement, car ce n'est pas sujet à risée. Ce n'est pas la première fois qu'une sourde ardeur étrangère tente de rétrécir d'abord, puis de rompre le cercle où je vis si confiante. Ces conquêtes involontaires ne sont pas le fait d'un âge de la vie. Il faut leur chercher — ici cesse mon irresponsabilité — une origine littéraire. J'écris ceci humblement, avec scrupule. Quand des lecteurs se prennent à écrire à un auteur, surtout à un auteur femme, ils n'en perdent pas de sitôt l'accoutumance. Vial, qui ne me connaît que depuis deux ou trois étés, doit me chercher encore à travers deux ou trois de mes romans, — si je les ose nommer romans. Il y a encore des jeunes filles — trop jeunes pour prendre garde aux dates des éditions — qui m'écrivent qu'elles ont lu les *Claudine* en cachette, qu'elles attendent ma réponse à la poste restante..., à moins qu'elles ne me donnent rendez-vous dans un « thé ». Elles me voient peut-être en sarrau d'écolière, — qui sait ? en chaussettes ? — « Vous ne mesurerez que plus tard », me disait Mendès peu avant sa mort, « la force du type littéraire que vous avez créé. » Que n'en ai-je, hors de toute suggestion masculine, créé un qui fût, par sa simplicité, et même par sa ressemblance, plus digne de durer ! Mais revenons à Vial et à Hélène Clément...

Une vieille lune usée se promène dans le bas du ciel, poursuivie par un petit nuage surprenant de netteté, de consistance métallique, agrippé au disque entamé comme un poisson à une tranche de fruit flottante... Ce n'est pas là encore une promesse de pluie. Nous voudrions de la pluie pour les jardins et les vergers. Le bleu nocturne, insondable et comme poudré, fait plus rose, quand je reporte sur eux le regard, le rose de mes murs peu couverts. Une fraîcheur orientale s'attache aux parois nues, et les meubles clairsemés respirent à l'aise. Il n'y a qu'en ce pays soleilleux qu'une table lourde, un siège de paille, une jarre coiffée de fleurs, et un plat au marli noyé d'émail composent un mobilier. Segonzac ne décore sa « salle », vaste comme une grange, que de trophées rustiques, faux et râteaux croisés, fourches à deux dents en bois poli, couronnes d'épis, et fouets à manches rouges, dont les mèches tressées parafent gracieusement le mur. De même, dans le « Dé » de Vial...

Oui, revenons à Vial. Je vagabonde cette nuit autour de Vial, à la manière du cheval que l'obstacle importune, et qui fait le gentil, avec mille folâtreries de cheval, devant la barrière. Je n'ai pas peur d'être émue, mais j'ai peur de m'ennuyer. J'ai peur de l'appétit de drame et de sérieux qui habite les jeunes gens, — surtout Hélène Clément. Que Vial était aimable, hier ! il l'est déjà moins. Je rapproche, de son aspect d'hier, son aspect d'aujourd'hui. Malgré moi, je donne un sens à sa fidélité de bon voisin, à ses longs silences, à son attitude favorite, la tête couchée sur ses bras pliés. J'interprète, je fais tinter le son de ses crises interrogatives : « Est-ce que c'est vrai que... Qui a pu vous donner l'idée de tel personnage ? Est-ce que vous n'avez pas connu Un Tel, vers l'époque où vous écriviez tel livre ?... Oh ! vous savez, si je suis indiscret, envoyez-moi promener... » Et puis, ce soir, pour comble : « Elle a osé... elle a osé ?... » répétait-il. Et une mimique de jeune premier...

Voilà le fruit, — à une saison de la vie où je n'accepte que la fleur de tout plaisir et le meilleur de ce qu'il y a de mieux, puisque je ne demande plus rien — le fruit dessaisonné que mûrissent ma prompte familiarité — « Hé ! jeune homme, paye-moi une douzaine de portugaises, là, sans s'asseoir, comme à Marseille... Vial, demain, on se lève à 6 heures, et on va aux Halles acheter des roses, service commandé ! » — et une renommée qui rend des sons fort divers...

Et si j'allais désormais être moins douce, à moi-même et à autrui, jusqu'à la fin de la belle saison provençale constellée de géraniums brasillants, de robes blanches, de pastèques entrouvertes montrant leur cœur igné comme des planètes éclatées ? Rien ne menaçait pourtant mon heureux été de sel bleu et de cristal, mon été à fenêtres ouvertes, à portes battantes, mon été à colliers de jeunes aulx d'un blanc de jasmin...

L'attachement amoureux de Vial, — le dépit, non moins amoureux, de la petite Clément : je prends place entre ces deux fluides, malgré moi. Je les interroge et je les commente en signes d'encre, en écriture rapide. Quitte à encourir le ridicule... C'est vrai, il y a le ridicule. Ce n'est guère la peine que je m'en souvienne, puisque dans un moment je l'aurai oublié. Ce n'est pas de toi, ma très chère — où veilles-tu, à cette heure de ta veille quotidienne ? — que j'aurais appris l'hésitation au moment d'aider, de la main et de l'épaule, un limonier épuisé, — de ramasser, dans un pli de robe, un chien boueux, — de fléchir, d'abriter l'enfant frissonnant, hostile, que nous n'avions pas fait nous-mêmes, ou de charger sur des bras impartiaux le poids d'un balbutiant amour qui penchait vers de plus mortels abîmes... Si je glisse, dans notre passif commun, tel désordre que tu ne reconnaîtras pas, pardonne-moi. « À mon âge, il n'y a plus qu'une vertu : ne faire de mal à personne. » C'est de toi, ce mot-là. Je n'ai pas, ma très chère, ton pied léger pour passer dans certains chemins. Je me souviens que, par des jours de pluie, tu n'avais presque pas de boue sur tes souliers. Et je vois encore ce pied léger faire un détour pour épargner une petite couleuvre, déroulée d'aise sur un sentier chaud. Je n'ai pas ta sécurité aveugle à palper avec ravissement le « bien » et le « mal », ni ton art à rebaptiser selon ton code de vieilles vertus empoisonnées, et de pauvres péchés qui attendent, depuis des siècles, leur part de paradis. Tu fuyais, de la vertu, l'austérité pestilentielle. Que j'aime ta lettre : *Le goûter était donné en l'honneur de femmes fort laides. Fêtait-on leur laideur ? Elles apportent leur ouvrage et elles travaillent, travaillent, avec une application qui me fait horreur. Pourquoi me semble-t-il toujours qu'elles font quelque chose de mal ?* Tu flairais, dégoûtée, une bienfaisance capable de plus d'un crime...

Voici l'aurore. Elle n'est aujourd'hui que petites nues en pluie de fleurs, une aurore pour des cœurs délivrés. En me haussant sur mes poignets j'aperçois, émergés déjà de l'ombre que traque la lumière, une mer noir d'hirondelle, et le « Dé » encore sans couleur propre, le « Dé » où repose un garçon solitaire, qui mûrit un secret de trop. Solitaire... C'est un mot à belle figure, son S en tête dressé comme un serpent protecteur. Je ne puis l'isoler tout à fait de l'éclat farouche qu'il reçoit du diamant. L'éclat farouche de Vial... Pauvre type... Pourquoi donc ne m'avisé-je pas de m'écrier : « Pauvre Hélène Clément... ? » J'aime bien me prendre sur le fait. Au Maroc, j'ai passé chez des propriétaires de grandes cultures, exilés volontaires de France, tout entiers voués à leurs vastes domaines marocains. Ils avaient conservé une curieuse manière, en lisant les journaux, de s'élancer sur « Paris », avec un appétit, des sourires de fête... Homme, ma patrie, tu demeures donc l'aîné de mes soucis ? Je n'y vois pas d'inconvénient. Mais, soucis, petites amours d'été, mourez ici en même temps que l'ombre qui cernait ma lampe : un chant outrecuidant de merle, rompant son fil de grosses perles rondes, roule jusqu'à moi. Le parfum des pins, nocturne encore, va se dissoudre au soleil imminent. La belle heure pour aller, dans la mer mal éveillée où chaque foulée de mes jambes nues crève, sur l'eau d'un bleu lourd, une pellicule d'émail rose, quérir la litière d'algues dont je veux protéger le pied des jeunes mandariniers !...

MINET-CHÉRI,

Il est à peine 5 heures du matin. Je t'écris à la lueur de ma lampe et à celle d'un incendie bien près de chez moi, en face : c'est la grange de Mme Moreau qui brûle. A-t-on mis le feu exprès ? Elle est pleine de fourrage. Les pompiers sont là, dans mon petit jardin ; ils piétinent mes plates-bandes préparées pour les fleurs et les fraisiers. Il pleut du feu sur mon poulailler ; quelle chance que je n'aie plus voulu élever des poules ! Cela me faisait horreur de manger ou de faire manger des poules confiantes, que j'avais nourries. Que ce feu est beau ! Auras-tu hérité mon amour des cataclysmes ? Hélas, voilà que crient et courent de toutes parts les pauvres rats qui s'échappent de la grange en flammes. Je pense qu'ils se réfugieront dans ma remise à bois. Ne t'inquiète pas pour le reste, le vent par chance est d'Est. Tu te rends compte que, s'il était d'Ouest, je serais déjà rôtie. Comme je ne peux servir à rien en personne, et qu'il ne s'agit que de paille, je puis donc m'abandonner à mon amour pour les tempêtes, le bruit du vent, les flammes en plein air... Je vais, après t'avoir rassurée en t'écrivant, prendre mon café matinal, en contemplant le beau feu.

— Je n'ose naturellement pas vous offrir une si petite chose..., répétait Hélène Clément pour la seconde fois.

La petite chose qu'elle m'a apportée hier, c'est une étude de mer, vue entre des figuiers de Barbarie, bleu de zinc sur le bleu chimique de la mer, une étude bien ramassée, toujours un peu trop solide.

— Mais tu es pourtant venue pour me l'offrir, Hélène ?

— Oui... C'est parce qu'elle est bleue et que vous aimez à vous entourer de bleus différents... Mais, n'est-ce pas, on ne doit pas oser vous offrir de si petites choses...

Avait-elle donc vu chez moi de « grandes choses » ? D'un geste circulaire, je pouvais me disculper... Je la remerciai, et elle disposa avec gentillesse sa toile au bord d'une étagère, sous un petit rayon rigide, couleur de foudre, qui perçait l'ombre entre deux persiennes. La toile brilla de tous ses bleus, laissa voir tous les artifices du peintre, comme un visage grimé livre ses secrets sous le feu d'un projecteur, et Hélène soupira.

— Vous voyez, dit-elle, ce n'est pas bon.

— Qu'est-ce que tu reproches à cette étude ?

— Qu'elle est de moi, voilà tout. D'un autre, elle serait meilleure. C'est difficile de peindre.

— C'est difficile d'écrire.

— Vraiment ?

Elle me posa cette question banale sur un ton de voix anxieux, plein d'incrédulité et de surprise.

— Je t'assure.

Les yeux de cette jeune fille, dans la pénombre que j'organise, chaque après-midi, avec autant de soin que je ferais d'un bouquet, devenaient d'un vert sombre, et j'admirais, sous des cheveux qui cessaient d'être blonds, un cou de parfaite et vivante argile rouge, un fût dru, mouvant, long comme on voit aux êtres d'intelligence médiocre, mais en même temps épais, proclamant la force, l'envie de parvenir, la confiance en soi...

— Vous travailliez, madame ?

— Non, jamais à cette heure-ci, du moins en été.

— Alors, je vous dérange moins que si j'étais venue à une autre heure ?

— Si tu me dérangeais, je te renverrais.

— Oui... Voulez-vous que je vous prépare une citronnade ?

— Non, merci, — à moins que tu n'aies soif ? Excuse-moi, je te reçois bien mal.

— Oh !...

Elle fit un geste quelconque de la main, saisit un livre qu'elle ouvrit. La page blanche s'alluma sous le rayon qui fendait l'ombre, et jeta son reflet au plafond comme un miroir. La puissante lumière de l'été s'empare, pour de tels jeux, du moindre objet, l'exhume, le glorifie ou le dissout. Le soleil de midi noircit les géraniums rouges et précipite verticalement sur nous une cendre triste. Il arrive qu'à midi les courtes ombres, que résorbent les murs et le pied des arbres, soient le seul azur pur du paysage... J'attendais, patiente, qu'Hélène Clément partît. Elle leva seulement un bras pour lisser ses cheveux du plat de la main. Sans la voir, son geste me l'eût révélée blonde, sainement, un peu âcrement blonde... Blonde, et émue, énervée, — je n'en pouvais douter. Elle baissa vite, avec embarras, son bras nu, belle anse rougeâtre, encore un peu plate entre l'épaule et le coude.

— Tu as de bien jolis bras, Hélène.

Elle sourit pour la première fois depuis son entrée, et me fit la grâce de montrer de la confusion. Car, si femmes et jeunes filles reçoivent des hommes, sans broncher, des compliments sur les attraits précis de leur corps, une louange féminine les flatte mieux, les pare d'une gêne ensemble et d'un plaisir parfois assez profonds. Hélène sourit, puis leva l'épaule.

— Ça m'avance à quoi, avec ma chance ?...

— Ça pourrait donc t'avancer, sans ta chance ?

J'employais là, sournoisement, le procédé de réponse interrogative que je blâmai chez Vial...

Elle me regarda avec franchise, favorisée par la pénombre qui la changeait en jeune femme châtaine aux yeux vert foncé.

— Madame Colette, — commença-t-elle sans beaucoup d'effort, — vous avez bien voulu me traiter, l'autre été et celui-ci, en... vraiment en...

— Petite copine ? suggérai-je.

— Il y a deux jours, madame, j'aurais dit copine, en effet. J'aurais probablement ajouté que j'en avais marre et marre de tous les potes, ou quelque chose d'aussi personnel. Aujourd'hui, il ne me vient pas d'argot. Il ne me vient presque jamais d'argot avec vous, madame Colette.

— Je peux m'en passer, Hélène.

Cette enfant échauffait ma pièce fraîche, et son émotion épaississait l'air. Je ne lui en voulus d'abord que de cela, et de raccourcir ma journée. Et puis, je connaissais le secret d'Hélène, et je craignais de m'ennuyer. Déjà, je m'échappais, en esprit, vers la brûlante terre battue de la terrasse, et j'écoutais, ressuscités par mon attention, les criquets qui sciaient en menus éclats la canicule... En sursaut, j'ouvris mes sens à tout ce qui resplendissait de l'autre côté des persiennes, et je ne tardai pas davantage à exprimer mon impatience par un :

— Alors, Hélène ?...

qu'une femme faite eût pris pour un congé à peine poli. Mais Hélène est une jeune fille tout entière et me le fit bien voir. Elle se jeta sur cet « alors ?... » avec une générosité de bête à laquelle on n'a jamais tendu encore de piège, et parla :

— Alors, madame, je veux vous montrer que je suis digne de la confiance... enfin, de l'accueil que vous m'avez fait. Je ne veux pas que vous me croyiez ni menteuse, ni... Enfin, madame Colette, c'est vrai que je vis d'une manière très indépendante, et que je travaille... Mais, tout de même, vous savez assez la vie pour comprendre qu'il y a des heures pas drôles... que je suis une femme comme les autres... qu'on n'échappe pas à certaines sympathies... à certains espoirs, et justement cet espoir-là m'a trompée, m'a assez cruellement trompée, car j'avais des raisons de croire... Dans ce pays même, l'an dernier, madame, il m'avait parlé en termes qui n'étaient pas ambigus...

Moins par malice que pour lui permettre de respirer, je demandai :

— Qui ?

Elle le nomma, d'une manière musicale :

— Vial, madame.

Le reproche, lisible dans ses yeux, ne blâmait pas ma curiosité, mais bien la finasserie qu'elle jugeait indigne de nous. Aussi protestai-je :

— Je sais bien que c'est Vial, mon enfant. Et... qu'allons-nous faire à cela ?

Elle se tut, entrouvrit la bouche, mordilla ses lèvres séchées. Pendant que nous parlions, la rigide hampe de soleil pailletée de poussière était venue jusqu'à lui brûler l'épaule, et comme sous une mouche Hélène remuait le bras, repoussait de la main le sceau de lumière. Ce qui lui restait à dire ne dépassait pas ses lèvres. Il lui restait à me dire : « Madame, je crois que vous êtes la... l'amie de Vial, et c'est pour cela que Vial ne peut pas m'aimer. » Je le lui aurais bien soufflé, mais les secondes passaient, et ni l'une ni l'autre nous ne décidions de parler. Hélène recula un peu son fauteuil et la lame de lumière caressa son visage. Je fus sûre que dans un instant toute la jeune planète — joues et front découverts, arrondis, séléniens — allait se crevasser, livrée aux séismes des sanglots. Un duvet blanc, à peine visible d'ordinaire, s'emperlait, autour de la bouche, d'une rosée d'émotion. Hélène s'essuyait les tempes, du bout de son écharpe bariolée. Une rage de sincérité, une odeur de blonde exaspérée s'échappaient d'elle, encore qu'elle se tût de toutes ses forces. Elle me suppliait de comprendre, de ne point l'obliger à parler ; mais je cessai soudain de m'occuper d'elle en tant qu'Hélène Clément. Je lui rendis sa place dans l'univers, parmi les spectacles d'autrefois dont j'avais été le spectateur anonyme ou l'orgueilleux responsable. Cette honnête forcenée ignorera toujours qu'elle fut digne d'affronter dans ma mémoire les larmes de délices d'un adolescent, — le premier choc du feu sombre, à l'aurore, sur une cime de fer bleu et de neige violette, — le desserrement floral d'une main plissée de nouveau-né, — l'écho d'une note unique et longue, envolée d'un gosier d'oiseau, basse d'abord, puis si haute que je la confondais, dans le moment où elle se rompit, avec le glissement d'une étoile filante, — et ces flammes, ma très chère, ces pivoines échevelées de flammes que l'incendie secouait sur ton jardin... Tu t'attablais, contente, cuiller en main, « puisqu'il ne s'agissait que de paille »...

Je revins volontiers à Hélène, d'ailleurs. Elle balbutiait, empêtrée de son incommode amour et de sa respectueuse suspicion. « Te voilà ! » faillis-je lui dire. Une passante n'existe pas si aisément. Elle parlait de la honte qu'elle avait, de son devoir de s'en aller « d'un autre côté », elle se reprochait de m'avoir rendu visite aujourd'hui, promettait « de ne jamais revenir, puisque... ». Elle tournait misérablement autour d'une conclusion défendue par quatre ou cinq mots barbelés, affreux, inexpugnables, « puisque vous êtes la... l'amie de Vial ». Car elle n'aurait pas osé dire « la maîtresse ».

Elle dépassa vite le moment qui l'avait illuminée toute, et je regardais diminuer, s'éteindre, noircir mes souvenirs...

— Si au moins vous me disiez un mot, madame, rien qu'un mot, ne fût-ce que pour me jeter dehors... Je n'ai rien contre vous, madame, je vous jure...

— Mais moi non plus, Hélène, je n'ai rien contre toi...

Et allez donc, les larmes. Ah ! ces grands chevaux de filles qui courent les chemins seules, sans faillir, mènent leur voiture, fument du gros tabac et engueulent père et mère...

— Voyons, Hélène, voyons...

Je ressens encore, en écrivant, une grande répulsion pour cette heure d'aujourd'hui, — minuit n'a pas sonné encore. — Je n'ose nommer qu'à présent la cause de ma gêne, de ma rougeur, de ma maladresse à articuler quelques mots si simples : elle se nomme timidité. En s'éloignant de l'amour et de l'exercice de l'amour, on la rencontre donc de nouveau ? C'était donc si difficile à dire, ce que j'ai enfin dit à cette quêteuse en larmes : « Mais non, mon enfant, c'est une grosse sottise que vous imaginez là... Personne ici ne prend plus rien à personne... Je vous pardonne bien volontiers, et si je peux vous aider... »

La brave fille n'en demandait pas tant. Elle me disait : « Merci, merci », célébrait ma « bonté », d'une bouche bégayante et ses baisers me mouillaient les mains... Ne me dites pas « vous », madame, ne me dites pas « vous »... Quand je lui ouvris la porte, le soleil abaissé l'embrassa toute sur son seuil, elle, sa robe blanche froissée, ses yeux gonflés, un peu riante, moite, repoudrée, peut-être touchante... Mais je subissais ma mauvaise timidité, face à face avec cette jeune Hélène en désarroi. Le désarroi n'est pas de la timidité. C'est au contraire une sorte de sans-gêne, de plaisir à se vautrer...

Ma journée n'a pas été une douce journée. J'ai encore des jours et des jours devant moi, je suppose ; mais je n'aime plus les gâcher. Timidité dessaisonnée, un peu flétrie, et amère comme tout ce qui demeure suspendu, équivoque, inutile... Ni parure, ni pitance...

Un faible sirocco, silencieux, va d'un bout de la chambre à l'autre. Il ne ventile pas plus la pièce que ne ferait un hibou prisonnier. Quand j'aurai quitté ces pages, couleur de jour clair dans la nuit, j'irai dormir sur le matelas de raphia, dehors. Le ciel entier tourne sur la tête de ceux qui reposent à la belle étoile, et, si je m'éveille une ou deux fois avant le grand jour, la course des larges étoiles, que je ne retrouve plus à la même place, me donne un peu de vertige... Certaines fins de nuits sont si froides que la rosée, à 3 heures, se fraye un chemin de larmes sur les feuilles, et que le long pelage de la couverture d'Angora s'argente comme un pré... Ti-mi-di-té, j'ai eu de la timidité. Il ne fallait pourtant que parler de l'amour, et me laver du soupçon... C'est que la crainte — même la mienne — du ridicule a des limites. Me voyez-vous, criant, le rouge de l'innocence au front, que Vial...

Au fait, qu'est-ce qu'il devient là-dedans ? Toute la lumière de la petite histoire, l'héroïne la réclame. Elle bondit au premier plan, y installe ses franches couleurs, son mauvais goût d'honorabilité inattaquable... Et l'homme, lui ? Il se tait, il se terre. Quel avantage !...

Il ne s'est pas tu longtemps, l'homme. Je ne saurais admirer combien, voyageant subtilement sur trois cents mètres de côte, suivant comme un oiseau altéré les courbes du rivage, la pensée d'Hélène avait été prompte à forcer la maison, le repos de Vial. Je n'oublie pas de noter que ce matin, au lieu d'ouvrir la grille et de s'avancer parmi la bienvenue des chiens, Vial, accoté à la grille, criait de loin :

— C'est nous deux Luc-Albert Moreau !

Et, du bras, il me désignait, — singulièrement vêtu de noir et les mains croisées, l'œil humide comme celui des biches, armé de patience et de douceur autant qu'un saint campagnard, — Luc-Albert Moreau.

— Tu as donc besoin de références ? criai-je à Vial. Entrez, vous-deux-Luc-Albert !

Mais Luc-Albert voulut partir aussitôt, car il allait à la rencontre de toiles vierges et de sa femme, l'une apportant les autres.

— Vous m'excusez... Plus une toile à la maison... Plus une toile dans la ville... Des hectares, des hectares de toiles dévastés, mis en couleur par les Américains et les Tchécoslovaques... Je peins sur des fonds de carton à chapeau... Ils disent que c'est la faute de la gare... Oh ! cette gare ! Vous savez comment est cette gare...

En même temps il semblait, d'une main en conque, absoudre et bénir tout ce que sa parole condamnait.

La jeunesse de la journée persistait sous le soleil de 10 heures, grâce à une brise active qui venait du golfe. Une gaîté dans la lumière, le clapotement des mûriers, l'envers frais de la très grande chaleur, rappelaient le mois de juin. Les bêtes rajeunies erraient comme au printemps, une grande main nocturne semblait avoir effacé deux mois sur la terre... Abusée, allégée, je menais à bien, sans peine, le paillage des mandariniers. Dans la fosse circulaire creusée autour de leur tronc sur deux mètres de diamètre, j'entassais l'algue dessalée, puis je la recouvrais de terre que je damais des deux pieds ainsi qu'une vendange, et le vent printanier, à mesure, séchait ma sueur...

Soulever, pénétrer, déchirer la terre est un labeur — un plaisir — qui ne va pas sans une exaltation que nulle stérile gymnastique ne peut connaître. Le dessous de la terre, entrevu, rend attentifs et avides tous ceux qui vivent sur elle. Les pinsons me suivaient, fondant sur les vers avec un cri ; les chats humaient ce peu d'humidité qui brunit les mottes friables ; la chienne grisée forait, à toutes pattes, son terrier personnel... À ouvrir la terre, ne fût-ce que l'espace d'un carré de choux, on se sent toujours le premier, le maître, l'époux sans rivaux. La terre qu'on ouvre n'a plus de passé, elle ne se fie qu'au futur. Le dos brûlé, le nez ciré, le cœur sonnant sourdement comme un pas derrière un mur, j'étais si appliquée que j'oubliais un moment Vial. Le jardinage lie les yeux et l'esprit à la terre, et je me sens de l'amour pour l'aspect heureux, l'expression d'un arbrisseau secouru, nourri, étayé, embourgeoisé dans son paillis couvert de terre neuve...

— Tout de même, Vial, si c'était le vrai printemps, comme la terre serait plus odorante !

— Si c'était le vrai printemps... répéta Vial. Mais alors, nous serions loin d'ici, et privés de l'odeur de cette terre.

— Patience, Vial, bientôt je viendrai ici au printemps... et à l'automne... et aussi pendant les mois qui servent à bourrer les intervalles entre deux saisons... Février, tiens, ou bien la deuxième quinzaine de novembre... La deuxième quinzaine de novembre, et les vignes nues... Ce tout petit mandarinier en boule, crois-tu qu'il a un bon style, déjà ? Rond comme une pomme ! Je tâcherai de lui garder cette forme-là... Dans dix ans...

Il faut croire que quelque chose d'invisible, d'indicible, m'attend au bout de ce terme, puisque je bronchai sur les dix ans et ne poursuivis pas.

— Dans dix ans ?... répéta Vial en écho.

Je relevai la tête pour répondre, et je trouvai que ce garçon bien tourné, logé à l'étroit dans sa belle peau brune, faisait, en dépit d'un vêtement blanc, une tache bien sombre dans mon enclos, sur le mur rose, sur les bâtons de Saint-Jacques, sur les géraniums et les dahlias...

— Dans dix ans, Vial, on cueillera de belles mandarines sur ce petit arbre.

— Vous les cueillerez, dit Vial.

— Moi ou quelqu'un d'autre, ça n'a pas d'importance.

— Si, dit Vial.

Il baissa le nez, qu'il porte un peu grand, et me laissa soulever l'arrosoir plein sans m'aider.

— Ne te fatigue pas, Vial !

— Pardon...

Il étendit un bras de bronze, une main aux doigts délicats que le soleil a teints. Il y avait un contraste sensible entre la vigueur du bras et la main aux longs doigts, et je haussai les épaules, en dédaignant le secours de cette main.

— Peuh !...

— Oui, je sais bien...

Vial supplée aux mots qui manquent dans une phrase, et traduit une exclamation dans son sens juste.

— Je n'ai pas... pensé ça pour te froisser. C'est assez joli, une main d'homme fine.

— C'est assez joli, mais ça ne vous plaît pas.

— Pas pour un terrassier, naturellement... Oh ! je vais claquer de congestion, vivement un bain ! La peau de mon dos se fend, le haut des bras me pèle, et quant à mon nez... Songe ! depuis ce matin, sept heures et demie ! Je suis affreuse, n'est-ce pas ?

Vial me regarda au visage, aux mains ; le soleil le contraignait à cligner des yeux, en rebroussant la lèvre supérieure sur les dents. Sa grimace se changea en une petite convulsion désolée, et il répondit :

— Oui.

C'était, je l'avoue, la seule réponse que je n'attendisse pas. Et l'accent de Vial ne me permettait pas la plaisanterie. Je voulus pourtant rire, en m'essuyant le cou et le front :

— Eh bien, mon vieux, tu n'y vas pas par quatre chemins, toi, au moins...

Et je retrouvai un petit rire maladroit de femme pour insister :

— Alors, tu me trouves affreuse, et tu me le dis ?

Vial me dévisageait toujours, et toujours avec une expression de souffrance intolérante, et il me fit attendre sa réponse :

— Oui... Il y a trois heures que vous vous acharnez à ce travail imbécile... mettons inutile... comme presque tous les jours... Depuis trois heures, vous cuisez au soleil, vos mains ressemblent aux mains de l'homme qui vient en journée, votre casaquin sans jupe a perdu sa couleur, et vous n'avez pas daigné vous poudrer le visage depuis ce matin. Pourquoi, pourquoi faites-vous cela ?... Oui, je sais que vous y prenez du plaisir, vous dépensez une espèce d'acharnement batailleur... Mais il y a d'autres plaisirs du même ordre... Je ne sais pas, moi... Cueillir des fleurs, marcher au bord de l'eau... Coiffer votre grand chapeau blanc, nouer une écharpe bleue autour de votre cou... Vous avez de si beaux yeux, quand vous voulez... Et songer un peu à nous, qui vous aimons, qui valons bien ces petits arbres de rien, il me semble...

Il sentit venir la fin de son audace, et il ajouta encore un : « C'est vrai, ça ! » de pure bouderie, en remuant la terre du bout du pied.

Le soleil coulait de haut sur sa joue de bronze bien rasée. Sur un tel visage, la jeunesse ne dut jamais être éclatante. L'œil marron a de la profondeur, une marge de bistre avantageuse. La bouche profite d'une forte denture, et du sillon qui divise la lèvre supérieure. Vial jouira d'une vieillesse décente, d'un âge mûr où on dira de lui, en considérant le nez long à bosse modérée, un ferme menton, le sourcil saillant : « Qu'il a dû être beau garçon ! » Il répliquera avec un soupir : « Ah ! si vous m'aviez connu à trente ans ! Sans fatuité, je... » Et ce ne sera pas vrai...

Voilà à quoi je songeais, en m'essuyant la nuque et en rangeant mes cheveux, devant un homme qui venait de m'adresser, pour la première fois depuis que nous nous connaissons, des paroles chargées d'un sens secret. Eh oui ! À quoi donc croit-on que nous songeons, nous autres, tournées vers la jeunesse d'autrui, retranchées dans une seule sorte précaire de sécurité, en regardant les hommes — et les femmes ? Nous sommes, certes, impitoyables dans nos jugements, et pour ma part, si je m'élance vers le détachement, je prends appui sur un solide : « Tu ne peux plus me servir à rien... » pour monter jusqu'au : « Je veux donc, moi, t'être utile à quelque chose... » Me dévouerai-je encore ? Oui, si je ne puis m'en dispenser. À celui-ci, à celle-là... Le moins possible. Mais je me sens encore trop fragile pour une parfaite solitude harmonieuse, qui tinte aux moindres chocs mais garde sa forme, son calice ouvert tourné vers le monde vivant...

Je pensais quand même à Vial en regardant Vial, et en frottant sur mes jambes la terre légère, sableuse et salée. Rien ne me pressait de répondre, et peut-être prolongeai-je à plaisir le silence où je me mouvais à l'aise, « *puisqu'il ne s'agissait que de paille...* » et que la timidité, la ti-mi-di-té d'hier était morte. Ô homme ! adversaire ou ami, fronton fidèle à renvoyer, à réfléchir tout ce que nous te lançons, interlocuteur-né... D'un pied assuré, j'enjambai mon dernier tumulus :

— Viens donc, mon petit Vial. On va aller au bain, et puis, j'ai à te parler. Si tu veux déjeuner avec moi, il y a des sardines farcies.

Il s'est trouvé que le bain, troublé par la crainte des requins — c'est le mois où ils s'égarent dans les eaux riveraines et les golfes ; mon voisin, dans sa barque, atterrit l'autre jour contre le flanc d'un squale, d'ailleurs manquant de tirant d'eau et fort mal à l'aise — ne nous apporta ni silence, ni intimité. Les touristes du voisinage et mes camarades d'été, au nombre d'une dizaine, fêtaient le temps léger et le bain tiède par contraste. Le requin annuel, nous sommes assez sages pour le redouter. Quand nous plongeons les yeux ouverts parmi le trouble cristal couleur de méduse, la moindre ombre imprévue de nuage, voguant sur le fond de sable blanc, nous rejette vers la surface, essoufflés et pas très fiers. Nus, mouillés, désarmés, nous nous sentions ce matin aussi unis qu'un groupe de naufragés aux antipodes, et des mères rappelaient leurs enfants barboteurs, comme pour les garer du vol des zagaies et du bras des pieuvres.

— On assure, disait Géraldy, hors de l'eau à mi-corps comme une sirène, que les bambins du Pacifique jouent dans l'eau avec les requins, et leur donnent du talon dans le museau, en nageant entre deux eaux. Ainsi...

— Non ! hurlait Vial. On vous a trompé ! Il n'y a pas de bambins dans le Pacifique ! Nous vous interdisons toute démonstration ! Revenez immédiatement sur le rivage !

Et nous riions, parce que c'est bon de rire, et qu'on rit aisément sous un climat où se réfugient la chaleur, le vrai long été, les brises, le loisir d'affirmer : « Demain, nous aurons, et après-demain encore, un jour pareil à celui qui coule en instants bleus et or, un jour de “temps arrêté”, un jour miséricordieux, dont les ombres dépendent d'un rideau tiré, d'une porte close, d'un feuillage, et non d'une tristesse du ciel... »

J'ai fait attention, aujourd'hui, à la manière dont mes amis et mes voisins de golfe me quittent après le bain de 11 heures, qui prend fin vers midi et demi. Aucun des hommes présents n'a demandé à Vial : « Vous venez ? » Aucun ne lui a proposé : « Je vous mets à votre porte, c'est mon chemin. » Ils savaient que Vial déjeunerait avec moi. Les jours où j'ignore si Vial déjeune ou non avec moi, ils le savent tout de même. Aucun d'eux, quand ils s'éloignèrent de part et d'autre vers les pointes de la plage en croissant de lune, n'a eu l'idée de s'arrêter, de se retourner pour voir si Vial venait... Mais aucun d'eux ne voudrait me causer de la peine, ou de l'irritation, en disant à Vial : « Ah ! oui, c'est vrai, vous restez là... »

Vial, sombre, les regardait s'éloigner. Les autres jours, il n'était assombri que par leur présence... Un secret, bien gardé par ses détenteurs, couvé hermétiquement, se conserve sans dommage, et sans fruit. Mais Hélène Clément a parlé, et l'honorable quiétude est finie. Le secret violé éparpille sa semence de secret éventé. Vial a maintenant les façons d'un homme qu'on a réveillé en pleine nuit en lui volant ses vêtements, et poussé hors de sa maison. Et je me sens non pas offensée, ni irritée, mais désenchantée, un peu, de ma solitude... Vingt-quatre heures, quelques paroles :

il ne faudra que vingt-quatre heures de plus, quelques autres paroles, et le temps reprendra son cours limpide... Il y a des rivières heureuses, dont le cours silencieux n'est troublé que d'un seul hoquet, un sanglot d'eau qui marque la place d'un caillou immergé...

— Vial, dès qu'on aura pris le café, j'ai des choses à te dire.

Car le repas appartient au soleil tamisé, à l'apaisement qu'apporte et prolonge le bain frais, aux bêtes quémandeuses. Les disques du soleil bougeaient faiblement sur la nappe, la plus jeune chatte, dressée contre une jarre, fouillait de la patte la panse d'argile rose à guirlandes...

Mais il se trouva que, dès le café servi, vint le jardinier-pépiniériste, qui but avec nous.

Ensuite je guidai le jardinier, à travers la vigne, jusqu'aux clôtures d'arbustes ébranchés, amaigris, qu'il faut renforcer par des plants neufs, pour garer du mistral la vigne et les jeunes pêchers... Puis mon sommeil d'après-midi, différé, reprit ses droits. Qu'il me jette la pierre, celui qui n'a pas connu, par un grand jour chaud de Provence, l'envie de dormir ! Elle pénètre par le front, par les yeux qu'elle décolore, et tout le corps lui obéit, avec les tressaillements de l'animal qui rêve. Vial ?... Parti, dissous dans la flamboyante torpeur, résorbé au passage par l'ombre d'un pin ou d'un espalier...

Il était trois heures et demie... Quel souci, quel devoir tiennent, sous ce climat, contre le besoin de dormir, d'ouvrir, au centre ardent de la journée, un frais abîme ?

Vial revint, comme une échéance différée. Il revint sans revenir, se bornant à déposer chez eux mes voisins d'en face, mes tranquilles voisins retranchés dans leur belle vigne étalée, qui tient en respect le lotisseur. Il revint, de blanc vêtu, au soir tombé, et comme il feignait de tourner sa cinq-chevaux pour repartir, je l'appelai sévèrement :

— Eh bien, Vial ?... Un verre d'eau de noix ?

Il avança dans l'allée sans mot dire, et pendant qu'il fendait l'air bleu du soir, je trouvai affreusement tristes cet homme à la tête penchée, l'heure tout à coup refroidie, la petite maison ordinaire où veillait, debout sur le seuil, une femme au visage indistinct, et la lampe rouge posée sur la balustrade... Affreusement, affreusement tristes... Écrivons, redoublons ces mots ; que la nuit dorée les accueille...

Affreusement tristes, abandonnés, encore tièdes, à peine vivantes, muets de je ne sais quelle honte... La nuit dorée va finir ; entre les étoiles pressées se glisse une pâleur qui n'est déjà plus le bleu parfait des minuits d'août. Mais tout est encore velours, chaleur nocturne, plaisir retrouvé de vivre éveillée parmi le sommeil... — c'est l'heure la plus profonde de la nuit, et non loin de moi mes bêtes familières semblent, à un battement des flancs près, privées de vie.

Affreusement tristes, tristes à ne pouvoir les supporter, à nouer la gorge et tarir la salive, à inspirer le plus bas instinct de terreur et de défense, — n'y a-t-il pas eu un instant, impossible à évaluer, où j'aurais lapidé l'homme qui avançait, où, devant ses pas, j'aurais poussé ma brouette vide, jeté le râteau et la bêche ? La chienne, qui ne gronde jamais, gronda par contagion subtile, et Vial lui cria : « Mais c'est Vial ! » comme il eût crié : « Ami ! » dans un danger.

Notre entrée dans la salle basse, rose, bleue, remit tout en place. Le drame, la féerie de la peur, l'illusion sentimentale, il n'est plus en mon pouvoir de les nourrir au-delà d'un moment. Vial souriait, la lèvre remontée sur les dents, ébloui par les deux lampes allumées, car les jours diminuent, et la fenêtre ne contenait plus qu'un grand vivier de ciel vert, troué de deux ou trois étoiles, aux pulsations désordonnées.

— Ah ! ça fait du bien, ces lampes... soupira Vial.

Il leur tendait les mains, comme à un âtre.

— Les cigarettes sont dans le pot bleu... Tu as eu les journaux aujourd'hui ?

— Oui... Vous les voulez ?

— Oh ! moi, tu sais, les journaux... C'était pour avoir des nouvelles des incendies de forêts.

— Il y a eu des incendies de forêts ?

— Il y en a toujours au mois d'août.

Il s'assit en visiteur, alluma une cigarette comme au théâtre, et j'atteignis sous la table la brique plate sur laquelle j'ouvre, à l'aide d'une petite masse de plomb — souvenir de l'imprimerie du *Matin* — les amandes de pins-pignons.

Tous les travaux que je n'aime pas sont ceux qui réclament de la patience. Pour écrire un livre il faut de la patience, et aussi pour apprivoiser un homme en état de sauvagerie, et pour raccommoder du linge usé, et pour trier les raisins de Corinthe destinés au plum-cake. Je n'aurai été ni bonne cuisinière, ni bonne épouse, et je coupe les ficelles la plupart du temps au lieu de dénouer les nœuds.

Vial, assis de biais, avait l'air pris dans une trappe, et je commençai patiemment à dénouer le bout de ficelle...

— Ce bruit de pignons éclatés t'agace ? Si tu as soif, l'alcarazas est là dehors, et les citrons.

— Je sais, merci.

Il m'en voulait de ma prévenance exceptionnelle. Sournois, il constatait que j'avais chaussé des espadrilles catalanes neuves, et solennellement endossé une robe de coton immaculée, une de ces robes de négresse, blanches, jaunes, rouges, qui fleurissent la côte et suivent la loi solaire plutôt que celles de la mode. En mangeant mes pignons j'ouvris un illustré, Vial fuma sans relâche et suivit d'une manière appliquée le vol des chauves-souris devant la fenêtre, sur un champ de ciel assombri par degrés. Un bloc de mer, pétrifié et noir sous le ciel, se distinguait encore de la terre. L'hydravion du soir, précédé du *fa* grave qu'il arrache au vent, parut et promena son fanal rouge parmi des feux plus pâles. La chatte, dehors, miaula pour entrer, et se dressa contre le grillage abaissé, en le grattant délicatement, comme une joueuse de harpe. Mais Vial rit de la voir, et elle disparut après avoir arrêté sur lui un froid regard.

— Elle ne m'aime pas, soupira Vial. Je ferais pourtant toutes les bassesses pour la conquérir. Si elle le savait, croyez-vous qu'elle m'aimerait un peu mieux ?

— Elle le sait, sois-en sûr.

Il se contenta de cette réponse pendant quelques minutes, puis sollicita un autre apaisement, une autre réponse :

— Est-ce que les Luc-Albert, ou le Ravissant, ou je ne sais plus qui, ne devaient pas entrer vous dire bonsoir en revenant de dîner au *Commerce*, ce soir ? J'avais cru comprendre... Ou bien c'était peut-être vous qui deviez y aller... Est-ce que les Carco... Je ne me souviens pas bien...

Je le regardai de travers.

— Les peintres dorment, à cette heure-ci. Depuis quand est-ce que je reçois le soir ? Les Carco sont à Toulon.

— Ah, bon...

Secrètement fatigué, il prit le parti de s'étendre à demi. La joue appuyée aux coussins du divan, il s'accrochait involontairement à la corne d'un des coussins, les yeux fermés et la main crispée, comme suspendu à un récif... Que faire de cette épave ? Quel embarras... Et puis, pensez-vous, la gêne de nos âges respectifs, de la différence d'âge ? Que vous êtes loin de ce qui arrive en pareil cas... Nous n'y songeons même pas, nous autres. Nous y songeons certainement moins que ne fait l'homme mûr, que tout cependant autorise à afficher son amour pour de tendres jeunes filles. Si vous saviez de quel cœur léger nous acceptons, nous oublions notre « devoir d'aînesse » ! Nous y songeons juste pour nous armer de coquetterie, rechercher l'hygiène et la parure, la ruse aimable, — imposées d'ailleurs aux jeunes femmes pareillement. Non, non, quand j'écris « quel embarras » je ne veux pas qu'un lecteur, plus tard, s'y trompe. Il ne faut pas qu'on nous imagine, « nous autres » tremblantes et épouvantées sous la lumière d'un court avenir, mendiantes devant l'homme aimé, abîmées dans la conscience de notre état. Nous portons avec nous plus d'inconscience, Dieu merci, de bravoure et de pureté. Qu'est-ce, pour nous autres, qu'une différence de quinze ans ? Ce n'est pas avec cette bagatelle qu'on nous fait peur, lorsque nous touchons au jour de raisonner là-dessus avec une sagesse — ou une folie — digne de l'autre sexe. Je ne saurais choisir, pour l'affirmer, un meilleur temps que celui-ci où me voici toute sage, relativement veuve, douce à mes souvenirs et pleine du vœu de demeurer telle...

Quand j'écris « nous », je la mets à part, elle, de qui me vient le don de secouer les années comme un pommier ses fleurs. Écoutez-la me conter un dîner de noces :

Le soir, grand dîner de quatre-vingt-six couverts, est-ce assez dire qu'il était exécrable ? Si j'étais morte ce jour-là, ç'aurait été de ces quatre heures et demie de mauvaise nourriture, à laquelle je n'ai guère touché. J'y ai reçu force compliments. Sur ma toilette ? Oh ! que non, sur ma jeunesse. Soixante-quinze ans... Ce n'est pas vrai, dis ? Est-ce qu'il faut vraiment renoncer bientôt à être jeune ? Mais non, mais non, n'y renonce pas encore, — je ne t'ai connue que jeune, ta mort te garde de vieillir, et même de périr, toi qui m'accompagnes... Ta dernière jeunesse, celle de tes soixante-quinze ans, dure toujours : un grand chapeau de paille, qui couchait dehors en toute saison, la coiffe.

Sous cette cloche d'épeautre finement tressé s'ébattent tes yeux gris, vagabonds, variables, insatiables, à qui l'inquiétude, la vigilance imposent bizarrement la forme d'un losange. Pas plus de sourcils que la Joconde, et un nez, mon Dieu, un nez... « Nous avons un vilain nez », disais-tu en me regardant, sur le ton à peu près de : « Nous avons une ravissante propriété. » Et une voix, et une démarche... Quand des étrangers entendaient sur l'escalier tes petits pas de jeune fille, et ta folle manière d'ouvrir une porte, ils se retournaient et demeuraient interdits de te voir déguisée en vieille petite dame... *Est-ce qu'il faut vraiment renoncer à être jeune ?* Je n'en vois pas l'utilité, ni même la bienséance. Vois, ma chère, combien ce garçon désemparé, flottant autour d'un espoir mort-né qu'il tourne et retourne, vois combien nous le trouvons ancien, traditionnel, et lourd à mouvoir ! Qu'en aurais-tu fait, qu'en fallait-il faire ?

Oui, quel embarras... Ce corps accroché à une corne de coussin, sa modestie dans l'état chagrin, sa dissimulation minutieuse, — tout cela qui gisait sur mon divan, quel embarras !... Encore un vampire, je n'en pouvais douter. Je nomme ainsi ceux qui s'attaquent à ma pitié. Ils ne demandent rien. « Laissez-moi seulement là, dans l'ombre !... »

Le temps qui s'écoula dans le silence fut long. Je lisais, puis je cessais de lire. Un autre jour, j'aurais pu supposer que Vial dormait. Car il arrive à mes amis de dormir sur mon divan, au bout d'une journée de pêche, de voiture, de bains, de travail même, qui leur ôte la parole et les enchante de sommeil sur place. Celui-ci ne dormait pas. Celui-ci était malheureux. Souffrance, premier déguisement, première offensive du vampire... Vial, loin du bonheur, feignait le repos, et je sentis remuer au fond de moi celle qui maintenant m'habite, plus légère à mon cœur que je ne fus jadis à son flanc... Je sais bien que c'est elle, ces mouvements de pitié que je n'aime pas. Mais elle ne les aimait pas non plus : *La nièce du père Champion va mieux. Ton frère aura de la peine à la tirer de là. Je lui ai envoyé du bois, et ne pouvant rien de plus en ce moment, j'ai quêté encore une fois pour elle. Mais c'est une chose que je ne sais pas faire aimablement, car le rouge me monte au front dès que je vois ceux qui ne donnent rien et vivent dans leur fromage, et je suis portée plus à les engueuler qu'à leur faire des grâces...*

Pour ta chatte, je reviens chaque après-midi à la Petite Maison pour lui donner un peu de lait chaud et lui faire une flambée de bois. Quand je n'ai rien, je lui cuis un œuf. Ce n'est pas que cela m'amuse, grand Dieu, mais je ne suis jamais en repos quand je crois qu'un enfant ou un animal ont faim. Alors je fais en sorte de me mettre en repos : tu connais mon égoïsme.

Voilà le mot ! Trouvait-elle pas ses mots mieux que personne ? Égoïsme. Cet égoïsme la menait, elle, de porte en porte, criant qu'elle ne pouvait pas supporter le froid qui pétrifiait, l'hiver, dans une chambre sans feu, des enfants indigents. Elle ne pouvait pas supporter qu'un chien ébouillanté par son maître le charcutier ne trouvât d'autre secours que de hurler et se tordre, au pied d'une maison fermée et insensible...

Ma très chère, vois-tu, du haut de cette nuit propice à la veille, plus chaude et rehaussée d'or qu'une tente de velours, vois-tu mon souci ? Qu'aurais-tu fait à ma place ? Tu sais où déjà elles m'ont menée, les attaques d'un égoïsme que je tiens de toi ? Elles t'ont conduite à la ruine matérielle, où tu t'es échouée ayant tout donné. Mais ne plus posséder d'argent, ce n'est qu'une des étapes du dénûment. Ferme dans ta pauvreté définitive, tu devenais nette et reluisante à mesure que tu étais mieux rongée. Mais il n'est pas sûr que tu n'eusses pas, à la vue de ce corps mi-couché, fait un petit détour, en soulevant le bord de ta jupe, comme quand tu passais une flaque... En ton honneur, je voulus enfin montrer ma force à celui qui, raidi d'appréhension, feignait de dormir.

— Tu dors, Vial ?

Il veillait, et ne tressaillit pas.

— Un peu abruti, dit-il en se redressant.

Il lissa ses cheveux en arrière, rajusta sa chemise ouverte et son veston de flanelle, renoua une de ses espadrilles. Je lui trouvai le nez long, et cette figure comme comprimée entre deux battants de porte qu'on voit aux gens qui croient dissimuler leurs contrariétés. Je ne le pressai pas, sachant bien qu'il est malséant d'entraîner à la psychologie un homme qui n'est pas sûr de ses boutons de chemise ou de ses lacets de chaussure.

— Vial, je t'ai dit ce matin que j'avais à te parler.

Il inclina la tête avec une majesté un peu nègre.

— Voilà. Mon petit Vial, quel beau temps ! Écoute l'hydravion en ton de *fa*, le doux vent haut placé entre l'est et le nord, respire le pin et la menthe du petit marais salé, dont l'odeur gratte au grillage comme la chatte !

Vial dévoila ses yeux qu'il tenait baissés, ouvrit en grand son visage surpris, où toute sa bonne foi d'homme apparut, et je me sentis solide en face d'un être plein de candeur, neuf aux artifices de la parole.

— Vial, as-tu vu les raisins de la vigne ? As-tu vu que les grappes sont déjà massives et teintes en bleu, si serrées qu'une guêpe n'y entrerait pas ? Songes-tu qu'on va devoir vendanger avant le quinze septembre ? Veux-tu parier que la saison va s'écouler sans que les orages aient dépassé les Maures, où la montagne les rassemble comme des ballons au bout d'un fil ? Il pleut à Paris, Vial. Il pleut aussi à Biarritz et à Deauville. La Bretagne moisit et le Dauphiné se couvre de champignons. La Provence seule...

Pendant que je parlais, il rapetissait ses yeux et refermait tout son visage... C'est une occupation sans fin qu'un être vivant. Celui-ci ne me livrait plus qu'un entrebâillement circonspect de lui-même. C'est un homme, il craint l'ironie. Au mépris de toute mélancolie il n'était plus que perplexe, et gourmé.

— Tu comprends, Vial ? C'est un très beau temps de l'année que je passe ici. C'est, je te l'assure, un très beau temps aussi de ma vie. Tu aimes ces mois que tu passes ici ?

Par des mouvements imperceptibles, les traits de Vial reconstituèrent une face d'homme courageux, à qui l'on rend la faculté d'user de son courage.

— Non, répondit-il, je ne les aime pas. Je ne les échangerais pas contre quoi que ce soit au monde, mais je ne les aime pas. Pendant ce temps-là non seulement je ne travaille guère, mais encore je ne suis pas heureux.

— Je croyais que tu créais un « ensemble » pour...

— Pour les Quatre-Quartiers, c'est exact. Mes maquettes sont prêtes. C'est un gros travail. Living-room, chambres, salle à manger, toute la maison... J'emploie mes 4 sous, et même un peu plus, à réaliser en bois et en métal mes modèles. Mais si je réussis, c'est pour moi la direction des ateliers d'ameublement moderne aux Quatre-Quartiers...

— Tu ne m'en as jamais appris aussi long là-dessus.

— C'est exact également. Vous ne vous intéressez que peu aux ameublements modernes.

— Je m'intéresse du moins à ce qui concerne mes amis.

Vial se cala sur le divan avec le mouvement du cavalier qui s'affermit en selle.

— Madame, je n'ai pas une minute l'illusion d'être votre ami. Des amis comme moi, à qui vous jetez le tutoiement, la poignée de main et votre bonne humeur d'été, vous n'en savez pas le nombre.

— Tu es modeste.

— Je suis clairvoyant. Ce n'est pas très difficile.

Il parlait d'une voix respectueuse, égale, et montrait un visage dévoilé, de grands beaux yeux, ma foi, qui se posaient librement sur les miens ou sur n'importe quel point de ma personne.

— C'est vrai, Vial, que je suis plus familière que liante. Mais en matière d'amitié, est-ce que le temps presse si fort ? Nous serions devenus des amis... plus tard. Je te connais mal...

Il agita une main vivement en l'air, pour effacer mes paroles :

— Je vous en prie, madame ! Je vous en prie !

— Tu m'appelais Colette, hier ?

— Devant les gens, oui, pour être confondu dans la foule anonyme. Si vous m'accordiez un peu d'attention, vous sauriez que, de ma vie, je ne vous ai appelée par votre nom quand nous étions seuls. Et nous nous sommes trouvés seuls très souvent, depuis le premier juillet.

— Je le sais.

— Au ton de ces trois mots-là, madame, je vois que nous arrivons à ce qui nous touche.

— À ce qui te touche.

— Ce qui vous est incommode, madame, me touche en effet plus que tout.

Là, nous nous reposâmes un moment, car la rapidité de nos répliques, que nous n'avions pas prévue, nous eût menés à l'accent d'une querelle.

— Doucement, Vial, doucement ! Froid des épaules, et puis tout d'un coup...

Il sourit par imitation.

— C'est la certitude de la condamnation qui décide quelquefois les accusés à se « mettre à table ». Alors ils racontent aussi bien leur crime que leur premier amour, ou le baptême de leur petite sœur... N'importe quoi.

Il fit craquer ses doigts serrés entre ses genoux et me questionna d'une manière pressante :

— Madame, qu'est-ce que vous voulez de moi ? Ou plutôt qu'est-ce que vous ne voulez pas ? Je suis sûr déjà que ce que vous me demanderez me sera le plus pénible, et que je ferai ce que vous voudrez.

Comme la noblesse de l'homme, même limitée à son expression verbale, nous frappe d'appréhension, nous retarde dans notre chemin ! Le goût féminin d'habiller en héros un homme, quand il parle d'immoler son confort sentimental, il est encore bien vivace en moi...

— Bon. Alors ça va aller tout seul. Hélène Clément...

— Non, madame, pas Hélène Clément.

— Comment, pas Hélène Clément ?

— Comme je le dis, madame. Aucune Hélène Clément. Assez d'Hélène Clément. Autre chose.

— Mais comprends-moi, voyons ! Attends ! Tu ne sais seulement pas... Elle est venue, hier, et je n'ai pas eu de peine à acquérir la certitude...

— Bravo, madame ! Voilà qui fait honneur à votre perspicacité. Vous avez acquis la certitude ? J'en suis ravi. N'en parlons plus.

Un petit feu pointu brillait dans les yeux de Vial, et il me dévisageait avec impertinence. Quand il vit que j'allais me fâcher, il posa ses mains sur les miennes.

— Non, madame, n'en parlons plus. Vous voulez me faire savoir qu'Hélène Clément m'aime, que mon indifférence la désole, que je dois prendre en pitié et même en amour cette « belle jeune fille saine », — c'est de Géraldy — et l'épouser ? Bon. Je le sais. C'est fini. N'en parlons plus.

Je retirai mes mains.

— Oh ! si tu le prends comme ça, Vial...

— Oui, madame, je le prends comme ça, et, bien plus fort, je vous reproche d'avoir amené le nom de cette jeune fille dans notre conversation. Vous aviez une raison de le faire ? Laquelle ? Dites-la ? Mais dites-la ? Vous vous intéressez à cette jeune fille ? Vous la connaissez bien ? Vous êtes chargée d'assurer l'avenir et même le bonheur d'une frêle créature qui atteint à peine ses vingt-six ans ? Vous avez de l'affection pour elle ? Vous êtes son amie ?... Répondez, madame, répondez plus vite ! Pourquoi ne répondez-vous pas plus vite ? Parce que je ne vous en laisse pas le temps ? Pour répondre « oui » de bon cœur à toutes mes questions, il ne faut pas longtemps, madame, et vous êtes prompte, d'habitude... Vous n'aimez pas Hélène Clément, et passez-moi l'expression, vous vous fichez pas mal de son bonheur, qui d'ailleurs ne vous regarde en aucune manière. Ne vous fâchez pas, c'est liquidé c'est fini. Ouf ! Je boirais bien un peu de citronnade et je vais vous en préparer un verre. Ne bougez pas.

Il nous versa de quoi boire, et ajouta :

— À part ça, je ferai ce que vous voudrez, je vous le répète. Je vous écoute...

— Pardon ! C'est toi qui as parlé de te « mettre à table ».

— Je serais sans excuse, madame, de retarder la suite du joli couplet sur la belle saison.

Ah ! si du moins j'avais ressenti, au cœur, le battement, aux mains le froid annonciateur, dans tout le corps une célébration de l'angoisse ! Ce fut alors, et non plus tard, si je me connais bien, que je regrettai entre nous l'absence du suprême intrus, le désir. Présent, c'est en lui, il me semble, que j'aurais puisé, sans effort, le sens de notre rendez-vous de ce soir, l'épice, le danger qui lui faisait défaut. Il me parut aussi trop visible que Vial voulût marquer le contraste entre le jeune compagnon d'hier, le « mon petit Vial » enrégimenté dans une équipe de camarades d'été, et l'amant parfaitement autonome...

— Vial, nous n'avons pas besoin de beaucoup de paroles pour nous entendre, je l'ai déjà remarqué.

C'était là une politesse ambiguë, qui porta plus loin que je ne le voulais.

— C'est vrai ? dit Vial, c'est vrai ? Vous le pensez ? À combien d'hommes dans votre vie avez-vous dit une chose pareille ? Peut-être ne l'avez-vous dit qu'à moi ? D'ailleurs, je n'en trouve trace dans aucun de vos livres... aucun, non... Ce que vous venez de dire là se sépare du mépris de l'amour qu'on devine toujours un peu, en vous lisant, dans votre amour de l'amour... Ce n'est pas une parole que vous auriez dite à un des hommes que...

— Nous n'avons que faire de mes livres ici, Vial.

Je ne pus lui dissimuler le découragement jaloux, l'injuste hostilité qui s'emparent de moi quand je comprends qu'on me cherche toute vive entre les pages de mes romans.

— Laisse-moi le droit de m'y cacher, fût-ce à la manière de la « Lettre volée... ». Et revenons à ce qui nous occupe.

— Rien ne nous occupe ensemble, madame, et j'en suis bien triste. Vous vous êtes mis en tête de planter entre vous et moi une troisième personne. Renvoyez-la, et nous serons seuls.

— Mais c'est que je lui ai promis...

Vial leva ses mains noires au bout de ses manches blanches.

— Ah ! voilà ! Vous lui avez promis ! Et promis quoi ? Franchement, madame, qu'est-ce que vous venez faire là-dedans ?

— Pas si haut, Vial, Divine dort dans la cabane de la vigne... La petite Clément m'a dit que l'an dernier, ici même, vous aviez échangé des paroles qui pouvaient lui faire croire...

— C'est bien possible, dit Vial. Cette année, c'est changé, voilà tout.

— Ce n'est pas chic.

Vial se tourna vers moi avec roideur :

— Pourquoi donc ? Ce qui ne serait pas chic, c'est qu'ayant changé, moi, je ne l'en aie pas avertie. Je n'ai ni enlevé une enfant mineure ni couché avec une fille honnête. C'est tout ce que vous avez à me reprocher ? C'est en l'honneur de cette bluette que vous avez préparé votre couplet de la belle saison ? C'est en vue du bonheur d'Hélène Clément, que vous avez décidé — car vous l'avez décidé — de me bannir ? Pourquoi choisissez-vous, pour l'éloigner, celui qui tient le plus à vous et vous entend le mieux ? C'est là la promesse que vous avez faite à Hélène Clément ? Elle l'a obtenue de vous, au nom de quoi ? De la « morale » ? Ou de notre différence d'âge ? Elle en est bien capable ! s'écria-t-il d'un ton de gaîté discordant.

Je lui donnai, avec un hochement de dénégation, mon regard le plus affectueux. Pauvre Vial, quel aveu... Il y songeait donc, lui, à notre différence d'âge ? Quel aveu de tourments, de muets débats...

— Faut-il te l'avouer, Vial ? Je ne songe jamais à la différence d'âge.

— Jamais ? comment, jamais ?

— Je veux dire... je n'y pense pas. Pas plus qu'à l'opinion des imbéciles. Et ce n'est pas cette promesse-là que j'ai faite à Hélène. Vial, — je posai ma main à plat, comme il m'arrive souvent avec lui, sur son poitrail bombé — c'est donc vrai que tu t'es attaché à moi ?

Il abaissa les paupières et serra la bouche.

— Tu t'es attaché à moi, malgré, comme tu dis, la différence des âges... S'il n'y avait pas d'autre barrière entre nous, je t'assure que celle-là ne pèserait pas lourd à mes yeux.

Il fit, du menton vers ma main ouverte sur sa poitrine, un très léger mouvement sauvage, et répliqua promptement :

— Je ne vous demande rien. Je ne vous demanderai même pas ce que vous pouvez nommer une autre barrière. Je suis même étonné de vous entendre parler de... de ces choses qui vous concernent, aussi... aussi naturellement.

— Il faut bien en parler, Vial. Ce que j'ai affirmé à Hélène Clément, c'est seulement, — d'une manière assez mal déterminée, d'ailleurs — c'est que je n'étais pas un obstacle entre toi et elle, et que je n'en serais jamais un.

Vial changea de visage, rejeta d'un revers de bras ma main appuyée à sa poitrine.

— Ça, c'est le comble, cria-t-il en étouffant sa voix. Quelle inconscience... Vous mêler... Vous mettre sur le même plan qu'elle ! Vous poser en rivale généreuse ! Rivale de qui ? Pourquoi pas d'une midinette ? C'est incroyable ! Vous, madame, vous ! Vous poser, vous conduire comme une femme ordinaire, vous que je voudrais voir, je ne sais pas, moi...

Il m'assignait dans l'air, de sa main levée, un niveau très haut, celui d'une manière de socle, et je l'interrompis avec une ironie qui me fit de la peine.

— Oh ! madame...

— Vial, laisse-moi encore un peu parmi les vivants. Je ne m'y trouve pas mal.

Vial me contemplait, tout suffoqué de reproche et de chagrin. Il appuya vivement sa joue sur le haut de mon bras nu, et fermant les yeux :

— Parmi les vivants ?... répéta-t-il. Mais la cendre, même la cendre de ces bras-là, elle serait encore plus chaude qu'une chair vivante, et elle garderait leur forme de collier...

Je n'eus pas à rompre un contact, qu'il interrompit aussitôt pour que je fusse contente de lui. Je l'étais, et je lui fis « oui, oui » de la tête, en le regardant. La fatigue, une buée bleu-noir qui lui poussait aux joues à cause de la nuit avancée... Trente-cinq, trente-six ans, ni laid, ni malsain, ni méchant... Je m'enlisais dans cette nuit sans souffle, qui traversait le moment du sommeil unanime, et il émanait de ce garçon ému, peu vêtu, une odeur de minuit amoureux qui me poussait doucement vers la tristesse.

— Vial, comment donc vis-tu, en dehors de moi ? Tu me comprends ?

— De peu de chose, madame... De peu de chose... et de vous.

— Ça ne te fait pas un lot bien riche.

— C'est à moi de l'estimer.

Je m'irritai :

— Mais, brute obstinée, où t'en vas-tu, où t'en allais-tu sans rien dire, avec cette habitude de moi que tu as prise ?

— Je n'en sais rien, ma foi, dit-il négligemment. La vérité est que j'y pensais le moins possible. Quelquefois, quand vous n'aviez pas le temps de me recevoir, à Paris, je me disais...

Il sourit pour lui-même, déjà tout au désir de se peindre, de paraître au jour :

— Je me disais : « Oh ! tant mieux, l'envie de la voir me passera plus vite en ne la voyant pas. Je n'ai qu'à patienter, et quand j'y retournerai, elle aura tout d'un coup soixante, soixante-dix ans, alors la vie redeviendra possible et même agréable... »

— Oui... Et puis ?

— Et puis ? Et puis quand je retournais vous voir, c'était juste un jour où tous vos démons étaient réveillés, et vous aviez mis de la poudre, allongé vos yeux, passé une robe neuve, et il n'était question que de voyages, de théâtre, et de jouer *Chéri* en tournée, et de planter de la vigne et des pêchers, et d'acheter une petite auto... Et c'était tout à recommencer... C'est la même chose ici, d'ailleurs, acheva-t-il en ralentissant.

Pendant le silence qui suivit, rien ne troubla, dehors, l'immobilité de toutes choses. Dans le rayon de la lampe la chatte, couchée sur la terrasse au creux de la chaise longue, se roula en turban pour prédire l'approche de la rosée, et le craquement de l'osier retentit comme sous une voûte.

Vial m'interrogeait des yeux comme si c'eût été mon tour d'intervenir. Mais qu'aurais-je ajouté à son profond contentement mélancolique ? Il me savait sans doute émue. Je l'étais. Je ne fis qu'un signe, qu'il interpréta dans le sens de : « Continue... » et une expression presque féminine, pleine de séduction, passa sur ses traits, comme si toute la brune face d'homme allait éclater sur un éblouissant visage ; mais cela ne dura point. C'était seulement l'éclat d'un semblant de triomphe, d'une parcelle de bonheur... Allons, un peu de hâte, un peu de rigueur, détrompons cet honnête homme... Plus rapide que moi, il s'engageait davantage :

— Madame, reprit-il en se retenant de s'échauffer, je n'ai plus grand-chose à vous dire. Je n'ai jamais eu grand-chose à vous dire. Personne n'est plus dépourvu de desseins, d'arrière-pensées, — je pourrais presque ajouter : de désirs — que moi.

— Si, il y a moi.

— Pardonnez-moi, je ne peux pas vous croire. Vous m'avez appelé ce soir...

— Hier soir.

Il passa la main sur sa joue, devint confus de la sentir râpeuse :

— Oh... qu'il est tard... Vous m'avez appelé hier soir, et hier matin vous m'aviez... convoqué. N'était-ce que pour me parler de la petite Clément ? Et de votre obligation de vous défaire de moi ?

— Oui...

J'hésitais, et il se rebella :

— Qu'est-ce qu'il y a encore, madame ? Je vous en prie, ne vous mettez pas en tête que j'ai besoin d'être ménagé, ou soigné. J'aime autant vous avouer que je ne suis même pas malheureux. Vraiment pas. Je me faisais jusqu'ici l'effet de quelqu'un qui porte sur lui quelque chose de très fragile. Tous les jours, je respirais : « Encore rien de cassé aujourd'hui ! » Il n'y aurait jamais eu rien de cassé, madame, si une main étrangère assez lourde, peut-être pas très bien intentionnée...

— Allons, laisse-la, cette petite...

Aussitôt que je les entendis, j'eus honte de mes paroles. J'en ai honte encore en les écrivant. Des paroles, un ton de rivale doucereuse, de perfide belle-mère... C'était l'hommage invétéré, le bas acquiescement qui sort de nous quand l'homme le sollicite, l'homme, luxe, gibier de choix, le mâle rarissime... Imprudent, Vial brilla de joie comme un tesson au clair de lune.

— Mais je la laisse, madame, je n'ai jamais voulu que la laisser ! Je ne demande rien à personne, moi ! Je suis si gentil, si commode... Tenez, madame, vous me proposeriez, vous-même, de changer, de... d'améliorer mon sort, que je serais capable de m'écrier : « Foin ! » et même : « *Vade retro !* »

Et il éclata de rire — tout seul. Il venait de dépasser ses moyens. Ce n'est presque jamais impunément qu'un homme fait s'essaye à la gaminerie. Pour réussir, en outre, dans la canaillerie aimable, il lui faut une grandeur atavique dans le mal, le don de l'improvisation, au moins la légèreté dévolue à quelques Satans moyens, — toutes vertus auxquelles l'extrême jeunesse n'est pas embarrassée de suppléer...

Peut-être l'honnête Vial, en « faisant la fille » comme une petite bourgeoise qui se jette à la rue par désespoir, tentait-il, pour me plaire, de se plier à un gabarit d'homme que lui fournissaient trois cents pages signées de mon nom, où je chante des immunités masculines un peu infamantes ? J'aurais pu en sourire. Mais, en même temps que la nuit, je me dépouillais de langueur, bientôt d'ombres. Par la porte venait un froid qu'engendrait l'inimitié entre un jeune souffle et l'air d'hier, échauffé par nos deux corps. La dalle du seuil luisit comme sous la pluie, et le fantôme haillonneux du grand eucalyptus reprit par degrés sa place sur le ciel.

Vial, dans l'erreur, attendait tout de sa passivité. Ce n'est pas une tactique étrangère à l'homme, — au contraire. Vial appartient à une catégorie d'amants que je n'aurai fait, au cours de ma vie amoureuse, qu'entrevoir dans un lointain dont je demeure responsable. Il doit être un peu gris le long des journées, mais tout phosphorescent l'ombre venue, et apte à l'amour, accort pendant l'amour comme sont les paysans jeunes, les ouvriers en fleur, — je le voyais, ma foi, comme si j'y étais...

Vial me couvrit vivement d'une écharpe de laine, pourtant je n'avais pas frissonné.

— Cela vous suffit ? Vous aurez assez chaud ? Voici bientôt le jour, madame. Il m'est témoin que je n'ai jamais espéré le voir se lever, seul avec vous dans votre maison. Laissez-moi tout de même en être orgueilleux, sinon heureux. Je pèche souvent par orgueil, comme il arrive aux gens de petite origine qui se dégoûtent du milieu où ils sont nés. Dégoûté... voilà, je suis né dégoûté. Mes camarades de la guerre blaguaient mon dégoût des femmes quelconques, de l'aventure banale. Un prince n'est pas plus dégoûté que moi... C'est comique, n'est-ce pas ?

— Non, dis-je distraitement.

— Si vous saviez, continua-t-il plus bas, il n'y a qu'ici que j'ai vécu des jours aussi longs... De tous les secours que vous m'aurez portés, il n'y en a aucun qui vaille cette couleur que votre égalité donne aux jours, le goût qu'ils prennent à glisser sur vous. En dépit d'une espèce de garçonnisme, de bon-garçonnisme qui est, chez vous, entièrement affecté...

Je ne l'interrompis pas. Une lumière bleue, sourde, collait à son front et aux méplats de ses joues ; les lampes orangées rougirent sous la progression insinuante du bleu. Un oiseau, dans l'enclos, se libéra de la nuit par un cri si long, si étranger à la mélodie, qu'il me donna l'illusion de m'arracher au sommeil. Sombre dans son vêtement blanc, ramassé au creux du divan, Vial appartenait encore mollement à la nuit, et je mis à profit, pour le mieux voir, la sournoise résurrection d'un ancien « double » qui s'éveillait en moi avec le jour, un double âpre à l'échange physique, expert à traduire en promesses la forme d'un corps. Ce corps-ci, la nudité quotidienne du bain m'avait rendu familiers ses contours, l'épaule à l'égyptienne, le cou cylindrique et fort, et surtout ce lustre, ces caractères épars et mystérieux qui confèrent à certains hommes un grade dans la hiérarchie voluptueuse, dans l'aristocratie animale... Ainsi, — sentant que le temps m'était mesuré — je me hâtais d'aspirer par toutes mes brèches la chaleur qui me venait d'un spectacle interdit, « puisqu'il ne s'agissait que de paille... ».

— ... quand on se tire de la guerre d'une manière aussi avantageuse, je peux dire aussi banale, avec ces deux cicatrices au bras, on ne demande, après, qu'à vivre beaucoup, à travailler beaucoup. Mais mon père...

Que lui manque-t-il donc ? Quel désordre ? Quel drame de gestation, de croissance ? Il n'a rien de commun avec des êtres que j'ai connus, dont j'ai tenu entre mes mains, sous mon regard, la suffocation contagieuse...

— ... Tout désirer, tout deviner, prétendre à tout au fond de soi-même, c'est un grand malheur pour un garçon qui est obligé de vivre médiocrement, et qui ne savait pas qu'un jour il lui serait donné de se faire entendre de vous...

Oui. Mais il n'y a aucune chance que son aspect, son effort pour me joindre, sa souffrance même me suggèrent le supplice du germe sous la terre, le tourment de la plante que sa hâte, son devoir de fleurir vont jusqu'à déchirer... Je les ai connus, puis perdus, les êtres qui juraient — ainsi ils attestaient ma force — de périr si je ne les délivrais d'eux-mêmes, de n'éclore jamais si je leur refusais leur seul climat : ma présence... Mais celui-ci a déjà fleuri et défleuri plus d'une fois...

— ... et je n'ai pas de honte à me montrer à vous plus étonné, plus pauvre en souvenirs que si la vie venait de commencer pour moi...

Oui... Mais tu ne viens pas de la commencer. C'est seulement une comparaison. Tu ne peux pas m'y tromper, même en usant de ton innocence. Nous autres, nous n'avons affaire généralement, à la fin de nos derniers et valeureux combats, qu'au pire ou au meilleur ; il n'y a pas grand mérite à démêler que tu n'es ni l'un, ni l'autre... Je m'appuie sur un avenir dont on pourrait compter les heures. Un tel avenir, si je rentrais dans la lice, serait tout entier voué à de brûlantes vérités, à des amertumes que rien n'égale, — ou bien à des duels où de part et d'autre on veut se surpasser en orgueil. Vial, tu es promis à un destin plus facile que de me surpasser en orgueil...

— Cher Valère Vial !

Je m'aidai d'un cri pour m'élancer hors du lieu préservé, du haut duquel je pouvais choisir de porter coups, ou secours...

— Madame ! Je suis là, madame. C'est même mon plus grand crime.

Il se leva, roidi de sa longue veille, et d'un étirement il brisa tous ses angles. Sa belle livrée d'été, polie et brune, parut souillée, aux joues, de barbe dure qui perçait la peau. Le blanc brillant de ses yeux était moins net qu'hier. Sans soins et sans repos nocturne, que disait mon visage ?... J'y pense aujourd'hui, je n'y pensais pas hier. Je ne pensais qu'à sceller, d'une meurtrissure ou d'une accolade, la nuit achevée enfin. Un couple, occupé de lui-même, ne connaît pas de brefs colloques. Qu'ils sont longs, ces entretiens où s'agitent les bâtards mal venus de l'amour...

Des pêches, oubliées dans une coupe, se rappelèrent à moi par leur parfum suri ; l'une d'elles, où je mordis, rouvrit à ma faim et à ma soif le monde matériel, sphérique, bondé de saveurs : dans peu d'instants le lait bouillant, le café noir, le beurre reposé au fond du puits rempliraient leur office de panacée...

— Cher Valère Vial, tu m'as détournée de ce que j'avais commencé à te dire, il y a... — je lui montrai par jeu une des dernières étoiles, d'un jaune pâle et qui avait suspendu sa danse de scintillations — il y a un moment.

— Vous n'avez qu'à continuer, madame. Ou à recommencer. Je suis toujours là.

Amitié sincère, feinte d'amitié ?... Au plaisir que je reçus de sa voix amicale, je comptai ce que cette nuit de veille avait usé de mes forces.

— Vial, je voudrais te parler comme à un être humain affectueux, — s'il est des êtres humains affectueux...

Ma restriction venait à point : Vial buta sur le mot honni de tous les amants, et son regard me reprit sa confiance.

— Je t'ai dit que je vivais ici une belle saison de l'année, mais surtout une belle saison de ma vie... C'est une vérité qui ne date pas de très loin... Mes amis le savent...

Il demeurait muet, et comme tari.

— ... De sorte que je ne me sens pas toujours très assurée dans mon état récent. Quelquefois je suis forcée de me demander — quand je déploie une grande activité soudaine qui se traduit par des nettoyages, des jardinages insensés ou un déménagement — si c'est de l'allégresse nouvelle ou un reste de vieille fièvre. Tu comprends ?

Il répondit « oui » de la tête, mais il me montrait une figure d'étranger, et je ne m'avisai pas, alors, qu'il pouvait souffrir.

— Faire peau neuve, reconstruire, renaître, ça n'a jamais été au-dessus de mes forces. Mais aujourd'hui il ne s'agit plus de faire peau neuve, il s'agit de commencer quelque chose que je n'ai jamais fait. Comprends donc, Vial, c'est la première fois, depuis que j'ai passé ma seizième année, qu'il va falloir vivre — ou même mourir — sans que ma vie ou ma mort dépendent d'un amour. C'est si extraordinaire... Tu ne peux pas le savoir... Tu as le temps.

Vial, empreint de sécheresse, obstiné des pieds à la tête, se refusait sans paroles à toute compréhension, à tout allégement. Je me sentais très fatiguée, prête à reculer devant l'invasion vermeille qui se levait de la mer, mais je voulais aussi terminer cette nuit — le mot s'offrit à moi, ne me quitta plus — honorablement.

— Tu comprends, il faut désormais que ma tristesse si je suis triste, ma gaîté si je suis gaie, se passent d'un motif qui leur a suffi pendant trente années : l'amour. J'y arrive. C'est prodigieux. C'est tellement prodigieux... Quelquefois des accouchées, après leur premier sommeil de délivrance, s'éveillent en recommençant le réflexe du cri... J'ai encore, figure-toi, le réflexe de l'amour, j'oublie que j'ai rejeté mon fruit. Je ne m'en défends pas, Vial. Tantôt je m'écrie en dedans : « Ah ! mon Dieu, pourvu qu'Il soit encore là ! » et tantôt : « Ah ! mon Dieu, pourvu qu'Il ne soit plus là ! »

— Qui ? demanda Vial avec naïveté.

Je me mis à rire, et je flattai son beau poitrail accessible, dans la chemise ouverte, au vent du matin et à ma main, — ma main qui est plus vieille que moi, mais je devais bien, à cette heure-là, paraître son âge...

— Personne, Vial, personne... Plus personne. Mais je ne suis pas morte, il s'en faut, ni insensible. On peut me faire de la peine... Tu pourrais me faire de la peine. Tu n'es pas homme à t'en contenter ?

Une longue main aux doigts minces, rapide comme une patte, saisit la mienne.

— Je m'en arrangerais encore, dit Vial sourdement.

Ce ne fut qu'une intimidation passagère. Je sus gré à Vial d'un pareil aveu, j'en goûtai la forme un peu outrageante, l'indiscutable et directe origine. Je retirai ma main sans violence, je haussai les épaules, et je voulus, comme à un enfant, lui faire honte :

— Oh ! Vial... Quelle fin nous verrais-tu donc, si je t'écoutais ?

— Quelle fin ? répéta-t-il. Ah ! oui... Mais la vôtre, — ou la mienne. J'avoue, ajouta-t-il avec complaisance, oui, j'avoue qu'à certains moments, votre mort ne m'aurait pas déplu.

Je ne trouvai rien à redire à un vœu aussi traditionnel. Un léger trébuchement des prunelles, un rire vague me montraient que Vial ne renonçait pas tout à fait à l'espoir de se conduire en énergumène, et je me mis à craindre, petitement, qu'on ne surprît sur mon seuil ce garçon défait. Il fallait se hâter, le jour allait nous assaillir, les premières hirondelles sifflantes cernaient le toit. Une longue jonque de nuages, teinte d'un violet épais et sanguin, amarrée au ras de l'horizon, retardait seule le premier feu de l'aurore. À grand roulement de tonnerre creux et chantant, une charrette, sur le chemin de côte, annonça qu'elle menait des barriques vides. Vial releva, autour de sa barbe d'hier et de son brun visage que la veille et l'inanition verdissaient, le col de son veston blanc. Il s'appuyait d'un pied sur l'autre, comme s'il foulait de la neige, et il regarda assez longuement la mer, ma maison et deux sièges vides sur la terrasse.

— Alors... au revoir, madame.

— Au revoir, cher Vial. Tu... On ne te verra pas à l'heure du déjeuner ?

Il crut à un excès de précaution hostile, et fut blessé.

— Non. Ni demain. Je dois aller à Moustiers-Sainte-Marie, et de là dans des petits endroits, sur deux cents kilomètres de côte environ. Acheter des courtepointes provençales pour mon magasin de Paris... Des plats de Varages qu'on m'a signalés...

— Oui... Mais ce ne sont pas des « adieux éternels » ! On se reverra, Vial ?

— Dès que je le pourrai, madame.

Il parut content d'avoir si bien répondu en si peu de mots, et je le laissai s'en aller. Sa petite voiture démarra discrètement dans la profonde poussière blanche du chemin desséché. La chatte alors parut comme une fée, et j'allai dans la cuisine allumer le feu sans attendre Divine, car je tremblais de froid et je n'éprouvais que l'extrême besoin de me tremper dans une eau très chaude, dans un bain acidulé, aromatique, un bain comme ceux où l'on se réfugie, à Paris, par les noirs matins de l'hiver.

Nous aimons, colons éparpillés sur la côte, les dîners impromptus, parce qu'ils nous réunissent pour une heure ou deux et parce qu'ils ne violent pas la paix de nos demeures, le secret de notre vie d'été qui ne comporte point de réunions d'après-midi ni de goûters à 5 heures. Le protocole de la saison veut qu'un caprice unanime, plutôt qu'une amicale préméditation, règle nos rapports. Une invitation à huitaine nous trouvera hésitants, évasifs : « Ah ! je ne sais pas si je suis libre... Justement le gars Gignoux doit nous mener à La Seyne... » Ou bien nous travaillons, ou nous projetions d'aller « justement » en forêt manger du gibier braconné...

Le hasard, d'habitude, confie notre vœu de sociabilité brève à une voix, on ne sait d'avance laquelle. C'est celle du Grand Dédé, c'est le petit fifre nasillé de Dorny, le bâillement boulimique de Daragnès qui soupire : « Il fait creux... » Il faut aussi que la demie de 7 heures ait sonné au clocher bulbeux, qu'une dernière flambée du couchant, dansant au ventre des siphons, rejaillisse dans l'œil vert et sorcier de Segonzac, et que des façades roses du quai, plus chaudes que l'air rafraîchi, sorte une vague odeur de pain. La voix nonchalante s'élève :

— Qu'est-ce qu'il peut bien y avoir à manger chez la Lyonnaise ?

Personne n'a bougé, et pourtant la réponse arrive, chargée de précisions surprenantes.

— Rien. Des tomates, et du jambon de pays.

— Chez nous, il y a une grosse mortadelle, et du beau gorgonzola, murmure une autre voix douce qui est celle de la violoniste Morhange. Mais ça ne fait pas assez pour tous...

— Et *ma* soupe de *mes* oignons gratinée, c'est de la crotte de bique, alors ? crie Thérèse Dorny, ou Suzanne Villebœuf.

Segonzac alors se lève, ôte de son chef un chapeau de feutre antique :

— Mes bons messieurs, mes bonnes dames, c'est-i qu'eune virée jusqu'à chez moué vous ferait peûr ? Je ne sons qu'un simple pésan, j'ons ce que j'ons, mais foi de manant, j'ons le quieur sur la main et la main partout...

Le Ravissant est encore à son jeu favori d'imitateur que des pieds muets, chaussés d'espadrilles, courent, et que jambon de pays, tomates et pêches, fromages, tartes de frangipane, saucisson façonné en gourdin, pains longs qu'on étreint comme des enfants volés, soupière chaude liée dans une serviette prennent avec nous, sur deux ou trois voitures, le chemin raviné de la colline. La manœuvre nous est familière ; vingt minutes plus tard, la table dressée sous un toit de clayonnage nous fait fête et le vert clair-de-lune d'anciens feux de tribord, haut pendus aux branches, coule onctueux sur la feuille convexe des magnolias.

Ainsi étions-nous hier soir, en haut de la colline. L'échancrure de mer, en bas, retenait une laiteuse clarté qui n'avait plus sa source dans le ciel. Nous distinguions les lumières du port, immobiles, et leur reflet tremblant. Au-dessus de nos têtes, entre deux flambeaux, une longue grappe de raisin mûrissant oscillait, et l'un de nous détacha un grain blond :

— On vendangera tôt, mais maigrement.

— Mon métayer dit que nous ferons tout de même dix hectos, affirma Segonzac avec orgueil. Chez vous, Colette ?

— Je compte un tiers de récolte, il n'a pas assez plu et c'est de la très vieille vigne : dix-huit cents à deux mille.

— Deux mille quoi ?

— Litres ; mais je n'en ai que la moitié pour moi.

— Feu de Dieu, ma bonne fille, vous allez vous mettre marchande !

— Mille litres ! soupira avec accablement Suzanne Villebœuf, comme si on la condamnait à les boire.

Elle portait une robe à ramages de fleurs sur un fond noir, une étoffe villageoise d'Italie qu'elle avait taillée à la mode de l'ancienne Provence, et personne ne pouvait expliquer pourquoi elle semblait déguisée en gitane.

L'air fleurait l'eucalyptus et les pêches blettes. Des bombyx et de délicats papillons des groseilliers crépitaient, brûlés, dans les calices des photophores. Hélène Clément, patiente, sauvait les moins atteints du bout d'une fourchette à pickles, puis par pitié les donnait au chat.

— Ah ! une étoile filante...

— Elle est tombée sur Saint-Raphaël...

Nous avions fini de manger, et presque de parler. Un grand cruchon de verre commun et verdâtre, à ombilic saillant, se traînait paresseusement autour de la table et saluait, sans se soulever, pour emplir encore nos verres d'un bon vin de Cavalaire, jeune, à arrière-goût de bois de cèdre, dont la chaleureuse vapeur réveillait quelques guêpes. Notre sociabilité, contentée, était tout près de rendre sa place, par droit de marée régulière, à notre insociabilité. Les peintres, assommés de soleil, eussent cédé à une torpeur enfantine, mais leurs femmes, reposées l'après-midi dans une paix de harem, tournaient de grands yeux vers le golfe et fredonnaient tout bas.

— Après tout, risqua l'une d'elles, il n'est que dix heures moins le quart.

— « Valsez, jolies gosses ! » chanta un soprano timide, qui s'en tint là.

— Si Carco était ici... dit une autre voix.

— Carco ne danse pas. Ce qu'il nous faudrait, c'est Vial.

Sur quoi, il y eut un très court silence et Luc-Albert Moreau, agité de la crainte qu'on ne me fît du mal, s'écria :

— C'est vrai, c'est vrai, il nous faudrait Vial ! Mais puisqu'il n'est pas là, n'est-ce pas... Eh bien, il n'est pas là, voilà tout !

— Il prépare son exposition de blanc et ses soldes en articles de ménage, dit avec dédain Thérèse, qui, cherchant à louer « une petite boutique rigolote », convoite le magasin parisien de Vial.

— Il est à Vaison, derrière Avignon, dit Hélène Clément.

Mes amis la regardèrent sévèrement.

Elle tenait les yeux baissés, et nourrissait de phalènes grillées, sur ses genoux, le chat noir qui ressemblait à un congre.

— C'est bon pour le faire crever, lui remontra Morhange, vindicative. N'est-ce pas, Colette ?

— Mais non, pourquoi ? C'est gras et rôti. Naturellement je ne ferais pas griller exprès des papillons pour les chats, mais on ne peut pas empêcher les bombyx de courir aux photophores.

— Ni les femmes d'aller danser, soupira en se levant un long paysagiste. Allons, un tour chez Pastecchi ! Mais on rentre de bonne heure ?

Une des jeunes femmes jeta un « Oui ! » aigu comme un cri de cavale, des phares tournoyèrent sur la vigne, foudroyant çà et là un cep de mercure, un chien de sel, un livide rosier terrifié. À Luc-Albert prosterné en suppliant devant une petite automobile ancienne et butée, Thérèse Dorny jeta en passant :

— Il ne tire pas, ce soir, ton Mirus ? et nos rires descendirent la côte, à la file, portés par de discrètes voitures au point mort.

À mesure que nous nous rapprochions de la mer, le golfe s'étoilait davantage. Contre mon bras nu, je sentais le bras nu d'Hélène Clément. Depuis le départ de Vial, je ne l'avais pas revue sauf sur le quai, chez le libraire, à l'heure du marché, à l'heure de la citronnade, et jamais seule. Dans les premiers jours de la semaine, elle me témoignait un empressement, une déférence équivalant à des « Eh bien ?... Eh bien ?... qu'avez-vous fait ? Quoi de nouveau ?... » auxquels je n'avais rien répondu. Elle s'était — je le croyais — résignée, et songeait — mais comment ai-je pu le croire ? — à autre chose... Son bras nu, dans l'ombre, se plia sous le mien.

— Madame Colette, vous savez, chuchota Hélène, je ne le sais que par une carte postale.

— Quoi donc, mon enfant ?

— Et c'est une carte postale de ma mère, qui est avec papa à Vaison chez ma grand-mère Clément, poursuivit-elle en enjambant ma question. Avec ma famille, ils se connaissent. Mais j'ai pensé que je pouvais ne pas le dire tout à l'heure... que c'était mieux... Je n'ai pas pu vous consulter là-dessus avant dîner.

Je pressai le bras nu, frais comme le soir :

— C'était mieux.

Et j'admirai qu'elle sût si bien ce qui est mieux, ce qui est moins bien, j'admirai son visage plein de projets, tourné vers les événements, les arrivées, les embarcadères...

Quand la nuit s'est fermée, réduisant la mer à son langage de clapotis, claquements de gueule, mâchouillement obscur entre les ventres des bateaux amarrés, l'immensité marine à un petit mur noir, bas et vertical contre le ciel, le scandale du bleu et de l'or à des feux de jetée, le négoce à deux cafés et à un petit bazar mal éclairé, alors nous découvrons que notre port est un tout petit port. Quand nous passâmes, un yacht étranger, en bonne place, à ras de quai, exhibait sans pudeur ses cuivres, son électricité, son pont en bois des îles, son dîner cerné d'hommes au torse nu, de femmes en robes basses à grands rangs de perles, ses serveurs immaculés et qui semblaient tous vierges. Nous nous arrêtâmes pour contempler l'arche magnifique apportée par la mer et que la mer allait reprendre quand ces gens auraient jeté par-dessus bord leur dernière pelure de fruit, et pavoisé l'eau de leurs journaux flottants.

— Vé, dis, passe la cigarette, leur cria du quai un garçon en savates.

Un des passagers exposés se tourna pour toiser l'enfant perché sur la passerelle, et ne répondit pas.

— Vé, dites, à quelle heure c'est que vous faites l'amour ? Si c'est tard, j'ai peur de pas pouvoir rester jusque-là...

Il s'envola, récompensé par nos rires.

Cent mètres plus loin, dans l'aisselle de la jetée, Pastecchi tient bal et débit de boissons. Le coin est bon, garé du vent. Il est beau, puisqu'il regarde à la fois un pan de mer prisonnière, les tartanes relevées de bandes peintes, et les maisons plates à base épatée, d'un lilas tendre et d'un rose de tourterelle. Un petit homme éreinté, qui a l'air paresseux et qui se repose rarement, veille sur la nudité d'une salle rectangulaire, comme s'il était chargé d'en écarter toute parure. On n'y voit pas une guirlande aux murs, pas un bouquet sur le coin du comptoir, ni une couleur neuve, ni un jupon de papier autour des ampoules électriques. Comme dans une chapelle mortuaire pour pauvres, c'est sur le catafalque que s'amasse un faste de fleurs et de superfluité. Je nomme catafalque le piano mécanique, ancien, éprouvé par le temps, d'un noir de vieux frac. Mais il n'est aucun de ses panneaux qui n'encadre, peints au naturel, Venise, le Tyrol, un lac sous la lune, Cadix, des glycines et des rubans bleus. Il avale, par une mince bouche bordée de cuivre, des jetons de 20 centimes, et les rend au centuple en polkas métalliques, en javas de fer-blanc terne, trouées de grands trous de silences phtisiques. C'est une musique creuse, d'une rigueur si funèbre que nous ne la supporterions pas sans danseurs. Dès que les premières mesures précipitent, dans le coffre, un effondrement rythmé de vieux sous, de morceaux de verre et de peignes de plomb, un couple, deux couples, dix couples de danseurs tournent, obéissants, et si l'on n'entend pas glisser les semelles de chanvre, on perçoit le bruissement soyeux des pieds nus.

J'écris danseurs, et non danseuses. Elles sont, à la Jetée, une minorité négligée. Jolies, hardies et le cou rasé, elles apprennent des touristes le chic de la jambe hâlée et du foulard sans pareil. Mais quand « l'étrangère » vient au bal, le soir, en espadrilles, la fille du pays chausse son pied nu de souliers vernis.

Nous nous serrâmes tous, sur les bancs de bois chancelants, autour d'un marbre fendu. Encore fallut-il que de jeunes ouvriers de l'usine et deux marins reculassent, pour nous faire place, leurs reins de matous et leurs verres pleins d'anis. Hélène Clément cala son épaule nue, sa hanche et sa longue jambe contre une jeune bête de mer polie comme un bois précieux, avec la sécurité d'une fille qui ne s'est jamais trouvée, au creux d'un chemin désert, à trois pas d'un inconnu muet, immobile et les mains ballantes. Quelques hommes tiennent pour impudence, chez Hélène, ce qui n'est que pureté persistante. Elle se releva promptement, et s'en alla valser aux bras du matelot bleu, qui dansait comme font les garçons ici, c'est-à-dire sans paroles, lié à sa danseuse d'une étreinte étroite et impersonnelle, en portant haut son visage où rien ne se lisait.

Autour d'un si beau couple tournaient, sous le châtiment de l'exécrable illumination, quelques habitués de la côte, deux Suédois — mari et femme, frère et sœur ? — tout en vermeil pâle des chevilles aux cheveux, des Tchécoslovaques massifs, traités selon le minimum de ciselure corporelle, deux ou trois Allemandes nouvelle manière, maigres, demi-nues, noiraudes et chaudes à l'œil, autant de taches colorées sur un fond sombre d'adolescents sans linge, le cou pris dans un mince tricot noir, de matelots bleus comme la nuit, de débardeurs de tartanes épais et légers en airain rougeâtre, héros de la danse... Ils valsaient entre eux, sous l'attention impure d'un public venu de loin pour les voir. Deux amis, jumeaux par la stature, par les pieds déliés, la similitude du sourire, qui ne daignaient pas, de tout l'été, inviter une « garce de Paris », vinrent se reposer près de nous, acceptèrent du grand Dédé qui les admirait une bouteille de gazeuse, répondirent, à une question indiscrète : « Nous dansons nous deux parce que les filles elles dansent pas assez bien », et s'en allèrent renouer leurs bras, mêler leurs genoux.

Une brune frénétique aux cheveux droits, en fichu jaune, venue telle quelle, en automobile, d'une plage voisine, trinquait du ventre avec un distant ouvrier, qui la tenant aux reins semblait ne pas la voir. Un noir jeune homme enchanteur, en chemise de pilou gris déchirée, comme chevillé à un autre jeune homme fin, vide, immatériel, plus blanc à cause d'un foulard rouge serré en haut du cou sous l'oreille, nous jetait en passant des regards de défi, et un mulâtre en forme de marteau — les épaules démesurées, la taille à passer dans une jarretière — portait sur son cœur, soulevé de terre, un enfant presque endormi de giration, qui laissait baller sa tête et pendre ses bras...

Point d'autre vacarme que celui du billon, de la vaisselle et des dominos moulus ensemble dans le piano mécanique. On ne vient pas à la Jetée pour causer, ni même pour se saouler. À la Jetée, on danse.

Les fenêtres ouvertes laissaient entrer l'odeur des écorces de melon flottantes sur l'eau du port ; entre deux moitiés de tangos, un long soupir annonçait qu'une vague, née au large, achevait de mourir à quelques pas de nous.

Mes jeunes compagnes regardaient tourner les couples mâles. Dans leur excès d'attention, je pouvais lire ensemble la défiance et le penchant qu'elles ont pour les énigmes. Le grand Dédé, rapetissant son œil vert, prenait un calme plaisir, penchait de côté la tête, disait de temps en temps :

— C'est joli... C'est joli. C'est déjà gâté, mais c'est joli. L'été qui vient ils danseront parce que Volterra les regardera danser...

La petite tzigane Villebœuf tournoya à son tour comme une corolle. Nous nous gardions de parler, étourdis de tournoiement et de déplaisante lumière. Le vent de la danse collait au plafond un voile de fumée qui essayait, à chaque pause, de redescendre, et je me souviens que j'étais contente de ne presque pas penser, d'acquiescer à la musique concassée, au petit vin blanc de l'année qui tiédissait sitôt versé, à la chaleur grandissante, qui s'enrichissait d'odeurs... Le gros tabac triomphait, puis reculait devant la menthe verte, qui s'effaçait sous un rugueux relent de vêtements trempés dans la saumure ; mais au passage un torse brun, gainé d'un petit justaucorps de tricot sans manches, fleurait le copeau de santal, et la porte battante de la cave libérait la vapeur du vin égoutté sur le sable... Une bonne épaule d'ami m'étayait, et j'attendais que la satiété me rendît la force et l'envie de me lever, de retourner vers mon royaume exigu, vers les chats anxieux, la vigne, les noirs mûriers... Je n'attendais que cela... encore une minute, et je m'en vais... que cela, vraiment...

— Y a pas, dit une jeune femme couleur de cannelle, c'est Vial qu'il nous aurait fallu, ce soir.

— Ramène-moi chez moi, Hélène, dis-je en me levant, tu sais bien que je ne peux pas conduire la nuit.

Je me rappelle qu'elle me conduisit très doucement, en évitant les pierres et les trous qui nous sont familiers, et qu'elle orienta ses phares, à l'arrivée, de manière qu'ils éclairassent l'allée. En chemin, elle me parla bal, température et vicinalité, sur un ton si contenu, si gros de sollicitude et de prévenance que lorsqu'elle se risquait à me demander d'une voix émue :

— Est-ce que ça ne fait pas trois ans qu'on n'a comblé ces deux trous-là ?

J'étais tentée de lui répondre :

— Non, merci, Hélène, je n'ai pas besoin de ventouses ce soir, et la potion bromurée est inutile.

Je la devinais pleine de zèle et de soins, comme si elle eût palpé sur moi une meurtrissure indolore, un sang répandu que moi-même je ne sentais pas. C'est pour la remercier que je lui dis, quand elle courut ouvrir ma grille qui n'a point de serrure, tandis que je déposais à terre ma brabançonne âgée :

— Tu étais superbe ce soir, Hélène, encore mieux que le mois dernier.

Elle se tint toute droite de fierté devant les phares :

— Oui ? Je sens que c'est vrai, madame Colette. Et ce n'est pas fini ! Ça ne fait que commencer. Je crois...

Elle levait le doigt comme un grand ange de combat, debout au centre d'un halo blanc. À bout de mystère elle tourna la tête vers le « Dé »...

— Ah oui ?... fis-je vaguement, et je me hâtai sur l'allée, avec une sorte de répugnance pour tout ce qui n'était pas mon gîte, l'accueil des bêtes, le linge frais, une caverne de silence... Mais Hélène s'élança, me saisit au coude, et je ne vis plus, devant nous, que deux ombres démesurées d'un bleu d'encre, qui couchées et rampantes sur la terre se brisaient au pied de la façade, l'escaladaient verticales et gesticulaient sur le toit :

— Madame, c'est fou, c'est stupide, mais sans raison aucune j'ai une... j'ai un pressentiment... comme un grand espoir... Madame, je vous suis très dévouée, vous savez... Madame, vous comprenez tout...

Sa longue ombre donna à mon ombre plus courte un baiser incohérent qui tomba quelque part dans l'air, et elle me quitta en courant.

JE viens de classer des papiers dans le secrétaire du cher papa. J'y ai trouvé toutes les lettres que je lui écrivais de la Maison Dubois après mon opération, et tous les télégrammes que tu lui envoyais pendant la période où je ne pouvais lui écrire. Il avait tout gardé, que j'ai été émue ! Mais, me diras-tu, c'est tout naturel qu'il ait conservé cela. Pas si naturel, va, tu verras... Les deux ou trois courts voyages que j'ai faits à Paris pour te voir, avant sa mort, quand j'en revenais je retrouvais mon cher Colette diminué, creusé, mangeant à peine... Ah ! quel enfant ! Quel dommage qu'il m'ait autant aimée ! C'est son amour pour moi qui a annihilé, une à une, toutes ses belles facultés qui l'auraient poussé vers la littérature et les sciences. Il a préféré ne songer qu'à moi, se tourmenter pour moi, et c'est cela que je trouvais inexcusable. Un si grand amour ! Quelle légèreté ! Mais, de mon côté, comment veux-tu que je me console d'avoir perdu un ami aussi tendre ?...

Une pluie douce tombe depuis 2 heures, et va cesser. Déjà tous les signes célestes se disputent la fin de l'après-midi. Un arc-en-ciel a tenté de franchir le golfe ; rompu à mi-chemin contre un solide amas de nuages orageux, il brandit en l'air un reste merveilleux de cintre dont les couleurs meurent ensemble. En face de lui, le soleil, sur des jantes de rayons divergents, descend vers la mer. La lune croissante, blanche dans le plein jour, joue entre des flocons de nues allégées. C'est la première pluie de l'été. Qu'y gagnera la vendange ? Rien. Le raisin est quasi mûr. La petite aurore me le livre froid, perlé, élastique et giclant sucré sous la dent...

Les pins filtrent l'ondée ralentie ; en dépit de leur baume, des orangers mouillés et de l'algue sulfureuse qui fume en bordure de mer, l'eau du ciel gratifie la Provence d'une odeur de brouillard, de sous-bois, de septembre, de province du Centre. La grande rareté qu'un horizon brumeux sous ma fenêtre ! Je vois le paysage trembler, comme à travers une montée de larmes. Tout est nouveauté et douce infraction, jusqu'au geste de ma main qui écrit, geste depuis si longtemps nocturne. Mais il fallait bien fêter à ma manière la pluie, — et puis je n'ai de goût, cette semaine, que pour ce qui ne me plaît guère.

L'averse se retire sur les Maures. Tous les hôtes de ma maison chantent la fin du mauvais temps. Une action de grâces, fleurie de « Peuchère ! » de « Dieu garde ! » et de « Jésus, je succombe ! » s'envole de la cuisine. La Chatte, au bord d'une flaque, cueille des gouttes d'eau dans le creux de sa petite main de chat et les regarde ruisseler : ainsi ferait, jouant avec son collier, une jeune fille... Mais le Matou, qui avait oublié la pluie, ne l'a pas encore reconnue. Il l'étudie, assis sur le seuil, parcouru de frissons. Un vague sourire commence à paraître sur son pur et stupide visage. Si le mauvais temps persévérait, il ne manquerait pas de s'écrier, tout rayonnant de suffisance : « J'ai compris ! Je me souviens ! Il pleut. » Quant à cette grande bringue désossée, sa fille, — qu'on appelle, en mémoire d'une époque où elle avait six semaines, la Toute-Petite — par pluie ou soleil, elle chasse. Elle est chargée de meurtres et peu liante. Sa fourrure, plus claire qu'un sang bleu comme le sien ne l'autorise, est pareille à la gelée blanche sur un toit d'ardoises. Une capiteuse odeur de sang d'oiseau, d'herbe foulée et de grenier chaud la suit, et sa mère s'écarte d'elle comme d'un renard.

Que je demeure seulement une huitaine de jours sans écrire, ma main désapprend l'écriture. Depuis huit ou dix jours, — exactement depuis le départ de Vial, — j'ai eu beaucoup de travail, — il est plus juste d'écrire : j'ai beaucoup travaillé. Le fossé mitoyen qui draine les eaux superflues de l'hiver, je l'ai approfondi, curé. « Vé, ce n'est pas la saison ! » me reprochait Divine. Mentionnons encore un sarclage, pénible en terre dure, le rinçage des dames-jeannes en verre clissé. J'ai aussi huilé, frotté d'émeri les cisailles à vendange. Trois journées de grande chaleur nous ont retenus près de la mer, dans la mer, heureux sous sa courte houle fraîche et lourde. À peine séchés, nos bras et nos jambes se couvraient d'un givre de sel fin. Mais, atteints, domptés par le soleil, nous sentons qu'il ne nous vise plus des mêmes points du ciel. À l'aube, ce n'est plus l'eucalyptus qui devant ma fenêtre divise, au sortir de la mer, le premier segment du soleil, c'est un pin voisin de l'eucalyptus. Combien sommes-nous à voir le jour paraître ? Ce vieillissement de l'astre, qui chaque matin abrège sa course, demeure secret. Il suffit à mes camarades parisiens, et aux Parisiens qui ne sont pas mes camarades, que le couchant emplisse longuement le ciel, occupe et couronne l'après-midi...

Parlerai-je de deux excursions qui nous virent, nombreux et gais, contents de partir, plus contents de revenir ? J'aime les vieux villages provençaux qui épousent la pointe de leurs collines. La ruine y est sèche, saine, dépouillée d'herbe et de moisissure verte, et seul le géranium-lierre fleuri de rose pend à la noire oreille béante d'une tour. Mais en été je me lasse vite, à m'enfoncer dans les terres ; j'ai tôt soif de la mer, de l'inflexible suture horizontale, bleu contre bleu...

Je crois que c'est tout. Vous trouvez que c'est peu ? Peut-être ne vous trompez-vous pas. Peut-être suis-je impuissante à vous peindre ce que moi-même je ne démêle pas clairement. Je confonds parfois silence et grand bruissement intérieur, lassitude et félicité, et c'est presque toujours un regret qui m'arrache un sourire. Depuis le départ de Vial, je m'applique beaucoup à la sérénité, et naturellement je ne lui apporte que des matériaux de bonne origine, les uns pris dans un passé frais encore, les autres dans mon présent qui s'éclaire, — les meilleurs, je te les mendie, ma très chère. De sorte que ma sérénité, édifiée sans génie spontané, a la figure non point factice mais laborieuse des œuvres où on met trop de conscience. Je lui crierais : « Allons ! enivre-toi ! Titube ! », si j'étais certaine qu'elle aura le vin gai.

Quand Vial était ici, pendant deux étés consécutifs, sa présence... Non, je parlerais mal de lui. Je te remets le soin, ma compagne subtile, de louer un Vial que tu n'as pas connu.

Je te quitte pour aller jouer aux échecs avec mon petit marchand de laine. Tu le connais. C'est ce petit gros homme vilain qui vend tristement toute la journée des boutons et de la laine à repriser, et ne dit pas un mot. Mais, ô surprise ! il joue finement aux échecs. Nous jouons dans son arrière-boutique où il y a un poêle, un fauteuil qu'il m'avance, et sur la fenêtre qui donne sur une courette, deux pots de géraniums très beaux, de ces géraniums incompréhensibles qu'on trouve dans les pauvres logis et chez les gardes-barrières. Je n'ai jamais pu avoir les pareils, moi qui leur donne l'air, l'eau pure et qui fais tous leurs caprices. Je vais donc jouer très souvent chez mon petit marchand de laine. Il m'attend fidèlement. Il me demande chaque fois si je veux une tasse de thé, parce que je suis « une dame » et que le thé est une boisson distinguée. Nous jouons, et je pense à ce qui est emprisonné dans ce petit gros homme. Qui le saura jamais ? Cela me rend curieuse. Mais je dois me résigner à ne jamais le savoir, encore bien contente d'être certaine qu'il y a quelque chose, et d'être seule à le savoir.

Goût, divination du trésor caché... Sourcière, elle allait droit à ce qui ne brille que secrètement, eau qui languit loin de la lumière, filon dormant, cœurs à qui toute chance d'éclosion est retirée. Elle écoutait le liquide sanglot, le long tintement souterrain, le soupir...

Ce n'est pas elle qui eût brutalement questionné : « Vial, tu t'es donc attaché à moi ? » De pareils mots flétrissent tout... Eh quoi, des regrets ? Ce garçon ordinaire ?... Il n'y a point de castes en amour. Demande-t-on à un héros : « Petit marchand de laine, m'aimez-vous ? » Pousse-t-on, avec cette hâte, toutes choses vers leur fin ? Quand je me levais, petite fille, vers 7 heures, éblouie que le soleil fût bas, que les hirondelles se tinssent encore en file sur la gouttière et que le noyer ramassât sous lui son ombre glaciale, j'entendais ma mère s'écrier : « 7 heures ! mon Dieu, qu'il est tard ! » Je ne la rejoindrai donc jamais ? Libre, volant haut, elle nomme l'amour constant, exclusif : « Quelle légèreté ! » et puis dédaigne de s'expliquer longuement. À moi de comprendre. Je fais ce que je peux. Il serait grand temps de l'approcher autrement que dans l'amitié que je professe pour des travaux sans urgence ni grandeur, et de dépasser ce que nous appelions autrefois, enfants irrévérencieux, « le culte de la petite casserole bleue ». Elle ne saurait se contenter — ni moi — de savoir que parfois je contemple, je caresse tout ce qui passe par mes mains. D'autres jours, je me vois poussée hors de moi-même et forcée de concéder une large hospitalité à ceux qui, m'ayant cédé leur place sur la terre, ne se sont qu'en apparence immergés dans la mort. L'onde de fureur qui monte en moi et me gouverne comme un plaisir des sens :

voilà mon père, sa blanche main italienne tendue vers les lames, refermée sur le poignard à ressort qui ne le quittait pas. Mon père encore, la jalousie qui me rendit, autrefois, si incommode... Docilement, je remets mes pas dans la trace des pas, à jamais arrêtés, qui marquaient leur chemin du jardin au cellier, du cellier à la pompe, de la pompe au grand fauteuil comblé de coussins, de livres écarquillés et de journaux. Sur cette voie foulée, éclairée d'un rayon fauchant et bas, le premier rayon du jour, j'espère apprendre pourquoi il ne faut jamais poser une seule question au petit marchand de laine, — je veux dire Vial, mais c'est le même parfait amant — pourquoi le vrai nom de l'amour, qui refoule et condamne tout autour de lui, est « légèreté ».

Je me souviens d'un soir, — il y a tantôt huit jours, et c'est le soir qu'Hélène me ramena du bal — où je crus laisser sur le chemin aux bras de l'ombre d'Hélène refermés sur les épaules de mon ombre, un reliquat qui ne lui était pas précisément destiné, mais dont il importait que je me défisse, — vieux réflexes, servitudes, aberrations inoffensives...

Hélène partie, j'ouvris sur la vigne la porte de l'enclos, et j'appelai les miens : « Miens ! » Ils accoururent, baignés de lune, pénétrés des baumes qu'ils prennent aux perles de la résine, aux menthes velues, divinisés par la nuit, et je m'étonnai une fois encore que, si libres et si beaux, maîtres d'eux-mêmes et de cette heure nocturne, ils choisissent d'accourir à ma voix...

Puis je rangeai la chienne dans son tiroir de commode ouvert, et j'installai devant moi, sur mon lit, la table bassette aux sabots de caoutchouc, j'orientai l'abat-jour de porcelaine, dont le feu vert répondait, de loin, à la lampe rouge que Vial allumait dans le « Dé ».

— Vous êtes feu de tribord, et moi de bâbord, plaisantait Vial.

— Oui, répondais-je, nous ne regardons jamais l'un vers l'autre.

Puis je décoiffai la pointe d'or adoucie d'un de mes stylographes, le meilleur coureur, et je n'écrivis pas. Je me laissai panser par la nuit qui se fait longue. Plus longue encore sera la nuit prochaine, et la suivante. Les nuits, les corps s'étirent, la fièvre d'été les quitte. Et je me disais que, si je me fiais au décor, — la nuit noire, la solitude, les bêtes amies, un grand cercle de champs et de mer tout autour — j'étais désormais pareille à celle que je décrivis maintes fois, vous savez, cette femme solitaire et droite, comme une rose triste qui d'être défeuillée a le port plus fier. Mais je ne me fie plus à mes apparences, ayant connu le temps où, tandis que je peignais cette isolée, j'allais page à page montrer mon mensonge à un homme en lui demandant : « Est-ce bien menti ? » Et je riais, en cherchant du front l'épaule de l'homme, sous son oreille que je mordillais, car incurablement je croyais avoir menti... Mordant le bout croquant et frais de l'oreille, pressant l'épaule, je riais tout bas. « Tu es là, n'est-ce pas, tu es là ? » Déjà je ne tenais qu'une fallacieuse épaisseur. Pourquoi fût-il resté ? Je lui inspirais confiance. Il savait qu'on peut me laisser seule avec les allumettes, le gaz et les armes à feu.

La grille a chanté. Sur l'allée, où l'eau du ciel fume en épousant la terre chaude, une jeune femme marche vers ma maison, en secouant au passage les grands plumages pleureurs des mimosas.

C'est Hélène. Depuis le départ de Vial, elle ne nous rejoint plus au bain du matin, où elle rencontre, malgré la protection dont je la couvre, quelques froids visages, car je compte parmi mes amis des êtres d'une simplicité redoutable, qui comprennent mal le son des paroles, ayant reçu mission d'entendre cheminer les pensées.

Hélène va partir bientôt pour Paris. Quand j'en ai donné la nouvelle, la petite voix de Morhange m'a seule répondu :

— Ah ! tant mieux, cette bringue !... Je ne l'aime pas, elle n'est pas bonne.

J'ai insisté pour connaître la raison d'une si vive antipathie.

— Non, elle n'est pas bonne, dit Morhange. Et la preuve, c'est que je ne l'aime pas.

Un grand vent s'est levé sur le soir. Il a séché la pluie, emporté les grosses outres molles des nuages ballonnés, porteurs de bénigne humidité. Il souffle du nord, parle de sécheresse, de neige lointaine, d'une saison rigide, invisible, déjà installée là-haut sur les Alpes.

Les bêtes, assises, le regardent gravement passer sans fin au-delà de la fenêtre noire... Peut-être qu'elles pensent à l'hiver. C'est le premier soir que nous nous réunissons en cercle plus serré. Les chats m'attendaient sous l'auvent de roseaux, quand je suis rentrée. J'ai dîné chez mes voisins d'en face, couple jeune qui bâtit son nid avec une gravité religieuse. Ils sont si émus encore de leurs nouveaux biens que je me hâte de les laisser seuls, afin que derrière moi ils puissent reprendre le compte de leurs trésors acquis, et s'aventurer parmi leurs convoitises frémissantes. Chez eux, après le dîner, on apporte dans la salle basse, sous le plafond de grosses solives, un berceau vide, qu'on emplit d'un petit enfant rond et rose comme un radis, fait à sa mesure. Alors je sais qu'il est 10 heures et je rentre chez moi.

Hélène n'est pas restée longtemps cet après-midi. Elle venait m'annoncer qu'elle prenait la route, comme elle dit, dans sa voiture cinq-chevaux, en compagnie d'une camarade capable de la relayer au volant et de changer une roue.

— Vial ne bouge pas de Paris, madame Colette. Il travaille comme un cheval à sa grande affaire des Quatre-Quartiers... J'ai ma police, ajouta-t-elle.

— Pas trop de police, Hélène, pas trop de police...

— N'ayez pas peur ! Ma police, c'est papa, et il pilote Vial dans des petits chemins... Vial aura besoin de papa, l'hiver prochain, si le ministère ne tombe pas, parce que papa est camarade de collège avec le ministre... Le tout est que le ministère ne tombe pas avant que les Quatre-Quartiers aient mis Vial à la direction de leurs ateliers...

Elle me serrait les mains, et il lui échappa un mot de passion :

— Ah ! madame, j'aimerais tant l'aider !

Elle aura Vial. J'ai essayé, ces derniers jours, de lui conseiller la prudence dans la poursuite, — c'est « dignité » et non « prudence » que je pensais — et un style stratégique différent. Mais elle a balayé mes avis d'un grand geste de son bras nu, et elle hochait la tête à grands hochements assurés. Alors j'ai bien vu que je n'y connaissais rien. Elle a une manière de me dire : « N'ayez pas peur ! » qui est tendre et superbe. Pour un peu elle ajouterait : « Du moment que vous n'êtes plus dans le voisinage de Vial, j'en fais mon affaire. »

Depuis deux ou trois semaines, je me suis parfois reposée sur la fierté de pouvoir, si je voulais, nuire. « Je m'en arrangerais encore », disait Vial sourdement. Nous nous vantions tous deux. Hélène aura Vial, et ce sera justice, — ma main ne partait-elle pas pour écrire : et ce sera bien fait ?...

Il vente, dehors, sans une goutte d'eau. J'y perdrai le restant de mes poires, mais la vigne alourdie se moque du mistral. *Auras-tu hérité de mon amour pour les tempêtes et tous les cataclysmes de la nature ?*

m'écrivait ma mère. Non. Le vent, d'habitude, refroidit mes pensées, me détourne du présent, et me rebrousse dans le sens unique du passé. Mais ce soir le présent ne se raccorde pas, par une articulation aimable, à mon passé. Depuis le départ de Vial, il me faut, de nouveau, prendre patience, avancer sans me retourner, et ne faire volte-face qu'à bon escient, dans six mois, dans trois semaines... Quoi, tant de précautions ? Oui, tant de précautions, et la crainte de toute hâte, et une lente chimie, — soignons les crus de mes souvenirs.

Un jour, je me verrai humant l'amour dans mon passé, et j'admirerai les grands troubles, les guerres, les fêtes, les solitudes... L'amer avril, son vent fiévreux, son abeille prise à la glu d'un bourgeon brun, son odeur d'abricotier fleuri agenouilleront devant moi le printemps lui-même tel qu'il fit irruption dans ma vie, dansant, en pleurs, insensé, meurtri à ses propres épines... Mais je songerai peut-être : « J'ai eu mieux. J'ai eu Vial. »

Vous vous étonnerez : « Comment, ce petit homme, qui a dit trois paroles et s'en va ? Vraiment, ce petit homme, oser le comparer à... » Cela ne se discute pas. Quand vous vantez à une mère la beauté d'une de ses filles, elle sourit en elle-même parce qu'elle pense que c'est la laide qui est la plus jolie. Je ne chante pas Vial sur un mode lyrique, je le regrette. Oui, je le regrette. Je n'aurai besoin de le grandir que quand je le regretterai moins. Il descendra — ma mémoire ayant achevé son capricieux travail qui ôte souvent à un monstre sa bosse, sa corne, efface un mont, respecte un fétu, une antenne, un reflet, — il descendra prendre sa place dans des profondeurs où l'amour, superficielle écume, n'a pas toujours accès.

Alors je penserai à lui en me répétant que je me suis dessaisie de lui, que j'ai donné Vial à une jeune femme, d'un geste qui avait, ma foi, une belle allure de faste et de gaspillage. Déjà, si je relis ce que j'ai écrit il y a tantôt trois semaines, j'y trouve Vial mal peint, avec une exactitude qui appauvrit son contour. En ces jours passés je pensais beaucoup à Vial. Aujourd'hui, je pense bien plus à moi, puisque je le regrette... Ô cher homme, notre amitié difficile est encore trébuchante, quel bonheur !...

Laisse-moi, ma très chère, jeter encore une fois mon cri... Quel bonheur ! C'est fait, je me tais. À toi de me rappeler au silence. Parle, près de mourir, parle au nom de ton protocole inflexible, au nom de la vertu unique que tu nommais « le véritable comme-il-faut ».

Eh bien non, je t'ai trompée, pour avoir la paix. La vieille Joséphine ne couche pas à la petite maison. J'y dors seule. Épargnez-moi, tous ! Ne venez pas me raconter, toi et ton frère, des histoires de cambrioleurs et de mauvais passants. En fait de visites nocturnes, il n'y en a plus qu'une qui doit passer mon seuil, vous le savez bien. Donnez-moi un chien, si vous voulez. Oui, un chien cela va encore. Mais ne m'imposez pas, la nuit, d'être enfermée avec quelqu'un ! J'en suis à ne plus supporter chez moi le sommeil d'un être humain, quand cet être humain je ne l'ai pas fait moi-même. Ma morale à moi me le défend. C'est le dernier démariage que de bannir de chez soi, surtout d'un petit logis, le lit défait, un seau de toilette, le passage d'un individu — homme ou femme — en chemise de nuit. Pouah ! Non, non, plus de compagnie nocturne, de respiration étrangère, plus cette humiliation du réveil simultané ! Je choisis de mourir, c'est plus convenable.

Et ayant fixé mon choix, je suis toute à la coquetterie. Tu te souviens qu'à l'époque de mon opération, je m'étais fait faire deux grandes blouses de lit, en flanelle blanche ? Je viens, avec les deux, d'en faire confectionner une seule. Pourquoi donc ? Mais, pour m'ensevelir. Elle a un capuchon, garni de dentelle autour, de la véritable dentelle de fil, — tu sais si j'ai horreur de toucher de la dentelle de coton. La même dentelle aux manches, et autour du collet (il y a un collet). Ce genre de précautions fait partie de mon sentiment du strict comme-il-faut. J'ai déjà assez de regret que Victor Considerant ait cru devoir donner, à ma belle-sœur Caro, un magnifique cercueil en bois d'ébène, avec des poignées d'argent, qu'il avait fait tailler sur mesure pour sa propre femme. Mais celle-ci, enflée, n'y put entrer. Ma grande bête de Caro, épouvantée d'un pareil cadeau, l'a donné à sa femme de ménage. Que ne me l'a-t-elle donné à moi ? J'aime le luxe, et vois-tu comme j'aurais été bien logée là-dedans ? Ne va pas t'impressionner de cette lettre, elle vient en son temps, elle est ce qu'il faut qu'elle soit.

Combien ai-je encore devant moi de parties d'échecs ? Car je joue encore, de loin en loin, avec mon petit marchand de laine. Il n'y a rien de changé, sauf que c'est moi maintenant qui joue moins bien que lui, et qui perds. Quand je serai devenue trop impotente et disgracieuse, je renoncerai à cela comme je renonce au reste, par décence.

Il fait bon prendre une pareille leçon de maintien. Quel ton ! Je crois l'entendre, et me redresse. Fuis, mon favori ! Ne reparais que méconnaissable. Saute la fenêtre, et en touchant le sol change, fleuris, vole, résonne... Tu m'abuserais vingt fois avant que de la tromper, elle, mais quand même purge ta peine, rejette ta dépouille. Lorsque tu me reviendras, il faut que je puisse te donner, à l'exemple de ma mère, ton nom de « Cactus rose » ou de je ne sais quelle autre fleur en forme de flamme, à éclosion pénible, ton nom futur de créature exorcisée.

La lettre que je viens de recopier, elle l'écrivit d'une main encore libre. Ses plumes pointues griffaient le papier, elle faisait grand bruit en écrivant. Le bruit de cette lettre, où elle se défendait — où elle nous défendait — contre la prison, la maladie et l'impudeur, dut emplir sa chambre d'un grattement de pattes d'insecte furieuses. Pourtant au bout des lignes les derniers mots descendent, attirés par une pente invisible. Si brave, elle a peur. Elle songe à la terrible dépendance, à toutes les dépendances ; elle prend la peine de me mettre en garde... Le lendemain, une autre lettre d'elle me suggère délicatement des compensations, des échanges : une charmante histoire de folle avoine dont les barbes, dardées à droite, dardées à gauche, prédisent le temps, succède à l'admonition. Elle s'exalte en contant la visite que lui fit, pendant une de ses mauvaises somnolences empoisonnées de digitale, sa petite-fille G...

... *Huit ans, ses cheveux noirs tout emmêlés, car elle avait couru pour apporter une rose. Elle restait sur le seuil de ma chambre, aussi effrayée par mon réveil que par mon sommeil. Je ne verrai rien avant ma mort d'aussi beau que cette enfant interdite, qui avait envie de pleurer et tendait une rose*. D'elle, de moi, qui donc est le meilleur écrivain ? N'éclate-t-il pas que c'est elle ?

L'aube vient, le vent tombe. De la pluie d'hier, dans l'ombre, un nouveau parfum est né, ou c'est moi qui vais encore une fois découvrir le monde et qui y applique des sens nouveaux ?... Ce n'est pas trop que de naître et de créer chaque jour. Elle est froide d'émotion, la main couleur de bronze qui court, s'arrête, biffe, repart, froide d'une jeune émotion. L'avare amour ne voulait-il pas, une dernière fois, m'emplir le creux des paumes d'un petit trésor racorni ? Je ne cueillerai plus que par brassées. De grandes brassées de vent, d'atomes colorés, de vide généreux, que je déchargerai sur l'aire, avec orgueil...

L'aube vient. Il est courant qu'aucun démon ne soutient son approche, sa pâleur, son glissement bleuâtre ; mais on ne parle jamais des démons translucides qui l'apportent amoureusement. Un bleu d'adieux, étouffé, étalé par le brouillard, pénètre avec des bouffées de brume. J'ai besoin de peu de sommeil ; la sieste, depuis plusieurs semaines, me suffit. Quand l'envie de dormir me ressaisira, je dormirai d'une manière véhémente et saoulée. Je n'ai qu'à attendre la reprise d'un rythme interrompu pendant quelque temps. Attendre, attendre... Cela s'apprend à la bonne école, où s'enseigne aussi la grande élégance des mœurs, le chic suprême du savoir-décliner...

Cela s'apprend de toi, à qui je recours sans cesse... Une lettre, la dernière, vint vite après la riante épître au cercueil en bois d'ébène... Ah ! cachons sous la dernière lettre l'image que je ne veux pas voir : une tête à demi vaincue qui tournait de côté et d'autre, sur l'oreiller, son col sec et son impatience de pauvre chèvre attachée court... La dernière lettre, ma mère en l'écrivant voulut sans doute m'assurer qu'elle avait déjà quitté l'obligation d'employer notre langage. Deux feuillets crayonnés ne portent plus que des signes qui semblent joyeux, des flèches partant d'un mot esquissé, de petits rayons, deux « oui, oui » et un « elle a dansé » très net. Elle a écrit aussi, plus bas, « mon amour » — elle m'appelait ainsi quand nos séparations se faisaient longues et qu'elle s'ennuyait de moi. Mais j'ai scrupule cette fois de réclamer pour moi seule un mot si brûlant. Il tient sa place parmi des traits, des entrelacs d'hirondelle, des volutes végétales, parmi les messages d'une main qui tentait de me transmettre un alphabet nouveau, ou le croquis d'un site entrevu à l'aurore sous des rais qui n'atteindraient jamais le morne zénith. De sorte que cette lettre, au lieu de la contempler comme un confus délire, j'y lis un de ces paysages hantés où par jeu l'on cacha un visage dans les feuilles, un bras entre deux branches, un torse sous des nœuds de rochers...

Le bleu froid est entré dans ma chambre, traînant une très faible couleur carnée qui le trouble. Ruisselante, contractée, arrachée à la nuit, c'est l'aurore. La même heure demain me verra couper les premiers raisins de la vendange. Après-demain, devançant cette heure, je veux... Pas si vite, pas si vite ! Qu'elle prenne patience, la faim profonde du moment qui enfante le jour : l'ami ambigu qui sauta la fenêtre erre encore. Il n'a pas, en touchant le sol, abdiqué sa forme. Le temps lui a manqué pour se parfaire. Mais que je l'assiste seulement et le voici halliers, embruns, météores, livre sans bornes ouvert, grappe, navire, oasis...

Mitsou
ou
Comment l'esprit vient aux filles

I

Un mois de mai de la guerre.

L'*Empyrée-Montmartre*, pour jouer sa grande Revue de printemps « *Ça gaze !* », a engagé dix-huit jeunes femmes, un petit compère « faible du poumon », un tragédien octogénaire pour les rôles indispensables du *Père la Victoire*, du *Grognard de Raffet* et du Général Joffre.

La loge de Mlle Mitsou, première vedette. Papier qui imitait la toile de Jouy blanche et rose, quand il était blanc et rose. Mitsou n'a pas connu ce temps-là. Un tréteau en guise de table, nappé de serviettes-éponge. Toilette, seau et broc de chambre de bonne. La poudre de riz dans des boîtes de carton. Un très beau brillant, monté en bague, parmi les crayons gras et les boîtes de rouge. Petit divan, moelleux comme un banc de square, deux chaises cannées peintes au Ripolin. Allure générale de « c'est-bien-assez-bon-comme-ça ».

L'entr'acte. Mitsou, seule, se repose, vêtue de bas couleur de fraise cousus par l'ourlet à son maillot de jambes, d'une paire de souliers d'or et d'un kimono de crépon mauve. La nature a paré Mitsou des beautés que requiert la mode actuelle : point de nez, — ou si peu, — l'œil très grand, noir comme le cheveu, la joue ronde, la bouche étroite, boudeuse et fraîche, voilà pour le visage. Pour le corps, il le fallait mince, avec la jambe longue et noble, le sein bas et petit : nous avons tout cela, sans autre défaut qu'un peu de maigreur au-dessus du genou. Mais la trentaine rembourrera cette cuisse de page, et aussi ce dos de nymphe anémique : Mitsou n'a que vingt-quatre ans.

Mitsou est seule, assise à sa table de maquillage. Les deux jambes, ouvertes en V, demeurent rigides pour ne point « pocher » les bas au genou, mais le jeune dos ploie, et le cou se tend comme celui d'une gazelle altérée. Mitsou, immobile, n'aurait presque pas l'air vivante, si de temps en temps elle ne se poudrait la joue, n'avivait de rouge sa bouche ou n'aiguisait au crayon l'angle de l'œil. La main diligente ne pense à rien, ni le grand œil sombre et poli, ni la jeune figure morne et sereine...

Bruit, dans le couloir, de pas boiteux. Un vieux doigt sec frappe à la porte, celui de Boudou l'avertisseur.

BOUDOU, *entr'ouvrant la porte. (Il a soixante-douze ans et paraît plus âgé.)* : La fin de l'entr'acte. Ça va être à vous, mademoiselle Mitsou.

MITSOU, *lentement éveillée* : Merci, Boudou. Il va mieux, votre pied ?

BOUDOU : Pas beaucoup mieux. Si jeudi il n'y a pas de changement, je *le* laverai, et j'y mettrai une chaussette de laine et une chaussette en coton l'une pardessus l'autre. Il faut tout essayer, c'est mon principe.

Il s'éloigne, laissant la porte entr'ouverte. Bruit, dans le couloir, de pieds mous. Passage, dans la pénombre, de Beautey, le tragédien octogénaire. Il s'arrête un instant et les ampoules de la loge éclairent l'uniforme glorieux des Grognards, mais aussi les yeux sanguinolents et la lippe affreuse de Beautey.

BEAUTEY, *à Mitsou* : Ça va, petite ?

MITSOU, *précipitamment, penchée sur son miroir* : Oui, oui, monsieur Beautey, merci bien... Oh ! je suis en retard...

BEAUTEY : Tu veux que je t'aide ?

MITSOU, *épouvantée* : Non, non, monsieur Beautey, ne vous donnez pas la peine... Pensez-vous ! *(Il s'éloigne.)*

MITSOU, *avec un frisson* : Je mourrais plutôt que de le regarder en face. Montrer des gens si vieux que ça, ce n'est guère convenable. Moi qui ne peux déjà pas regarder un cheval par terre...

Bruit, dans le couloir, de dix petits talons de bois ; passage, dans un désordre anglais bien agréable, des cinq Tirelireli-girls. Mais Mitsou, blasée, ne tourne pas la tête. Passent, l'un après l'autre, le Pain de Régime, la Crise du Papier, la Saccharine, le petit compère faible du poumon... Entrée d'une Vieille Dame montée sur savates, qui porte les palmes académiques épinglées sur le pan gauche de sa palatine en peluche ; l'Habilleuse.

Enfin bruit et cris comme d'un nid de souris traquées, et irruption, dans la loge, de Petite-Chose. Petite-Chose est-elle laide, ou jolie ? Bien, ou mal faite ? C'est un bout de femme qu'un incessant et astucieux tortillement défend de toute estimation sérieuse. Des cheveux teints descendent en nuage jusqu'au bout de son nez, qui d'ailleurs ascensionne à leur rencontre. Les cils noircis, les pommettes farceuses, les coins de la bouche, tout cela remonte, comme rebroussé par un coup de vent. Les épaules frissonnent, la croupe danse, les mains empoignent la gorge — pour la signaler ou la soutenir ? — et si les genoux se frottent l'un à l'autre en marchant, est-ce parce que Petite-Chose a froid, parce qu'elle veut faire rire, ou simplement parce qu'elle est cagneuse ? Mystère. Que Petite-Chose tombe à la Seine : ses amis les plus intimes, appelés à la Morgue, ne seront pas capables de la reconnaître : personne ne l'a, en vérité, jamais vue...

PETITE-CHOSE, *vêtue d'un peignoir de bain sans fraîcheur et coiffée d'une banane « stylisée » en carton peint, se jetant sur Mitsou* : Cache-les-moi, Mitsou, cache-les-moi. On veut les flanquer dehors et me coller l'amende !

MITSOU, *paisible, les sourcils hauts* : Qui ?

PETITE-CHOSE : Les deux petits, là, qui sont si jolis ! *(Elle désigne le couloir.)* Cache-les-moi le temps que Boudou ait fini sa ronde ! *(Câline, excessivement tortillée.)* On ne leur cherchera pas de misères chez toi, tu es vedette, tu as le droit de recevoir qui tu veux !

MITSOU, *royale* : Ça ne serait vraiment pas la peine d'être vedette, si on ne pouvait pas recevoir. Mais moi je n'ai jamais personne ici et je ne veux pas de monde que je ne connais pas.

PETITE-CHOSE, *pressante* : Rien qu'une minute, Mitsou ! Dans ton grand placard ! Ils sont si jolis ! *(Sans attendre la réponse, elle appelle à demi-voix dans le couloir.)* Vite, vite, vous les deux là-bas ! Au trot !

Elle attire dans la loge deux jeunes sous-lieutenants, un kaki et un bleu-horizon. Le kaki est très bien ; le bleu est mieux.

MITSOU, *les regardant comme deux meubles* : Je n'ai rien à faire à tout ça, moi !

LE KAKI : Mademoiselle Mitsou, nous vous avons beaucoup admirée tout à l'heure. Permettez-moi de vous prés...

MITSOU, *sans paraître l'entendre, à Petite-Chose, par-dessus la tête du lieutenant kaki* : Tu comprends bien que si jamais mon ami a l'idée de venir ici avant le *deux*, avec des associés à lui qu'ils ont pris une avant-scène, ça me fera du joli dans ma loge !

LE BLEU, *que l'inattention de Mitsou agace* : Mademoiselle, je ne veux pas vous imposer plus longtemps une présence qui...

MITSOU, *de même, à Petite-Chose* : Tu comprends bien que pour moi, ça m'est indifférent qu'ils soient dans mon placard ou ailleurs, ce n'est pas la question, c'est pour l'air que ça a. Tu sais bien que je ne suis pas une personne à...

PETITE-CHOSE, *irrésistible* : Je le sais, je le sais ! Mais tu le feras pour moi, tu es si gentille ! *(Aux deux sous-lieutenants.)* Ouste, vous les deux, dans le placard ! *(À Mitsou.)* Y a plein de drames dans la maison, comprends donc, Boudou a trouvé un classe dix-sept dans la penderie de cette grande jument de Weiss, il a dit qu'il ferait remonter ça jusqu'à la direction, c'est un choléra vert que ce père Boudou...

BOUDOU, *entr'ouvrant la porte, obligeant et soupçonneux* : Dans cinq minutes c'est à vous, mademoiselle Mitsou. *(Il regarde fixement Petite-Chose, qui a refermé sur les lieutenants les portes du placard.)*

PETITE-CHOSE, *aimable* : Ça va, Boudou ? Et ce pied ?

BOUDOU, *froid* : Comme ça... S'il n'y a pas du mieux jeudi, je *le* laverai, et après j'y mettrai une chaussette de coton et une chaussette de laine.

PETITE-CHOSE : Aux grands maux les grands remèdes, Boudou !

Il sort. Petite-Chose rouvre le placard. Les deux internés, bien rangés à plat sur le fond du placard, ne donneraient pas leur place pour la croix de guerre. Ils ne disent mot et ne s'en amusent pas moins.

PETITE-CHOSE : Hein ! ce qu'il vous repérait, sans moi, ce vieux patrouilleur ! C'est à moi, c'est à moi, j'entends la finale de *l'Enfer des Poisons* ! Je me sauve, restez là, je reviens ! *(Elle les embrasse tous deux avec une prodigieuse agilité. Bas, au lieutenant bleu, en désignant Mitsou.)* Ne comptez pas trop sur elle pour entretenir la conversation... *(Elle s'échappe en criant.)* Sages, les chéris ! Vous êtes chez du monde bien !

Cette flatterie du Parthe arrache un sourire condescendant à Mitsou. Restée seule avec les deux jeunes gens, toujours debout et compassés dans le placard, Mitsou rejette son kimono, qui la laisse vêtue d'un maillot de jambes recouvert de longs bas fraise, et, plus haut, d'une chemise de jour en tulle. Placide, elle resserre et noue à sa taille la coulisse du maillot, écarte les cuisses pour « chausser » à fond l'entrejambe, s'insinue avec précaution dans la mousse de tulle rouge-noir qui constitue son costume (la « Rose Jacqueminot »), se poudre les aisselles et le sillon de la gorge ; — enfin témoigne, dans tous ses gestes, d'un sans-gêne morose, d'une impudeur distraite qui bannit toute coquetterie. Ce faisant, elle croit devoir jeter aux lieutenants un « Ça va, dans le placard ? » sec comme une croûte, et qui les froisse.

LE BLEU, *tout yeux, mais très correct* : Parfaitement bien, Madame, je vous remercie.

MITSOU : Tiens, me voilà passée Madame, à présent. Pour un avancement rapide, c'est un avancement rapide. *(Silence. Elle s'efforce d'agrafer derrière elle une ceinture et n'y parvient pas.)* Je me demande où elle est encore partie, cette vieille mère Machin-Chouette d'habilleuse !

LE BLEU, *sortant du placard* : Puis-je vous aider, Madame ?

MITSOU : Ce n'est pas de refus. Il y a quatre agrafes, vous voyez, sur la hauteur du gros grain ; le reste je peux toute seule, c'est des boutons-pression. *(Elle lui tend son dos nu, en toute froideur.)* Merci beaucoup.

Elle dit « merci » sans se retourner, à l'image que lui renvoie la glace : leurs deux têtes brunes et jeunes, aux grands yeux, et qui se ressemblent comme s'ils étaient frère et sœur. Mitsou sourit, le Lieutenant Bleu sourit, ils se ressemblent encore davantage.

LE LIEUTENANT BLEU, *s'inclinant* : Il n'y a pas de quoi, Madame. *(Il retourne dans le placard. Silence.)*

MITSOU, *s'asseyant, désigne le divan* : Je ne vous invite pas à vous asseoir là, parce que tant que Boudou ne sera pas sur scène, il y aura du danger pour vous. À partir du moment où il sera descendu en scène pour faire les bruits de coulisse, vous pourrez partir. C'est Boudou qui fait en coulisse le cri du Damné, le Vitrier et le pot de fleurs qui tombe par la fenêtre.

LE KAKI, *pour dire quelque chose* : Mais c'est Protée !

MITSOU, *simple* : Non, c'est le père Boudou qu'il s'appelle. Ça a toujours été lui depuis le commencement de la Revue. *(Silence. Mitsou se rougit les ongles.)*

LE BLEU, *poli* : Et vous êtes contente de vos rôles dans cette Revue, Madame ? *(Il parle froidement, mais regarde Mitsou avec feu. Chaque fois qu'il l'appelle Madame, elle manifeste sa surprise en levant un peu ses sourcils bien arqués.)*

MITSOU : Très contente. Surtout qu'ici, ce n'est pas seulement une affaire de talent, pour réussir.

LE BLEU ET LE KAKI : Ah ! vraiment ?

MITSOU, *importante* : La difficulté pour jouer ici, c'est l'âge. La direction n'engage pas une seule femme qui ait plus de vingt-cinq ans. C'est le genre de la maison. Moi, j'ai vingt-quatre ans.

LE BLEU : Moi aussi.

MITSOU : Non ? Ça, c'est drôle, par exemple !

LE BLEU : Où le comique va-t-il se nicher ?...

LE KAKI : Vous croyez que Mlle Petite-Chose n'a pas plus de vingt-cinq ans ?

MITSOU : Qu'elle dit. Mais vous la connaissez sans doute mieux que moi ?

LE KAKI ET LE BLEU : Mais non !

MITSOU : Pas possible ?

LE KAKI, *seul* : Nous la voyons ce soir pour la première fois. Un de nos amis nous a présentés, et il a fui, le lâche, au moment du flagrant délit, vous savez, le classe dix-sept qu'on a surpris chez Mme Weiss... Nous n'avions aucune idée que la police intérieure fût aussi sévère, au café-concert.

MITSOU, *choquée* : C'est un music-hall, ici, ce n'est pas un café-concert. D'ailleurs, il faut ça. Sans quoi, on en verrait !... Moi, je peux recevoir dans ma loge, c'est sur mon contrat.

LE BLEU : Et vous recevez beaucoup ?

MITSOU, *digne* : Pensez-vous ! Personne.

Sur ce mot, on frappe. Mitsou, étonnée, entr'ouvre la bouche, lève les sourcils et ne dit rien. On refrappe et la porte s'ouvre. Paraît l'Ami de Mitsou, un homme bien, dans tout l'éclat de ses cinquante ans.

L'HOMME BIEN, *baisant la main de Mitsou* : Petite amie !... *(Il se retourne et voit les deux lieutenants dans le placard. Léger cri.)* Ah !... *(car il est nerveux. Puis il se ressaisit et essaie la manière désinvolte.)* Je vous l'avais bien dit, petite amie, que vous n'auriez pas assez de ce placard pour serrer tous vos colifichets !

Les deux jeunes gens sortent du placard. Il est aisé de lire sur leurs traits l'espoir qu'enfin « on va rigoler sérieusement ! »

MITSOU, *point habituée aux drames psychologiques, perd un moment la parole, et la retrouve pour confesser la vérité. À l'Homme Bien, montrant les deux officiers* : C'est pas à moi, c'est à Petite-Chose.

L'HOMME BIEN, *amer* : Ah ! Mitsou !...

MITSOU : Boudou les a pincés dans sa loge et elle les a mis dans mon placard.

LE BLEU : D'où nous sortons, Madame, en laissant à vos pieds nos excuses, et nos respectueux hommages...

LE KAKI, *en écho* : ...xcuses, spectueux hommages. *(À l'Homme Bien.)* Monsieur...

L'HOMME BIEN, *congestionné* : Monsieur... Monsieur... *(La porte se referme sur les deux lieutenants. Silence.)* Mitsou !

MITSOU : Quoi ? *(L'Homme Bien se tait avec reproche.)* Ah ! c'est pour ça ? Ce n'est pas la peine, allez. Je vous l'ai dit, ils sont à Petite-Chose. Je ne sais pas inventer, moi. De me voir aussi bête, vous devez bien penser que je dis la vérité.

L'HOMME BIEN : Deux officiers... Deux à la fois !... Ah ! Mitsou, je ne vous connaissais pas ce vice-là...

MITSOU, *morne* : Moi non plus. Ni celui-là ni un autre.

L'HOMME BIEN, *touché* : C'est vrai, Mitsou. Mais convenez que les apparences... Ils sont bien de leur personne. Le bleu, surtout...

MITSOU, *levant les yeux sur la glace qui, tout à l'heure, reflétait deux jeunes têtes* : Vous trouvez ?

L'HOMME BIEN : Comment s'appelle-t-il ?

MITSOU, *surprise* : Tiens, c'est vrai... Je ne sais ni leurs noms ni quoi ni qu'est-ce.

PETITE-CHOSE, *dans le couloir* : Tu es là, Mitsou ?

MITSOU, *ouvrant la porte, sévère* : Entre, toi !

PETITE-CHOSE, *essoufflée* : Tu les as donc renvoyés ? Une chance que je les aie rencontrés, ils descendaient dans les dessous...

MITSOU : D'abord, fais des excuses à mon ami, que tu lui as donné un arrêt du cœur ! Tu penses, arriver ici et trouver deux militaires dans mon placard !

PETITE-CHOSE, *tout contre l'Homme Bien, par habitude* : Oh ! c'est vrai, Monsieur ? Il ne faut pas m'en vouloir, Monsieur, ni à Mitsou non plus, Monsieur ! Monsieur, ils sont si jolis ! Vous avez vu, Monsieur, surtout le bleu ? Il a un œil...

L'HOMME BIEN, *envieux* : Quoi, un œil ? Il a un œil de verre ?

PETITE-CHOSE, *indignée* : Un œil de verre ! Un œil de flamme, oui ! Et la bouche ? Vous avez vu sa bouche, Monsieur ? Mitsou, tu as remarqué sa bouche ? Et les narines, Monsieur, vous avez vu ? Des belles petites narines, qui palpitent quand il respire fort... D'ailleurs, à la réflexion, le Kaki est tout aussi bien, vous savez. Il a un beau teint ; vous avez vu, Monsieur ?

L'HOMME BIEN, *sec* : J'avoue ne pas y avoir accordé autant d'attention que vous.

PETITE-CHOSE, *trépidante* : Ah ! c'est qu'on ne me cache rien, à moi ! Monsieur, Monsieur, vous allez rater le ballet des Kabyles balayeurs !

L'HOMME BIEN : Je l'ai déjà vu.

PETITE-CHOSE, *très mondaine* : Alors, vous nous restez ! Mais c'est une fête !

L'HOMME BIEN : Non, car je rejoins mes invités, deux minotiers que j'ai laissés dans l'avant-scène.

PETITE-CHOSE : Deux minotiers ? Oh ! Envoyez-les-moi, Monsieur ! Ils sont jolis ?

L'HOMME BIEN : L'un est mon oncle, l'autre est son beau-frère.

PETITE-CHOSE, *comme à la vue de l'eau purgative* : Beuh ! Mince de taux de blutage !

Sortie de l'Homme Bien.

MITSOU, *sentencieuse* : Regarde tous les ennuis que tu pouvais me faire arriver ce soir, avec tes colis militaires. Heureusement que j'ai affaire à un homme intelligent !

PETITE-CHOSE, *non moins sentencieuse* : Un homme intelligent, c'est un homme qui se prépare à être un jour ou l'autre cocu comme père et mère, ou bien ce n'est pas un homme intelligent. Des ennuis, des ennuis... C'est la vie, les ennuis !

Elle se roule sur le divan, en frétillant de tout le corps sauf des genoux, à cause du maillot de soie.

MITSOU, *digne et ennuyeuse* : Dieu merci, depuis trois ans que je suis avec Pierre, j'ai oublié ce que c'est qu'un ennui.

PETITE-CHOSE, *ouvrant de grands petits yeux incrédules* : Non ? Vrai ? Pas seulement de disputes ? Pas seulement un raccommodage ?

MITSOU, *l'ongle sous la dent* : Pas ça. Il ne me dispute jamais. Moi je ne le *cherche* pas : la tranquillité.

PETITE-CHOSE : Ben !... On ne doit pas rigoler tous les jours, chez toi... Mais, le front ?

MITSOU : Quel front ?

PETITE-CHOSE, *scandalisée* : Quel front ! ! ! Mais le front ! La guerre, quoi ! Tu as bien quelqu'un, un petit sentiment au front ?

MITSOU : Non, puisque je suis avec Pierre depuis le mois de juin 1914.

PETITE-CHOSE, *les pieds au plafond* : Cette raison !... À propos, les deux petits, là, qui sont si jolis, à quelle place du front qu'ils sont, déjà ?

MITSOU : Je ne sais pas.

PETITE-CHOSE : Tu ne leur as pas demandé ?

MITSOU : Non.

PETITE-CHOSE : De quoi avez-vous parlé, alors ?

MITSOU : Je ne sais pas... Ils m'ont demandé si j'étais contente de mes rôles dans la Revue.

PETITE-CHOSE, *bondissant* : De tes rôles ! La Revue !... En voilà un sujet de conversation avec des lieutenants en perme ! Où donc qu'on t'a élevée ? Mais je n'ai pas leur adresse ! Mais il me la faut ! Mais il me les faut !

Elle s'élance en projectile dans le couloir. Retour de la Vieille Dame habilleuse. Elle entre sans bruit. Mitsou, songeuse, ne l'entend pas.

LA VIEILLE DAME, *à l'oreille de Mitsou annonçant d'une voix insaisissable* : On en est aux « Fleurs Prisonnières ! »

MITSOU *tressaille et porte la main à son sein, avec un cri* : Ah !... Vous, vous me ferez mourir d'une maladie de cœur, c'est couru ! Je me demande où vous avez pris ces manières de revenant !

LA VIEILLE DAME, *dans un murmure* : J'étais garde-malade, avant la guerre...

MITSOU : Ce que vous devez en avoir, des morts de saisissement, sur la conscience ! Donnez-moi ma lance !...

Elle prend une lance de bois enguirlandée de roses, et contemple dans le miroir son charmant reflet de fleur. Y a-t-il beaucoup de différence, sur un très jeune visage, entre l'expression de la sérénité passive et celle du désespoir sans issue ?... Irruption de Petite-Chose, qui brandit une carte et saute à pieds joints.

PETITE-CHOSE, *criant* : Je les ai, je les ai ! Les noms, les adresses, le secteur postal, tout !

MITSOU : Ils sont partis ?

PETITE-CHOSE : Partis ? Ils ne veulent plus démarrer. Ils disent que c'est bien plus amusant que dans la salle ! Je déblaye ma scène et je remonte !

MITSOU : Où sont-ils ?

PETITE-CHOSE : Dans la penderie de Christophette Colombe. Quelle bombe, ma chère ! On leur passe de la bière sous le rideau, et des madeleines, on est malades de rigoler !

Elle s'échappe en gloussant de joie, Mitsou descend vers la scène, avec l'air puni et résigné qui convient aux enfants sages.

II

Deux jours plus tard, même décor. 10 heures. Mitsou revêt le costume qu'elle porte au tableau final — tableau de la Gloire Rouge. Le costume se compose d'un souffle de mousseline couleur de feu et d'une sorte de sous-ventrière en velours cramoisi. Il y a aussi une épée en bois argenté.

MITSOU, *bâillant* : Je ne sais pas ce que j'ai ce soir, j'ai l'estomac en boule et j'ai mal aux festons des côtes. Je dois avoir mangé trop de calories, comme dit mon ami. *(La Vieille Dame palmée et montée sur savates hoche un front informé.)* Vous savez ce que c'est que des calories, vous ?

LA VIEILLE DAME : Naturellement.

MITSOU : Moi, quand mon ami m'explique l'affaire des calories, je crois toujours que je vais comprendre, et puis ça s'arrête chaque fois au même moment... *(Rêveuse.)* comme pour tout, d'ailleurs. Il n'a pas de chance avec moi. *(Silence. Mitsou contemple son reflet. Soudain.)* Et puis, je me barbe à la fin dans tout ce rouge. La Rose Jacqueminot d'abord, l'Âme Rouge de la victoire après, flûte !... Où en est-on, en bas ?

LA VIEILLE DAME, *frivole et lettrée : Chi lo sa ?*

MITSOU : Non, ne vous donnez pas la peine, ça ne m'épate pas. Ouvrez voir la porte qu'on écoute.

LA VIEILLE DAME, *après avoir ouvert la porte* : La scène des « Produits exotiques en panne ». Je distingue la voix de Mlle Petite-Chose.

MITSOU : C'est que vous avez une bonne oreille. *(Silence. On frappe.)* Qui c'est ?

UNE VOIX : Un paquet pour Mlle Mitsou. *(Le paquet passe des mains de la Vieille Dame dans celles de Mitsou.)*

MITSOU, *avant de couper la ficelle, tournant et retournant le paquet* : C'est la Saint quoi, aujourd'hui ?

LA VIEILLE DAME, *du premier coup* : La Saint Maurille.

MITSOU, *sans arrière-pensée humoristique* : Je ne connais personne pour m'envoyer des champignons.

Elle défait le paquet qui contient deux flacons, une boîte à poudre, bien taillés et bien gravés, et une lettre.

MITSOU, *lisant lentement*.

Madame,

Je suis le lieutenant bleu, tout seul, car la permission de mon camarade kaki finit avant la mienne. Il m'a bien paru, avant-hier soir, en quittant le music-hall, que vous aviez dû consacrer la totalité de vos appointements du mois à l'achat de la 16 HP Renouhard qui vous attendait, puisque la poudre de riz, dans votre loge, s'évade de sa boîte d'origine, et que le litre d'eau de toilette à la verveine y porte encore l'étiquette d'un grand magasin. Voulez-vous, en remerciement d'une hospitalité qui vous fut imposée, verser verveine et poudre dans ces cristaux ? Ils sont sans rareté, mais, — dussé-je en vous l'apprenant vous causer une surprise un peu brutale, — c'est la guerre.

Agréez, Madame, les respectueux hommages du

Lieutenant Bleu.

Mitsou, *ayant lu laborieusement, regarde les trois objets, puis la lettre, puis les trois objets, puis recommence de lire tout bas :*

Madame,

Je suis le lieutenant bleu, tout seul... (Haut, à la Vieille Dame.) Mais pourquoi est-ce qu'il m'appelle Madame ?

LA VIEILLE DAME : Par délicatesse.

MITSOU : C'est peut-être délicat, mais ce n'est pas poli. Donnez voir cette boîte à poudre que je mette ma poudre dedans.

LA VIEILLE DAME : Ce n'est pas une boîte à poudre.

MITSOU : Pas une boîte à poudre ?

LA VIEILLE DAME : Non. C'est un confiturier.

MITSOU, *outrée* : Un confiturier ? Pourquoi pas une cafetière ?

LA VIEILLE DAME, *tenace* : Parce que c'est un confiturier. Un fort joli confiturier Restauration. Mais vous pouvez quand même y mettre de la poudre.

MITSOU : Encore une chance que vous me donnez la permission ! *(Sonnette dans le couloir. Mitsou se lève précipitamment.)* C'est à moi, c'est à moi ! Vite, mon épée... Si ça ne vous fatigue pas, pendant que je suis en scène mettez la poudre dans le compotier et la verveine dans les flacons... Dans les deux que ça fasse égal !

Elle sort. La Vieille Dame commence à se comporter d'une manière étrange, c'est-à-dire qu'elle emplit en effet les flacons, qu'elle ne dérobe pas d'eau de toilette pour son mouchoir ou pour une petite bouteille personnelle. Elle s'abstient, quoique seule, de renifler, d'éructer, de se curer le nez, de lire la lettre ouverte sur la table, de chiper du coton hydrophile... La Vieille

Dame est évidemment une de ces originales comme on en voit depuis la guerre... On frappe.

LA VIEILLE DAME, *cachant prestement lettre et enveloppe dans la poche de son tablier* : Entrez !

L'HOMME BIEN, *toujours cinquantenaire, très en beauté* : Mademoiselle est en scène ?

LA VIEILLE DAME : Pour la Gloire Rouge, oui, Monsieur.

L'HOMME BIEN, *en arrêt devant les cristaux* : Qu'est-ce que c'est que ça ?

LA VIEILLE DAME : Deux flacons, et une boîte à poudre. Quand je dis une boîte à poudre, à la vérité c'est un confitu...

L'HOMME BIEN, *interrompant* : Ça vient d'où ?

LA VIEILLE DAME : De chez Dauvel, Monsieur, voyez l'étiquette.

L'HOMME BIEN, *impatienté* : Qui est-ce qui envoie ça ?

LA VIEILLE DAME : J'ignore. Mademoiselle les a sans doute achetés ? Mademoiselle n'était pas très bien montée, ici, en fait de garniture de toilette...

L'HOMME BIEN, *troublé* : Pas bien montée ? Dites que c'est ignoble, ici ! Vingt fois j'ai voulu... Mais elle m'a toujours dit qu'une loge de music-hall... Et que, d'ailleurs, pour des spectacles de guerre...

LA VIEILLE DAME, *touchée* : Ah !... c'est d'un beau cœur !

L'HOMME BIEN, *continuant* : ... que pour des spectacles de guerre, dont on ne sait pas s'ils feront quinze représentations... *(Il se promène, agité.)* Je vous assure, j'y ai mis une insistance... Mon tapissier devait transformer...

Il s'arrête encore. L'Homme Bien, qui commence toutes ses phrases avec une aisance éblouissante, les achève rarement. Silence. Retour de Mitsou, qui sort de sa Gloire Rouge comme d'un bain de vapeur. Elle a défait en chemin sa petite sangle cramoisie, sa couronne de laurier doré, et elle traîne son épée d'argent comme un manche à balai.

MITSOU, *ouvrant la porte, essoufflée* : Heu !... Y en a, du populo ! *(Apercevant son ami.)* Tiens, vous êtes là ?

L'HOMME BIEN, *lui baisant la main* : Petite amie !...

MITSOU, *qui a constaté la disparition de la lettre* : Mais, comme vous voyez, chaudement. Vous voilà abonné, à présent ? Ou bien vous faites la cour à Petite-Chose ? *(Elle s'assied et enlève ses souliers avec un soupir où l'angoisse sentimentale n'a point de part.)* Ah ! là là !, ces pieds !... *(Elle guette dans la glace la figure de l'Homme Bien.)*

L'HOMME BIEN : Mitsou ?

MITSOU, *se démaquillant* : La voilà, c'est elle.

L'HOMME BIEN : Je ne vous connaissais pas ces cristalleries.

MITSOU : Moi non plus.

L'HOMME BIEN : Vous les avez achetées vous-même ?

MITSOU : Faut-il aussi que je fasse le marché ?

L'HOMME BIEN : Mais alors... d'où viennent... Que signifient...

MITSOU, *qui a l'air, dans la vaseline, d'une rose en train de fondre* : C'est l'hommage d'un admirateur.

L'HOMME BIEN : D'un quoi ?

MITSOU : Admirateur.

L'HOMME BIEN : J'avais entendu : aviateur.

MITSOU, *suspendant son délayage* : Un aviateur, c'est en bleu ?

L'HOMME BIEN : Ça dépend. Le plus habituellement, la tenue noire, avec une culotte à bandes...

MITSOU : Noire ? Je ne connais pas ça.

L'HOMME BIEN : Heureusement ! Alors, cet admirateur, Mitsou ? On peut savoir son nom ?

MITSOU : Vous pourrez peut-être, mais moi je l'ignore.

Et s'avisant soudain qu'elle dit la vérité sans en avoir l'air, elle échange avec son miroir un regard où rit un démon scintillant et nouveau, — la ruse...

L'HOMME BIEN, *piqué* : Madame veut rire.

MITSOU, *avec une brusquerie inattendue, se retournant* : « Madame ! » Quoi, « Madame » ! Depuis quand est-ce que je m'appelle « Madame » ?

L'HOMME BIEN, *interloqué* : Mais, Mitsou... C'est une façon de parler... On dit « Madame veut rire », comme on dit « Madame est bien bonne »...

MITSOU, *raide* : Eh bien, justement je ne veux pas rire, et je ne suis pas bonne, ce soir !

L'HOMME BIEN : Mitsou !

MITSOU, *s'échauffant* : C'est vrai, ça !

L'HOMME BIEN : Qu'est-ce qui est vrai ?

MITSOU, *de même* : Que vous me « cherchez » ! Vous me demandez : « Qui c'est qui vous a envoyé de la verrerie ? » Je vous réponds : « Je l'ignore » parce que je l'ignore. Je n'ai pas pour habitude de raconter des histoires, moi ! Moi, quand je reçois des fleurs aux premières, ou n'importe quoi-qu'est-ce, est-ce que je ne vous montre pas les cartes et tout ?...

L'HOMME BIEN : Mais oui, Mitsou...

MITSOU : Ah !... Alors, quand je vous prétends que je ne sais pas la personne qui m'a envoyé ce... ce... *(Regard interrogatif à la Vieille Dame)*... ce compotier, c'est que je ne le sais pas, c'est clair !

L'HOMME BIEN, *qui n'en a pas entendu autant depuis deux années de liaison sans nuages et sans soleil* : Mais oui, Mitsou ! Calmez-vous, petite amie ! C'est la chaleur... Et puis trois matinées dans la semaine... Je ferai porter demain dans votre loge un certain flacon de fine champagne 1848...

MITSOU, *nerveuse, s'habillant* : Ah ! non. Assez de flacons, assez de flacons ! Et puis allons-nous-en ! *(Regard hostile à la loge.)* C'est dégoûtant, ici ! Il y a toutes les maladies après les murs ! Et puis cette table. Pouah !

L'HOMME BIEN : Mais c'est vous qui n'avez jamais voulu... Dès demain, je fais venir mon tapissier, et... *(On frappe.)*

MITSOU, *très nerveuse, tressaillant* : Qui c'est ? Qui c'est ?

UNE VOIX : Madame Mitsou ?

MITSOU : Oui, et puis ?

LA VOIX : C'est de la part du chauffeur de Madame, qui fait prévenir Madame qu'il attend Madame au bout de la rue, rapport aux agents qui ne veulent pas le laisser stationner où qu'il attend Madame d'habitude.

L'HOMME BIEN : Parfait, parfait. Tenez... *(Il entr'ouvre la porte, de quoi passer un pourboire. En se retournant il aperçoit avec stupeur une larme dans le coin de l'œil de Mitsou.)* Mitsou ! Qu'est-ce que vous avez, petite amie ?

MITSOU : Je n'ai rien... *(Bégayant.)* C'est la... c'est la chaleur... Et puis trois... trois matinées cette semaine... *(Sanglotant soudain.)* Et puis... et puis qu'est-ce qu'ils ont, ce soir, à m'appeler « Madame »... tous ces grossiers-là ! *(Elle descend en larmes, suivie de l'Homme Bien consterné...)*

III

CHEZ Mitsou. Un rez-de-chaussée « avec tout le confort », — tout le confort qu'on peut acheter pour trois mille francs de loyer aux environs du Trocadéro. Deux pièces assez grandes sur la rue, deux autres plus petites sur la cour. La cour, cela s'entend, est « une grande cour très claire garnie de plantes vertes ». La salle de bains, les penderies, la cuisine et l'office occupent entre la cour et la rue une zone mal définie que l'électricité d'une part, le jour bleuâtre tombé d'entre deux monte-charge d'autre part, égaient difficilement. On respire, dans la zone intermédiaire, l'inévitable, la spleenétique odeur de cave, de gaz, d'évier propre et d'eau-pour-les-cuivres...

L'ameublement de Mitsou est extraordinaire, et pourtant ses intentions étaient pures. Dès que ses moyens le lui ont permis, elle a rassemblé chez elle, avec une avidité déférente, tout ce qu'a envié son enfance pauvre. Tout y est : la couronne mérovingienne électrique en cuivre se balance au-dessus de la table à manger, et mire ses cabochons de couleur, dans le sinistre service « comme il faut » en porcelaine blanche chiffrée d'or. Et du linge damassé, ma chère. Et un lit de milieu à guirlandes, sur lequel les amours d'un « motif » sculpté versent, du haut du plafond, une cascade de tulle brodé. Et une chaise longue en trois morceaux — ah ! pourquoi pas en mille morceaux ! —

et damas tout soie. Il y a même, à côté de la chaise longue, un petit bureau de dame à qui l'on a envie de dire obligeamment : « Ce n'est pas ici, vous vous êtes trompé d'étage », tant il étonne, grêle, chargé de grâces et d'ans, et rose comme une rose séchée...

Si les draps, au lit, manquent de finesse, consolons-nous en constatant que Mitsou voulut, pour donner du prix à ce bon article d'usage, quantité de « jours main » et une dentelle de fil, haute comme ça. Vous ne voudriez pas que la salle de bains eût cherché d'autres nuances que le blanc et le bleu ? Ni que la coiffeuse moderne, « très pratique », ne fût pas un de ces meubles d'orfèvre qui réunissent les beautés du siège chirurgical, de la serrure de précision et du bureau américain...

Quant au salon... Non, je ne dirai rien du salon. Je vous ai déjà fait assez de peine.

Entrevoyez seulement, au sein des bouquets Louis XV, des Saxes faux ou vrais, des tabatières à miniatures ; entrevoyez l'insolence bien nourrie du coussin modern-style, tacheté comme une joue de clown, bariolé comme un signal de voie ferrée, comme une casaque de jockey, comme une serviette à maquillage qui a fait la semaine... Reculez devant un canapé-bibliothèque où le bronze en incrustation, le velours violet, le bois blanc teint et la nacre se combinent vésaniquement... Et allons-nous-en retrouver Mitsou dans son boudoir (sur cour) contigu à sa chambre à coucher (sur cour). Un soleil inutile éclaire, du côté de la rue, le salon et la salle à manger, temples réservés par Mitsou à ses « réceptions » —, autant dire qu'elle n'y met jamais les pieds.

Il est onze heures et demie. Mitsou, matinale, s'occupe de son intérieur : armée de cet ustensile frivole qui ne nettoie rien et ne salit personne, — un petit plumeau, — elle caresse des objets d'art du boudoir. Elle est vêtue d'un pyjama rose, serré aux chevilles, aux poignets et au cou sur un volant de tulle, et coiffée à la chinoise...

MITSOU, *à sa femme de chambre* : Si je ne vous l'ai pas dit vingt fois, je ne vous l'ai pas dit une : c'est les lampes électriques qui sont pour être mises le plus loin de la pendule, et les flambeaux à bougies le plus près !

LA FEMME DE CHAMBRE, *ressemblante à toutes les femmes de chambre qui ne dorment pas assez* : Ah ! oui... Je ne me le souviens jamais...

MITSOU, *la regardant* : Vous en avez une mine d'indigestion, aujourd'hui !

LA FEMME DE CHAMBRE, *simple* : Non, Mademoiselle, c'est les sept jours de permission de mon fiancé qui ont fini ce matin.

MITSOU : Ah ! C'est toujours votre même fiancé ? Le sergent ?

LA FEMME DE CHAMBRE : Mon même. Seulement à présent il est sous-lieutenant.

MITSOU, *attentive* : Ah ! comment est-il habillé ?

LA FEMME DE CHAMBRE, *étonnée* : Mais... comme un sous-lieutenant de zouaves.

MITSOU, *indifférente* : Ah ! oui, un zouave... Ils ne sont pas en bleu, les zouaves... *(Sonnerie du téléphone.)* Allez voir ?

LA FEMME DE CHAMBRE, *revenant* : C'est Monsieur qui fait dire à Mademoiselle que sa réunion des actionnaires le mettra trop en retard, qu'il ne viendra pas déjeuner.

MITSOU, *indifférente* : Bon. *(Fredonnant.) Bon-bon-bon, bon-bon-bon...* Vous pouvez dire à Julienne qu'elle ne fasse pas les aubergines... Pour ce que je les aime !

Silence. Époussetage. Mitsou ne connaît rien aux nettoyages à fond. Elle sait tripoter les fleurs d'un vase et s'y reprendre à trois fois pour masser les plis d'un rideau. Mais fourbir un beau cuivre, donner à un miroir l'éclat d'une eau pure, au palissandre le poli d'une huile sombre. Mitsou apprendra tout cela au temps des premières rides, de l'embonpoint et de l'avarice.

MITSOU, *soudain, criant* : Louise ! *(La femme de chambre revient.)* De cette affaire-là, je suis toute seule à déjeuner.

LA FEMME DE CHAMBRE : Comme souvent.

MITSOU, *mécontente* : Comme souvent, c'est possible. Aujourd'hui, je suis dans un jour où ça va me couper l'appétit...

LA FEMME DE CHAMBRE : Mademoiselle a Madame sa mère, qui pourrait venir...

MITSOU : Un samedi ? Ce n'est pas pour un déjeuner que maman quittera ses clients du samedi. Le samedi, elle fait les tarots à la duchesse de Montmoreau et le marc de café à un conseiller municipal. Vous pensez !...

LA FEMME DE CHAMBRE : Mademoiselle a son professeur de chant.

MITSOU, *révoltée* : Oui, pour que j'entende encore son râtelier qui fait clic-clic quand il mange, n'est-ce pas ? Vous n'avez donc que des malheurs à m'annoncer ? *(Inspirée.)* Téléphonez à Mlle Petite-Chose qu'elle vienne déjeuner, tenez !

LA FEMME DE CHAMBRE : Mlle Petite-Chose a le téléphone ?

MITSOU : Wagram 66-66 ?

LA FEMME DE CHAMBRE : Wagram 66-66 ? C'est notre crémier.

MITSOU : Notre crémier ? Vous rigolez.

LA FEMME DE CHAMBRE : Je ne suis pas d'une nature gaie. J'ai encore téléphoné à 11 heures, Julienne avait oublié le *gruère* râpé.

MITSOU, *ébranlée* : Demandez tout de même... Ma tête à couper que je ne me trompe pas !

LA FEMME DE CHAMBRE *va téléphoner et revient, dégoûtée et supérieure* : Mlle Petite-Chose vient déjeuner.

MITSOU : Ah !... Vous voyez !

LA FEMME DE CHAMBRE : Mlle Petite-Chose reste dans la cour de la maison du crémier. Il l'autorise à se servir du téléphone. Je disais bien que Mlle Petite-Chose n'avait pas un genre à...

MITSOU, *raide interrompant* : ... à être servie par une femme de chambre qui a des mèches, et de la plume d'oreiller dedans. Allez vous peigner. Je ne veux pas voir des mèches dans ma maison quand je n'ai pas un cheveu qui dépasse !

La femme de chambre sort. Mitsou, ayant effarouché du plumeau la poussière d'une vitrine — où nul bibelot ne gagne à être mieux vu, — s'habille. C'est l'affaire de cinq minutes, elle est, comme on dit, « prête en dessous », chaussée d'antilope, pantalonnée de voile rose, et visible au travers de sa chemise comme un raisin de choix dans son sac de gaze. Par là-dessus s'abat une robe d'enfant grand'mère, ou de grand'mère en enfance, une robe en taffetas vert qui n'a point de taille, ni de ceinture, ni de couture aux épaules, ni de col, une robe qui n'a rien, pas même de jupe au-dessous du mollet.

Mitsou est occupée à se faire les ongles, — mal, c'est-à-dire à grands frais de vernis et de carmin, — quand Petite-Chose arrive, avec autant de bruit et de mouvement qu'un toy-terrier. Si elle demeurait immobile un instant, on s'apercevrait que son tailleur de jersey vient du magasin le plus banal, que son pershing cabossé tient plus du papier-mâché que du feutre, et qu'elle porte des chaussures lasses ; — mais elle ne vous laissera jamais le loisir de détailler tout cela. Son col de lapin gris, très haut, donne « beaucoup d'allure » à son costume d'été, et grimpe jusqu'aux yeux de Petite-Chose, des yeux qu'on peut affirmer bleus — du moins quant aux paupières.

PETITE-CHOSE, *reculant d'un pas après les baisers, les cris et les « bonjour toi »* : Qu'est-ce qui te prend de m'inviter à déjeuner ?

MITSOU, *embarrassée* : Je ne sais pas... Le beau temps, le... les aubergines... Aimes-tu les aubergines ?

PETITE-CHOSE : J'en mangerais !

MITSOU : Je me suis dit que tu devais aimer les aubergines. Ôte donc ton col en fourrure, on n'est que nous deux, et ton chapeau.

PETITE-CHOSE : C'est joli, chez toi. Je n'étais venue que le soir en courant, aux lumières on ne se rend pas compte. C'est une chance que tu n'aies pas de soleil ici, le soleil ça cuit les tentures, et tous les tableaux ne sont pas bon teint.

MITSOU, *modeste* : Oh ! je n'ai rien de merveilleux, mais c'est personnel. Je n'ai pas voulu que personne me conseille pour mon ameublement.

PETITE-CHOSE : On n'a que soi pour savoir son goût. Il ne faut jamais se laisser influencer pour les meubles. Ainsi moi, qui n'ai qu'un petit pied-à-terre, si j'avais écouté l'un et l'autre, j'aurais déjà fichu vingt fois en l'air ma collection.

MITSOU : Ta collection de quoi ?

PETITE-CHOSE : De souvenirs de voyage, donc.

MITSOU, *étonnée* : Tu as beaucoup voyagé ?

PETITE-CHOSE : Jamais. C'est les souvenirs des voyages des personnes que j'ai connues. Avant la guerre, j'ai connu des personnes de partout.

MITSOU : Ça doit être intéressant.

PETITE-CHOSE, *méprisante* : Ah ! là là !... Qu'on ne me parle plus des étrangers. Depuis la guerre, je ne veux plus voir la vie qu'en kaki... ou en bleu.

MITSOU, *vivement* : Justement je voulais te...

LA FEMME DE CHAMBRE : Mademoiselle est servie.

MITSOU : Je te demanderai quelque chose après déjeuner.

Elle entraîne Petite-Chose. Bras dessus, bras dessous, elles vont s'asseoir sous la couronne mérovingienne. Le déjeuner. Les sardines, les radis, la limande-sole sans accent, l'entrecôte grise, les pommes pont-neuf ramollies, les aubergines farcies. Mitsou ne sait encore ni manger ni faire manger. Ces demoiselles boivent du chablis excellent, c'est vrai, — un don de l'Homme Bien, — mais elles ne s'en aperçoivent pas.

PETITE-CHOSE, *contemplant une assiette* : On a beau dire, il n'y a encore que la porcelaine blanche pour faire distingué, tu sais. Surtout chiffrée. Ton nom, c'est un nom arabe, que tu as pris ?

MITSOU : Non, c'est mon ami qui l'a inventé. C'est un nom fait avec des initiales. Pierre est administrateur de deux sociétés, l'une qui s'appelle les Minoteries Italo-Tarbaises, et l'autre les Scieries Orléanaises Unifiées. Ça fait M.I.T.S.O.U. : Mitsou.

PETITE-CHOSE, *s'esclaffant* : Non !

MITSOU, *riant aussi* : Si !

PETITE-CHOSE, *se tordant* : Ah ! ah ! ah ! Moi qui ai dit à... comment déjà... oh ! flûte, un ami qu'on m'a présenté avant-hier... Enfin bref, je lui ai dit que ton nom c'était persan !

MITSOU : Persan ?

PETITE-CHOSE : Oui, comme les ballets russes. Crois-tu ! *(Elles rient.)* Ce que ça fait du bien de rire !

MITSOU : Oui, ça change les idées.

PETITE-CHOSE : Tu as donc envie de changer les tiennes ?

MITSOU, *réticente* : Non... Ces temps-ci, je suis un peu comme ci-comme ça.

PETITE-CHOSE : C'est la saison. Moi, le médecin de la boîte m'a écoutée l'autre jour dans la poitrine et m'a dit qu'il me fallait la campagne, du grand air, de la nourriture, des déplacements... Je lui ai pris son ordonnance des mains et j'ai signé : « Wilson, Poincaré, Albert, Georges, Victor-Emmanuel, *eccetera* ». Dame ! La campagne et de la nourriture... Vivement la fin de la guerre et mon auto !

MITSOU : La campagne ! Je n'ai jamais été à la campagne, moi, sauf les deux fois que Pierre m'a emmenée voyager en automobile. Je suis de Paris, la campagne me fait du mal. La preuve, c'est que quand Pierre m'a menée *Aux Deux-Amants* — ne t'agite pas, c'est un hôtel ! — je ne sais pas ce qui m'a pris... Ce coucher de soleil, là-haut, et puis les nuages, et puis ce ciel qu'on n'en voyait pas le bout... Ça m'a retournée, j'ai senti un vertige, un gonflement, un étouffement général, je me suis mise à pleurer tout ce que je savais. « Emmène-moi » que je faisais à Pierre, « emmène-moi, je sens que je vais mourir ! » À Paris ça s'est passé. La campagne ne me convient pas, je crois.

PETITE-CHOSE, *qui a une pointe de chablis* : Moi, le grand air me fait un effet spécial... Sitôt arrivée à la campagne, sitôt couchée.

MITSOU : Ça te rend malade à ce point-là ? *(Le rire indécent de Petite-Chose l'éclaire.)* Oh ! ! ! Petite-Chose ! Mais tu ne penses donc qu'à ça ?

PETITE-CHOSE : Mais tu n'y penses donc jamais ?

MITSOU, *pointe de chablis mais mélancolique* : Si, quelquefois avant... jamais pendant.

PETITE-CHOSE, *les pieds et les mains au ciel* : Seigneur !... Ça sera donc toujours vrai, que faire l'amour c'est un plaisir de pauvre !

MITSOU : Oh ! tu sais... Je ne suis pas encore riche, mais j'ai été pauvre, et... *(Hochement de tête désabusé.)*

PETITE-CHOSE, *très intéressée* : Comment ? Pas possible ? Aussi, mon pauvre Mitsou, tu t'en vas donner... *(À cause de la femme de chambre qui apporte le café.)* tu t'en vas donner ta clientèle à... à des maisons qui n'habillent pas jeune. Va ailleurs.

MITSOU : Je ne suis pas une cliente à changer de fournisseur pour un oui, pour un non. Et puis, tu sais, l'idée du dérangement, de la complication... D'avance, j'en reste assise.

PETITE-CHOSE, *égrillarde* : Assise, c'est pas une position. *(Elles rient. Humant le parfum du café et le cassis.)* Ah ! le bon caoua ! Je peux me passer de tout, mais pas de café ! T'as du sucre, Mitsou ?

MITSOU : Naturellement.

PETITE-CHOSE : Assez pour que j'en prenne deux tasses ?

MITSOU : Naturellement. Une tasse de café, ça remplit toujours deux tasses.

PETITE-CHOSE : Excepté dans les restaurants.

MITSOU : J'ai des cigarettes, tu en veux ?

PETITE-CHOSE, *avec ostentation* : Moi aussi, Madame, j'en ai. *(Elle allume une cigarette.)* Et moi c'est du tabac de militaire, au moins. C'est les deux petits jolis, de l'autre soir, qui me les ont fait cadeau.

MITSOU, *prenant la cigarette aux lèvres de Petite-Chose* : Montre voir ? Lequel des deux te les a données ? Le kaki ou le bleu ?

PETITE-CHOSE : Je ne m'en rappelle plus.

MITSOU : Tu les as revus ?... Tu as... *(Elle s'arrête.)*

PETITE-CHOSE, *grise et alanguie, sirotant un grand verre de cassis* : J'ai quoi ? *(Mitsou se tait.)* Ah ! bon... Mais non, figure-toi, je n'ai pas eu le temps ! Ils sont partis. Oh ! ça ne fait rien, j'en rencontrerai bien d'autres aussi jolis.

MITSOU : Alors, tu n'as pas...

PETITE-CHOSE : Mais non, je n'ai pas ! Je te le dirais bien, voyons ! *(Silence. Cigarettes, café, cassis...)*

MITSOU, *très douce* : Tu es gentille, Petite-Chose. On ne s'est jamais tant vues.

PETITE-CHOSE : Quand on vit ensemble, on n'a pas le temps de se voir.

MITSOU : Comme c'est vrai ! Regarde, avec mon ami, j'ai beau le voir tous les jours depuis trois ans, je n'en suis pas plus avancée.

PETITE-CHOSE, *sentencieuse* : Oui, mais ça, c'est forcé. Un ami sérieux c'est comme un invité. De quoi veux-tu lui causer ? De son intérieur, de ses affaires, ça ne va pas loin... « Bonjour chéri, et comment va les enfants ? La rougeole du petit dernier s'est bien guérie ? Ton associé a une figure qui ne me revient pas... Et cette réunion des actionnaires, ça a été gai ? », enfin des banalités... Tandis qu'un gigolo, un petit béguin, une rencontre, tu en sais plus sur lui en trois quarts d'heure que sur l'autre en trois ans.

MITSOU : Tu crois ?

PETITE-CHOSE, *péremptoire* : Tel que je te cause. En trois quarts d'heure, — même moins, des fois, — tu sais comment qu'il fait l'amour, tu sais si il est gai après, s'il a besoin d'argent, si il a touché sa paye, si il aime ton chapeau, si il connaît tes amies, si il joue aux courses, si il a envie de te revoir... Enfin tout l'essentiel, quoi. Même si tu ne le revois jamais, c'est quelqu'un, c'est un souvenir, c'est un homme qui existe, quoi !

MITSOU, *rêveuse* : C'est un souvenir... Tu en as beaucoup, des... des souvenirs, hein ?

PETITE-CHOSE, *se versant du cassis* : Et ce n'est pas fini !

MITSOU, *pudique* : Oh ! Petite-Chose !...

PETITE-CHOSE, *grise* : Quoi ? Quoi ? Petite-Chose ? Qu'est-ce qu'elle a fait, Petite-Chose ? Parfaitement que ce n'est pas fini ! Est-ce que c'est ma faute si nous vivons dans un temps pareil ?

MITSOU : Quel temps pareil ?

PETITE-CHOSE, *que l'inspiration gagne* : Un temps comme on n'en a peut-être jamais vu depuis que le monde est monde ! Avez-vous jamais vu un temps où on vous mettait des jeunes gens plein les rues, des jeunes gens de toutes les façons, des beaux gosses habillés pour tirer l'œil, qui regardent les femmes et la boustifaille en montrant les dents ? Non, n'est-ce pas ? Et on voudrait peut-être que nous n'y touchions pas ! Et on est là à nous entreprendre : « Le cynisme des femmes n'a plus de bornes ! Les créatures sont pendues après nos fils, nos maris, nos frères, nos cousins ! » Eh bien moi, je leur réponds : « Madame !... »

MITSOU, *émue, buvant du cassis* : À qui ?

PETITE-CHOSE, *sans l'entendre* : « Madame ! Je ne suis pas une personne pour le tricot ! Je ne suis pas une personne pour les pansements ! Ni une personne pour le colis aux prisonniers, vu que je n'ai pas le rond ! Je suis une personne pour la chose du machin, et qui ne se retournerait pas pour voir tomber le tonnerre quand elle a un beau gosse devant elle ! Un beau gosse, en plus, qui s'en va peut-être mourir demain ! »

MITSOU, *très énervée* : Non, non, pas demain !

PETITE-CHOSE, *poursuivant* : « Eh bien, Madame, à moins que vous ne m'attachiez les jambes et les bras, je continue, Madame ! Et je les ouvrirai, ces bras-là, à toute heure que ça me plaira, pour celui que j'aurai le temps de rendre heureux, ce ne serait-il que dix minutes, aussi bien celui-là en kaki, Madame, que celui-là en bleu... »

MITSOU, *dans un cri* : Non, non, pas le bleu !

PETITE-CHOSE, *rappelée à la terre* : Quoi ? Qu'est-ce qu'il y a ? Quel bleu ?

MITSOU, *hors d'elle* : Le bleu ! celui du confiturier ! celui de la lettre !

PETITE-CHOSE, *quittant sa chaise et son cassis, court à Mitsou* : Esplique, mon petit, esplique...

MITSOU, *d'un trait* : Je veux l'adresse du lieutenant bleu que tu as mis dans mon placard qui m'a envoyé de la verrerie qui m'a écrit qui n'a pas mis son adresse ! *(Elle laisse tomber sa tête sur ses bras croisés.)*

PETITE-CHOSE : Eh bien, vrai !...

MITSOU, *relevant la tête, s'appuie au flanc de Petite-Chose* : Alors, tu comprends, je sais que tu as l'adresse, je n'ai pas osé te la demander tout de suite, Petite-Chose, mais donne-la-moi, Petite-Chose, donne-moi l'adresse, l'adresse... *(Elle pleure.)*

PETITE-CHOSE, *comme si Mitsou, venait de mériter le prix d'excellence* : À la bonne heure ! À la bonne heure ! Ça, c'est bien ! Ça, c'est chic ! Tu vas l'avoir, mais oui tu vas l'avoir, l'adresse... À la bonne heure !...

Elle la berce contre elle maternellement. Baisers, chuchotements, conspirations...

IV

Mitsou au Lieutenant Bleu.

Monsieur,

Je ne sais comment vous remercier des jolies choses que vous m'avez envoyer[1]*. Je me connais assez aux belles choses pour voir qu'elles ont été choisies par quelqu'un qui a beaucoup de goût. Si vous me faites le plaisir de revenir me voir, vous trouverez beaucoup de changement dans ma loge et vous verrez que vos jolies cristalleries y occupent la place d'honneur.*

Recevez, Monsieur, l'assurance de mon meilleur souvenir.

Mitsou.

P.-S. — Si ce n'est pas trop indiscret, je voudrais savoir la date de votre prochaine permission.

Le Lieutenant Bleu à Mitsou.

Madame,

Vous avez fait avec moi un marché de dupes. Dépêcher,

1. Colette attribue à son héroïne une orthographe fantaisiste.

vers vous, le plus modeste, le plus banal bibelot, et recevoir en échange un billet où l'humour, la spontanéité, la grâce parisienne fleurissent ensemble, — c'est trop, c'est trop. Combien mes camarades m'envieraient, si je leur montrais ce billet, ce qu'ils ne manqueraient pas de nommer un début d'aventure ! C'est qu'ils ignorent que je ne suis point aventureux, et que vous incarnez, dans la Revue de l'Empyrée-Montmartre, la jeune gravité, le souci de bien faire, enfin la tenue, la Tenue, Madame, avec un grand T, une automobile et un ami sérieux. N'oublié-je rien ? D'avance je m'en excuse, Madame, avec toute la modestie d'un homme qui, bien que vous le connaissiez par ses nom et prénom, s'obstine à rester l'anonyme et respectueux.

Lieutenant Bleu.

Mitsou au Lieutenant Bleu

Monsieur,

J'ai été bien contente de recevoir votre lettre. Elle n'a mis que quatre jours à venir, ce qui n'est pas beaucoup par le temps qui court, — qui ne court pas bien vite. Il y a par moments des journées qui sont plus longues que d'autres, on ne sait pas pourquoi. Il y a des compliments qui ne font pas plaisir, et même qui vous rendent triste, j'y pensais en lisant votre lettre. J'ai eu plus de plaisir à regarder votre jolie écriture qu'à relire votre lettre, où il y a des passages qui ont bien l'air de me prendre pour une autre. Si vous les avez écrits dans l'espoir que je n'étais pas capable de les comprendre, c'est un passe-temps pas très relevé pour un jeune homme comme vous. Et si vous avez cru que je les comprendrais et que je m'en froisserais, sachez que je ne m'en tourmente guère, et qu'une femme n'a pas le temps d'être susceptible quand elle a l'esprit occupé par quelque chose. J'aurez toujours appris dans votre lettre comment les officiers français se représentent la Tenue, en chemise de tulle avec des bas couleur fraise.

Je vous dis, Monsieur : sans rancune et au revoir, et n'oubliez pas une autre fois que je vous ai demandé la date de votre prochaine permission.

Mitsou.

Le Lieutenant Bleu à Mitsou.

Madame,

Peu d'épistolières se vantent de faire tenir comme vous faites, en quinze lignes, tant de choses essentielles : de l'ironie, le sentiment des convenances, et du mystère. Le Mystère de la Divette : quel beau titre pour un film en vingt-trois chapitres ! Ils mentaient donc, ces yeux larges ouverts sur le passage de la vie ? Ils pensaient à quelque chose ! Quant à l'ironie, je n'ai pas, à moins de passer encore une fois pour un grossier personnage, le droit de m'en montrer étonné. On ne vit pas impunément dans l'atmosphère fiévreuse du music-hall et parmi ces joyeux drilles, les auteurs de Revues ! J'en ai connu un seul : c'était un étincelant bureaucrate qui avait passé, de longtemps, l'âge des R.A.T. Il classait tout le jour, dans un carnet à souche, l'actualité, la gaillardise et la scatologie par ordre alphabétique.

Pour ma prochaine permission, Madame, ce sont les Allemands qui en fixeront la date. Dans deux mois s'ils se tiennent sages, — peut-être jamais s'ils attaquent. N'est-il pas fâcheux que ma visite à votre loge dépende de ces gens-là ?

Je demeure, Madame, très respectueusement, votre

Lieutenant Bleu.

Mitsou au Lieutenant Bleu.

C'est vous qui l'aurez décidé, Monsieur, vous êtes donc mon Lieutenant Bleu. Regardez comme c'est drôle, les mots. Si je dis « mon lieutenant », c'est ordinaire ; si je mets « mon Lieutenant Bleu », ça devient gentil. Petite-Chose appelait un de ses amis « ma poule d'eau mauve », mais je ne fais aucune comparaison. Je ne vous demanderez que de ne m'appeler « Mademoiselle », et non pas Madame, je n'ai pas de motif sinon que je n'aime pas ça.

Je n'ai pas trouvé, moi, de « choses essentielles » dans votre lettre. Peut-être que vous n'en aviez pas mis. À moins que ce ne soit le passage où vous plaisantez les pauvres vieux qui font des revues. Ce passage-là m'a plutôt flattée, il me semblait que je causais à monsieur votre père. Les personnes d'âge aiment bien plaisanter sur la vie des coulisses comme s'ils la connaissez, et ils ajoutent des petits hé ! hé !

Mais, en relisant, j'ai bien vu que c'était vous qui écrivait. Je vous ai revu tel que vous étiez dans le placard, et aussi jeune. Il faut qu'un jeune homme soye bien jeune pour que, lorsqu'une femme lui dit qu'elle pense à quelque chose, il ne comprenne pas que ça veut dire : à quelqu'un.

Au revoir, mon Lieutenant Bleu. Petite-Chose vous envoie ses amitiés, et moi je forme des souhaits pour qu'il ne vous arrive rien de mal.

Mitsou.

Le Lieutenant Bleu à Mitsou.

Mademoiselle Mitsou, il me semble aujourd'hui que je ne vous écrirai que des sottises. On ne devrait jamais écrire à une femme après deux nuits blanches, dont une où j'étais de garde. Mademoiselle Mitsou, votre simplesse, votre apparente simplesse m'intrigue plus que je ne veux. Oui-dà, vous pensez ? C'est de notre âge, — classe 13 si je ne me trompe. Moi aussi, je pense. Je pense à une famille que j'ai, à mon métier de militaire, aux plaisirs rapides, un peu brutaux, qui récompensent mes permissions, à... à ma marraine, jureriez-vous ? Ne jurez pas. Je n'ai, ni ne veux, de marraine. Mes amis, mes camarades, mes hommes autour de moi se sont livrés à une telle orgie épistolaire, à un tel gaspillage, un tel sabotage de marraines, que je m'écarte, tout rassasié avant la lettre, de cette goinfrerie.

Mais vous, mademoiselle Mitsou-qui-pensez, l'aimable visage de mon camarade kaki hante-t-il vos songes ? Que je suis bête ? Il s'agit, il ne peut s'agir que d'un civil. Nous autres passants, nous jetons derrière nous, déjà courant, un « au revoir... qui sait ?... peut-être... », nous promettons, et les civils tiennent. Forain n'avait pas mesuré tous les sens du mot tenir. Ils sont là, — ils sont parfois un peu là, — que de supériorités sur nous !

Peut-être votre prochaine lettre va-t-elle me hausser jusqu'au grade de confident. Il est juste, il est « guerre » que le confident, mortifiant ses vingt-quatre ans dans la tranchée, y écoute le roman d'amour du jeune premier qui pourrait être son père. Mademoiselle Mitsou, je vous écoute. Ma bienveillance vous est acquise, à cause d'une phrase tombée de votre plume distraite juste au moment où j'avais besoin de la lire : « Je forme des souhaits pour qu'il ne vous arrive rien de mal. »

Votre respectueux et fatigué

Lieutenant Bleu.

Mitsou au Lieutenant Bleu.

Mon Lieutenant Bleu,

Je n'ai pas pu m'empêcher de rire en lisant votre lettre, d'abord parce que j'étais contente depuis le moment où j'avais vu l'enveloppe, et ensuite parce que vous dites : « Une phrase échappée à votre plume distraite. » Ma plume distraite ! Seigneur ! On voit bien que vous écrivez facilement. Comment voulez-vous que ma plume soit distraite, quand il faut en écrivant que je fasse attention à tout, à l'écriture, à l'orthographe, à ce que je veux vous faire comprendre ! Oh ! non, je ne suis pas distraite en vous écrivant. Et ce n'est pas au moment où vous commencez à prendre bonne opinion de moi qu'il faut que je me néglige et que je me laisse vivre !

Alors mes lettres ne vous ennuyent pas trop ? Qu'est-ce que je dirai des vôtres, alors ! Ce que vous n'imaginez pas, c'est que je n'ai jamais correspondu avec personne. Je suis de Paris et je n'en bouge pas. Les connaissances que j'ai, elles sont de Paris, et entre gens de Paris on a plutôt fait de s'envoyez trois sous de téléphone qu'une lettre. Je voudrais vous faire bien comprendre que c'est un événement dans ma vie que de commencer à écrire des lettres, et que ce soit des lettres pour vous. Je ne peux pas bien mesurer la différence qu'il y a entre les lettres que je vous écris et les lettres que vous mériteriez de recevoir. Mais je vous écris sans mentir. Et toute bête que soit cette Mitsou, elle saura bien quand le temps sera venu de ne plus vous écrire. Ces choses-là, Dieu merci, on les apprend sans avoir besoin de grammaire.

J'avoue que j'ai essayé de me moquer un peu de vous dans mes avant-dernières lettres. Mais oui, pourquoi donc pas ? Le peu que je vous est vu, vous m'avez paru tellement jeune, tellement grave, tout à fait un Mitsou-homme ! Comme Mitsou vous avez peur qu'on vous manque, comme elle vous prenez votre métier au sérieux, et peut-être que vous vous dites comme elle : « N'oublions pas que nous avons vingt-quatre ans, et que la rigolade c'est pour l'âge mûr ! »

À cause de cette idée que je me fais de vous, je me sens disposée à vous pardonnez tout et à ne vous passez rien. J'aime bien à penser que nous sommes un peu rivaux, rivaux comme deux amis ou deux jumeaux. Cela me donne un peu d'aplomb, et le droit de vous poser des questions, par exemple deux questions :

1° Est-ce que c'est bien dangereux une nuit de garde ?

2° Avez-vous besoin de choses inutiles ? Parce que, une famille, ça pense bien à vous envoyez ce qui est utile, mais pas le reste. J'aurais du plaisir à vous envoyez de ces choses qui ne servent à rien et qui sont agréables.

Il fait très beau à Paris de ce moment. Je souhaite que vous en ayez autant, je souhaite surtout qu'il fasse ce temps-là dans deux mois, je veux dire dans un mois et demi juste. Je profite du beau temps le matin à partir de dix heures, vous trouverez que c'est tard, mais je n'ai pas besoin d'être levée plus tôt, il n'y a pas de courrier avant dix heures, je l'ai demandé. Il y en a un autre à midi, et c'est bien commode, parce que la personne que vous avez rencontrez dans ma loge vient déjeuner à une heure, alors j'aime mieux avoir le courrier avant. Après cela, je peux sortir faire des courses ou autrement, je suis bien tranquille, il n'y a pas de courrier, je veux dire de courrier intéressant, avant sept heures, sept heures et demie.

À six heures et demie, je prends un thé-repas très solide, et comme la poste est très capricieuse en ce moment, il arrive que je trouve en rentrant du music-hall une lettre venue après mon départ. C'est ce qui est arrivé pour votre dernière lettre, et j'en suis restée aussi saisie que si j'avais trouver une personne vivante dans ma chambre.

Je vous écris là des choses bien longues et bien sottes, mais j'ai mis tant de plaisir à les écrire que je n'ai pas le courage de les déchirer. Je vous souhaite une bonne nuit, mon cher Lieutenant Bleu, et je pense à vous dans la crainte que ce sois encore une nuit de garde.

Mitsou.

Le Lieutenant Bleu à Mitsou.

Mitsou, j'ai votre lettre. Je la relis avec des yeux qui s'étonnent qu'une petite fille volontiers nue, puisse cacher tant d'elle-même. Mitsou, je n'oublie pas, je ne saurais oublier la forme et l'attrait de tout ce que m'a laissé contempler, du fond du placard, votre hautaine indifférence. Mais ce n'est pas pendant cette contemplation que j'ai eu envie de vous crier : « Qui donc êtes-vous, Mitsou ? » Je vous le demande aujourd'hui comme si je ne vous avais jamais vue. Mitsou sans apprêts de style, Mitsou à l'écriture d'écolière, vous n'avez pourtant jamais manqué dans vos lettres de me faire entendre ce que vous vouliez, rien de plus et rien de moins. Vous n'avez pas répondu, Mitsou, quand je vous ai questionnée d'un petit air désinvolte sur l'objet favori de vos pensées. Vous n'avez pas répondu, mais... vous m'avez donné un horaire fort précis des distributions postales dans Paris.

Ô Mitsou avisée, vous venez de me révéler ce qui peut tenir de romanesque dans un indicateur des chemins de fer ! C'est le point le plus charmant et le plus irritant d'une aventure, lorsque deux êtres, qui ne savent encore rien l'un de l'autre, ont déjà l'habitude impérieuse d'être, à certaines heures, l'un avec l'autre... Mitsou, je veux vous appeler Mitsou tout court. Mitsou, un mot de plus et je vous tutoie... Non, je n'en ferai rien. Le premier tu *est un cri irrépressible, et on ne crie pas dans une lettre.*

Non, chère Mitsou, ce n'est pas très dangereux, une nuit de garde. Mais c'est du moins une épreuve, où l'on porte deux poids que la longueur de la nuit fait lourds : la responsabilité et la solitude. La responsabilité est la plus légère, on la mesure, on la connaît, on est digne d'elle. Mais la solitude vous gorge de songes, de frissons, d'appels qu'on refrène, de sensibilité qu'on jugule... C'est déjà trop que de l'avouer, Mitsou.

Vous voulez absolument me faire don de ce que Richard Wagner nommait — en bon français, ma foi — l'« enivrant superflu » ? (Il n'eût pas trouvé, lui, votre formule savoureuse : « Si vous avez besoin de quelque chose d'inutile... ») Soit. J'ai besoin :

1° D'une photographie de Mitsou.

2° D'un morceau de velours couleur de fraise, grand comme mes deux grandes mains, pour recouvrir un livre que j'aime. La nuance ? celle des bas de la Rose Jacqueminot.

C'est tout, jusqu'à nouvel ordre. Mes exigences ne sont point à leur terme, craignez-le ! Chère Mitsou, je baise respectueusement vos longues petites pattes, et je suis votre

Lieutenant Bleu.

Mitsou au Lieutenant Bleu.

Mon cher Lieutenant Bleu,

Il y a plus d'une femme, en recevant votre dernière lettre, qui se serait imaginée recevoir une lettre d'amour. Pas moi, heureusement. Malgré les mots difficiles de temps en temps dans vos lettres, il n'y a pas de danger que je me trompe sur ce qu'elles disent réellement. Je m'en trouve assez flattée pour ne pas aller cherchez midi à quatorze heures.

Le portrait de Mitsou et le velours partent dans un petit paquet à part. Pour le velours, il est bien rassorti. Et la photo est « Rose Jacqueminot » aussi. Mais comme c'est sombre en photographie, tout ce rouge ! Je ne veux plus de rôles en rouge à partir de maintenant, ça fait triste.

Petite-Chose voulait que je vous envoye un sachet de préservation comme elle envoie à ses amis. Ce sont des sachets où elle ne met rien, que des baisers. Mais je ne vous envoie, comme les autres fois, que mon souhait sincère pour que rien ne vous arrive en mal. Cette phrase-là, elle me revient de celles qu'on me faisait écrire au jour de l'an sur du papier à dentelle, quand j'étais petite. Je regrette bien de ne pas pouvoir en inventer une autre plus belle pour vous. Mais ça m'est égal. Mon souhait est mieux qu'une belle phrase, parce qu'une phrase ça n'existe pas, et mon souhait il existe. Il existe autant que la petite hirondelle ou la colombe sur l'ancien papier à lettres. Je le vois, il vole, il se promène, il a une figure, il est autour de vous, sur votre tête, sur votre poitrine, — je le vois comme si j'y étais, sur votre poitrine... Le sachet de Petite-Chose serait assurément très joli, et très bien brodé, mais il ne couvrirait qu'une trop petite place. Avec mon souhait, je suis plus tranquille, vous êtes tout enveloppé.

Que vous êtes drôle, mon cher Lieutenant Bleu, avec votre « Qui donc êtes-vous, Mitsou ? » Je n'aurez jamais penser que vous jouriez aussi bien le compère de revue : « Mais qui donc êtes-vous, ma belle enfant ? » Si j'étais encore chez Mayol à jouer la revue de Noël, je vous répondrais, costumée de deux ailes, d'un casque et d'une lance : « Moi ? je suis l'Amour héroïque ! »

Je ne suis pas l'Amour héroïque. Je ne suis rien du tout d'extraordinaire, je vous assure. Vous m'avez vue toute entière, le soir du placard : une petite artiste jeune, pas laide, qui plaît au public et qui n'a pas beaucoup de talent. Ma modestie vous étonne ? Allez, nous savons presque toutes très bien à quoi nous en tenir, au music-hall, avec notre air de nous en croire. Regardez Petite-Chose : elle s'est fait un genre en ne tenant pas en place, et je te tortille, et je te tortille. Moi, comme j'ai un genre enfant, une figure bien propre, des yeux que j'ouvre à m'en faire mal dans le front parce que ça va bien ensemble avec mes grandes jambes, ma petite bouche et mon pas de nez, les auteurs de revues se sont écriés : « Elle sera épatante dans les scènes les plus raides, on va les lui garder ! » Vous voyez comme c'est simple. Mais vous, qui n'avez pas des idées d'auteur de revue, ne cherchez donc pas Mitsou plus loin que vous l'avez vue. Je me suis déshabillée devant vous ? C'est que je ne pensais à rien de mal, sans quoi j'aurais mis le paravent. Je n'ai pas dit trois paroles ? C'est que je n'ai inventé ni la poudre ni la houpette, comme on dit. — À preuve, je n'ai même pas trouvé un mot pour arranger la situation, quand la personne que vous savez est entrée dans ma loge. Voilà, c'est tout. C'est tout pour Mitsou qui était une gentille ouvrière en modes, et qui a eu peur de ce qu'elle connaissait le mieux, la misère et l'atelier. Alors elle a eu envie de ce qu'elle connaissait le moins, monter sur les planches. On croit toujours que c'est plus facile de réussir dans ce qu'on n'a pas appris que dans ce qu'on a appris, c'est naturel.

Le reste, ma vie privée, vous la voyez d'ici. Vous avez vu de qui elle dépend, — jusqu'au jour où je ne voudrai plus qu'elle dépende. Mes amis ? Le tour en est bientôt fait, je suis trop jeune pour avoir des amis hommes, à mon âge ça se gâte tout de suite avec eux. Les amies femmes, ce n'est pas bien commode non plus. On tombe sur des déchaînées qui n'ont de respect pour rien. Elles boivent, elles fument l'opium. J'en sais qui se sont mises dactylos depuis la guerre ou téléphonistes dans des administrations, mais celles-là nous traitent plus bas que terre. J'en rencontre aussi d'autres, mais c'est des pareils à moi, et celles-là c'est les pires. Au bout d'une heure que je les vois, je me dis : « Comment, c'est moi ça ? Je suis comme elles, je suis déjà, à mon âge, aussi quelconque, aussi terne que ça en dehors de la scène ? Autant rester devant mon miroir, il me fait moins honte. » Que voulez-vous ! On en arrive vite à vivre pas mal seule, à moins qu'un événement... Il n'y a que trois grands événements de possibles dans notre vie à nous autres : la mort, la célébrité théâtrale ou l'amour. Mon cher Lieutenant Bleu, quel est celui des trois qui va me tombé le premier sur la tête ou sur le cœur ? J'attends.

Non, non, n'embrassez pas mes mains, même dans une lettre. Elles ne sont pas assez belles, le blanc liquide les abîme et puis je me suis mis trop de verni aux ongles. Je soigne mes mains, je les répare pour quand vous viendrez. Mais embrassez la saignée de mon bras, elle a tant de petites rivières vertes et bleues que vous pourrez, en l'embrassant, penser seulement à votre carte d'état-major.

Votre Mitsou.

P.-S. — Mais je veux aussi une photographie !

Le Lieutenant Bleu à Mitsou.

Chère Mitsou, j'ai envie de vous voir. J'ai envie de vous voir. Que vous dirais-je d'autre ? J'ai envie de vous voir. Je me sens doux, faible, vague, penché vers quelque chose de moelleux, de profond, d'indistinct qui m'attire. Je me sens à la fois heureux et privé de tout. C'est une anxiété, et en même temps une paresse, l'une comme l'autre pleine de charmes. Un état d'adolescence... Cette photographie de vous ressemble à vous d'abord, et à une phrase de Francis Jammes sur une jeune fille « qui avait l'air d'une sombre petite rose et qui chantait... » Mitsou, voulez-vous m'embrasser ? Je vous le demande parce que j'en ai bien envie. Notre long passé de huit semaines de sincérité m'oblige à ne rien vous taire. Mitsou, embrassez-moi. Quand je songe que j'ai agrafé, derrière vous, le « gros grain » d'une ceinture, en faisant bien attention à ne pas pincer, entre les agrafes, votre peau si peu voilée de tulle... Je me souviens qu'à cause du rouge pétunia de vos joues, sous la lumière crue, vos bras et le sillon de votre dos paraissaient verts, verts comme les lilas blancs que l'on oblige à fleurir en hiver... Je me souviens que vous avez froidement, chastement, pour m'aider, levé vos bras minces... Mitsou, je n'aime pas l'odeur de la verveine. Je n'aime que le parfum — une rose-thé effeuillée dans une boîte en bois de santal qui aurait contenu un peu de tabac fin —, le parfum de Mitsou.

« Beaucoup de changement » dans votre loge ? Pourquoi ? Attendez, laissez-moi la revoir telle que je l'ai vue, du fond du placard, autrefois... N'y changez rien, n'en bannissez qu'un meuble. Un meuble qui est entré pendant que j'étais là, un meuble dans les cinquante-cinq, cinquante-six ans, — très mauvaise époque. Tout sera bien ainsi. Ah ! chère, chère Mitsou, que tout me plaît en vous, et surtout ce souci qu'ont vos lettres de me peindre votre existence morose et claire, et vide comme une mansarde neuve ! Savez-vous que la mienne n'est guère plus meublée ? Mitsou, nous autres garçons qui avons vingt-quatre ans, la guerre nous a pris à la porte du collège dont nous sortions. Elle a fait de nous des hommes, et je crois qu'il nous manquera toujours d'avoir été des jeunes gens. Il est perdu pour nous, ce temps précieux pendant lequel nous pouvons apprendre l'équilibre de la voix, du geste, l'habitude de la liberté, de la famille, approcher, sans épouvante comme sans cannibalisme, des femmes qui ne songent pas tout le temps à notre désir ou à notre argent... Mitsou, pardonnez-moi de vous ennuyer avec ces choses. C'est qu'à présent mon regret a un but, et je balance entre deux appréhensions : mettrai-je à vos pieds un lycéen vieilli ou un homme trop jeune qui sera comme un fruit dessaisonné, — mûri d'un côté, vert de l'autre ?...

Mitsou, écoutez-moi : dans dix jours, Mitsou, je... Eh bien oui, dans dix jours je serai à Paris, pour quarante-huit heures, — une mission brève... La brutalité de cet aveu m'éblouit. Je viens d'en rougir comme on rougit du geste qu'on tente dans une foule vers un sein, vers une hanche, et dont on a honte après...

Voici la photographie que vous m'avez demandée. Elle est jaune et non collée, et j'y suis bien laid, le nez froncé sous le soleil. La petite ondulation que vous voyez au loin par l'échancrure des parois de terre, ce sont des lignes allemandes, — au diable, à quatre cents mètres ! Mitsou, que ce velours cramoisi sent bon, — je l'ai gardé contre moi en dormant...

Votre Lieutenant Bleu.

Mitsou au Lieutenant Bleu.

Cher Lieutenant Bleu, ah ! c'est fini de mon courage à vous écrire : je vais vous voir. Je vous est déjà vu, sur cette photo dont vous dites qu'elle est vilaine, et pourtant je sens, je sens à en perdre la tête que vous l'avez choisie parce qu'il n'y a rien de mieux au monde que la forme de vous sur ce ciel, et qu'on y voit votre jolie taille, et votre manière de porter la tête, de lever le menton. Non, non, ne dites pas qu'elle est vilaine, elle a tout ce qu'il faut pour me plaire, pour que le cœur me batte, pour que j'en sois bouleversée. C'est que je n'en peux plus, vous savez. Croyez-vous que je me suis bien retenue, depuis le jour où au lieu de vous écrire une lettre si bête, j'aurai voulu vous écrire simplement : « Il faut que je vous revoie, parce que je suis toute changée et je crois bien que je vous aime... » Et comme j'ai bien fait de me retenir ! D'abord ce n'était probablement pas vrai encore, que je vous aimais. Je n'en avais encore que le mal partout, comme une espèce de grippe de préparation. J'étais je ne sais comment, je me suis plaint à Petite-Chose d'avoir pris un froid et chaud, j'ai demandé à l'habilleuse des cachets pour la tête et l'estomac. Je ne savais pas, vous comprenez. Jusqu'à votre cadeau que je regardais comme s'il m'avait fait quelque chose, je l'attrapais, je le disputais : « Ce Lieutenant Bleu, est-ce qu'il croit que j'attends après lui pour une boîte à poudre ? » Enfin toutes les bêtises et les malentendus. Je ne parle pas bien comme vous. Il y a toutes sortes de choses fines qui m'échapperont toujours. Mais, comme dit Petite-Chose, « quand on se tait on ne se trompe pas » ; je compte beaucoup sur mon silence, quand vous serez là, près de moi... Je me dépêche de toute me renversé devant vous, comme un panier dont on veut montrer que le dessous est aussi bon que le dessus. C'est que je me sens depuis deux mois pleine de pensées si nouvelles, si douces, si tourmentantes, que je ne sais pas de mots qui soient à leur hauteur.

Tout à l'heure je croyais que je ne pouvais plus vous écrire. Et maintenant il me semble que cette lettre-ci ne suffira jamais, pour tout ce qui me paraît si pressé et si inquiétant. Voilà que je pense tout d'un coup que vous ne m'avez jamais vue en toilette de ville ! C'est terrible. Comment faire ? Et puis vous ne m'avez pas dit si vous aimiez les petits chapeaux, je ne porte guère que ceux-là ?... Je ne m'habille pas trop court, vous savez. Et je ne porte pas de couleurs voyantes dans les rues, d'abord parce que c'est la guerre, ensuite parce que je me repose des arc-en-ciel qu'on me met sur la scène. Je porte du marine, du vert foncé, du blanc et noir. Je ne me mets pas de rouge sur les joues à la ville. Je me coiffe très serré et les oreilles découvertes, parce qu'elles sont toutes petites.

Je cherche quoi encore ? Vous avez vu presque tout le reste, et je le regrette maintenant. Je n'ai rien de vraiment vilain dans tout mon corps, sauf un peu les doigts des pieds à cause des chaussures à la mode. Et aussi une cicatrice (un accident d'épingle à chapeau) sur la nuque à la naissance des cheveux. Mais comme je ne baisserai la tête devant vous que si j'ai honte ou si j'ai du chagrin, il ne tient donc qu'à nous deux que vous n'ayez pas l'occasion de la voir.

Je ne sais pas au juste ce qui va nous arriver. Je ne sais pas même s'il va nous arriver quelque chose... Oh ! j'espère bien que oui ! Nous sommes bien jeunes, bien exposez à tout. Mais avant de vous avoir connu tout à fait et même si vous devez m'oublier bientôt, je veux vous dire merci de tout mon cœur. Peut-être que bientôt j'aurai devant moi dans la glace une Mitsou rayonnante de joie. Peut-être aussi que ce sera une Mitsou en larmes. Mais dans tous les cas ce ne sera plus la même Mitsou d'avant vous, cette stupide, cette raisonnable qui ne riait pas et qui ne pleurait jamais, cette pauvre qui n'avait même pas un chagrin à elle. Je suis donc pour la vie votre obligée, mon cher, cher Lieutenant Bleu, puisque vous n'aurez pas pu faire autrement que de donnez quelque chose à celle qui n'avait rien.

Votre Mitsou.

Chez Mitsou. Elle l'attend. Il doit être à Paris depuis midi, mais Il a une famille... Il a promis à Mitsou de venir prendre le thé. Elle l'attend. Elle a acheté la veille une table anglaise à thé et à liqueurs, du porto, trois tabliers à dentelle pour la femme de chambre, cent vingt-cinq francs de parfums, un chapeau, et piétiné debout pendant deux heures aux « essayages finis » de deux robes. Ce matin, elle a acheté des fleurs et des fruits.

Il est 5 heures. Les parfums neufs brillent, couleur d'eau-de-vie et de chartreuse verte dans les flacons de la coiffeuse ; le cherry-brandy, le porto et la fine champagne, sur la table à liqueurs, ressemblent à des eaux de toilette ambrées et au carmin liquide dont Mitsou s'enlumine l'intérieur des lèvres, les gencives et la langue. Les fleurs ont chaud. Le soleil, qui chemine lentement, pique d'un rayon la coupe de cerises, colle un rond d'or sur la nappe, et touche enfin l'épaule de Mitsou, qui est assise depuis très longtemps dans une bergère.

MITSOU, *se levant brusquement :* Il est 5 heures ! *(Le son de sa voix l'intimide, elle répète plus bas.)* Il est 5 heures.

Elle ouvre un journal illustré, qu'elle referme parce qu'elle a vu dans ses mains trembler les pages. Elle tente de marcher de long en large, mais il n'y a dans le boudoir ni long ni large, et elle se réfugie contre la fenêtre, sous le store de filet, sentant qu'elle a trouvé le coin d'où elle ne bougera plus, jusqu'à... jusqu'au roulement d'une voiture, jusqu'à la trompe et au claquement de portière d'un taxi, jusqu'au grelottement d'une sonnette...

Elle est vêtue d'une robe de satin noir, brodée au cou de vert émeraude, à manches courtes, des manches qui s'arrêtent, comme dit Petite-Chose, au maigre du bras. Mitsou n'est pas très jolie aujourd'hui. Pourtant sa pâleur sans fard, ses grands cils alourdis, ses cheveux lisses, — en satin noir, eux aussi, — et la longueur démodée et distinguée d'un cou de cygne lui prêtent la gravité, le charme blanc et noir d'une héroïne romantique, — mais quelle héroïne romantique eut un si petit nez ?

Elle a soif, et mord sa bouche sèche. Elle appuie son front à la vitre entr'ouverte, goûte le faible courant d'air et croit que son cerveau roule mille pensées tumultueuses ; — en réalité elle ne songe à rien, elle attend. Elle regarde la rue, et parfois jette un regard sur ses petits souliers à cothurnes. De temps en temps un souci, rapide, traverse le vide anxieux de son esprit, le blesse et s'évanouit : « Je crois que j'ai une maille partie à mon bas... J'aurais dû prendre un comprimé d'aspirine... S'Il n'était pas libre pour dîner avec moi ?... Si je rencontrais Pierre dans le restaurant ?... Et s'Il veut rentrer avec moi ce soir, qu'est-ce que je dirai ?... J'aurais dû prendre le chapeau noir au lieu du noir et vert... Il est cinq heures et demie... Il a peut-être été empêché... »

Soudain le taxi est là. Mitsou a le temps d'entendre une voix qui intime au chauffeur l'ordre de « prendre trois francs », deux portes s'ouvrent, se ferment. Il est devant elle et... il ne la reconnaît pas. Il a eu beau dessiner cent fois, — sur fond de ciel déchiré de lueurs, sur nuit sans lune, sur mur de terre glaiseux, sur songe ocellé, — une Mitsou en robe de ville, ou en pyjama, ou en saut-de-lit, il ne l'a tout de même vue qu'une fois, peu couverte de bas cramoisis et de tulle... Il est surpris, gêné, il était venu pour crier « Mitsou ! », ouvrir les bras et les refermer sur quelque tulle froissé et une chair dévêtue... Mais il trouve jolie, et touchante, cette jeune fille en noir, pâle, qui lui tend la main.

Mitsou, elle, l'a reconnu de la tête aux pieds. Elle n'a ni surprise, ni déception. Elle sourit seulement du plaisir de découvrir que son Lieutenant Bleu n'a pas les cheveux si noirs qu'elle l'avait cru ; châtain foncé, plutôt, un peu roussis sur la nuque... Elle dit tout de suite le mot qu'il fallait dire :

MITSOU : Comme vous êtes beau !

Il sourit. Il baise la petite main tendue. Il a rougi et n'ose pas baiser une joue ronde, blanche, où un duvet d'argent retient la poudre. D'ailleurs Mitsou ne s'attend pas à être embrassée. Elle s'assoit, désigne une chaise en face d'elle, et parle...

MITSOU : Vous avez fait un bon voyage ?

LE LIEUTENANT BLEU : Très bon. Très lent, naturellement. *(Silence.)*

MITSOU : Est-ce que vous voulez un peu de porto ?

LE LIEUTENANT BLEU : Si vous en buvez avec moi, oui.

MITSOU, *emplissant deux verres* : Les cigarettes sont à côté de vous.

LE LIEUTENANT BLEU : Si vous fumez avec moi, oui.

Elle allume une cigarette et souffle la fumée très loin. Il boit. Elle boit. Elle pose son verre d'une main tremblante et la tige de la tulipe de cristal se brise.

MITSOU, *comme si le plafond tombait* : Ha !

LE LIEUTENANT BLEU, *se levant* : Ah ! enfin ! J'attendais cette parole ! *(Il prend Mitsou dans ses bras et l'embrasse sans viser.)*

MITSOU, *dès qu'il l'a lâchée* : C'est du verre blanc...

LE LIEUTENANT BLEU : Quoi ?

MITSOU, *respirant vite* : Ça porte bonheur. *(Elle se remet dans les bras du lieutenant.)* Rembrassez-moi encore, s'il vous plaît... Pendant que vous m'embrassez, au moins, je ne pense pas à être intimidée.

LE LIEUTENANT BLEU : Ce que j'en fais, c'est bien pour vous rassurer...

Il la rassure. Les petites mains glacées deviennent tièdes et se détendent, le corps mince qu'il serre ploie et semble perdre la vie. Mitsou ferme les yeux, mais le Lieutenant regarde, de tout près, les longues paupières bombées et frangées de noir, plus haut le front découvert, plus loin une cheminée ornée de bibelots...

LE LIEUTENANT BLEU, *in petto* : Que j'aie une minute à moi, voilà une statuette qui ne périra que de ma main...

MITSOU, *à bout de souffle* : Ah !... *(Très bas, avec mille précautions.)* Robert...

Il est charmé comme si elle lui faisait un cadeau. Elle ne l'a jamais appelé Robert.

ROBERT, *bas* : Mais oui, Mitsou, c'est moi.

Le chuchotement les met à l'aise, ils ne sont pas encore habitués aux nuances de leurs voix.

MITSOU : Alors, vous voilà...

ROBERT : ...

MITSOU : Vous dînez avec moi ?

ROBERT : ...

MITSOU : Mais pas ici.

ROBERT, *rappelé à la réalité* : Pourquoi pas ici ?

MITSOU, *gênée* : Mais, parce que... *(Il fronce à tout hasard les sourcils, elle se hâte de mentir.)*... parce qu'on ne mange pas assez bien pour vous, ici, c'est de la cuisine faite en courant...

ROBERT, *scandalisé* : Oh ! Mitsou ! Vous n'êtes donc pas gourmande ?

MITSOU : Oh ! si... Mais il n'y a plus de gâteaux, nulle part.

ROBERT : Il n'y a pas que les gâteaux. Qu'est-ce que nous allons manger ce soir ? Venez sur mes genoux me donner la commande. Homard à l'indienne ? Poulet aux morilles ?

MITSOU, *faisant la moue* : Non... Je voudrais du saumon froid avec beaucoup de mayonnaise. Et puis peut-être du ris de veau... Ça m'est égal... L'ennui, c'est qu'il faut dîner de bonne heure, à cause de la revue.

ROBERT : C'est toujours la même revue ?

MITSOU : Non, une nouvelle depuis vendredi.

ROBERT : Vous y avez de beaux rôles ?

MITSOU : Je comprends ! Je fais le « Décolleté du ventre », la « Liberté éclairant le monde », sans maillot, et la « Petite fille du XVIe ».

ROBERT : Du XVIe siècle ?

MITSOU : Non, du XVIe arrondissement, celle qui demeure à côté du campement américain d'Auteuil, et qui s'occupe... vous pensez comment.

ROBERT : *rêveur* : Curieuses mœurs...

Silence. Il oublie d'embrasser Mitsou et regarde autour de lui. La coiffeuse chirurgicale l'hypnotise. Il a envie de demander à Mitsou, avec un intérêt apitoyé : « Comment ça vous est-il venu ? » car il hésite à la croire responsable d'un tel meuble...

MITSOU : Elle est originale, n'est-ce pas ?
ROBERT : Qui, Mitsou ?
MITSOU : Ma coiffeuse. C'est un jeune artiste qui l'a exécutée, il n'en a fait qu'une comme ça, et il est mort.
ROBERT : Bien tard...
MITSOU : Pourquoi, bien tard ? Il paraît qu'il n'avait pas trente ans.
ROBERT : Non, je me suis trompé. J'ai voulu dire : trop tard.
MITSOU, *toute pureté* : Mais puisque, au contraire, je vous explique...
ROBERT : N'expliquez rien, mon amour.
MITSOU, *avec élan* : Oh ! je suis si contente de vous voir chez moi ! Vous savez, c'est *chez moi*, ici ! Vous avez vu ma vitrine ? La bergère en damas, vous l'aimez bien ? Dansez un peu sur les ressorts !... Et les gravures, c'est ancien, mais ancien !... il n'y a pas plus ancien ! Vous voyez ?
ROBERT, *à lui-même, avec une grande douceur* : Oui. Je vois. Évidemment il faudra tout brûler.
MITSOU : Tout brûler ?

Elle le regarde et il ne poursuit pas. C'est qu'elle a une manière de désarmer l'ironie, — quand elle ne comprend pas, elle se tait et ouvre de grands yeux patients, tandis que la pointe recourbée de ses cils rejoint ses sourcils.

ROBERT, *touché* : Mitsou chérie !

Il la prend contre lui et sent qu'à cette minute en effet il la chérit, parce qu'il a été tout près de la blesser un peu...

MITSOU, *alanguie* : Alors... voilà... qu'est-ce qu'on fait ?

Il n'attendait pas cette question. Mais des épaules de Mitsou ses mains descendent le long des bras, puis le long des flancs, si fermement appuyées qu'elles ne semblent pas vouloir caresser le jeune corps obéissant, mais le pétrir, mais le créer...

MITSOU, *réveillée* : Non, oh ! non... Je disais ça... parce qu'il est déjà tard...

ROBERT : Je dîne avec vous, Mitsou, si vous voulez me faire cet honneur.

MITSOU, *très sérieuse, et comme elle le pense* : Tout l'honneur est pour moi.

Il baisse les yeux, rougit légèrement sous son beau hâle doré, comme chaque fois que Mitsou, sans effort, dépasse ce qu'il espère d'elle...

ROBERT : Je vous conduis à votre théâtre... qui est un music-hall...

MITSOU, *anxieuse* : Oui...

ROBERT : Et puis... *(Elle se tait.)* et puis je vous dépose... à votre porte... *(Les yeux de Mitsou deviennent d'un éclat extrême et mouillé, il se hâte, pris d'une sorte de pitié un peu sadique.)*... à votre porte, Mitsou, et à ce moment-là je vous dis en confidence : « Mitsou, le vieux valet de chambre de ma mère a le sommeil très dur et je risque de passer la nuit sur le palier, si... »

Il s'arrête. Aucun des deux n'a envie de sourire, et Mitsou ne baisse pas les yeux. Son regard est si peu celui d'une femme et d'une amoureuse, il contient tant de décision, tant de fatalisme, et si peu d'espoir, que la pitié, encore une fois, et une sorte de déférence émeuvent le cœur neuf du jeune homme. Il se hausse à la simplicité de Mitsou :

ROBERT : Mitsou, vous voulez bien de moi ?

MITSOU : Oh ! oui, avec beaucoup de plaisir.

Et il admire que ce cliché, rajeuni par une voix presque pieuse, omette discrètement de rappeler qu'il s'agit, entre eux, d'une histoire d'amour.

Le restaurant Lavoie. Comme il n'est que 7 heures un quart et que plusieurs tables demeurent vacantes, Mitsou et son lieutenant ont droit à une table de coin dans la région fortunée du restaurant, celle de gauche, et même à l'empressement relatif du chasseur et d'un maître d'hôtel. Il fait encore grand jour, l'air étouffé sent le melon et la fraise. Robert regarde avec ravissement la poussière du soir, dorée et lourde, qui verdit délicatement le ciel derrière la Madeleine.

UN GARÇON, *douze ans, et le sérieux qui sied à cet âge* : Tickets de pain, sieur-dame.

ROBERT : Attendez, Mitsou, j'en ai.

MITSOU : Moi aussi. J'en ai de supplément, j'ai un certificat de travail de nuit... N'en donnez que deux, c'est bien assez.

ROBERT : Mais j'ai faim, Mitsou ! Tenez, jeune homme. *(L'austère enfant s'éloigne.)*

MITSOU : Vous êtes bien ? Vous n'aimez pas mieux mon coin ?

ROBERT : Je suis très bien, Mitsou.

Il regarde autour de lui, avec l'assurance un peu fausse d'un viveur de vingt-trois ans et une feinte mauvaise humeur qui, en même temps qu'elle avertit les dîneurs de ne point dévisager Mitsou, les informe en même temps qu'il est très habitué à elle, et même blasé. Ayant jeté ce muet avis à deux députés ternes, à deux dames de la Croix-Rouge américaine, à un quadrille d'officiers supérieurs tannés et bavards, il se décide à jouir lui-même de Mitsou au restaurant, Mitsou en chapeau noir à tortil vert émeraude, Mitsou en cape de satin noir qui, glissant de ses épaules, laisse luire, blanc, flexible et long, son cou de victime.

Elle s'est remise à être extrêmement jolie, tout à coup.

ROBERT : Que le noir vous va bien, Mitsou !

Et en même temps il se demande : « Pourquoi Mitsou — qui n'est point fardée, qui porte le cheveu lisse et l'oreille nue, qui ne fait point de gestes et n'a pas encore élevé la voix — ne ressemble-t-elle pas à ce que l'on nomme une jeune femme bien ? » Ce problème l'absorbe au point qu'il n'a pas vu le maître d'hôtel debout près de lui, qui attend et laisse lire ses pensées sur un visage de romain engraissé : « Mon temps est précieux... gaspillons-le pour la patrie et ne nous plaignons pas... »

MITSOU, *flattée par la contemplation de Robert* : Robert...

ROBERT : Ah ! oui... Mitsou, vous ne voudriez pas manger du homard ? Il y a quatre mois que je n'en ai pas eu. Homard à l'indienne ?

MITSOU : Oh ! oui. Avec de la mayonnaise et toutes les pattes.

LE MAÎTRE D'HÔTEL, *regard par-delà les limites de ce triste monde* : Le homard à l'indienne ne comporte pas de mayonnaise. Le riz s'accompagne de safran et de cary.

MITSOU : Oh ! ça m'est égal. On me fera une mayonnaise à part.

ROBERT : Notez la mayonnaise. Poulet aux morilles... ah ! quelle chance, il y en a... Mitsou, vous aimez le poulet ?

MITSOU : Oh ! oui, pourvu qu'il y ait de la salade avec.

LE MAÎTRE D'HÔTEL : Le poulet aux morilles ne comporte pas de salade, il s'accompagne d'une sauce crème et de...

MITSOU : Oh ! ça ne fait rien. Vous me ferez une salade à part.

LE MAÎTRE D'HÔTEL : Fraises, framboises, cerises dans la glace, bananes, fruits rafraîchis ?

MITSOU, *vivement* : Cerises dans la glace, cerises dans la glace !

ROBERT : Mais ce n'est pas bon, Mitsou ! Ça n'a plus de saveur !

MITSOU : Justement, c'est rigolo.

ROBERT : Cerises pour Madame, et pour moi des petites fraises *(Plein de convoitise.)* avec de la crème d'Isigny. Envoyez-moi le sommelier. Mitsou, bourgogne, bordeaux, champagne ?

MITSOU : Ça m'est égal, je ne reconnais pas les pays dans les vins.

ROBERT : Il y a ici, je crois, un bordeaux très joli, qui a dans le verre un parfum léger de café et de violette...

MITSOU, *horrifiée* : Si c'est possible ! Et on permet ça ?

ROBERT : Je ne parle pas du bourgogne, qui n'a rien à faire avec le homard et qui est bien rude au poulet...

MITSOU : Ça mousse, le bourgogne ?

ROBERT : Quand on l'y force, et encore... Je vois bien que nous allons en arriver au champagne...

MITSOU : C'est ça, c'est ça ! Un champagne qui n'a pas de goût ! *(Le sommelier, visible et présent, a cessé de s'intéresser à la conversation.)*

ROBERT, *scandalisé* : Qui n'a pas de goût ! ! ! Où vous a-t-on élevée, Mitsou ?

MITSOU, *vexée à cause du sommelier* : Pas chez le bistro, toujours.

ROBERT, *au sommelier* : Une bouteille de **** nature. De l'eau minérale, Mitsou ?

MITSOU : Oui. Une qui mousse.

Ils attendent le homard. Des dîneurs s'asseyent aux tables vacantes. L'Américain domine. Des officiers blonds, qui ont les joues couleur de pomme d'hiver, admirent Mitsou jusqu'à la limite de l'admiration, — c'est-à-dire que de temps en temps ils posent leur verre à demi-plein, et regardent Mitsou, bouche entr'ouverte, oubliant de boire. Robert fronce le sourcil pour dissimuler une satisfaction de propriétaire. Mitsou le compare à tous ceux qui sont là et constate : « Il est mieux. » Elle exagère à peine ; son amant est d'une race brune et fine, avec des mains maigres dont les petits os jouent sous une peau fine. Sa moustache non rognée cache une lèvre supérieure courte, qui tire imperceptiblement le bout de son nez quand il parle. Et les yeux « très grands pour un homme », estime Mitsou, reculent mystérieusement au fond de l'orbite.

Très jeunes, très graves, ils se taisent. Elle le contemple, mais lui observe. La griserie manque, — elle va venir. Justement voici le champagne avant le homard : pendant que Mitsou suce la mousse en clignant des yeux, il boit d'un trait son verre.

MITSOU, *riant* : C'est meilleur que le pinard, hein ?

Il ne répond que d'un signe de tête à cette vérité essentielle. « Voilà, songe-t-il. J'ai trouvé ce qu'il faut à Mitsou. Elle est beaucoup plus jolie quand elle est triste que quand elle rit. Je devrais lui raconter des choses sentimentales et mélancoliques ; je ne pourrai jamais. Pourquoi ? je lui écrivais avec abandon, pourtant... » Il s'aperçoit qu'il n'est pas certain d'avoir envie de devenir l'amant de Mitsou ce soir... « Quelle brute je fais », se dit-il au moment même où la brute, la brute joviale et gloutonne, défaut en lui...

MITSOU, *au maître d'hôtel qui la sert* : Assez, merci.

ROBERT, *protestant* : Mais vous n'avez qu'une petite patte !

MITSOU, *distinguée* : J'en reprendrai peut-être. Mais vous savez, je n'aime pas beaucoup les bêtes exotiques.

ROBERT, *riant malgré lui* : Je parierais que vous n'avez jamais vu la mer, Mitsou ?

MITSOU : Mais si, à Deauville. Je me suis bien ennuyée.

ROBERT : Je comprends ça.

MITSOU : N'est-ce pas ? Je suis contente que vous disiez ça. Je n'ai rien compris du tout.

ROBERT : À quoi ?

MITSOU : À Deauville. C'est vrai que je n'ai fait que passer en auto, et rien que deux jours. Mais je ne comprends pas les endroits où tout le monde reste dehors comme ça dans la journée. Je comprends qu'on aille dans un casino, ou dans un thé, mais tout ce monde dehors comme s'ils n'avaient pas où se loger...

ROBERT : Mais le grand air, Mitsou ! Et la mer ! Le libre flot sauvage de Deauville !

MITSOU, *secouant la tête* : Non, ça ne me dit pas. La campagne ne m'amuse guère... *(Le regardant.)*... avec vous, peut-être... Avec vous la Cabane Bambou, si vous voulez...

ROBERT, *désarmé, et sustenté* : Mitsou chérie ! Nous irons à la Cabane Bambou. Mais pas en auto ! — je n'ai pas d'auto, Mitsou.

MITSOU : Moi non plus.

ROBERT : Pourtant.

MITSOU : Oh ! c'est pas à moi, celle que vous avez vue. C'est celle de Pierre. Il lui en faut bien une pour ses affaires.

ROBERT, *froid* : Ah !

MITSOU, *paisible, insistant* : Il en a tant, d'affaires. Heureusement !

ROBERT, *nerveux* : Est-ce que vous n'avez pas un autre sujet de congratulations à m'offrir ?

MITSOU, *candide* : Congratulations, c'est la même chose que condoléances ?

ROBERT, *qui ne veut pas rire* : Non, Mitsou. Mais ne me parlez pas de... cette personne, voyons, c'est élémentaire.

MITSOU, *qui a bu tout de même trois verres de champagne* : Oh ! que vous êtes susceptible !... Demain matin, même si je ne vous ai pas plu cette nuit, je vous aurai pourtant donné quelque chose que je n'ai encore donné à personne...

ROBERT : ... ?

MITSOU : Non, pas ce que vous croyez, — seulement l'amour. C'est une histoire pas compliquée : je n'ai jamais été vraiment amoureuse, à présent je la suis... Vous voyez que la personne en question n'est pas bien enviable et qu'il n'y a pas de quoi la traiter d'élémentaire.

Il lui baise la main, et garde dans la sienne des doigts qui sont fins et longs, tièdes, francs dans la pression qu'ils rendent, empressés, joyeux de se confier — et cependant il est la proie d'une demi-hallucination saugrenue : la phrase que vient de prononcer Mitsou, il lui semble qu'il la lit et la relit, là-bas, dans un lieu dépouillé, sous le rayon qui glisse entre deux murs de terre : « Je n'ai jamais été amoureuse, à présent je la suis... » « Elle aurait sans doute mis un z a été... Que j'aime ce z... » Un appel nerveux de la petite main qu'il tient l'éveille : « Qu'est-ce que j'ai donc ? » se dit-il. « Je crois bien, Dieu me pardonne, que je viens d'oublier que Mitsou est là, devant moi... » *(Haut.)* Sommelier, une autre bouteille, je vous prie.

MITSOU : Une autre bouteille ? Mais vous allez être gris ! *(Elle éclate de rire sans motif. Battant des ailes avec ses bras.)* J'ai chaud, j'ai chaud !... Si on s'en allait ?

ROBERT : S'en aller ? Et le poulet aux morilles qui aurait peur tout seul ! Justement le voici.

MITSOU : Justement le voici ! Ça, c'est une phrase d'un de mes rôles dans la prochaine revue.

ROBERT : Elle nous promet un texte inédit...

On les sert. Mitsou mange peu, Robert moins qu'il ne l'espérait. Leur dialogue s'appauvrit encore, réduit à quelques exclamations, serrements de mains, sourires de fausse complicité ; mais des éclats de rire cachent l'indigence de leurs propos. Les tables voisines envient ce couple d'amoureux qui semble s'amuser si fort. À la vérité Robert, malgré le champagne et la chère aimable, commence à désespérer. Il a pris entre ses bottes les pieds et les genoux de Mitsou, elle s'est prêtée à la dure étreinte de ses genoux de bon cavalier... Et pourtant il ne la désire pas encore. Il n'a point d'envie, sinon celle de s'en aller, s'en aller, s'en aller, sauf celle de voir devant ses pas une rue déserte où meurt le jour, une avenue vide à la jeune verdure, ou même une de ces routes campagnardes dont le passage des camions et des canons a effacé les marges... Mitsou a si peu de place dans ces souhaits que Robert commence à s'affoler. Il cherche, dans le regard des Américains ivres et déférents qui contemplent Mitsou, des motifs de désir et de jalousie. Il appelle l'image de Mitsou demi-nue et de ses bas fraise. Il s'injurie et se fouette en vain... Il cesse soudain de faire aucun effort pour briller ou seulement plaire. Il constate sans joie que Mitsou, animée, luit comme une perle, qu'elle ne rougit point au feu du vin, que les ailes de son trop petit nez restent pâles et transparentes... Sans joie, et sans rancune, il l'écoute parfois accommoder, en axiomes, quelques traditions familiales :

« La feuille de mauve dessaoule, ma mère me l'a toujours dit... Laisse un homme faire deux pas tout seul, il fera trois bêtises, comme disait ma mère... Ma mère m'a toujours enseigné qu'il n'y a pas d'offense à être insulté par plus bas que soi... »

Il rêve, il se retranche dans un isolement morne. S'il osait, il jetterait là sa serviette, un billet de banque, allumerait une cigarette et... adieu. Il entend soudain, avec un soulagement indicible, Mitsou lui demander l'heure, et il triche de cinq minutes.

MITSOU : Oh ! déjà ? Mon chéri, il faut que j'aille à l'Empyrée... Oh ! là là !... Quelle désolation ! Et ma tête qui tourne...

ROBERT : Garçon, l'addition ! Chasseur, le vestiaire... *(Il se lève trop tôt.)*

MITSOU, *angélique* : Où allez-vous ? Vous avez mal au ventre ? C'est au premier.

ROBERT, *suffoqué* : Mal au... Vous êtes folle, Mitsou !

MITSOU : Pourquoi ? Vous n'avez jamais mal au ventre ?

ROBERT, *pour s'en tirer* : La reine d'Espagne n'a pas de jambes, Madame !

MITSOU : Première nouvelle. Ils ne sont pas dégoûtés, vrai, en Espagne, d'avoir une reine cul-de-jatte... J'ai mes gants ? Oui, j'ai mes gants. J'ai mon sac ? Non, je n'ai pas mon sac.

ROBERT *décidément un peu gris, et galvanisé par l'attention générale qui salue Mitsou, fredonne :*

Tu n'auras pas
Le haut, le bas,
Le sac et le blé,
Le blé, le sac, et l'argent du meunier !

Ils traversent le restaurant, on ne regarde qu'eux. Mitsou lutte contre l'étourdissement et se pare d'un dédain distingué, Robert affecte une désinvolture qui lui sied à peu près comme une robe à traîne.

Ils sortent. Le long crépuscule printanier teint de rose la Madeleine. Des enfants de trois à cinq ans vendent les journaux du soir et des narcisses fanés. Sauf que le bottillon de narcisses coûte vingt sous au lieu de dix centimes, c'est tout à fait la paix. Mitsou frissonne, Robert s'étire et respire, évadé d'un lieu clos.

UN CHASSEUR, *à Robert* : Taxi ?
MITSOU : Et au trot.

Elle s'appuie au bras de Robert, durant que les deux grooms se livrent à leur chasse crépusculaire qui consiste à rabattre, aux deux extrémités de la rue Royale, tout le gibier automobile errant. Ils courent, légers, à peine terrestres ; parfois l'un d'eux happe au vol un taxi, s'y pose d'un bond, s'y colle un moment, et l'abandonne pour une autre proie plus savoureuse... Enfin un véhicule dompté frôle le trottoir et s'arrête.

ROBERT, *au chauffeur* : À l'Empyrée-Montmartre.
LE CHAUFFEUR, *haineux* : C'est tout ?
ROBERT, *rogue comme un homme bien élevé* : Vous irez où on vous dira d'aller. Montez, Mitsou.
MITSOU, *au chauffeur qui ouvrait ses mandibules* : Pour sûr que ça sera tout ! Pensez-vous que je pourrais jamais m'habituer à votre figure ?

Ayant reconnu l'accent de « quelqu'un du pays », le chauffeur démarre sans insister. Mitsou appuie sa tête sur l'épaule de Robert, le bras de Robert ceint les flancs minces de Mitsou. C'est le meilleur moment. L'air plus pur, la vitesse, les lucioles vert-bleu des becs de gaz, l'alcool du vin qui bat dans les veines, le parfum de Mitsou pour Robert, pour Mitsou la nouveauté d'une bouche qui baise sa bouche, tout est délicieux. C'est la première fois que longuement Mitsou goûte, tour à tour, ces lèvres soyeuses, cette langue hardie, ces petites dents sans brèche... Ah ! cette petite dent d'en bas, plus coupante que les autres... Le plaisir de la morsure est si vif que Mitsou s'écarte de son amant.

MITSOU, *la tête renversée, les yeux clos* : Ah ! je me demande où tu m'as mordue...

Il la presse sans ménagement contre le drap décoloré et la capote branlante. Il jouit de se sentir, enfin, normalement exaspéré, plein de hâte, insoucieux à peu près de cette femme qu'il convoite... Il se souvient pourtant de son nom et l'appelle tout bas :

— Mitsou !

MITSOU, *faiblement* : Oui... Mais comment veux-tu... On arrive... Laissez-moi, on arrive ! Laisse-moi donc, je te dis, tu vois bien que moi je n'ai pas le courage de t'empêcher de rien...

Il n'entend ni n'obéit, mais le taxi s'arrête devant la funèbre arcade de lampes violettes qui signalent au passant l'entrée d'un endroit où l'on s'amuse...

MITSOU, *vacillante* : Tu viens ?

ROBERT : Où ?

MITSOU, *désignant l'entrée des artistes* : Avec moi, m'attendre ?

ROBERT, *irrité, avide* : Non ! Viens, toi.

MITSOU, *désolée* : Mais je ne peux pas ! Et mon dédit ? Veux-tu la clef ?

ROBERT : Quelle clef ?

MITSOU : De chez moi, donc. Tu te coucheras en m'attendant.

ROBERT, *choqué* : Non.

MITSOU, *de plus en plus désolée* : Mais qu'est-ce que tu vas faire ?

ROBERT, *un peu étonné qu'elle le tutoie quand elle est hors de ses bras* : Me promener, t'attendre dehors... entrer au cinéma...

MITSOU : Mais pourquoi ne vas-tu pas me voir dans la salle ?

ROBERT, *ombrageux* : Je ne sais pas. Je n'aime plus te voir de la salle.

MITSOU, *vexée* : J'ai justement de si jolis costumes, et un couplet très sérieux qui s'intitule « Le lierre du champ de bataille... » avec une petite ceinture en graines de lierre et la couronne assortie...

ROBERT, *éclatant de rire* : Ça, c'est drôle !

MITSOU, *consternée* : Robert ! qu'est-ce que vous avez ?

ROBERT : Rien. Je pense aux gens qui croient que le lierre pousse sur un champ de bataille... Ne soyez pas fâchée, ma Mitsou chérie. Dans deux heures je vous attends avec un taxi.

MITSOU, *maladroite* : Pas besoin, j'aurai la voiture !...

ROBERT, *interrompant* : Donnez-la à un pauvre, Mitsou, ou revenez seule dedans. Moi, j'aurai un taxi.

Il se découvre, lui baise la main comme si elle ne lui tendait pas sa bouche, et la regarde s'en aller. Elle court, la tête en avant, comme une petite employée retardataire, et si elle ne se retourne pas, c'est qu'elle craint de voir derrière elle, sous la triste lumière violette des ampoules, une sombre figure de jeune homme mécontent, ingrate, où brille une bouche encore rougie du dernier et mordant baiser.

Chez Mitsou. Elle entre, précédant Robert. Il cligne sous l'électricité et avance d'un air hostile, en évitant les meubles avec défiance. Mitsou se retourne et le regarde ; elle s'est jetée si follement dans le taxi où il l'attendait, le trajet a paru si court (quelques baisers épanouis, quelques paroles réticentes : « beaucoup de monde ce soir ? pas trop fatiguée ? — qu'est-ce que vous avez pu faire pendant deux heures tout seul », etc., etc.) qu'elle n'a pas eu le temps de savoir s'il est, comme elle se le dit enfantinement, « toujours fâché »... Il n'est pas fâché, il est sur ses gardes. Il a l'œil sur ces portes inconnues, sur cette suspension inspirée par Mérovée, — enfin sur cette chambre où le luxe, à force d'être banal, fleure la province douillette, la province à festons, à dentelles, à tapis épais. Le lit éblouissant attend, conjugal. Des draps pas très fins, des rubans ciel aux oreillers, une couverture de soie ciel piquée... Un grand lit pour dormir et faire des enfants.

« Si je m'approche de ce lit », se dit Robert, « je suis perdu... » — car il vient de s'apercevoir qu'il tombe de sommeil...

MITSOU : Mon chéri, nous pouvons causer tranquillement, il n'y a personne ici. Venez que je vous montre ! Ça, c'est la salle de bains, je fais couler le bain tout de suite. *(Il écoute le bruit de l'eau et sourit d'aise. Il s'est déjà baigné ce matin, il recommencera bien toutes les heures si l'on veut...)* Ça, c'est le boudoir... Là on sort sur le couloir et là c'est les « vatère »... Venez que je vous fasse voir où on tourne l'électricité dans les vatère.

ROBERT, *pudique comme un homme* : Laissez, Mitsou, je trouverai bien.

MITSOU : On dit ça, et puis la nuit vous vous levez pour faire pipi et vous vous cognez dans tout et vous arrivez dans la cuisine... Tenez, vous voyez, le bouton est à gauche de la porte. Ça vous contrarie que je vous montre les vatère ? Mon Dieu que vous êtes compliqué ! Vous ne vous gênez pas pour demander à boire, et vous ne voulez pas parler de ce qu'on a besoin quand on a bu... Maintenant là c'est le salon.

Il la suit, arrête un regard vague sur les coussins d'un goût papou et les faux saxe. Il ne pense qu'au lit. Ces gros oreillers sous lesquels on fourre les bras pour trouver la place qui reste fraîche, l'élasticité musicale du sommier, et ce steppe blanc et sans plis, le drap... Y crouler jambe de-ci, jambe de-là, et dormir...

« Dormir ? songe-t-il en sursaut. Il s'agit bien de dormir !... »

Mitsou l'a ramené dans la chambre à coucher. Dans sa robe noire, avec ses chastes paupières bombées et son long cou distingué, elle est passive comme une fiancée. Robert n'en est point ému, mais Mitsou noire sur fond de dentelle blanche est une charmante image, et il sourit :

ROBERT : À quoi pensez-vous, Mitsou ?

MITSOU, *levant les yeux, très jeune fille* : Je pense que je vais me déshabiller à côté, dans le boudoir. Le bain est coulé, j'en ai pour dix minutes, après je vous refais couler le bain, et...

ROBERT, *avidement, regardant le lit* : ... et on se couche !

MITSOU, *flattée* : Mon chéri ! *(Elle se pend à son cou, l'embrasse et s'enfuit.)*

Robert, seul, reste un moment debout devant le lit :

« Rien que ma joue, se dit-il, poser ma joue contre l'oreiller, en attendant... Pas de blague ! Si j'appuie ma joue contre cette toile blanche, Mitsou ne trouvera plus dans cette chambre qu'une brute vautrée, toute bottée, et ronflant sur le lit... »

Il tombe dans un fauteuil, prétend penser à Mitsou et glisse immédiatement au sommeil rigide du soldat, assis, la tête droite, les traits durs. Cette pétrification couvre des rêves brusques, où la guerre et l'adolescence, si proches toutes deux de lui, mêlent les souvenirs du sang noir en flaques, du feu en jets, et ceux d'une maison d'été à la campagne, d'une rivière berçant un bateau plat, au soleil... Pieds nus, tout petit, il pêchait des têtards dans un chapeau de paille, lorsque Mitsou reparaît...

MITSOU, *en saut-de-lit fleur de pêcher, les cheveux au long des joues, très émue et brave* : Voilà... Je suis prête.

ROBERT, *tout à la joie qu'elle n'ait pas de pyjama de nuit* : C'est un mot de victime, mon amour chéri !

Il la prend dans ses bras et devient grave parce qu'elle est nue et qu'elle tremble.

ROBERT : Mitsou, je vous fais mes excuses pour l'inconvenance de mon costume, puis-je aller dans la salle de bains ?

MITSOU, *très sérieuse aussi* : Oui. Le bain est coulé. Je crois qu'il y a tout.

Il s'en va. Pendant qu'il savoure, à coups de pied dans l'eau, à coups de brosse et de gants de crin sur son corps, le plaisir de l'eau chaude, et qu'il constate le soin pieux de Mitsou à fournir savon vierge, linge neuf, sels alcalins, essences ambrées, elle se couche peureusement. Elle tremble très légèrement, et regarde trembler le ruban rose qui noue sa chemise. Elle écoute avec respect les bruits qui viennent, assourdis, de la salle de bains. Elle se souvient soudain d'un soir de la semaine dernière où Petite-Chose, dégringolant l'escalier de l'Empyrée pour courir à un rendez-vous, criait sans vergogne : « Chouette ! chouette ! on va... aimer, on va... aimer ! » Mitsou, qui n'a envie ni de danser, ni de crier, médite un moment et secoue la tête : « Oui. Mais pour Petite-Chose, ce n'était pas une histoire d'amour. Elle retourne, avec un peu de honte, à un autre jour plus lointain, celui où elle s'est abandonnée, avec une froide gentillesse, à un Homme de Bien qui la caressa inutilement. « Comme c'est loin, tout ça ! Ce que je me sens dépaysée ! Je ne vais plus savoir... Je vais avoir l'air d'une vieille fille... » Elle soupire, — Robert entre sans frapper. Il est en peignoir de bain.

MITSOU, *dressée sur son séant* : Mais je vous avais mis un pyjama ! Sur la chaise au pied de la baignoire !

ROBERT, *tout ragaillardi par le bain* : Croyez-vous que je m'habille avec des laissés-pour-compte ?

Il laisse tomber le peignoir et, sûr de son effet, apparaît nu, — *margaritas*... car Mitsou déclare « bien fait » tout homme qui n'a point de ventre. Elle détourne, et c'est dommage, les yeux, et se fait petite sur un côté du lit, en disant :

— Vous allez sûrement attraper froid...

D'un saut il conquiert le lit, l'ouvre, s'y plonge et glissant son bras gauche sous les reins de Mitsou, l'applique tout entière contre lui. Elle a fait un cri de petite bête qu'on aplatit et, dûment écrasée, se tait, le souffle précipité...

ROBERT, *victorieusement* : Ah ! Ah !

Mais il ne saurait dire s'il chante victoire à cause de Mitsou capturée ou à cause du drap, — douceur, grain ineffable de la toile fine, volupté mille fois regrettée — qui lui caresse tout le corps. Il a, en face du sien, un jeune visage aux grands yeux, très noirs dans la pénombre, un jeune visage clair et rond comme un astre, traversé d'un cyrrhus effilé de cheveux. Il touche presque le nez, un si petit nez, si commode pour le baiser sur la bouche !... — il respire une haleine que l'odeur du savon dentifrice n'a point encore quittée, et le parfum de la joue, frottée d'un alcool vanillé. Il sépare, de son genou nu, deux genoux voilés de soie, installe commodément sa jambe entre deux cuisses dont elle perçoit la belle forme arrondie et le muscle élastique. Il est bien. S'il osait, il dirait à cette jeune femme inconnue qu'il serre de si près : « Ma chère, restons ainsi. Dormons s'il nous plaît, ou parlons, — très peu. Ou bien caressons-nous sans folie, presque fraternellement. Nous ferons pis, si l'envie nous en prend. Le désir est bien capable de nous éveiller tous deux, dans la nuit... Mais, hélas ! cette trêve délicate ne nous est pas permise. Il faut, sous peine de déchoir l'un devant l'autre, que je lève ou que j'écarte cette chemise de voile dont la soie m'est pourtant si douce, que je rompe notre étreinte d'amis, que je me hâte et que vous vous dépensiez... Évidemment nous serons contents après, — contents comme des enfants qui ont brisé une vitre pour avoir de l'air, et qui constatent après que la vitre valait — peut-être — mieux que le courant d'air... Allons ! »

Il ne se borne pas à penser ce dernier mot, il le dit tout haut :

— Allons !

MITSOU, *vaguement inquiète* : Où ?

ROBERT, *miséricordieux, car elle est bien jolie* : Mais, ma chérie, je suis très méchant ! Allons-nous-en, hors de cette tranquillité, hors de ce pauletvirginisme, et foin de la feuille de bananier ! Vous ne voulez pas venir avec moi ?

MITSOU, *à qui cela est bien égal, en ce moment, de ne pas comprendre* : Si...

Mais elle ferme les yeux, et ses mains demeurent aussi chastes que ses paupières.

ROBERT, *tout bas* : Tu dors, Mitsou ?

MITSOU, *de même* : Oui.

Elle glisse un regard entre ses cils vers ce joli faune nu penché sur elle. Il rit d'avoir vu l'œil blanc et noir et malicieux, — nerveuse, elle éclate d'un rire aigu. La gaîté charmante des bêtes est toute proche d'eux, chacun prépare la morsure amicale, la ruade pour rire et la lutte, mais chacun se souvient de l'amour nécessaire, de l'étreinte inéluctable... « Allons ! »

Il y met une bonne volonté que sa jeunesse échauffe vite, et une méthode sans imprévu. La bouche d'abord, oui, la bouche. La gorge ensuite, n'oublions pas la gorge... il faut avouer que celle-ci, qui ne lui emplit pas les mains, qui n'imite ni la pomme insolente, ni le citron conique, mérite tout le plaisir rêveur et la sollicitude sacrilège qu'il lui consacre...

MITSOU, *atteinte, et près de pleurer* : Ah !...

Le cri, l'arc désolé de la bouche de Mitsou, l'espoir qu'elle va pleurer, enfièvrent l'agresseur plus qu'il n'avait prévu. Biffant, d'un bond précis, les stations commandées par un code amoureux élémentaire, Robert n'a plus rien à exiger de cette victime blanche, couchée sous lui dans ses cheveux répandus, et qui ne s'est point débattue. Le temps pour lui de savourer, secrètement immobile, le bien qu'il vient de saisir, et la mêlée commence, lente, au chant d'une plainte aérienne, au rythme des deux corps qui se balancent comme pour bercer et endormir une blessure...

Dans la chambre de Mitsou, sur le mur tendu de dentelle au chevet du lit, il y a pour la première fois une image magnifique : l'ombre d'un torse de cavalier nu, mince à la ceinture, large aux épaules, courbé sur sa cavale invisible...

3 heures de la nuit. Il dort. Elle s'éveille, parce qu'il a bougé, peut-être, ou bien parce qu'ils ont oublié d'éteindre la lampe. Elle s'éveille un peu égarée, mais se souvient tout de suite : un jeune homme est là, un jeune homme qui fut son amant d'une manière brève

et quasi muette, vers minuit, puis tomba endormi à côté d'elle, comme on tombe mort.

Elle est lasse, lucide, et ne se souvient que d'un plaisir exceptionnel, celui d'avoir tenu contre elle un beau corps qui embaumait en s'échauffant comme un bois odorant qu'on frotte, et qui se liait à elle avec une exactitude, une fidélité végétales : ainsi il était bien, et ainsi mieux encore, et toujours mieux à mesure qu'il changeait. C'est de cela qu'elle lui est reconnaissante, et non de la commotion aiguë qu'elle ne prise guère.

Il dort, sur le flanc, un bras levé sous sa tête. Elle se sent coupable de le regarder, — souffrirait-il, éveillé, qu'elle interrogeât si longuement ces veines sous la peau blanche, et le pelage châtain qui, planté entre les mamelles plates, dessine sur sa poitrine les trois branches d'une fleur de lys ? Sur l'épaule, une cicatrice blanche. Deux médailles de vaccin sur le biceps. Les côtes montrent sous la peau le dessin de leurs arceaux, — n'a-t-il point pâti et maigri, les semaines passées ? Où vivait-il et comment ? Ces mains fines, sombres au bout du bras blanc, quel travail dans la terre, l'acier, le feu, les durcit et râpa leurs ongles ?

Mitsou baisera-t-elle, sans éveiller ce grave jeune homme endormi, sa main ouverte ? Non, il a bougé, il bouge, et elle s'écarte. Il rêve. La peau de son front, ses sourcils, les coins tressaillants de la bouche, voici que tous les traits s'animent d'une vie où rien ne subsiste du sourire ou de l'irritation diurnes. Qui torture, par-delà notre monde, ce prisonnier du songe ? Pour l'épouvante de Mitsou, il lutte, il soupire, ses pieds englués courent faiblement et il se soulève en vain... Une sorte de sanglot crève l'angoisse du pauvre visage au moment où Mitsou va appeler ce rêveur au secours de lui-même, et il retourne à la sérénité d'un repos où sans doute viennent de passer la guerre, la peur, le courage, l'agonie...

La main tendue encore pour l'éveiller, Mitsou penchée regarde mourir, sur son amant étendu, les dernières ondes du songe. Un dernier sursaut, une ligne de nacre apparue entre les paupières... il dort paisible et désaffecté de son âme agitée. « On dirait qu'il s'en va... » pense Mitsou. Mais elle ne mène pas jusqu'à l'image précise cette impression, pénible et délicate, d'assister au départ de son amant qui s'éloigne d'elle sur le radeau du sommeil...

Elle n'a pas envie de dormir. Le lit sent bon. Elle n'a jamais veillé ainsi, penchée, sur le sommeil de l'Homme Bien. Comment dort l'Homme Bien ? Elle ne sait pas. Elle erre un instant autour du brillant quinquagénaire en pyjama bleu, frissonne d'une horreur épidermique et se détourne mentalement : « Ce n'est pas convenable. » Mais une autre image l'attend derrière celle-là : celle de l'Homme Bien assis devant elle, à la table du déjeuner, à une heure moins un quart... « Que faire ?... » Il est 3 heures du matin. Elle a encore neuf heures devant elle. Elle lève machinalement la tête vers la fenêtre où la nuit pâlit, — c'est le geste instinctif des prisonniers et des animaux séquestrés... « Que faire ? » Dire la vérité : elle y a songé avant toute chose, parce qu'elle est douce, un peu nonchalante, et simple quoique très jeune. Mais cette vérité-là, elle ne la dira pas sans l'assentiment de celui qui dort, là, contre elle ; son secret n'est point à elle tout entier. Il y a un nom qu'elle ne livrera à l'Homme Bien ni par vantardise, ni par cruauté, ni dans l'excès de la joie, mais seulement parce que le temps en sera venu. « Non, se dit Mitsou en hochant la tête sous ses cheveux noirs en repentirs, je ne dois rien dire à Pierre. Jusqu'à nouvel ordre, c'est plus honnête de mentir. C'est Robert qui décide, et s'il ne décide rien, eh bien... » Elle le contemple avec crainte.

Il appartient maintenant aux régions profondes du sommeil que le songe ne trouble plus, et il est aussi beau qu'un mort demeuré vermeil. « Est-ce ma vie, cet homme-là ? » supplie Mitsou. « Ah ! s'il voulait... » Et tout de suite elle atteint au plus banal héroïsme : « S'il voulait, je n'aurais pas besoin de tout ce que j'ai ici, je prendrais un pied-à-terre... Je gagne sept cents francs par mois, huit cents dans la prochaine revue... je vendrais mon brillant en bague... Je ferais du ciné comme il y a deux ans, et il viendrait me chercher le soir au théâtre quand ce ne serait plus la guerre... » Elle sourit, une ombre rapide de sourire : « Non. Il ne viendrait pas me chercher. Il ne m'attendrait pas dans ma loge. Il ne causerait pas à Petite-Chose et à Alice Weiss pendant mes scènes... Il est trop fier. Il est méchant. Il est spécial. »

Les passereaux crient. Mitsou, fatiguée de penser, bâille de froid et de faim, et le malaise de l'aube la pénètre. Sans courage pour aller chercher, à quatre pas de là, les bananes, les dures cerises de primeur ou les biscuits secs, elle se jure qu'elle est bien malheureuse et qu'elle désespère de dormir, — jusqu'au moment où recouchée, tapie contre les reins indifférents de Robert, les genoux dans le creux des jarrets demi-pliés de son amant, elle s'endort...

5 heures. Le jour, de bleu, devient rose entre les rideaux. À un heurt de meuble ou de porte dans la maison, Robert répond soudain « Oui ! » et s'assied sur le lit. Un regard à la chambre, un autre regard à cette tête noire de fauvette, nichée dans le blanc des draps : Mitsou endormie. Il s'éveille comme un soldat de vingt ans qu'il est : gai, reposé, agressif, prêt à bondir, à courir vers le soleil, mais Mitsou dort... « Pauvre petite, elle n'a fait qu'un somme de toute la nuit et... je ne l'ai pas troublée. » Il va la prendre dans

ses bras, puis se ravise et se donne le temps de peigner ses cheveux avec les doigts, de se frotter les yeux ; il boit à la carafe du chevet la tiède eau fade minérale et, se reprochant d'avoir dormi « comme un vieux mari », se penche vers Mitsou... Elle a perçu vaguement que l'on remuait près d'elle et délie seulement ses bras qui protégeaient son visage. Elle est pâle, le double feston des cils, frangeant les paupières bombées, répète, — comme une arche de pont mire dans l'eau une arche pareille renversée — l'arc des sourcils. La bouche fermée est toute petite et triste.

« Comme elle est jolie », constata-t-il. « Quel dommage... » Il a pensé presque haut et s'étonne. « Quel dommage que... quoi ? Ah ! voilà... C'est que j'ai cessé, en la voyant, d'être amoureux de Mitsou. Dans un instant je vais lui prouver qu'elle est belle et que je suis jeune, et cela n'aura aucune signification. Cela n'aura aucune signification, et pourtant je m'inquiète que cela n'en ait pas. Il y a, entre Mitsou et moi, un scrupule incommode. On ne peut voir grand mal à ce qu'elle me veuille incomparable, mais je me suis mis à la souhaiter exceptionnelle, et par hasard elle l'est. Elle diffère de Germaine de Noël, de Lili de mars, elle ne ressemble pas à... comment, déjà ?... à Cricri du mois de septembre de l'an dernier... »

Il égrène quelques souvenirs sans regrets, et chaque fois il ajoute, loyal : « Mais Mitsou est mieux. Mitsou est mieux, et jamais aventure ne m'a si peu contenté. Elle est plus tendre que savante au déduit ? Cela n'importe guère. Elle est sotte ? Mais non. On n'est pas sot avec des sens fins, et une telle aptitude à éprouver ce qu'on ne raisonne point. Son grand crime, c'est... »

Il soulève délicatement une mèche mince de cheveux qui repose sur la joue de Mitsou, et cherche à formuler son grief : « Son grand crime, c'est justement qu'elle oblige de penser à elle, en même temps qu'on est tenté de lui dire : “Petit souci, tu n'es pas de taille à devenir un grand tourment.” »

Un reflet de soleil, rebondissant sur une vitre de l'autre côté de la rue, danse en petit miroir d'or sur les rideaux clos, et le jeune homme se sent pris d'impatience physique, d'une rancune vague, d'un désir très net de s'en aller...

« Je peux d'ailleurs très bien m'en aller », songe-t-il en regardant Mitsou, endormie et moins pâle à mesure que le jour grandit... « Rien ne me retiendra, même pas elle, qui me rendrait ma liberté sans débat ni minauderie. Elle me rendrait ma liberté, mais il émanerait d'elle, dans la minute où je la rejetterais, un appel, une prière camouflée de mendiant fier : “Je n'ai besoin de rien, je n'ai rien demandé...” »

Il se sent en péril de rapetisser, quoi qu'il fasse, devant Mitsou, et hausse les épaules avec une brutalité naissante : « Comme c'est agréable !... »

Le spectacle de Mitsou, toujours immobile, le ramène à la douceur. « Elle est jolie », répète-t-il. « Elle va dire une bêtise en s'éveillant ; — mais Cricri de septembre ne me ménageait pas les sottises de la première heure, ni Lili de mars, et je les absolvais tout de suite. Ou bien elle va m'asséner une de ces vérités sentimentales grandes comme le monde, vieilles comme lui, et qui m'humilient... »

La chambre étrangère s'éclaire lentement, il l'inventorie d'un regard hostile.

« Ni la statuette en marbre savonneux, ni la coupe du plafond chargée de chaînes, ni l'amour verseur de dentelles sur ma tête, je ne comptais les trouver ici. Qu'ai-je espéré, en venant ? Une femme qui n'était ni Lili, ni Cricri, — ni Mitsou. Je biaise, et j'encense ses vertus négatives, au lieu de me dire crûment : “Elle ne m'a pas fait rire, elle ne m'a pas touché aux larmes, elle ne m'a pas bercé, sur ses flancs dont la houle est à peine d'un petit lac, au ressac d'une volupté qui enchante ou stupéfie." Ceci constaté, je n'ai, n'est-ce pas, qu'à m'en aller, ajoutant aux Lili des mois précédents une "Mitsou de mai" ? Non. Quelque chose, en celle-ci, réclame de moi ce que mon âge et ma condition de soldat me dispensent de lui donner : il semble qu'elle brûle d'envie de ressembler, par mes soins, à la femme que j'aimerai. Déjà, de loin, elle lui ressemble. Trop tôt, le hasard a fouillé un sillon où dormait vivante, mais non complète et frappée d'impuissance, la larve onduleuse de mon amour futur. Mais, mon amour futur, je n'ai pas le désir de déchirer davantage la coque où tu évolues. Ce n'est pas ma faute si je vis, depuis trois ans, une vie où le geste, comme l'impassibilité, s'empreint d'un caractère d'intensité ou de contention religieuses. C'est une vie où l'on finit par croire à la gravité de tout, même à la gravité de ne point aimer. Sans doute c'est à cause de cette vie-là que me voici sur ton lit, Mitsou, en train de soupeser ce que me vaut notre erreur mutuelle, au lieu de m'en aller cordialement et de t'écrire de là-bas des cartes postales. Tu n'en mourras pas, n'est-ce pas, d'avoir reçu, sur ta merveille ébauchée, une lumière prématurée ? Non. Tu vas retourner, un peu froissée, à ta petite vie embryonnaire. Ton éclosion ne sera pas, je crois, mon œuvre. Elle doit être promise à quelqu'un de plus mûr, de patient, de frivole et de minutieux qui ne s'arrêtera pas, comme moi, à ce petit "goût de l'arrière" qu'exhalent chacune de tes paroles et de tes pensées. Ceux qui ne savent pas ce que c'est que l'existence des jeunes hommes de la guerre, tremblants, exaltés, sceptiques et résignés, exigeants, privés de tout, lourds d'une vieillesse amère, et étayés d'une foi enfantine, ignorent aussi que ce petit "goût de l'arrière" nous gâte nos brefs retours à notre vie ancienne, à nos villes, à nos biens, à nos femmes...

« Du moins, ma Mitsou, à cause de toi j'ai pensé à la femme que j'aimerai. Il est probable qu'elle aura ta douceur, et une certaine fierté, la tienne, à endurer discrètement le chagrin. J'aimerais qu'elle eût, par surcroît, un assez grand cœur sous de pareils petits seins, bas et légers. Déjà je me flatte que nous parlerons, elle et moi, la même langue, et que nous nous rencontrerons sans étonnement... »

Il s'écoute penser, assombri à l'idée de l'isolement relatif dans lequel il lui faudra vivre, en attendant une Mitsou définitive... Dehors, la lance d'un arroseur écrase sur le pavé son fouet d'eau ; des boîtes à lait vides rendent un son de clarines alpestres... Le jeune homme nu, décidé, jette son mot familier « Allons ! » et se penche sur Mitsou qui dort :

— Adieu, chérie, murmure-t-il tout bas avant de l'éveiller. Puis il l'éveille en la serrant contre lui, l'embrasse et dit tout haut gaîment :

— Bonjour, Mitsou !

Dans la même journée, à 3 heures. Mitsou a déjeuné chez elle avec l'Homme Bien et l'Homme Bien n'a rien trouvé de changé en Mitsou. C'est que la voici capable désormais de porter un secret, de mentir à propos, de se taire pour ne point mentir inutilement, et d'offrir en hommage à son amour caché les misérables consentements qu'elle accorde à une habitude.

L'Homme Bien vient de partir, laissant à Mitsou la réconfortante promesse qu'il ne la reverra que le lendemain à la même heure. Mitsou, seule, a failli céder pour la première fois à un dynamisme assez violent pour casser un vase par plaisir, sauter à pieds joints sur la bergère de damas, envoyer au plafond un coussin ou pousser quelques cris discordants : l'Homme Bien est parti une demi-heure plus tôt que d'habitude, elle a trente minutes pour préparer sa coiffure, son petit corps, son visage : Robert va venir la chercher à 5 heures et ils iront, en taxi, au Bois, jusqu'aux allées désertes d'Auteuil. Robert l'a quittée lasse, un peu déçue qu'il ait voulu disparaître avant le lever de la femme de chambre et le petit déjeuner ; — mais l'étreinte du seuil a été longue, émue plus qu'elle ne l'espérait.

« Quand il m'a dit "je t'adore", en partant », se dit Mitsou, « j'ai bien cru qu'il allait me dire qu'il m'aimait... »

Ce souvenir est trop doux pour qu'elle en sourie, aussi la gravité de Mitsou ne tressaille-t-elle pas, lorsque l'on sonne et qu'elle se dit, avec une sécurité absolue qui équivaut presque, dans les premières secondes, au soulagement : « C'est une lettre. Il ne vient pas. »

LA FEMME DE CHAMBRE, *entrant* : C'est une lettre portée à la main, Madame.

MITSOU, *d'une petite voix* : Est-ce qu'on attend la réponse ?

LA FEMME DE CHAMBRE : Non, Madame. C'est un militaire simple soldat. Il est parti.

MITSOU : Bon, merci.

Elle n'ouvre pas tout de suite la lettre. Elle se repose un instant parce qu'elle vient de ressentir une faiblesse bizarre et toute physique, celle que l'on éprouve après un saignement de nez abondant ou au retour d'une syncope. « C'est drôle », pense-t-elle, « je suis comme si j'avais le cœur pâle ». Puis elle s'assied près d'une fenêtre, ouvre la lettre et lit :

Ma Mitsou chérie, le capitaine que j'ai accompagné ici en mission repart ce soir.

Mitsou s'arrête pour reprendre haleine au bout de cette courte phrase. Elle se dit : « Je comprends. Ce n'est pas comme s'il était fâché après moi ou qu'il ait une idée de derrière la tête. » Même, elle sourit afin de se prouver que tout est pour le mieux et que, mon Dieu ! « c'est la guerre... »

Ma Mitsou chérie, le capitaine que j'ai accompagné ici en mission repart ce soir. Il va sans dire, ma Mitsou, que je repars aussi. Ce n'est pas contre son flanc, ceint de drap et de cuir, et bombé comme un dessus de malle, que je comptais passer la soirée... J'ai peur, ma chérie tiède et lisse, de vous dire mal combien je vous regrette, et de quelle sorte... (Voyez que je retourne, malgré moi, au vous *de nos lettres, lorsque nous nous tutoyions ce matin de si bon cœur, — et de si bon corps...) Je vous le dirais mal et je n'ai pas grande envie de vous le dire, — souvenez-vous qu'il n'y a pas longtemps que vous me traitiez en « jumeau », en rival d'âge et de collège... Votre rival épris, ma chérie, vous taira ce qu'il pleure le plus de quitter en vous et ce qu'il regrette le moins : l'un et l'autre auraient de quoi enflammer votre orgueil et égratigner, en même temps, votre amour-propre de petite fille très sage.*

Ce que vous ferez de mieux, ma Mitsou, dès que vous aurez lu ce billet, sera de vous attabler à un bureau rose ancien que je connais dans votre boudoir, et de m'écrire. Ainsi je n'attendrai pas trop longtemps votre première lettre, là-bas. Dites-moi bien durement si vous avez boudé notre après-midi manquée, notre dîner ajourné, notre nuit remise. Dites-moi, encore, si vous auriez choisi, obligée de rejeter l'une ou l'autre, la longue promenade en voiture avec moi ou la courte nuit qui commence tard et finit tôt ? Je n'ai pas eu le loisir, cette fois-ci, de vous poser de ces questions auxquelles, la bouche pressant la bouche et le corps tout entier interrogeant l'autre corps qui se défend, on ne donne point de délai ni d'échappatoire. Je n'ai encore brutalisé aucun de vos secrets, ni quitté cette habitude chère et énervante d'attendre longtemps — quatre jours chaque fois — la chute d'un de vos voiles et l'écho d'une de vos paroles. Ce dialogue, attardé aux obstacles de la route, m'avait donné de vous une idée de langueur et de nonchalance ; je l'ai perdue cette nuit, entre des bras dont l'étreinte explicite et rythmée — plus vite, encore plus vite, — éperonnait ma hâte...

Je ne sais pas quand je reviendrai. Je ne sais pas si je reviendrai. Ne tremblez donc pas ma chérie, j'ai voulu dire par là que les routes sont bien mauvaises, un accident d'auto peut m'y rompre une jambe, et que les eaux souillées font quelques victimes de la dysenterie dans mon régiment. Le reste, ce que vous nommeriez littérairement « l'autre danger », on n'y songe pas, voyons. Il faut seulement m'écrire, Mitsou. Cynique à mes heures, je vous avoue que je meurs de la curiosité de confronter, maintenant que je les ai l'une et l'autre délicieusement froissées contre mon cœur, Mitsou sur batiste et Mitsou sur papier. Encore un aveu, et guère plus prudent : si, lasse de moi avant de m'avoir revu, vous faisiez fête, dans quelques semaines, à un autre lieutenant, de bleu vêtu et de Mitsou féru, comme c'est le devoir et l'inclination des lieutenants de France, ne faudra-t-il pas vous tenir compte que cette permutation me vaudra, sans nul doute, une dernière lettre où Mitsou aura mis sa dangereuse simplicité, sa sincérité sans appel, et des arguments qui, pour désarmer, n'emprunteront leur lumière qu'à l'évidence elle-même ?

Je plaisante, Mitsou ! Cela est d'un banal bon goût, à la fin d'une lettre où l'on voudrait se lamenter un peu et blasphémer de mécontentement. Je ne baise que vos mains, ma chérie, et j'éloigne sagement, amèrement de moi, pour un temps, le souvenir de tout votre corps sensible.

Votre Lieutenant Bleu.

Mitsou au Lieutenant Bleu.

Je suis assise au petit bureau. Mais je ne m'y suis pas assise tout de suite et je n'ai pas commencé ma lettre sans réfléchir comme vous me le demandiez. D'abord ce n'est pas dans ma nature, ni dans mes possibilités. Et puis, il faut donner aux personnes le temps de lire une lettre, de bien la lire, de sourire, de se moucher, de s'essuyer les yeux et de raisonner. Je vous l'ai déjà écrit, je ne peux pas écrire vite. D'ailleurs, votre lettre non plus, vous ne l'avez pas écrite vite. Pour un officier en service commandé qui part, vous en avez mis long. Mon chéri, ce n'est pas un reproche et ne mettez pas vos sourcils sur le milieu de votre nez ! Ce n'est pas un reproche et c'en est un. Je me demande si je ne préfèrerez pas que vous m'auriez écrit : « Suis forcé partir avec capitaine. Baisers. » Comme un télégramme, quoi. Ne vous fâchez pas, je vous en prie. Laissez-moi vous mettre en premier tout ce qui n'est pas bon, le meilleur viendra après. Voilà donc que vous partez, c'est détestable et même pire. Mais pourquoi vous en excusez-vous. J'ai dans l'idée que ce n'est pas de partir que vous vous excusez, mais de me quitter. Ah ! vous allez dire « cette Mitsou, je ne peux pas partir sans la quitter ! » Que si. Ce n'est difficile qu'à expliquez mais pas à comprendre... Mon amour, mettez-vous une chose dans la tête : c'est que je vous aime. O je ne vous dis pas ça comme on fait un cadeau, au contraire. Mon pauvre chéri, je vous aime. Et je vous donne permission de vous écriez en le lisant : « Et bien me voilà frais ! » Une femme qui aime, même une petite bête comme moi, ça devient insupportable, ça comprend, ça devine... Ça devient comme l'électricité quand le courant y est posé, une minute avant c'était un cordon et une boule en verre stupide, une minute après c'est un fil de feu qui éclaire tout.

Le bon côté pour vous de cet ennui qui vous arrive, c'est que je sais à présent que vous pouvez comptez sur moi. Comptez sur moi pour tout ; pour vous attendre si vous voulez que je vous attende, pour deviner ce que vous auriez honte à me dire ; et comptez sur moi, si la fantaisie vous prend de me déclarer en face « c'est fini nous deux », pour vous montrez que je sais me conduire et qu'il n'y a pas besoin d'eau de mélisse ni de vinaigre.

J'ajoute encore que si ça vous convenez que je fasse un autre métier, que j'apprenne des choses, que je me change en ci ou en ça, j'en suis également capable, quand même ce ne serez que pour vous faire une distraction ou un sujet de conversation avec moi.

Est-ce que vous ne vous sentez pas un peu rassurez dans votre malheur que je vous aime ? O, j'espère que oui. Moi, je me sens assez consolée dans le mien, parce que rien ne me le cache, surtout pas votre lettre. Mon Lieutenant Bleu bien-aimé, ce n'est pas difficile de voir que vous cherchez sans le vouloir à sautez piéjoints pardessus notre rencontre d'hier. On ne peut pas être plus aimable que vous l'êtes pour notre petit passé de correspondance. Un mal élevé m'aurez écrit : « Je raffolais de toi avant de te connaître, effaçons nos dernières vingt-quatre heures et on va recommencer... » Mais ce ne serez pas la peine d'avoir été bien élevé, si ça ne vous servez pas à servir sur un joli plat ce que les autres vous envoyent par la figure.

« Bon », vous dites en lisant, « bon, cette Mitsou elle s'est vexée. » Ni vexée ni désolée, mon chéri, et on me pousserez grand comme l'ongle que j'avouerez que je me sens plus à mon aize que ce matin. Pensez, je me demandais encore ce matin toute seule : « Mais qui est-ce qui me dira ce qu'il pense de moi ? » et naturellement, je ne comptez pas sur vous pour me renseigner. Dans votre milieu, on ne dit pas à une femme : « Vous êtes la dernière des dernières », on lui dit : « Madame, mes respectueux hommages, je m'en vais acheter des cigarettes, attendez-moi un instant », et on la laisse là pour la vie. Je ne suis pas la dernière des dernières, et pourtant j'avais bien peur de ne jamais vous voir revenir, même en lettre...

À présent, le premier moment dur passé, je vois qu'il n'y a pas trop de grands dégâts. « Allons », je me dis, « il m'écrit, il se rappelle de moi, il questionne, il veut savoir... » Vous saurez tout, mon chéri. Vous n'avez qu'à demander. Si j'aurez préféré la promenade de jour au lieu de notre prochaine nuit ? Je n'hésite pas, j'aurai préférez la nuit. Mon amour, la nuit c'est moins embarrassant, c'est moins intime. Je serai toujours à peu près à la hauteur de vous, pourvu que je soie toute nue dans vos bras et couchée. Le plus terrible c'est qu'il faut nous relevez, et alors là je tremble devant vous. Tout ce que vous avez désirez inutilement de moi pendant que nous étions ensemble, moi je l'ai eu de vous. Je n'en ai pas encore fini de m'étonner que votre peau soit si douce, ni que vous avez l'air si sérieux en dormant, ni que vous couchez sans chemise. Je ne croyez pas que vous aviez les pieds si petits. Et aussi je croyais qu'un jeune homme si raffiné, qui mange au restaurant avec des petites manières et des précautions, allait s'occupez de toutes sortes de choses en faisant l'amour, et pas du tout ! Quand j'ai vu que vous ne vous occupiez que de me prendre toute à la fois tout uniment, je ne peux pas vous dire comme j'étais contente. Alors, comment voulez-vous que je ne vous aime pas ?

Mon chéri, le difficile pour vous, c'était de ne pas être aimé de moi. Le presque impossible pour moi, c'est d'être aimé de vous. Je dis presque *impossible, parce que je suis ainsi faite que je n'accepte pas dans mon esprit le pire des malheurs ni le pire des bonheurs. « Trop raisonnable pour son âge, cette Mitsou ! » qu'elles disent mes camarades. Si je ne l'étais pas, je n'aurez pas tant réfléchi la nuit dernière sur votre sommeil. Pendant que vous dormiez, mon amour, j'ai renoncez par avance au maximum de ce que vous pouviez me donnez. Mais c'était pour faire la part du feu, en espérant sauver de toi la moindre des choses... Tu me trouve bien humble ! Ne crois pas que je mendie. Si tu me réponds « adieu Mitsou », je ne mourrai pas. J'ai un petit cœur assez dur pour qu'on le nourrisse avec un chagrin. Je serais plutôt du côté de Gitanette, qu'on veut tout le temps consolez d'une grande peine qu'elle a et qui répond : « Je serai bien avancée quand je n'aurai plus de chagrin ! à quoi est-ce que je m'occuperai après ? »*

En attendant je m'entête à espérer mieux que le chagrin que tu pourrez me laisser. Tu m'as trouvez sur le bord d'une scène où je chantais trois couplets, et je n'avais pas dans la tête autant d'idées que de couplets. Ce qui t'a plut en moi, c'est toi qui l'y a mis ; mais venu de toi ou non, ça s'y est bien enraciné ! Au bout de quatre mois, est-ce que tu n'étais pas ému de me voir grandir ? Le dommage c'est que, de te voir paraître en personne, ça m'a fait rentrez tous mes bourgeons... N'empêche qu'une femme qui a une obstination en amour, ça pousse vite. Ça fleuri, ça sait prendre une tournure, une couleur, à faire illusion aux plus délicats. Mon amour, je vais essayer de devenir ton illusion. C'est une ambition très grande, mon cher Lieutenant Bleu, et vous ne m'avez pas invitée à une promenade qui peut faire le tour de la vie... Commençons donc par le plus facile, et si vous n'êtes pas tout à fait découragée, donnez-moi, je vous en prie, encore votre sommeil à côté de moi, encore la surprise de vous suivre si facilement jusqu'au plaisir, — accordez-moi la confiance et la bonne amitié de votre corps : peut-être qu'une nuit, à tâtons, tout doucement, elles m'amèneront enfin jusqu'à vous.

Mitsou.

Table des matières

Aubin Imprimeur
LIGUGÉ, POITIERS

Achevé d'imprimer en mars 1996
pour le compte de France Loisirs
123, bd de Grenelle, 75015 Paris
N° d'édition 26732 / N° d'impression L 50984
Dépôt légal, mai 1996
Imprimé en France